Ker《ケール》　死神の刻印

エメリー・シェップ
ヘレンハルメ美穂 訳

集英社文庫

Ker《ケール》　死神の刻印

主な登場人物

ヤナ・ベルセリウス…………ノルシェーピン地方検察庁検事
ヘンリック・レヴィーン………………ノルシェーピン署警部
マリア(ミア)・ボランデル……………ノルシェーピン署警部補
グンナル・エルン………ノルシェーピン署捜査チームリーダー
アネリー・リンドグレン……………ノルシェーピン署鑑識官
オーラ・セーデシュトレム……………ノルシェーピン署捜査官
カーリン・ラドレル………エステルイェートランド県警本部長
トシュテン・グラナート‥ノルシェーピン地方検察庁地方検事長
ハンス・ユレーン…………………移民局難民問題担当主任
シェシュティン・ユレーン………………………ハンスの妻
レーナ・ヴィークストレム……………………ハンスの秘書
カール・ベルセリウス………………ヤナの父親。元検事総長
ビョルン・アールマン………………………………法医学者
ペール・オーストレム……………………ヤナの同僚検事
ダニーロ・ペーニャ…………………ヤナの過去を知る男
タナトス……………………………………殺人容疑の少年
ガヴリル・ボラナキ…………………………………“パパ”
トーマス・リュドベリ…………………湾岸倉庫の従業員
アンデシュ・ポールソン……………………………運送業者
ユセフ・アブルハム…………………………ハンスの脅迫者

Hへ

四月十五日、日曜日

「はい、緊急通報センター。どうしましたか？」

「夫が死んでいます……」

オペレーターのアンナ・ベリストレムは、女性の震える声を耳にして、目の前にあるパソコン画面の下隅をさっと見やった。時刻は十九時四十二分。

「お名前をうかがっても？」

「シェシュティン・ユレーン。夫の名前はハンスです。ハンス・ユレーン」

「どうして亡くなっているとわかるんですか？」

「息をしてません。倒れてて動かないんです。家に帰ってきたら、倒れてました。それに、血が。カーペットに血が」女性はすすり泣いた。

「あなた自身に怪我は？」

「ありません」

「ほかに怪我をしている方は？」

「いません。夫が死んでるって言ってるでしょ！」

「わかりました。いま、どこにいらっしゃるんですか？」

「家です」

受話器の向こうの女性が、深く息を吸い込んだ。

「ご住所を教えていただけます？」

「リンドー地区の、エスタン通り二百四番地。黄色い家です。家の前に大きな植木鉢が置いてあります」

アンナの両手がキーボード上を走り、彼女はデジタル地図を目でたどってエスタン通りを探した。

「必要な助けをそちらに送ります」落ち着いた声で言う。「そのあいだ、このまま電話を切らずにいてくださいね」

返事はなかった。アンナはヘッドセットを手で押さえた。

「もしもし？　聞こえますか？」

「ほんとうに死んでるわ」

女性がまた鼻をすすった。すすり泣きはほどなく激しい嗚咽《おえつ》に変わり、緊急通報センターの受話器から聞こえるのは、長い、苦しげな叫びだけになった。

＊　＊　＊

ヘンリック・レヴィーン警部とマリア・ボランデル警部補がリンドーに到着し、ボルボを降りた。バルト海から吹きつける冷たい海風が、ヘンリックの着ている薄手の春用ジャケットをとらえた。彼はファスナーをのど元まで上げ、ポケットに両手を入れた。

石畳の私道に黒いメルセデス・ベンツが駐車してあり、その脇にパトカー二台と救急車がとまっている。立ち入り禁止テープから少し離れたところに、車がもう二台とまっていた。車体をいろどる広告を見るに、それぞれこの町で競合している日刊地方紙の車らしい。二紙の記者がひとりずつ、興味津々で立ち入り禁止テープ越しに身を乗り出していて、着ているダウンジャケットにテープが食い込んでいる。

「うわあ、なにこの贅沢な家」

マリア・ボランデル警部補は——まわりの人々はみなミアと呼んでいるが——苛立《いらだ》たしげにかぶりを振った。

「彫像まである」

みかげ石のライオンをにらみつける。そのとなりに、高さ一メートルほどの植木鉢が置いてあるのが目にとまった。

ヘンリック・レヴィーンは無言のまま、エスタン通り二百四番地の家に向かって、ライトアップされた庭の小道を歩きはじめた。灰色の縁石に沿って薄く雪が積もっていて、冬がまだしつこく居座っているのだとわかる。玄関の外に立っているパトロール警官、ガブリエル・メルクヴィストに向かって、挨拶代わりにうなずいてみせた。

地面を蹴って靴底の雪を落とすと、重い扉をミアのために開けてやり、ふたりで中に入った。

壮麗な邸宅の中では、人々が忙しく立ち働いていた。鑑識官たちが、あるかもしれない指紋などの痕跡を見つけようと、手順どおりに作業を進めている。すでにドアやその取っ手に光を当て、粉をはたきつけるところまで終わっていた。いまは手をつく可能性のある壁の部分に注目が集まっている。あまり家具の置かれていない部屋に、ときおりカメラのフラッシュが光った。死体は、居間に敷かれた縞模様のカーペットの上にあった。

「ひどい」とミアが言う。

「まったくだ」とヘンリックは答えた。

「第一発見者は？」

「奥さんのシェシュティン・ユレーン。帰宅したらこの状態だったそうだ」

「奥さんはいま、どこに？」

「二階に。ハンナ・フルトマンが付き添ってる」

ヘンリック・レヴィーンは目の前の死体を見つめた。亡くなったのは、ハンス・ユレーン。移民局で難民問題を担当している主任だという。

死体をまわりこむように移動し、顔の上で身をかがめる。がっしりとした顎を、肌の荒れた顔を、白いもののまじった無精ひげやこめかみの生えぎわを、じっと観察する。ハンス・ユレーンは、マスコミに何度も登場したことがあった。が、その際に使われた資料映像も写真も、いまこうして目の前に倒れている初老の男とは似ても似つかなかった。きっちりとアイロンのかかったズボンに、淡い水色のストライプシャツという服装だ。胸に血痕が広がり、木綿のシャツに染み込んでいる。

「見るだけね。さわっちゃだめよ」

大きな窓のそばに立っている鑑識官のアネリー・リンドグレンが、ヘンリックにもの言いたげな視線を向けてきた。

「射殺ですか？」

「そのようね。射入口は二か所」

ヘンリックは立ち上がり、居間をぐるりと見まわした。ソファー一台と、革張りのひじ掛け椅子二脚が、かなりの場所をとっている。中央にガラステーブルがあり、脚の部分にはクロムめっきが施してある。壁にはウルフ・ルンデル（一九四九年〜。スウェーデンのロック・ミュージシャン、作家、アーティスト）の絵が掛かっていた。

顎をさすると、人差し指と親指に無精ひげがちくちくと当たった。家具が動かされたようすはない。倒れているものもなかった。

「争った形跡はないな」とヘンリックは言い、背後のミアを振り返った。

「そうですね」ミアは楕円形のサイドテーブルを見つめたまま答えた。

テーブルの上には、茶色い革の財布が置いてあった。五百クローナ札が三枚はみ出している。ミアはふと、それに触れたくなった。ちょっとさわってみるだけなら。できることなら全部抜き取りたいけれど。一枚だけでも。だれも見ていないうちに。が、なんとか自分を抑えた。やめておきなさい、と自らに言い聞かせた。しっかりしなければ。

ヘンリックの視線があたりをさまよい、庭に面した大きな張り出し窓のほうを向く。指紋採取用の粉をはたきつけているアネリー・リンドグレンに目がとまった。

「なにか見つかりました？」

アネリーは顔を上げ、眼鏡の奥からヘンリックを見た。

「まだ、なにも。でも奥さんの話だと、帰宅したときこの窓が開いてたそうだから、奥さんの指紋以外になにか見つかればいいと思ってる」

アネリーは粉をはたく作業に戻った。ゆっくりと、ていねいに仕事をしている。

ヘンリックは髪をかき上げ、ミアのほうを向いた。

「ユレーン夫人と話してみようか」

「どうぞ。私はとりあえず、ここを見てまわるつもりですから」

ミアはそう言うと、人差し指で二度、空中に丸を描いてみせた。

＊　＊　＊

シェシュティン・ユレーンは寝室のダブルベッドに座っていた。肩に毛布がかかっている。うつろなまなざしで、枕元のテーブルをじっと見つめている。

ハンナ・フルトマン巡査が遠慮して一歩脇へ退き、ヘンリックの背後でドアを閉めた。二階に上がる途中、ヘンリックは洒落《しゃれ》た服を着た、小柄で華奢《きゃしゃ》な人を想像していた。ところがいま彼の前にいるのは、腰回りのふくよかな太めの女性だ。洗いざらしのTシャツに、薄手のカーディガン、紺色のストレッチ素材のジーンズという服装も、想像とは少々違っていた。泣いたせいで目が充血し、顔が腫れている。ボブカットにした髪は不自然なほどの金髪で、根元は褐色に近く、もう長いこと美容院に行っていないのだろうと察せられた。

ヘンリックはシェシュティンから視線をはずし、好奇心のままに寝室を見まわした。まずタンスを、次いで写真の飾ってある壁を観察する。中央に掛かっているのは結婚式の大きな写真で、幸せそうな新郎新婦が写っている。少し色褪せているから、長年ここに飾ってあるのだろう。

ふと気づくと、シェシュティン・ユレーンがこちらをじっと見ていた。

「ヘンリック・レヴィーン警部です」と名乗り、自分がささやき声になっていることに気づいた。「ほんとうにお気の毒です。でも、申し訳ありませんが、いくつかお聞きしなければならないことがあります」

「かまいません」

シェシュティンは頬に流れた涙をカーディガンの袖でぬぐった。

「今晩、帰宅なさったときにどんなことがあったか、話していただけますか」

「帰ってきて……帰ってきたら……あの人があそこに倒れてました」

「何時だったかはわかりますか？」

「七時半ごろです」

「確かですか？」

「ええ」

「帰ってきたとき、家の中にはほかにだれかいましたか」

「いいえ。いいえ、夫だけです……」

シェシュティンの唇が震え、彼女は両手に顔をうずめた。

いまはこれ以上詳しい質問をするのにふさわしいタイミングではない、とヘンリックは悟り、手短に済ませることにした。

「聞いてください、ユレーンさん。もうすぐあなたへのケアを手配しますが、その前に、いくつかお聞きしなければならないことがあります」

シェシュティンは両手を顔から離し、ひざの上に置いた。

「どんなことでしょう」

「帰ってらしたとき、居間の窓が開いていたそうですね。その窓をご自分で閉めた、と」

「はい」

「閉めたとき、窓の外になにか変わったところはありませんでしたか」

「いいえ……ありませんでした」

シェシュティンは寝室の窓の外を見やった。ヘンリックはズボンのポケットに両手を入れ、しばらく考えをめぐらせた。

「わかりました。失礼する前にうかがいますが、どなたかに電話で連絡しましょうか？　お友だちとか、ご親戚とか。お子さんとか」

シェシュティンは震える自分の両手を見下ろしている。やがて口を開き、ほとんど聞こえないささやき声を発した。

「すみません、もう一度おっしゃっていただけますか」ヘンリックが言う。

シェシュティンはしばらく目を閉じていたが、やがて苦しげな顔をゆっくりと上げ、ヘンリックのほうを向いた。深く息を吸い込み、答えようと口を開いた。

＊　＊　＊

一階の居間では、アネリー・リンドグレンが眼鏡の位置を直していた。

「手がかりが見つかったかも」と言い、粉をはたいた窓枠を見つめる。

近寄ったミアは、手の跡がくっきりと残っていることに気づいた。

「ここにも、もうひとつ」アネリーがそう言って指差す。「子どもの手ね」

そうきっぱりと断言し、手がかりを記録しようとカメラを取りに行った。

ミアがあくびを押し殺しているあいだに、アネリーは窓辺に戻り、愛機ＥＯＳ－１Ｄのズームを調節してピントを合わせた。ヘンリックが階段を下りてきた。手すりに触れないよう、その五センチ上に手をかざして、オイル仕上げをほどこしたオーク材の広い階段を慎重に踏みしめている。

アネリーはストラップを首にかけ、カメラを腹のあたりにぶら下げた。ヘンリックに向かってうなずいてみせた。

「来て。掌紋が見つかった」

「そりゃ興味深い」とヘンリックは言い、ミアのとなりにやってきた。

「小さいのよ」アネリーはそう言うと、カメラをふたたび構え、ズームアップしてもう一枚写真を撮った。

「子どもの手ってことです」ミアが解説を加えつつ、もう一度あくびをする。

ヘンリックはとまどいの表情を浮かべた。額にしわを寄せ、両方の眉を鼻のつけ根に寄せている。もっとよく見ようと窓に顔を近づけた。しばらくそのままの姿勢で、整然とした紋様をかたちづくるいくつもの線を、じっと見つめていた。唯一無二の紋様。小さな手の跡。

「妙だな」とつぶやき、身体を起こす。

あらためて考えをめぐらせたが、やはり同じ結論に達した。

「どう考えても妙だ」と繰り返す。さきほどよりも大きな声で。

「どうして妙なんですか？」ミアが尋ねる。

ヘンリックはミアを見つめてから、答えた。

「ユレーン夫妻には、子どもがいないんだよ」

四月十六日、月曜日

裁判が終わり、ヤナ・ベルセリウス検事はその結果に満足していた。被告人の男が重傷害罪で有罪になることは、百パーセント確信していた。男は自分の妹を、その四歳の子どもの目の前で蹴って意識を失わせ、そのままアパートに置き去りにして死なせたのだった。いわゆる名誉殺人であることに疑いの余地はなかった。それでも判決が言い渡されたとき、ペーテル・ラムステット弁護士はきまり悪そうに姿勢を正していた。

ヤナは彼に向かって挨拶代わりに軽くうなずいてみせてから、法廷を去った。判決について、だれとも話し合う気はない。とりわけ、カメラとマイクを持って地方裁判所の前で待っている記者たちとは。そこで非常口をめざし、白い防火扉を押し開けた。階段を駆け下り、時計を見る。十一時三十五分。

マスコミを避けるのは、ヤナにとってけっしてめずらしいことではなく、むしろ習慣のようになっている。三年前、ノルシェーピンの地方検察庁に勤めはじめたころは、そうではなかった。当時はマスコミが自分に時間や紙面を割いてくれることをありがたく思っていた。たとえば『ノルシェーピン・ティドニンガル』紙は〝元首席学生が地方裁判所で活躍〟という見出しで記事を載せた。〝異例の抜擢〟〝末は検事総長〟などといった言葉も、彼女についての記事に登場した。とはいえ、こうしたことは、いま階段を下りきろうとしているヤナ・ベルセリウスの頭にはなかった。

ジャケットのポケットの中で携帯電話が震え出し、ヤナは駐車場の入口の前で立ち止まって電話を引っ張り出した。画面をちらりと見やってから応答する。同時に、暖房の効いた地下駐車場へのドアを押し開けた。

「もしもし、お父さん」

「ああ。どうだった？」

「懲役二年、損害賠償九万」

「満足か？」

カール・ベルセリウスという人は、裁判に勝った娘におめでとうと言うことなど思いつきもしないのだろうが、ヤナはそんな父の寡黙さに慣れている。母のマルガレータも、愛情深くはあったものの、幼いヤナと遊ぶことより掃除を優先する人だった。本の読み聞かせをする代わりに、洗濯物を干していた。娘を寝つかせることよりも、窓を磨くことのほうが大切だった。

そしていま、三十歳になったヤナは、両親のどちらにも感情を見せることなく、遠慮しながら接している。本人たちの教育のとおりだ。

「満足よ」ヤナはきっぱりと答えた。

「メーデーには帰ってくるのかって、母さんが気にしているんだが。その日は家族で夕食をともにすると決めたらしい」

「何時から？」

「十九時」

「行くわ」

ヤナは電話を切ると、愛車である黒のＢＭＷ Ｘ６のロックを解除し、運転席に乗り込んだ。ブリーフケースを革張りの助手席にぽんと放り投げ、携帯電話はひざの上に置いた。母もたいてい、裁判が終わると電話をかけてくる。が、父より先にかけてくることは絶対にない。そういう決まりなのだ。だからヤナは、また着信音が鳴りはじめると、慣れた手つきで狭い駐車スペースから的確に車を出しつつ、電話をつかんでそのまま耳に当てた。

「もしもし、お母さん」

「やあ、ヤナ」男の声だった。

ブレーキを踏む。車は急停止した。ヤナの上司、トシュテン・グラナート地方検事長の声だ。ずいぶんと勢い込んでいる口調だった。

「どうだった？」

ヤナは彼がそこまで関心を寄せているらしいことに驚き、裁判の結果を手短に繰り返した。

「そうか。それはよかった。しかしね、実はべつの用件で電話したんだ。私の代理として、ある事件の捜査を担当してほしい。夫が亡くなったと言って警察を呼んだ女が身柄を確保された。死んだ夫は移民局で主任をしていたそうだ。警察の話では、射殺、つまり他殺だな。この件をきみに一任したい」

ヤナが黙っているので、トシュテンは続けた。

「グンナル・エルンと彼のチームが警察署で待っているよ。どうする？」

ヤナはダッシュボードを見た。十一時四十八分。短く息を吸い込み、車を発進させた。

「すぐ向かいます」

＊　＊　＊

ヤナ・ベルセリウスは正面入口から足早にノルシェーピン署へ入ると、エレベーターで四階に上がった。広い廊下にヒールの音が反響する。ヤナはまっすぐ前を見据えていて、制服姿の警官ふたりとすれ違っても、軽くうなずいて挨拶しただけだった。

捜査チームを率いるグンナル・エルンは、自分のオフィスの外で彼女を待っていた。

「ようこそ」とグンナルが言い、ヤナを廊下の奥にある会議室へ案内した。部屋は長方形で、幅の広いほうの壁が一面、ほとんど窓になっている。ちょうど昼食時で混雑しはじめたノルトゥルのロータリー交差点が見えた。その反対側の壁に、大きなホワイトボードとスクリーンが掛かっている。天井にはプロジェクターが取り付けられていた。

ヤナはチームの面々がすでに着席している楕円形のテーブルへ向かった。まずヘンリック・レヴィーン警部に挨拶してから、オーラ・セーデシュトレム、アネリー・リンドグレン、ミア・ボランデルに向かって軽く会釈し、席に着いた。

「トシュテン・グラナート地方検事長の推薦で、ヤナ・ベルセリウス検事がハンス・ユレーン事件を担当することになった」

「へえ、そうですか」

ミア・ボランデルは歯を食いしばり、腕組みをして椅子にもたれた。目の敵にしているこの自分と同年代の検事を、不信感たっぷりのまなざしで見つめ、ヤナ・ベルセリウスが舵取り役じゃ、この捜査は前途多難だわ、と結論づけた。

まだ数少ないとはいえ、それでも何度かヤナ・ベルセリウスと組まされたこれまでの経験からして、彼女にいい印象はまったくない。あらゆる意味で人間らしさに欠けている、とミアは思う。堅苦しい。気持ちをぶちまけることがない。仕事仲間なら、もっとお互い心の内をさらけ出して親しくなるべきだと思う。仕事のあとにビールをひっかけて雑談するぐらい、かまわないじゃないか。話すことはなんだっていい。くだらない話でいいのだ。だが、ミアはわりに早い段階で、ヤナはそういう過ごし方を好まないと察した。ちょっとプライベートな質問をしただけで、見下すようなまなざしが返ってくる。それ以外の答えは返ってこない。

高飛車で気難しい、いけ好かない女だ、というのがミアのヤナ・ベルセリウス評だ。残念ながら、この評価に賛同してくれる人はひとりもいなかった。むしろ逆だ。グンナルがヤナ・ベルセリウスを紹介したら、みんな満足そうにうなずいていた。

なによりも気に食わないのは、ヤナの社会的な地位だ。上流階級の娘。生まれながらにして金を持っている。労働者階級の娘であるミアは、生まれながらにして借金を背負っているようなものだ。それだけでも、ご立派なベルセリウス嬢と親しくならない理由としてはじゅうぶんすぎるほどだった。

ヤナは視界の端からミアが向けてくる憎々しげなまなざしに気づいたが、無視することにした。ブリーフケースを開けて、ノートと、イニシャル入りのボールペンを取り出した。

グンナル・エルンがボトルのミネラルウォーターを飲み干し、書類を配った。プリントアウトされた事件関連資料はすべて、全員に行き渡るよう六部コピーしてあった。

資料には、発端となった通報の内容、現場やその周辺を写したさまざまな写真、死体が見つかったユレーン家の見取り図、被害者ハンス・ユレーンの簡単な情報が入っていた。最後に、死体が見つかってからいままでにどんな対応措置がとられたか、時刻とともに記録した文書も添えてあった。

グンナルがホワイトボードに描かれた時系列図を指差した。パトロール警官たちが被害者の妻シェシュティン・ユレーンと話した内容をまとめた報告書についても、チームメンバーに伝えた。

「だが、シェシュティン・ユレーンとまともに話をするのは難しかったそうだ」とグンナルは言った。「ヒステリーと言っていい状態で、大声で叫んだり支離滅裂なことを言ったりした。過呼吸にも陥りかけた。そのあいだずっと、自分がやったんじゃない、と繰り返していた。居間で夫が死んでいるのを見つけただけだ、と」

「奥さんを疑っているわけですか？」ヤナが尋ねる。ミアがまだ自分をにらみつけていることに気づいた。

「ああ、気にはなるな。アリバイもまだないし」

グンナルは目の前に置いた書類の束をぱらぱらとめくった。

「よし、要約するとこういうことだ。ハンス・ユレーンは昨日、十五時から十九時のあいだに殺害された。犯人は不明。殺害現場は自宅であることが鑑識捜査でわかっている。つまり、遺体をどこかべつの場所から運んできたわけではない。そうだな？」

アネリー・リンドグレンにめくばせを送る。

「そのとおり。被害者はあの現場で亡くなった」とアネリーが答えた。

「遺体は二十二時二十一分、法医学局に搬送された。きみたちは未明まであの家の調べを続けた」

「ええ。で、これを見つけた」

アネリーはA４用紙を十枚、テーブルの上に置いた。

「うまく隠してあったわ。寝室のクローゼットのいちばん奥に入ってた。脅迫状よ」

「だれからかはわかってるんですか？」とヘンリックが尋ね、紙に手を伸ばした。ヤナはそのあいだに、脅迫状についてのメモをノートに記した。

「いいえ。今朝、国立科学捜査研究所からコピーは返ってきたけど、調査結果が返ってくるまでには、まだ一日ぐらいかかりそう」

「なんて書いてあるんですか?」ミアが尋ねる。

セーターの袖の中に両手を引っ込め、テーブルにひじをついて、興味津々といった表情でアネリーを見た。

「どれも文言は同じ。〝さっさと払わないと、もっと高い代償を払うことになるぞ〟」

「ゆすりか」とヘンリックが言う。

「脅迫されたという届けは、警察に出ていないんですか?」ヤナは額にしわを寄せた。

「ああ、届けがあった記録はない。被害者本人からも、奥さんからも、だれからも」グンナルが答えた。

「凶器は?」

「見つかっていない。遺体発見現場からも、その周辺からも」とグンナルが答え、アネリーを見やる。彼女もうなずいた。

「DNAや靴跡も見つからなかったんですか?」

「ええ」アネリーが答えた。「でも、指紋は見つかりましたよ。シェシュティンが帰宅したとき、居間の窓が開いていたそうで、犯人は窓から外へ逃げたと考えてほぼまちがいなさそうです。残念ながら、シェシュティンは窓を閉めてしまったので、私たちの作業は難しくなりました。それでも、興味深い痕跡がふたつ見つかりました」

「だれの指紋ですか？」ヤナは尋ね、名前をメモしようとペンを構えた。

「それは不明ですが、手の跡はおそらく子どものものです。妙なのは、夫妻に子どもがいないということですが」

ヤナはノートから顔を上げた。

「べつに妙でもないのでは？　子どものいる人との付き合いもあるでしょうし。友だちとか、親戚とか」

「その点については、まだシェシュティン・ユレーンに聞けていないんだ」グンナルが言った。

「では、夫人から事情を聞くのがなにより重要ですね。できれば、すぐにでも」

ヤナはブリーフケースからスケジュール帳を出した。黒い革ベルトの留め金をはずし、ページをめくって今日の日付を探し当てる。備忘録、時刻、名前が、クリーム色のページにていねいに記されている。

「今日中にぜひ事情聴取をしましょう」

「では、夫人の弁護人、ペーテル・ラムステット弁護士に電話するよ」グンナルが言う。

「助かります」とヤナは答えた。この流れだと、いまこの場でスケジュール帳に時刻を書き込むことはできそうにない。手帳をぱたんと閉じると、ミアがその音にびくりとして、またヤナをにらみつけた。

「ラムステット氏と連絡が取れたら、聴取の時刻を私にも知らせてください」とヤナは言い、スケジュール帳をブリーフケースの専用ポケットに戻した。「事情聴取といえば、近所の人たちには話を聞きましたか？」

「ああ、すぐ近くに住んでる人たちには」グンナルが答える。

「成果は？」

「ゼロだ。だれも、なにも見聞きしていない」

「では、もっと多くの人に話を聞きましょう。同じ通りや、その界隈全体で聞き込みをしてください。リンドーには住宅がたくさんあるし、とても大きな窓のある家も多いですから」

「そうですよね、高級住宅地だから、あなたはよく知ってるわよね」ミアが言う。

ヤナはミアと目を合わせた。

「私が言いたいのは、だれかがなにか目撃したにちがいない、ということです」

ミアもじっと見つめ返してきたが、やがて視線をそらした。

「ハンス・ユレーン氏についてわかっていることは？」ヤナが続ける。

「ごくふつうの生活をしていたようだが」とグンナルが言い、書類を見下ろした。「一九五三年生まれだから、享年五十九歳ということになる。生まれと育ちはシムスタード。一九六五年、本人が十二歳のときに、一家でノルシェーピンへ引っ越してきた。大学で経済学を専攻して、会計事務所で四年、そのあと税務署で八年働いてから、移民局の経理部に採用された。十八歳で早くも妻のシェシュティン・ユレーンに出会って、翌年には市役所で結婚式を挙げている。ヴェッテルン湖のそばに別荘がある。いまのところわかっているのはそんなところだろう」

「交友関係については？」ミアが不機嫌そうに尋ねる。「調べました？」

「どんな友人がいたかは、まだなにもわかってない。調べを始めてはいる」グンナルが答えた。

「シェシュテインからは絶対に、もっと詳しく話を聞く必要がありますね」ヘンリックが言う。

「わかってる」とグンナルが言った。

「被害者の携帯電話は？」ヤナが尋ねる。

「電話会社に通信記録を請求している。明日には届くといいんだが」

「司法解剖でわかったことは？」

「いまのところわかっているのは、ハンス・ユレーンが射殺されたこと、発見現場で亡くなったこと。法医学者が今日中に仮の報告書を上げてくれる予定だ」

「そのコピーをください」

「ヘンリックとミアがこのミーティングのあと、法医学局に行くよ」

「そうですか。では私も同行します」とヤナは言い、ミア・ボランデル警部補の深いため息を聞いて、心の中でひそかに笑みを浮かべた。

海は荒れていた。そのせいで、狭い空間に漂う悪臭がよけいに辛かった。七歳の少女は隅に座っている。母親のスカートをつかみ、それで鼻を覆った。いま、自分は家にいて、ベッドに寝ているのだと想像した。いや、ゆりかごのほうがいい。船が揺れるのが、まるでゆりかごのようだから。

浅く息を吸い、吐く。息を吐くたびに、口の上で布が少しふくらんだ。息を吸い込むたびに、布はしぼんで唇に貼りついた。呼吸のリズムを速めてから、深く息を吸い込んで、ふうと力のかぎりに息を布に吹きかけた。布は吹き飛ばされて顔から離れた。手探りでもう一度、布をつかもうとする。薄明かりの中、床に落ちた自分の鏡が目に入った。蝶の絵が描かれた、ピンクの鏡。大きなひびが入っている。この鏡を見つけたのは、だれかが家のそばの道端に捨てたゴミ袋の中だった。拾い上げ、顔の前に掲げてみる。額にかかっていた髪を払って、ぼさぼさになった褐色の髪を、大きな目を、長いまつ毛をしげしげと眺めた。

だれかが激しく咳き込んで、少女はびくりとした。だれが咳をしたのか見ようとしたが、暗闇の中で、顔を見分けるのは難しかった。

いつになったら着くんだろう、と思ったが、だれかに尋ねる勇気はもうなかった。あとどれぐらい、このいやな鉄の箱の中にいなきゃいけないの、と五回目に尋ねたところで、しっ、とお父さんに黙らされたから。

お母さんも咳をしはじめた。息が苦しい。ほんとうに息がしにくいのだ。それでも、この中にあるわずかな酸素を、たくさんの人で分け合わなければならない。

少女は壁を手でなぞった。母親のスカートのやわらかい布地に触れて、またそれで鼻を覆った。

床が硬いので、少女は背筋を伸ばして体勢を変えてから、手探りで壁をたどる遊びを続けた。人差し指と中指を伸ばして、壁を、床を、駆ける馬のようなリズムで行き来させる。こうすると、お母さんはいつも笑って、この子ったらほんとに馬が好きなのね、と言うのだ。

家では——ラ・ピンタナの掘っ立て小屋では、食卓の下に厩舎をつくり、人形を馬代わりにしていた。ここ三年、誕生日にはポニーが欲しいとお願いしている。もらえないことはわかっていた。プレゼントなどめったにもらえるものではないし、誕生日だからといってなにかもらえるともかぎらない。食べていくので精一杯だ、とお父さんは言っていた。

少女はそれでも、いつかは自分の馬を持ちたいと夢見ている。そうしたら、馬に乗って学校に行こう。駆けていくのだ。いま壁を駆け上がっている指と同じぐらい、速く。

お母さんは笑ってくれなかった。疲れてるのかな、と少女は考え、母親の顔を見上げた。

ああ、いったいあとどれぐらいで着くんだろう。こんな旅、もういやだ！　すぐ着くはずだったのに。ビニール袋に服を詰めているとき、お父さんがそう言っていた。冒険に出るんだよ、とも言っていた。大冒険だ。ちょっと船で移動して、新しい家に行く。向こうでは、友だちがたくさんできる。きっと楽しい。友だちと遊ぶのは大好きで、故郷ではたくさん友だちがいたのだ。うち何人かはいっしょに旅をしている。ダニーロと、エステル。

ダニーロはやさしいから好き、でも、エステルのことは好きになれない。ときどき頭に来る。からかってきたりするから。ほかにも子どもは何人かいるけれど、知らない子ばかりだ。見たことのない顔。みんな船が嫌いらしかった。少なくとも、いちばん小さい子——赤ん坊は、ほぼずっと泣いていた。いまは静かだけれど。

少女は壁に沿って、軽快に指を行き来させた。横へ手を伸ばして、高いところへ、低いところへ、人差し指と中指を走らせる。下の隅に手が届いて、ふとそこが出っ張っていることに気づいた。なんだろう。暗闇の中で目を凝らす。なにかが書かれた金属板。

少女は顔を近づけて、壁に固定された小さな銀のプレートをじっくりと観察した。なにが書いてあるのか読みとろうとした。V。P。そのあとに、知らないアルファベットが続いていた。

「お母さん」少女はささやきかけた。「これ、なんていう字?」

「Xよ」お母さんがささやき返してきた。「X」

Xか、と少女は考えた。V、P、X、O。そして、数字がいくつか。

数えてみると、六つあった。六桁の数字だ。

解剖室は、天井の蛍光灯に煌々と照らされていた。中央につややかなスチールの台があり、白いシーツの下に人体の輪郭が見てとれる。ステンレスのテーブルの上に、識別番号を記したプラスチック容器がずらりと並び、頭蓋用の電動ノコギリもそこに置いてある。肉の金属的なにおいが室内に広がっていた。

ヤナ・ベルセリウスは台のそばに立ち、向かい側に立っている法医学者のビョルン・アールマン医師に挨拶をしてから、ノートを出した。

ヘンリック・レヴィーンはヤナのとなりに陣取ったが、ミア・ボランデルは出入口のそばにとどまり、ドアに背を向けて立っている。ヘンリックも、できることならドアのそばまで下がりたかった。解剖室は昔から苦手で、死人に興味を惹かれるビョルン・アールマンの気持ちがさっぱりわからない。日々、死体を相手に仕事をしていて、どうしてこんなに平然としていられるのか。ヘンリックにとって、死を間近に見るのは仕事の一環とはいえ辛いことで、この職に就いて七年が経ったいまも、死体を見せられるときにはしかめっ面にならないよう気をつけている。ヤナもどうやら、まったく平気らしい。顔色ひとつ変えることがない。そもそもこの人をぎょっとさせるものなどこの世にあるのだろうか、とヘンリックは本気で思う。折れた歯、飛び出した眼球、切断された指や手首では、足りないとわかっている。噛み切られた舌でも、重度の火傷《やけど》でも、まだ足りない。なぜそんなことを知っているかというと、自分も彼女と同じものを目にしたからだ。で、自分はそのあと、胃の中身を戻さずにはいられなかった。

ヤナはそもそも、極端なほど表情を変えない人だった。うろたえることもなければ、苦々しげな顔をすることもない。感情の動きがほとんど見えないのだ。笑うこともめったになく、めずらしく笑顔らしきものを浮かべることがあっても、口をきゅっと引き結んだだけのようにしか見えない。無理をして引き結んだだけのようにしか。

そんな堅苦しくてよそよそしい態度は、彼女の外見に合っていない、とヘンリックは思う。褐色の長い髪、大きな茶色の瞳、白い肌には、もっと生き生きとした表情やしぐさが似合うはずだ。職業柄期待されている役割を演じているだけなのだろうか。うわべを取り繕おうとしているのかもしれない。かっちりとしたジャケットとか、ひざ下丈のスカートとか、本来の百七十センチ余りという身長よりはるかに背が高く見えるハイヒールとか、そういったものに合わせて、堅苦しくふるまっているのかもしれない。仕事を離れたら、もっと感情を表に出すのかもしれない。出さないのかもしれないが。

ヘンリックはヤナの身長に合わせて、ひそかに背筋を伸ばした。

ビョルン・アールマンがそっとシーツをめくり、ハンス・ユレーンの裸体をあらわにした。

「さて、と。射入口が、ここにひとつと、ここにもひとつ」ビョルンは胸郭に開いた銃痕ふたつを指差した。「どちらも狙いは完璧だが、致命傷になったのはこっちだ」

ビョルンは手を動かし、上のほうの銃痕を指した。

「二発撃たれてるわけですね」ヘンリックが言う。

「そうだ」

ビョルンはCTスキャン画像を見せた。

「時系列としては、まず胸郭の下のほうに銃弾を受けて倒れたようだ。後ろに倒れたせいで、後頭部の硬膜下で出血が起きた。ほら、ここ」

写真の黒ずんだ部分を指差す。

「が、死にはしなかった。撃たれて、後頭部を強打したが、まだ死んではいなかった。犯人はおそらく、倒れたハンス・ユレーンに近づいていって、もう一発撃ったんだ。ここ」

ハンス・ユレーンの身体に残った、もうひとつの銃痕を指してみせる。

「この銃弾は、胸郭の軟骨部分を貫通して、心嚢《しんのう》に突っ込んだ。即死だ」

「つまり、二発目で亡くなった、と」ヘンリックがまたもやビョルンの説明を繰り返した。

「そのとおり」

「凶器は？」

「見つかった銃弾からして、きみたちにはなじみの銃で撃たれたようだよ。グロックだ」

「だとすると、持ち主をたどるのは難しいな」

「どうしてですか？」ヤナが尋ねた瞬間、彼女のポケットの中で携帯電話が震えた。そのくぐもった音は、ほかの面々にもはっきりと聞こえたが、ヤナは着信を無視した。

「電話、取らないんですか?」ミアが戸口から尋ねる。「お偉い検事殿にはどうでもいい電話?」

ヤナは彼女を無視し、代わりにヘンリックへの質問を繰り返した。

「どうしてですか?」

「グロックはとてもよくある銃だからですよ。ここスウェーデンでは昔から軍で使われてきましたし、世界中の警察官がいまも使ってる銃です。所持許可を持ってる人をリストアップしたら、長くなるでしょうね」

「それなら、辛抱強い人にチェックを頼むまでですね」とヤナは答えた。ポケットの中でまた携帯電話がぶるりと震えたのがわかった。留守番電話にメッセージが残されたのだ。

「防御創はないんですか?」ミアが戸口から尋ねる。

「ない。争った形跡はいっさいないんだ。引っ掻き傷も、青あざも、首を絞められた跡もない。ただ、銃で撃たれた。それだけだ」

ビョルンは顔を上げ、ヘンリックとヤナを見た。

「血の流れ方からして、発見現場で亡くなったようだ。死体を動かした形跡はないが……」

「それはグンナルが言ってました」ミアが彼をさえぎる。

「ああ、グンナルとは今朝話したからな。だが……」

「指紋は残ってませんでした?」ミアがまた尋ねる。

「ない。しかし……」

「クスリは？」

「その形跡もない。麻薬も、アルコールもやってない。だが……」

「骨折は？」

「いや。最後まで話をさせてくれるか？」

ミアは口をつぐんだ。

「どうも。気になるのは、射入口と射出口の関係だ。片方の銃痕は……」

ビョルンはふたつある銃痕のうち、上のほうを指差した。

「……とくに変わったところはない。銃弾は身体をまっすぐに貫通している。が、もうひとつの銃弾は、ななめに貫通している。角度がついているわけだ。で、その角度から判断するに、犯人は一発目を撃ったとき、ひざをついていたか、横になっていたか、座っていたかだと考えられるんだ。そのあと、さっきも言ったように、倒れた被害者に近づいていって、とどめの一発を心臓に撃ち込んだ」

「確実に殺そうとしたわけですね」ミアが言う。

「それを判断するのはきみたちの仕事だが、まあ、そのようだね」

「被害者はつまり、一発目が当たったときには立っていたんですね？」ヘンリックが言う。

「そのとおり。正面から撃たれている」

「でも、ひざをついているか横になっているかの姿勢で正面から撃つなんて、どうしたらできるんですか？　つじつまが合わないでしょう。おかしいわ」ミアが言った。「だって、犯人が被害者の目の前で床に座って、それから被害者を殺すなんて、ものすごく妙だと思いますけど。座る時間があったのなら、被害者は反応できたはずだし」

「反応はしたのかもしれないぞ。あるいは、犯人と顔見知りだったか」ヘンリックが言う。

「あるいは、犯人がすごく背の低い人だったか」ミアが笑い声をあげた。

ヘンリックは彼女に向かってため息をついた。

「そういうことは、きみたちだけで話し合ってくれたまえ。とにかく、私の判断では、ハンス・ユレーンの最期はいま言ったとおりだ。結論の要約がこれ」

ビョルンはそう言うと、検死報告書のコピーを差し出した。ヘンリックとヤナがそれぞれ一部ずつ受け取った。

「死亡推定時刻は、日曜日の十八時から十九時のあいだ。それも報告書に書いてある」

ヤナは報告書をぱらぱらとめくった。一見しただけで、いかにもビョルン・アールマンの報告書らしく、かなりのボリュームがある詳細な報告書だとわかった。

「ご説明、ありがとうございます」とビョルンに言ってから、ポケットの中の携帯電話を引っ張り出し、留守番電話のメッセージを聞いた。

グンナル・エルンからだった。きっぱりとした明快な声で、メッセージはひとこと。十五時三十分からシェシュティン・ユレーンの事情聴取をする。それだけだった。名乗りもしていない。

ヤナはポケットに電話を戻した。

「事情聴取、三時半からですって」小声でヘンリックに言う。

「えっ？」ミアが聞き返した。

「三時半から事情聴取だ」ヘンリックがはっきりと大きな声でミアに告げた。ミアがなにか言おうとしたところで、ヤナが口を開いた。

「それじゃ、失礼します」

ビョルンが眼鏡を鼻のつけ根まで持ち上げた。

「さしあたり気は済んだかい？」

「はい」

彼はそっと裸の死体の上にシーツをかけた。

ミアがドアを開け、戸口でヤナとぶつからないよう、あとずさって廊下に出た。

「疑問点が出てきたらまたお尋ねします」去りぎわにヘンリックが言う。

そして先頭に立ってエレベーターをめざした。

「そうしてくれたまえ」背後でビョルンが答える。「私はいつでもここにいるから」と付け加えたが、その声は天井の通風管の雑音にかき消された。

＊　＊　＊

ノルシェーピン地方検察庁には、フルタイムの職員が十二人いる。仕事を率いているのはトシュテン・グラナート地方検事長だ。

十五年前、トシュテン・グラナートが地方検察庁の長となったとき、職員の平均年齢は高かった。彼のもとで、組織は大きく様変わりした。トシュテンが組織の若返りを図り、高齢化するスタッフの総入れ替えを決めたのだ。長年勤め上げた何人かを丁重に送り出し、くたびれた事務職員を解雇し、やる気のない専門職員にはやりがいのある新たな仕事が見つかるよう手伝ってやった。

ヤナ・ベルセリウスが採用された三年前、トシュテン・グラナートは人員をかなり削減していて、職員数はわずか四人に減っていた。同じ年、ノルシェーピン地方検察庁の管轄区域が広がり、ノルシェーピン市だけでなく、フィンスポン、セーデルシェーピン、ヴァルデマシュヴィーク各市での犯罪も担当することになった。違法薬物の取引が活発化していたこともあって、職員の数を増やさないわけにはいかなくなった。そこでトシュテン・グラナートは新たに職員を採用し、いまスタッフの数は十二人になっている、というわけだ。

トシュテンが推し進めた若返り策の結果、ノルシェーピン地方検察庁は職員の若さと有能さを誇っている。平均年齢は四十歳に下がった。やや歳を食っているのはトシュテン・グラナート本人だけだ。六十二歳になった彼は、仕事のテンポを落とし、ゴルフコースの美しく手入れされたグリーンによく思いを馳せている。が、その心はいまもなお検察庁にあった。ここでの仕事を率いることこそ自分の使命と心得ていて、定年を迎えるその日まで務めを果たすつもりでいる。

彼のオフィスはなかなかアットホームな雰囲気だ。丈の短いカーテンが窓の下半分を覆い、机の上には孫の写真が金のフレームに入れて飾ってあり、床には緑のウールカーペットが敷いてある。この上を、彼はいつも行き来しながら電話で話している。ヤナ・ベルセリウスがオフィスのある区画に入ってきたいまも、やはりそうしていた。ヤナは、この地方検察庁でもう二十年も働いている事務員のイヴォンヌ・ヤンソンに軽く挨拶した。

「あら、ヤナ！」

イヴォンヌが去ろうとする彼女を引き止め、黄色い付箋を差し出してくる。よく知った名前が記されていた。

「『ノルシェーピン・ティドニンガル』紙のマッツ・ニュリンデル記者が、ハンス・ユレーン殺害事件についてコメントが欲しいって。あなたが担当だってどこかから聞きつけたらしいわよ。今朝、地方裁判所で逃げられたから、今度こそコメントしてもらう、って。あの判決についてひとこと聞きたくて、一時間以上あなたのこと待ってたんですって」

ヤナが答えないので、イヴォンヌはそのまま続けた。

「残念だけど、電話をかけてきたのはニュリンデルだけじゃないわ。この殺人事件で、全国の新聞がみんな目覚めちゃったみたい。みんな明日の一面に載せるネタが欲しいのね」

「ネタを提供するつもりはありません。警察の広報官に問い合わせるよう伝えてください。私からはノーコメントです」

「ノーコメントね」

「ニュリンデル記者にもそう伝えてください」とヤナは言い、自分のオフィスへ向かった。廊下には暗い色のカーペットが敷いてあるので、彼女のヒールの音は響かなかったが、そのあと正方形に近いオフィスに足を踏み入れると、木の床に当たる靴音が明るい縞模様の壁に大きく反響した。

ヤナ・ベルセリウスのオフィスは質素だが、それでもどこか洗練されている。机はチーク材で、大量のファイルが収まっている実用的な本棚も同じだ。ファイルの背表紙はすべて黒、書体もタイムズ・ニュー・ローマンで揃えて印刷したラベルが貼ってある。机の上、右側には、三段になった銀色のレターラックと、左側にはこれも銀色のデスクランプと、電話が置かれていた。机の中央には、HP《ヒューレット・パッカード》社製の十七インチノートパソコンが置いてある。窓辺には、細長い植木鉢に入った白い胡蝶蘭《こちょうらん》が二株飾られていた。

ヤナはドアを閉め、革張りの事務用椅子に上着を掛けた。パソコンが起動するまでのあいだ、立ったまま窓辺の花をじっと眺めた。自分のオフィスは気に入っている。広々としていて風通しがいい。机はあえて、窓に背を向けて座るように置いた。こうすれば、ガラス張りの壁を通して、外の廊下でなにが起こっているか完全に把握できる。

パソコンの脇に、どさりと起訴状の山を置いた。キーボードよりずっと厚みがある。五センチはありそうだ。少なくとも。

ちらりと腕時計を見る。シエシュテイン・ユレーンの事情聴取まで、あと一時間半しかない。

ふとげんなりして、頭《こうべ》を垂れ、うなじを掻いた。凹凸のある肌を、指先でゆっくりとたどる。その手で髪を直し、頭頂から背中のほうまで撫でつけた。

しばらく起訴状を何通かぱらぱらとめくっていたが、やがてコーヒーをいれることにした。戻ってくると、残りの起訴状はそのまま放置した。

＊　＊　＊

広さ十二平方メートルの部屋に、テーブルが一台、椅子が数脚、片方の壁には格子のついたふつうの窓、もう片方の壁にはミラーガラスの入った窓。ヘンリック・レヴィーンは殺風景な部屋で録音機のスイッチを入れた。シェシュティン・ユレーンのフルネームを大きな声ではっきりと発音し、彼女の個人識別番号も読み上げてから、続けた。

「四月十六日月曜日、時刻は十五時三十分。取調担当、ヘンリック・レヴィーン警部、取調立会人、ミア・ボランデル警部補。同席者はほかに、ヤナ・ベルセリウス検事、ペーテル・ラムステット弁護士」

シェシュティン・ユレーンはペーテル・ラムステットのとなりに座り、テーブルの上で手を組んでいる。顔には血の気がなく、化粧もしていない。髪はぼさぼさで、イヤリングもつけていなかった。

「犯人、見つかったんですか?」シェシュティンが言う。

「いや、それについてはまだ、なんとも言えません」とヘンリックは答え、真剣な目でシェシュティンを見つめた。

「私だと思ってるんでしょ？　私が夫を殺したと」

「いや、そういった推測は……」

「私はやってません！　私じゃないんです！」

「そういった推測はとくにしていませんが、とにかくことの経緯をはっきりさせなければなりません。ですから、昨日帰宅したときのことを、もう一度話していただけますか」

シェシュティンは二度深呼吸をした。組んでいた手を離し、ひざの上に置いて、椅子にもたれた。

「昨日は、私……散歩に出て、帰ったところでした」

「散歩はおひとりで？　それとも、だれかと一緒でしたか？」

「ひとりです。海岸まで行って、帰ってきました」

「続けてください」

「家に着いて、コートを脱ぎました。ハンスを呼びました。あの時間には家にいるとわかっていたので」

「そのときの時刻は？」

「七時半ごろです」

「続けてください」

「返事がなかったので、まだ仕事から帰ってないんだろうと思いました。あの人、日曜日も毎週出勤していたんです。それで私、キッチンに行って、グラスに水を入れて飲みました。そうしたら調理台にテイクアウトのピザの箱が置いてあるのが見えて、夫が帰ってきてるってわかりました。日曜日はいつもピザでしたから。それで……それで、もう一度ハンスを呼びました。それから、よく覚えてないんですけど、なにか取りに行こうと思ったんです。なんだったかしら。ナイフとフォークかもしれません、ふだん使いではないほうの。そうだわ、そうでした。それで居間に行ったら……ハンスが倒れてたんです。それで、警察に電話しました」

「電話をしたのはいつですか？」

「すぐです……ハンスを見つけて、すぐ」

「警察に電話したあとは、なにをしましたか？」

「二階に上がりました。電話に出た女性に、そうするよう言われたので。ハンスにさわってはいけない、って。だから、二階へ」

ヘンリックはシェシュティンを見つめた。おどおどして緊張している。薄いグレーのパンツの布を指先でつまんでいる。視線が泳いでいる。

「前にもうかがいましたが、もう一度うかがわなければなりません。家の中にだれかいましたか？」

「いいえ」

「外にも？」

「いいえ。前にも言ったでしょう」

「外の道路に車は？」

「ありませんでした」

シェシュティンは大きな声で答えた。床に向かってななめ前にかがみ、指先でアキレス腱をさすっている。痒いところを掻こうとするかのように。

「ご主人について話してください」ヘンリックが言う。

「なにを話せばいいんですか？」

シェシュティンの声が柔らかさを取り戻した。

「移民局で主任をしてらしたそうですね」

「ええ。有能な人でした」

「もう少し詳しく話していただけますか？　どんなことで有能だったんですか？」

「いろんな仕事をしてました。主任でしたから……」

シェシュティンは黙り込み、頭を垂れた。

彼女がごくりとつばをのみ込んだことにヘンリックは気づいた。涙をこらえようとしているのだろう。

「少し休んでもかまいませんよ」

「いいえ、大丈夫です。大丈夫です」

シェシュテインは深呼吸をした。弁護人をちらりと見やっている。彼はテーブルの上のボールペンを指先でもてあそんでいた。シェシュテインは続けた。

「おっしゃるとおり、夫は主任をしていました。仕事が好きで、順調に出世して、移民局に生涯を捧げてました。ハンスは……あの人には好かれたい、とだれもが思うような人でした。だれにでも親切に接してました。相手がどこの出身であっても。偏見のまったくない人でした。とにかく人助けをしたがっていました。だから仕事が好きだったんです。とても」

シェシュテインは少し間を置いてから、続けた。

「ここのところ、移民局はかなりの批判にさらされていたでしょう」

ヘンリックはうなずいた。国家会計検査院による調査の結果、移民局が難民収容施設を調達するときの手続きが非難の的になったのだ。昨年、移民局が支払った調達費は計五千万クローナにのぼっていた。うち九百万クローナが、本来は許可されていない、公募や入札によらない取引に使われていて、調査では家主と違法な契約が結ばれているケースも見つかった。契約書そのものが交わされていないケースも多かった。この調査については、どの新聞もたくさん記事を載せて大々的に報じていた。

「ハンスは批判に苦しんでました。難民の数が予想を上回ったから、急いで住まいを確保しなければならなかったんです。それで、あんなことに」

シェシュテインは口をつぐんだ。唇が震えていた。

「私、夫がかわいそうで」

「ご主人のお仕事にずいぶんお詳しいんですね」ヘンリックが言う。

シェシュティンは答えなかった。目から涙をぬぐい、なにか思いついたらしくうなずいた。

「それに、安全面での問題もありました」

彼女はそう言うと、難民収容施設で暴行事件や窃盗事件が起きていた、と一気に語った。身辺が落ち着かないせいで、新しく到着した難民たちのあいだでもめごとが何度もあった。移民局が雇い入れた警備員だけでは、治安の維持が難しくなっていた。

「それについては警察も把握してます」とヘンリックは言った。

「ええ。そうでしょうね」とシェシュティンは言い、背筋を伸ばした。「難民の中には、トラウマを抱えて精神的に苦しんでる人も多いんです。ハンスは難民収容施設での待遇をできるだけよくしようと全力を尽くしてました。でも、なかなかうまくいきませんでした。幾晩も続けて火災報知器を鳴らす人がいたりして。みんな怖がって、ハンスは施設を見張る警備員をもっと雇い入れるしかないと考えました。夫はほんとうに、とても熱心でした。精魂傾けて仕事に打ち込んでいたんです」

ヘンリックは椅子にもたれてシェシュティンを眺めた。さきほどのようには哀れみを誘わない。いつのまにか、なにかが加わったのだ。ある種の安堵のようなものが。

「ハンスはかなりの時間を職場で過ごしてました。夜遅くまで残業して、日曜日も毎週出勤してました。いつ帰ってくるか、いつ夕食を用意すればいいか、なかなか前もってわからないので、ハンスがテイクアウトのピザを買って帰ってくる習慣になってました。昨日もそのはずでした。いつものとおり」

シェシュテインは両手に顔をうずめ、かぶりを振った。苦しみと哀れさがあっという間に戻ってきた。

「中断してもいいんですよ」とペーテル・ラムステットが言い、シェシュテインの肩にそっと手を置いた。

ヤナはその接触をじっと眺めた。ラムステットは昔から女好きで、依頼人を慰めるのをためらうことはめったにない。チャンスさえあればそれ以上のこともよくする。シェシュテインが軽く肩をいからせたことで、ペーテルもどうやら手を離したほうがいいとわかったらしい。代わりにティッシュペーパーを取り出した。シェシュテインはありがたそうにそれを受け取り、盛大に鼻をかんだ。

「すみません」

「大丈夫です」とヘンリックが答える。「いまのお話からすると、ご主人の仕事には心労が絶えなかったわけですね」

「いえ、あの……そうですが、私にはなんとも言えません。お話しする気力も……たぶん……仕事のことは、主人の秘書の方に聞いていただくのがいちばんだと思います」

ヘンリックは眉間にしわを寄せた。

「どうしてですか?」

「それがいちばんです」シェシュテインはささやき声だった。

ヘンリックはため息をつき、テーブルの上に身を乗り出した。

「秘書の方の名前は？」

「レーナ・ヴィークストレムさん。二十年近く主人の秘書をしてらっしゃいます」

「その方からも、もちろん話を聞きますよ」

シェシュティンの肩が下がった。手を組むと、震えが止まった。

「失礼ですが」とヘンリックが言う。「ご主人との仲は良好でした？」

「どういう意味ですか？　当然でしょう」

「意見が合わないこともありませんでしたか？　言い争うことは？」

「警部はなにがおっしゃりたいんでしょうかね？」ペーテルが尋ね、テーブルの上に身を乗り出した。苛立たしげにボールペンをカチカチと二度ノックした。

「捜査を進めようとしてるだけですが」ヘンリックが答える。

「言い争うことはめったにありませんでした」シェシュティンがゆっくりと答えた。

「あなた以外に、ご主人が親しくしていた人は？」

「ハンスの両親は残念ながら、ずいぶん前に亡くなりました。ふたりとも、がんで。近しい友人もいませんでしたから、私たちの人付き合いはかなり限られていたと言っていいと思います。でも、そのほうが性に合っていました」

「きょうだいは？」

「父親の違う弟がいて、フィンスポンに住んでます。でも、あまり連絡は取り合ってませんでした。あまりにも違いすぎて」

「どういう意味で？」

「とにかく違うんです」

「弟さんの名前は？」

「ラーシュ・ヨハンソン。ラッセと呼ばれてます」

ミア・ボランデルはこれまでずっと、腕組みをして耳を傾けているだけだった。が、両手をテーブルの上に置き、単刀直入に尋ねた。

「お子さんがいないのはどうしてですか？」

シェシュティンはその問いに仰天し、両足をさっと椅子の下に引っ込めた。動きが速すぎて、片方の靴が脱げた。

ヘンリックとミアは互いを見やった。ヘンリックは苛立って、ミアは自分のした質問に満足して。

シェシュティンはテーブルの下の靴を取ろうと身をかがめ、うめき声をあげた。それから身体を起こし、両手を重ねてテーブルに乗せた。

「成り行きです」ぶっきらぼうに答える。

「どうしてですか？　できない体質だったとか？」

「そういうわけではないと思いますけど。ただ、成り行きでそうなっただけです」

ヘンリックが咳払いをし、ミアがこれ以上質問するのを防ごうと口を開いた。

「なるほど。人付き合いはあまりなかったとおっしゃいましたね」

「ええ、そのとおりです」

「最後にご友人を家に呼んだのはいつですか？」

「ずいぶん前です。ハンスは働き詰めでしたから……」

「ほかに人が来たことは？　なにかの修理をする人とか」

「クリスマスのころに、男の人が宝くじを売りつけに来たことはありましたけど、それ以外にはべつに……」

「どんな男でした？」

シェシュティンは驚いてヘンリックを見た。

「背が高くて、金髪で。感じのいい人でしたよ。宝くじは買いませんでしたけど」

「その男は、子どもを連れてきましたか？」

「いいえ。いいえ、子どもなんて連れてきてません。どうしてそんなこと聞くんですか？」

「子どものいる知り合いはいませんか？」

「それはいますけど。さきほどお話しした、ハンスの異父弟とか」

「子どもがいるんですか？」

「ええ、八歳の息子が」

「……その子がご自宅に来たことは？」

シェシュティンはヘンリックをじっと見つめた。

「どうしてそんなことをお聞きになるのか、わかりませんが……いいえ、うちにはもう、長いこと来てません」

ヤナ・ベルセリウスは彼らのやりとりをメモした。異父弟の名前をノートに書きとめ、丸で囲んだ。ラーシュ・ヨハンソン。

「ご主人をこんな目に遭わせた犯人に心当たりはありますか？」

シェシュティンは身をよじった。

「ありません」

「ご主人に敵はいましたか？」

シェシュティンはテーブルを見下ろし、深呼吸をした。

「いいえ、いませんでした」

「ご主人が腹を立てたり、いがみ合ったりしていた人は？」

シェシュティンには聞こえていないようだった。

「シェシュティン？」

「えっ？」

「ご主人に腹を立ててる人はいましたか？」

シェシュティンは首を横に振った。あまりにも激しく振ったので、あごの下のたるんだ皮膚がぶるぶると震えた。

「妙ですね」とヘンリックは言い、脅迫状のコピーをテーブルの上に置いた。「実は、お宅からこれが見つかったんですが」

「なんですか？」

「それを教えていただきたいんですが」

「私は知りません」

「脅迫状のようです。したがって、ご主人には敵がいたはずです。ひとりか、複数かはわかりませんが」

「そんな……」

シェシュティンは目を大きく見開いてヘンリックを見つめた。

「この送り主を、なんとしても突き止めたいと考えています」

「私には見当もつきません」シェシュティンはそっけなく言った。

「ほんとうですか？」

「ええ。そんな手紙、見たこともありませんでした」

ペーテル・ラムステットのほうから、カチッ、カチッ、と音がした。

「私の依頼人は、これらの手紙を見たことがないと言っています。お願いですから、ちゃんと話を聞いていただけませんか？　同じ質問を繰り返さなくてすむように」

「弁護士のあなたなら、事情聴取のしくみはよくご存じでしょう。質問しなければ、答えも得られません」

「それなら、適切な質問をしてくださいよ。シェシュティンはこれらの手紙を一度も見ていないのです」

ペーテルはヘンリックをにらみつけた。ヘンリックが目をそらす。カチッ、カチッ。

「ということは、ご主人がなんらかの形で身の危険を感じていたかどうかもご存じない？」

「はい」

「妙な電話がかかってきたことは？」

「ないと思いますけど」

「思う、ですか？　ご存じないということですか？」

「かかってきていません」

「ご主人になにか警告したがっていた人物に心当たりはありませんか？　復讐したがっていた人とか」

「ありません……でも、夫の仕事はそれ自体、危険をともなうものでしたから」

「どういう意味ですか？」

「つまり……夫は、決定を下すプロセスを嫌ってました。難民申請を却下するのがいやだったんです。それを本人に伝えるのは、夫の役目ではありませんでしたが、それでもいやがってました。この国にとどまれないと知って絶望する人が多いのを知ってましたから。でも、だからといって、そういう人たちが夫を脅迫してきたことはありません。復讐してきたことも。お聞きになりたいのは、そういうことですよね」

ヘンリックは、目の前にいる女性がほんとうのことを話しているのかどうか、考えをめぐらせた。確かに、ハンス・ユレーンが脅迫状を妻に隠していた可能性はある。が、移民局で長年仕事をしていて、シェシュテインの言うように一度も恐怖を味わわされたことがなく、妻にもそのことをいっさい話していない、というのは考えにくいように思われた。

＊　＊　＊

「ハンス・ユレーンには、かなりの身の危険が迫っていたんだろうと思うんですよね」事情聴取が終わると、ヘンリックはヤナに言った。

ふたりはゆっくりとした足取りで取調室を去った。ヤナが先に立ち、ヘンリックがあとに続いた。

「ええ」ヤナは簡潔に答えた。

「シェシュテインについて、どう思われます?」

ヤナは廊下に出たところで立ち止まり、ヘンリックがドアを閉めるあいだに考えをめぐらせた。

「家の中に、争った跡はなかったんですよね」

「うまく計画された犯行だったからかもしれません」

「あの人が犯人だと?」

「たいてい妻が犯人でしょう」ヘンリックがそう言って笑みを浮かべる。

「ええ、そういうケースは多いですね。でも、いまのところ、彼女を殺害容疑と結びつける証拠はありません」

「緊張しているようすでしたが？」

「それでは不十分です」

「わかってます。でも、ほんとうのことを話してない気がするんですよ」

「たぶんそうなのでしょうけど、彼女をこのまま三日以上勾留するには、もっと証拠が要ります。本人が自供するか、こちらでなにか物的証拠を見つけるかしないかぎり、私としては釈放するしかありません。期限は三日後です」

　ヘンリックが髪をかき上げた。

「例の秘書はどうします？」

「その人がなにを知っているか確かめましょう。明日にでも会いに行ってください。残念ながら私は、いま抱えている案件四つで手一杯なので、同行できません。でも、あなたがたを信頼しています」

「もちろん。ミアとおれが話を聞いてきますよ」

　ヤナはヘンリックに別れを告げると、留置所にあるほかの取調室、五部屋の前を素通りした。

　ここには検事としてたびたび来る。年に何度か、週末や夜間に当直や勾留手続きの当番もまわってくる。すべて輪番制で、当直があるのは、たとえば逮捕の判断を下すなど、急を要する問題にも対応できるようにするためだ。

ヤナもこれまでに、ときには夜更けに呼ばれて、逮捕するか否かの決定を急いで下したことが何度もある。

いま、留置所は満員の状態で、ヤナは天井を見上げ、自分の当直がこの週末にあたっていないことを天に感謝した。が、その次の週末は確か自分の番だと思い出した。歩くスピードを緩め、立ち止まる。ブリーフケースからスケジュール帳を出し、四月二十八日土曜日のページを開いた。なにも書かれていない。四月二十九日日曜日。やはり真っ白だ。

ヤナは眉間にしわを寄せた。まちがえたのだろうか? 当直ではなかった? 二ページ先に進み、火曜日の欄を見る。五月一日、メーデー。当直、と書いてある。そういえば、この日は両親と夕食の約束をしたのだった。たちまち気持ちが沈んだ。同じ日に当直は無理だ。もちろん両親との食事は義務でもなんでもないが、キャンセルして父親をがっかりさせたくはなかった。

だれかに替わってもらわなくちゃ、と考え、スケジュール帳をブリーフケースに戻した。姿勢を正し、廊下を進みながら、だれなら替わってくれそうか考える。ペール・オーストレムが候補に挙がった。ペールは、成功した検事でありながら人好きのするソーシャルワーカーのようでもある、不思議な人物だ。ヤナは同僚である彼に敬意を抱いているし、知り合って数年、ふたりのあいだには友情と言ってよさそうなものが生まれていた。

ペールは三十三歳で、鍛え抜かれたいい身体をしている。火曜日と木曜日にテニスをしている。金髪で、あごが少し割れていて、左右の瞳の色が違う。ディオールの香水〝ファーレンハイト〟をつけている。少々口うるさいが、感じはいい。が、それだけだ。それ以上のことはなにもない。

ペールをなんとか説き伏せて、当直を替わってもらえるといいのだけれど。だめなら、なにかで釣るしかない。ワインとか。赤、それとも白？　靴のヒールが床を打つリズムに合わせて、どちらがいいか考えた。赤か、白か。赤か、白か。赤か、白か。

駐車場まで階段で下りようかとも思ったが、結局エレベーターに乗ることにして、廊下を曲がった。が、ペーテル・ラムステット弁護士も同じ選択をしたとわかって、すぐに後悔した。無難な距離を保ちつつ彼の後ろを歩いた。

「おお、ヤナ」ペーテルは彼女がいることに気づき、そう声をかけてきた。

靴底でバランスをとって、身体を前後に揺らしている。

「ハンス・ユレーンの死体を見に行ったと聞いたよ」

「どこでそんなこと聞いたんですか？」

「いろいろ耳に入ってくるんだ」

ペーテルはニヤリと笑い、ホワイトニングした歯を見せた。

「死体が好きなのかい？」

「いいえ、捜査を進めようとしているんです」

「ぼくは十年弁護士をやってるけどね、司法解剖に立ち会う検事なんて聞いたことがない」

「それは私の問題というより、ほかの検事さんたちの問題じゃないでしょうか」

「同僚が気に食わない？」

「そうは言ってません」

「みんなと同じようにしたほうが楽じゃないか？　きつい仕事は警察にやらせて、電話で全部済ませればいい」

「楽な道に興味はありませんから」

「言っておくがね、検事のせいで捜査が面倒になることもあるんだよ」

「どういう意味ですか？」

「やたらと目立ってしまうとね」

その言葉を聞いて、ヤナ・ベルセリウスは駐車場まで階段で行こうと決めた。一段下りるたびにペーテル・ラムステット弁護士を呪った。

揺れはすでに止まっている。彼らは暗いコンテナに閉じ込められ、静かに運ばれていた。

「着いたの？」少女が尋ねる。

お母さんは答えてくれなかった。お父さんもだ。ふたりとも緊張しているように見える。お母さんが、身体を起こしなさい、と言った。少女は言われたとおりにした。ほかの人たちも動きはじめている。やや落ち着かない雰囲気になり、何人もが咳き込んだ。少女もまた、熱のこもった淀んだ空気が肺に入り込んでくるのを感じた。お父さんものどをぜいぜい言わせている。

「ねえ、着いたの？」少女はまた尋ねた。「お母さん？　お母さん！」

「しっ！」お父さんが言う。「静かにしてなきゃだめだ」

少女は機嫌を損ね、わざとひざをあごに引き寄せて丸くなった。

そのとき、床がいきなり揺れた。少女は横に倒れ、腕を伸ばして身体を支えようとした。母親が少女をつかまえ、ぐっと引き寄せた。

長い、長い沈黙があった。やがて、コンテナが空中に持ち上げられたようだった。狭い空間の中で、全員が互いにしがみついた。少女は必死になって母親の腰に抱きついた。それでも、コンテナが地面にどさりと落とされて、少女は頭を打った。地面――新たな土地。新たな人生を送る国。

お母さんが立ち上がって、少女を引っ張り上げた。少女がダニーロを見ると、彼はまだ壁にもたれて座っていた。目を大きく見開いて、ほかのみんなと同じように、外の物音に耳を傾けていた。壁越しに音はあまり聞こえなかったが、意識を集中して耳を澄ませば、かすかに人の声がするような気がした。空耳だろうか？ いや、まちがいない、外で話している人たちがいる。少女は父親を見上げた。お父さんはにっこり笑いかけてきた。その笑顔こそ、コンテナが開いてまばゆい光が差し込んでくる前、少女が最後に見た光景だった。

外には男が三人立っていた。手になにか持っている。なにか大きな、銀色のもの。少女は似たようなものを見たことがあった。そちらは赤いプラスチック製で、ぴゅっと水が出るものだったけれど。

男たちのひとりが、たちまち大声でみんなに向かって怒鳴りはじめた。顔になにか、変なものがついている。傷痕だ。ものすごく大きい。少女は思わずそれに見入った。

その男がコンテナに入ってきて、銀色のものを振り回した。そのあいだ、ずっと怒鳴っていた。なにを言っているのか、少女にはわからなかった。お父さんもお母さんもわからないようだった。だれも男の言うことを理解できなかった。

男はエステルに近寄り、彼女の服を引っ張った。エステルは怖がった。エステルの母親もおびえていて、なにが起ころうとしているのか理解したときには、もう手遅れだった。男はエステルをぐいと引き寄せると、その首をつかんで、コンテナからあとずさるようにして出ていった。そのあいだ、ずっと銀色のものをエステルの両親に向けていた。ふたりはなにもできずに、じっと立ちつくしていた。

少女はふと、だれかが腕をぐっとつかんでくるのを感じた。お父さんだ。少女を自分の脚の後ろにさっと隠した。お母さんがスカートを広げて、さらにできるかぎり少女を隠そうとした。

少女は動いてしまわないよう必死に我慢した。スカートに隠されていて、なにが起こっているのか見えない。が、声は聞こえた。大人たちが叫びだした。やめて、やめて、やめて！　そして、ダニーロの悲鳴が聞こえてきた。

「ママ」と叫んでいる。「ママ！」

少女は子どもたちの泣き声や悲鳴を聞かなくてすむよう、両手で耳を覆った。が、大人たちの声のほうがひどかった。同じように叫び、泣いているけれど、大人の声のほうがずっと大きい。少女は耳を覆う手に力を込めた。が、しばらくすると、あたりがしんと静かになった。

手を離し、耳をそばだてる。お父さんの脚の向こうを見ようとして身体を動かしたら、壁にぐっと押しつけられた。痛かった。

足音が近づいてきて、お父さんがさらに強く壁に押しつけてくるのがわかった。息が苦しくなってきて、〝痛い！〟と口に出そうとしたところで、なにかがつぶれたような音がして、お父さんが前のめりにばたんと倒れた。そのまま動かなくなった。少女が顔を上げると、傷痕の男が目の前に立っていた。笑みを浮かべていた。

お母さんが飛びかかってきて、全力で少女にしがみついた。が、男はふたりを見つめているだけだった。また、なにか怒鳴った。お母さんが怒鳴り返した。

「この子にさわらないで！」

すると、男はお母さんを殴った。手に持っているもので。

少女は、母親の両手が自分の腹に、脚に下がっていくのを感じた。母親はやがて目を見開いたまま床に倒れた。まばたきもしなかった。ただ、宙を見つめていた。

「お母さん！」

やがて上腕をさわってくる手を感じた。少女は男に引っ張り上げられた。男は少女の腕をがしりとつかんで、コンテナから連れ出した。

そして、外に出た少女は、あの音を耳にした。銀のもので撃っている、おぞましい音。中に入っているのは水ではなかった。水なら、あんな音はしない。なにか硬いもので撃っているのだ。暗闇に向かって。

お母さんと、お父さんに向かって。

四月十七日、火曜日

ヤナ・ベルセリウスは朝の五時に早くも目を覚ました。また同じ夢を見た。あの夢のせいで安らげない。身体を起こし、額の汗をぬぐう。口の中が乾いている。きっと叫んだのだろう。

こわばった指を伸ばす。爪が手のひらに食い込んで、半月形の印をつけていた。あの夢は記憶にあるかぎり、ずっと彼女につきまとっている。いつも同じ夢、同じ映像だ。腹立たしいし、意味がさっぱりわからない。いろいろと勉強し、分析し、どんな解釈ができるかさんざん考えた。それでも、どうしようもなかった。

枕が床に落ちている。自分で投げたのだろうか？　たぶん、そうだ。ベッドからずいぶん離れたところに落ちている。

ベッドのヘッドボードに枕を戻すと、横になって掛け布団をかぶった。暖かい羽毛布団の中で二十分間、そわそわと寝返りを繰り返したあげく、また寝入ろうとしても無駄だと悟った。起き上がり、シャワーを浴び、着替えて、皿にフィールミョルク（ヨーグルトに似た発酵乳製品）とミューズリーを盛って食べた。

コーヒーカップを手に、外の不穏な天気を眺めた。四月も半ばを過ぎたのに、冬がいまだに居座っている。にわか雨は雪まじりで、気温は昼も夜も零度前後だ。

ノルシェーピンの中心街、クネッピンスボリ地区にあるこのマンションからは、モータラ川も、ルイ・ド・イェール・コンサートホールも見える。居間からは、この地区の趣ある商店街を訪れる人々を眺めることもできる。クネッピンスボリ地区は最近、市によって、昔ながらの街並みを残す形で改修されたのだ。

ヤナは昔からずっと、天井の高いマンションに住みたいと思っていた。この地区の改修にあたって、最初の設計図が承認された時点で、ヤナの父親は大学を卒業したばかりの娘にマンションを買ってやろうと、順番待ちリストに名前を連ねた。幸運にも――いや、むしろあちこちへ電話をかけた成果なのかもしれないが――カール・ベルセリウスはだれよりも先にマンションを選ぶ権利を得た。選んだのはもちろん、ほかよりも四十平方メートル広い、計百九十六平方メートルの部屋だった。

ヤナは空を見上げた。雨がしとしとと降っている。灰色の雲は、日差しを通してやる気がまったくないようだ。

うなじを掻く。ここ数日、寒さのせいで痒みに悩まされている。薬局で軟膏を買った。レジ係は新商品だと言っていたが、いまのところ改善の兆しはない。

髪を横分けにして櫛を通し、右肩のほうにすべて流して、うなじをあらわにした。いびつな文字の刻まれた肌に、指先でちょんと軟膏を載せ、そっと塗り込める。それから髪をもとに戻した。

紺色のジャケットを出し、その上に防水加工されたアルマーニのベージュのコートをはおって、ボタンをとめた。

八時半に部屋を出ると、駐車してある自分の車へ歩いていき、雨の中を地方裁判所へ向かった。今日の一件目について考える。痴情のもつれによる事件で、九時から裁判が始まる。四件目、今日最後の案件が終わるころには、早くても五時半をまわっているだろう。

長い一日になりそうだ、とヤナは思った。

＊　＊　＊

九時過ぎ、ヘンリック・レヴィーンとミア・ボランデルが移民局に足を踏み入れた。受付で到着を告げると、臨時の通行証を与えられた。

三階にある秘書のレーナ・ヴィークストレムのオフィスにふたりが入っていくと、レーナはちょうど電話中だった。彼女は指を動かして、少し待ってくれればすぐ用件に応じる、と合図してきた。

レーナのオフィスからは、ハンス・ユレーンのオフィスだった部屋がよく見えた。きれいに掃除されている、とヘンリックは気づいた。幅の広い机の上には、ほとんど物が置かれていない。机上の半分ほどをパソコンが占めていて、残りのスペースにフォルダーが重ねてある。レーナ・ヴィークストレムのオフィスは正反対だった。紙があちこちに散乱している。机の上、ファイルの上、ファイルの下、書類ラックの中、床、紙類回収箱の中、ゴミ箱の中。なにも整理されていない。書類、出張の手配書、郵便、すべてが散らかり放題だった。ヘンリックはぞっとした。こんなに散らかった中で、どうしたら落ち着いて仕事ができるのだろう。

「さて、と」レーナが受話器を置き、立ち上がった。「ようこそ」

ヘンリックとミアと握手を交わし、机のそばに置いてある訪問者用の古ぼけた椅子をすすめた。

「なんてひどいことでしょう」と彼女は言った。「いまだに信じられません。恐ろしいことです。怖いわ。だれがあんなことをしたのか、みんな知りたがってます。私はずっと電話にかかりきりです。ほかにもやらなきゃいけないことがたくさんあるのに。でも、上司が殺されたとなったら、みんな不安になるのも無理はありませんよね。殺されたんですよね？　いやだわ、もう、ほんとうに恐ろしい」

レーナは雑にマニキュアを塗った爪をいじりはじめた。年齢のわかりにくい女性だ。五十五歳は超えているだろうとヘンリックは思った。褐色の髪はショートカットで、藤色の薄手のブラウスを身につけ、それに合った色のイヤリングをしている。洗練されていて、裕福そうと言ってもいい。もちろん、マニキュアが剝げかけてさえいなければ、ということだが。

ミアがメモ帳を開いてペンを構えた。

「ハンス・ユレーン氏と長年、いっしょに仕事をなさっていたと聞きました」

「ええ、二十年以上です」

「夫人は、二十年近く、と言ってましたけど」

「奥さんは残念ながら、ご主人のことをあまりよくご存じありませんから。ありませんでしたから、と言うべきかしら。正確には二十二年です。でも、そのあいだずっとハンスの秘書をしていたわけではないんです。初めはべつの上司についていましたが、その人がずいぶん前に定年退職して、ハンスがその後任になりました。ハンスはその前、経理部で働いていて、私は当時の主任をしょっちゅう手伝っていたので、経理関係で頻繁に顔を合わせていました」

「夫人の話だと、ユレーン氏は最近ストレスを感じているように見えたそうですが、あなたもそう思われますか?」ヘンリックが尋ねる。

「ストレス?　いいえ、そんなことはないと思いますけど」

「移民局が最近批判されていたからだと夫人はおっしゃってました」

「そうなんですか?　まあ、それはね。確かに、新聞には、この国に入ってくる難民の数を予測して計画を立てるのが下手だ、と書かれましたよ。でも、何人来るか正確に知ることはできません。だいたいの予測を立てるしかないんです。予測は予測でしかありません」

　レーナは深く息を吸い込み、続けた。

「三週間前、ソマリアからの難民がたくさん来て、その前後は仕事が増えました。もうマスコミに書き立てられるようなことはしたくない、というのがハンスの考えでした。批判をとてもまじめに受け止めていたんです」

「ユレーン氏に敵はいましたか？」ヘンリックが尋ねる。

前かがみになり、ひざの上にひじをついた。

「いいえ、私の知るかぎりではいません。でも、この仕事をしていると、いつも少しは身の危険を感じるものですけど。たくさんの感情が絡んできます。スウェーデンにとどまれないと知らされると、怒って凶暴になる人もたくさんいます。そういう意味では、敵はたくさんいると言っていいでしょうね。だから、警備会社にお願いして、常時ここを巡回してもらっています」とレーナは言い、腕を搔いた。

「夕方や夜もですか？」

「ええ」

「脅迫を受けたことがあるんですね？」

「いいえ、個人的に直接、脅迫されたことはありませんけど。でも、さっきも申し上げたとおり、移民局そのものが危険にさらされているのは事実です。一度、男の人がガソリンをかぶって受付に駆け込んできて、滞在許可をもらえなければ火をつける、と言ってきたこともありました。すっかり平常心を失ってしまうことがあるんです、そういう人たちは。ほんとに、いろんな人がいるものです」

ヘンリックは椅子にもたれた。クッションが薄く、背もたれの硬さが伝わってきた。人差し指を鼻の下に置き、メモをとっているミアをちらりと見てから、次の質問に移った。

「日曜日にここを巡回していた警備員と話はできますか？」

「この前の日曜日ですか？　というと、ハンスが……」

「ええ」

「聞いてみます」

レーナは受話器を上げた。右側の壁に貼ってある電話番号リストを目でたどっている。それから番号を押し、待った。ほどなく警備会社から、日曜日ずっと勤務していた警備員イェンス・カヴェニウスをすぐ向かわせる、との約束を取りつけた。

「あなたはつまり、ユレーン氏が最近、とくに身の危険を感じていたかどうかはご存じないわけですね？」ヘンリックが続けて尋ねた。

「ええ、存じません」

「妙な手紙や電話が来たことは？」

「ありません。郵便物は私が全部開けますが……妙なものは見ていません」

「ユレーン氏に子どもと接する機会があったかどうかはご存じですか？」

「いいえ。どうしてそんなことをお聞きになるんですか？」

ヘンリックは答えなかった。座りにくい椅子の上で姿勢を正した。

「ユレーン氏がここで夜遅くまで残業したり、週末に出勤したりしていたときに、どんな仕事をしていたかはご存じですか？」

ですし。あの人はパソコンが大の苦手で、なるべく使わないようにしていましたから、私がいつも書類や報告書のデータをプリントアウトして渡していました」

「ユレーン氏がここで仕事をしてたとき、あなたもここにいました？」とミアが尋ね、ペンでレーナを指した。

「いいえ、日曜日はいませんでした。ハンスはだれにも邪魔されずに、ひとりで仕事をするのが好きな人でした。だから夜や週末に働くのが好きだったんです。だれも邪魔しに来ないから」

ミアはうなずき、メモ帳に書きとめた。

「怒って凶暴になる人たちもいるとおっしゃいましたね。難民申請をしている人たちの氏名リストをいただくことはできますか？」ヘンリックが尋ねる。

「ええ。もちろん。今年の分ですか？　それとも、もっとさかのぼって？」

「さしあたり、今年の分でじゅうぶんです」

レーナはデータベースを操作してリストを表示した。レーザープリンターが起動し、アルファベット順に氏名の並んだ紙を何枚も吐き出した。レーナは黙ったまま出てきた紙を手に取った。二十枚プリントされたところで、警告ランプが点滅しはじめた。

「まったく、いつもおかしくなるんだから」レーナは顔を紅潮させた。用紙トレイを開けたが、紙がきちんと入っていたので驚いたようだ。

「ちょっと、なんなの？」

プリンターはガタガタと音をたてて動き出すかに見えたが、また赤いランプが点滅して、なにかがおかしいと知らせてきた。

「機械って、うまく動かなければただのがらくたですよね」レーナが苛立った声で言う。なんらかの返事を期待していたようだが、その期待は裏切られた。

ヘンリックもミアも黙ったままだった。

レーナはまた用紙トレイを開け、用紙が残っていることを確認してから、ふたたび閉めた。今回は力を込めて、ガシャン、と。プリンターはまた動き出したが、あいかわらず紙は出てこない。

「なんなのよ、まったく厄介なんだから！」

レーナが拳を握ってスタートボタンを叩くと、プリンターは動き出した。

彼女は髪をかき上げ、くすりと笑った。ついにプリントアウトを終えられて満足げだ。そのとき、電話が鳴った。受付係が手短に、イェンス・カヴェニウスが到着した、と知らせてきた。

＊　＊　＊

イェンス・カヴェニウスは受付の柱にもたれて立っていた。十九歳の彼は、まだ寝起きのようだった。目が充血していて、髪は片側がべったりと頭に貼りつき、もう片側がぼさぼさに乱れている。中綿の入ったデニムジャケットを着て、白のコンバースをはいていた。ヘンリックとミアに気づくと柱を離れ、握手しようと片手を差し出してきた。

「座ろうか」とヘンリックが言った。

受付の右側にある色褪せたソファーを手で示す。応接コーナーは、高さ二メートルはありそうなプラスチック製のジョシュア・ツリーに囲まれていた。中央の白いテーブルはひざの高さで、アラビア語のパンフレットの入ったラックが置かれている。

イェンスはソファーにどさりと沈み込むと、前に身を乗り出し、真っ赤ながら期待のこもった目でヘンリックとミアを見つめた。ふたりは彼の向かい側に腰を下ろした。

「この前の日曜日は、ここで勤務してたんだね？」ヘンリックが尋ねる。

「してましたよ」とイェンスは答え、手のひらをぽんと合わせた。

「その日、ハンス・ユレーン氏は出勤していた？」

「ええ。ちょっと世間話しましたよ。あの人、ここのボスみたいなもんだし」

「それは何時ごろ？」

「六時半ごろかな」

ヘンリックはミアを見やった。彼女が事情聴取を引き継ぎたがっているのが見てとれた。ヘンリックはうなずき、彼女にあとをまかせた。

「どんなことを話したの？」ミアが尋ねる。

「いや、べつに。世間話っていうか、挨拶しただけっていうか」

「というと？」

「まあ、会釈っていうか。オフィスの前を通りかかったときに、ぼくがユレーンさんに会釈しました」

「そのとき、ほかに人はいなかった？」

「いませんでしたよ、全然。日曜日はほとんど無人だから」

「ハンス・ユレーンのオフィスの前を通りかかったとき、彼がなにをしてたかは見えた？」

「いいえ。でも、パソコンのキーを叩いてたのは聞こえましたよ。ほら、警備員って、耳が良くないとつとまらないでしょ。妙な物音とかに気づかなきゃまずいから。夜目が利くのもプラスですね。ぼく、入社試験で、どっちのテストも一番だったんですよ。すごくないですか？」

　ミアはイェンスの感覚の鋭さにあまり感銘を受けなかった。馬鹿じゃないの、と眉をつり上げてみせ、それからヘンリックのほうを向いた。彼はジョシュア・ツリーをじっと見つめていた。

　ヘンリックが物思いにふけっているだけだと気づいて、ミアは彼の上腕を叩いた。ばしんと。

「もしもし？」

　ヘンリックはびくりと身体を震わせ、現実の世界に戻ってきた。

「聞いてます？」

「ああ、もちろん」とヘンリックは答え、どんなやりとりがあったか思い出そうとした。

「ハンス・ユレーンのパソコンだけど」

「それがなにか？」

「あなたの話からすると、ユレーンはよくパソコンを使ってたみたいね」

「使ってましたよ。いつも」とイェンスは答え、両手をぽんと合わせた。

「それなら、押収したほうがよさそうだな」とヘンリックが言った。

「私もそう思います」とミアも言った。

＊　＊　＊

ガブリエル・メルクヴィスト巡査は震えていた。寒い。靴の中まで水がしみこんできて、冷たい雨が制帽からうなじに垂れる。相棒のハンナ・フルトマンがどこにいるのかはわからない。最後に見たときには三十六番地の家の呼び鈴を鳴らしていた。

ふたりはこの午前、家々を二十軒ほどまわって聞き込みをした。いまのところ住民のだれひとりとして、捜査に関係のありそうな目撃証言をしてくれていない。そもそも日曜日は家にいなかった人がほとんどだった。みんな別荘とか、ゴルフとか、乗馬の競技会とか、そういうところに出かけていたわけだ。ひとりだけ、自身も子どものいる女性が、小さな女の子がうちの前を歩いていくのを見たけれど、たぶんどこか近所の友だちの家にでも遊びに行って、夜になって帰るところだったのでしょう、と証言してくれた。そんな関係のないことまで、どうしてこの人はわざわざ話そうと思ったのだろう、とガブリエルは思った。

ぶつぶつと文句を垂れながら時計を見た。口の中がからからだ。疲れたし、のどがかわいた。明らかに血糖値が下がりすぎているしるしだった。それでも彼は高い石塀に囲まれた次の家へ足を向けた。

聞き込みはあまり好きではない。どしゃ降りの雨の中ではなおさらだ。が、刑事部のお偉いさんから命令されてしまった以上、従うのがいちばんだった。

家の門は閉まっていた。鍵がかかっている。ガブリエルはあたりを見まわした。ここからだと、殺人事件の起こったエスタン通り二百四番地はほとんど見えない。インターホンを押し、応答を待つ。もう一度押し、今度は〝すみません〟と呼びかけてみた。鍵のかかった門を少し揺らしてみたが、ガチャガチャと音がするだけだ。

まったく、ハンナの奴、どこにいるんだ？　あいかわらず姿は見えない。一ブロック向こうの通りへ行ってしまったわけでもないだろう。それならひとこと声をかけていくはずだ。ハンナなら、かならず。

ガブリエルはため息をついた。一歩後ろに下がると、そこは水たまりだった。右足の黒い靴下に、冷たい水が吸い込まれていくのがわかる。ちくしょう。よりによって。

ふたたび家を見上げる。やはり人の気配はない。こんなことはさっさとやめて、手近な店に入って食事がしたい。そのとき、視界の隅に映ったものがあった。動いている。ガブリエルは、なんだろう、と目を凝らした。監視カメラじゃないか！　インターホンを押し、返事を求めて何度も呼びかけた。あまりに興奮していて、ゆっくりと忍び寄ってくるめまいには気づかなかった。

＊　＊　＊

四十分後、九十八クローナを払って、ヘンリック・レヴィーンは満腹になった。タイ料理のランチバイキングには、美味《うま》い料理がたくさんありすぎた。ミア・ボランデルも昼食をともにしたが、彼女はもっと軽くサラダで済ませていた。

車に乗り込むころには、ランチバイキングなんかやめておけばよかった、と思った。身体が重く、眠気が襲ってくる。署までミアに運転してもらった。

「次はおれもサラダにする。忘れてたらそう言ってくれないか？」

ミアは笑い声をあげた。

「頼むよ」

「私、あなたのお母さんじゃありませんよ。まあ、いいですけど。奥さんにダイエットしろって言われたんですか？」

「おれが太ってるって言いたいのか？」

「とりあえず顔はセーフですね」

「そりゃどうも」

「セックスできないとか？」

「はあ？」

「だって、食べる量を減らしたいって思ってるみたいだから。それは体重を減らしたいってことでしょ。新聞で読みましたよ。男がダイエットするいちばんの理由は、もっとセックスしたいからだ、って」

「べつに」

「おれはサラダの話しかしてないぞ。次はサラダにするって言っただけだ。文句あるか？」

「で、おれが太ってるって思うのか？」

「いいえ。八十キロは太ってるうちに入りませんよ、ヘンリック」

「八十三キロだ」

「あら失礼、八十三キロね。言うことなしじゃないですか。どうしてダイエットなんかしたいんです？」

　ヘンリックは、どうして食事に気をつけようとしているのか、ほんとうの理由は黙っていることにした。

　ミアが知る必要はないが、実は七週間前、減量プログラムを実行する決意を固めた。内容はシンプルで、夕食の炭水化物を減らすだけだ。それに加えて、平日もっと身体を動かすという目標も掲げた。が、この新しい生活習慣を守るのはなかなか難しい。タイ料理は米と合わせるのが美味いから、なおさら。それに仕事のあと、運動する時間などあまりない。家に帰って、食事して、子どもと遊んで、風呂に入って、子どもを寝かしつけて、テレビを見て、寝る。六歳児と五歳児を抱えて日々の日課をこなす以外に、なにかする時間などまったくないと言ってよかった。実のところ、エマとはまだ話し合っていない。週に一、二度、夜にジム通いをしてもかまわないかどうか。だが、聞いても無駄だ。どんな答えが返ってくるか、心の底ではもうわかっている。だめ、と一蹴されるにきまっている。

エマはいまの時点ですでに、ヘンリックが家族と過ごす時間が少なすぎる、と考えている。残業が多いのだ。が、それは仕事だからしかたがない。運動となると話はもう少し厄介で、エマの怒りを買うことになる。ヘンリックには正直、なぜなのかわからない。身体を動かすのは健康のためだ。トレーニングをすれば、もっと筋肉が引き締まって、男としてもっと魅力的になれると思うのだが。そうだ、そこを強調するのがいちばんいい。週に何度かジムに通うことを許してもらえれば、エマはもっといい身体をした夫とベッドに入れる。自分はもっとセックスさせてもらえるかもしれない。どちらにとってもいい話じゃないか。

とはいえ、これまでに何度か、土曜の午後に社会人チームでサッカーをしたいとエマに申し出ているが、ことごとく却下されている。週末は家族のための時間であって、庭でいっしょに過ごしたり、動物園に行ったり、映画を見に行ったり、家でのんびりしたりするもの。夫婦水入らずで過ごすべき。寄り添って、触れ合って。

ヘンリックは寄り添って触れ合うのが好きではない。好きなのはセックスだ。以上。セックスこそいちばんの愛情の証だと思っている。どこで、いつするかはどうでもいい。とにかくすることが大事だ。が、エマの意見は違った。ムードとか、くつろぎとか、時間をたっぷりかけるとか、そんなどうでもいいことにこだわっている。彼女にとっては、いつどこでするかがとても大切なのだった。だからそういうことを楽しめる場所はいまだにダブルベッドの上だけで、子どもたちが寝ているときに限られている。しかも息子のフェリックスが最近お化けを怖がっていて、毎晩かならずダブルベッドにもぐりこんできては両親にはさまれて寝入るので、性的なことができる機会はかなり少ない。そんなわけでヘンリックは、そのうちましになることを夢見ながら寝入ることに慣れてしまっていた。ところがここ数週間、炭水化物を減らした食事のせいで、性欲が以前よりも強くなっている。なぜかはわからないが、ホルモンが目覚めてしまったようなのだ。で、エマもその気になってくれた。あのエマが。まあ、一度だけだが。ちょうど四週間前の話だ。

ヘンリックはげっぷを押し殺した。もうランチバイキングはやめよう、と考える。次はサラダだけだ。絶対に。

＊　＊　＊

会議室に入ったヘンリックとミアは、ガブリエル・メルクヴィスト巡査がリンドーでの聞き込み中に気を失った、と知らされた。彼を発見したのは年配の女性で、呼び鈴が何度も鳴っているのが聞こえたが、車椅子生活なので玄関へ行くのに時間がかかった、扉を開けてみたら門の前に警察官が倒れているのが見えた、という話だった。

「幸い、ハンナ・フルトマン巡査が来て、ガブリエルの服のポケットに入っていた血糖値を上げるグルカゴン製剤を見つけて、腿に注射してくれたそうだ。というわけで、いまのが残念なニュース。いいニュースもある。この女性の家の外に監視カメラがあった。カメラは通りに向けられている。場所はここだ」

グンナルはそう言うと、時系列図のとなりの壁に掛かっている住宅街の地図に×印をつけた。

全員が集まっている。ヤナを除いて。ミアは満足だった。

「運がよければ、日曜日のできごとがどこかのサーバーに残っているかもしれない。オーラ、すぐに調べてくれ」

「いますぐですか？」オーラ・セーデシュトレムが尋ねる。

「ああ、いますぐだ。急げ」

オーラは立ち上がった。

「待ってくれ」ヘンリックが言う。「仕事はそれだけじゃないと思う。ハンス・ユレーンのパソコンを押収したんだ。ひととおり調べてみなきゃならない」

「レーナ・ヴィークストレムから話を聞いて、なにかわかったか？」

「ハンスについての証言に食い違いがありました。警備員の話だと、ハンスはいつもパソコンに向かって仕事をしてた。レーナの話だと、ハンスがパソコンで仕事をすることはまずなかった。印象が人によって違うのはよくあることですが、ここまで証言が食い違うのはちょっと妙だと思います」

オーラもグンナルも、アネリー・リンドグレンも同意した。

「しかもレーナの話だと、ハンスが最近ストレスに悩んでるようすはとくになかったそうです。少なくとも、奥さんが言うほどには」

「でも、それはあの人の意見でしかないわけでしょ。単に、ハンス・ユレーンのことをよく知らなかっただけじゃないですか。言わせてもらえれば、ものすごく悩んでたと思いますよ。私だったら悩むわ。新聞にいろいろ書き立てられて、そのうえ脅迫状まで送られてきたら」ミアが言った。

「確かに」とオーラ。

「レーナは、移民局が申請を却下した難民に脅されることがある、と話してました。そこで、今年これまでに難民申請をした人のリストをもらってきました」ヘンリックが言う。

「よし。ほかにはなにか？」グンナルが尋ねる。

「いいえ」とヘンリックが答えた。「どうやら聞き込みの成果もあまりなかったみたいですね」

室内が静かになった。

「目撃者、いないんですか?」ミアが尋ねる。

「ああ。ひとりもいない」グンナルが答えた。

「そんな馬鹿な。だれも、なにも見てないんですか? 最悪の出だしじゃないですか」

「いまのところ目撃者はなし。皆無。ゼロだ。というわけで、監視カメラからなにかわかることを願うしかない。オーラ、問題のカメラの映像がすぐ手に入るかどうか調べてくれ」グンナルはオーラのほうを向いて言った。「それからハンスのパソコンを調べろ。おれは電話会社が通信履歴を送ってくれたかどうか確かめる。まだ来ていなかったら、電話でしつこく催促してやる。アネリー、おまえは現場に戻って、なにか新しい手がかりが見つかるかどうか調べてくれ。いまの状況では、どんなことでもありがたい」

少女ははじめ、泣いた。ヒステリックに泣いた。が、いまは落ち着いている。こんな気持ちは初めてだ。なにもかもがスローモーションのようだった。

腿の上に頭を垂れ、痺れかけた両腕をだらりと脇に下げて座っている。乗せられているライトバンのエンジン音が、かすかに聞こえる。脚がひりひりする。羽交い締めにされて、腕に針を刺されたときに、おしっこを漏らしてしまった。

ゆっくりと顔を上げて左の上腕に目を向け、小さな赤い痕を見る。ほんとうに小さい。少女はくすりと笑った。小さいな。ちっちゃいな。ちっこいな。注射器も、とても小さかった。

車ががたりと揺れ、アスファルトが砂に変わった。少女は頭を後ろにもたせかけて揺れを受け流した。車内の硬いものにぶつからないように。ほかの子たちにぶつからないように。

七人みんな、身を寄せ合って座っている。少女のとなりに座っているダニーロも、さっき泣いていた。ダニーロが泣くところを見たのは初めてだった。彼はいつもにこにこしていた。少女はその笑顔が好きで、いつもなら微笑み返す。が、いま、ダニーロは笑顔になれない。銀色のガムテープでしっかりと口をふさがれ、鼻の穴を広げてできるかぎりの空気を吸い込んでいる。

ふたりの向かい側に、女がひとり座っている。怒った顔だ。激怒している。ものすごく、かんかんに怒っている顔。犬だったらウーッってうなってるな。少女は心の中で笑い声をあげた。それからまた腿の上に頭を垂れた。疲れた。とにかく眠りたい。自分のベッドで。昔、バス停で見つけた、あの人形といっしょに。腕と脚が一本ずつ欠けていたけれど、あんなきれいな人形を見たのは初めてだった。褐色の巻き毛に、ピンクのドレス。あの人形がいなくて、とても寂しい。あそこに残してきてしまったのだ。お母さんとお父さんといっしょに。コンテナに戻ったら、あの人形も取り返そう。

そうしたら、もう大丈夫。

みんなで、帰るのだ。

家に。

監視カメラの映像が警備会社から宅配便で届いた。オーラ・セーデシュトレムは箱を開け、小さなハードディスクを自分のパソコンにすばやくつないだ。さっそくエスタン通りを見渡せる映像を探しはじめる。カメラのレンズは左右に向きが変わるようになっていたが、残念ながらハンス・ユレーンの家までは映っていなかった。が、映像のアングルから察するに、カメラは地上二メートルほどのところに設置されているらしく、撮影範囲はじゅうぶんな広さで、少し離れた路上で起こったこともきちんと記録されているようだ。

画質もよく、オーラは映像の鮮明さに満足した。日曜日の朝の数時間を早送りする。犬を連れた女性がひとり通り過ぎ、白のレクサスが道を曲がっていき、犬を連れた女性がまた戻ってきた。

時刻表示が十七時三十分を示したところで、オーラは早送りのスピードを遅らせ、十八時ちょうどから映像をふつうの速さで再生した。路上には人の気配がなく、いかにも寒く風が強そうだ。あたりはどんよりと暗く、なにか動きがあったとしてもそうと見分けるのは難しい。

光量を調節すればもっとくっきり見えるだろうか、と考えたところで、不意に少年の姿が見えた。

映像を一時停止する。時刻は十八時十四分となっている。キーを押して再生を続けた。少年は足早に道路をななめに渡り、やがて映像から消えた。

オーラはいまの部分をもう一度再生した。少年は濃い色のパーカを着ていて、顔がフードで隠れている。腹の大きなポケットに両手を突っ込んで、うつむき加減に歩いていた。

オーラはため息をついた。手で顔を覆い、そのまま髪をかき上げた。ただの子どもだ。どこかに向かっているだけの。そのまま再生を続け、頭の後ろで手を組んで椅子にもたれた。

時刻表示が二十時になっても、なんら手がかりは見つからなかった。なんの動きもない。人ひとり通らない。車の一台も来ない。経過した時間のあいだ、ずっと。あの少年だけだ。

あの少年だけ。

そう思った瞬間、オーラは自分の見たものの意味を悟った。

あまりにも勢いよく立ち上がったので、椅子が床に倒れてガタンと音をたてた。

＊　＊　＊

「ずいぶん嬉しそうね」

グンナルはアネリー・リンドグレンの声にびくりとした。アネリーは腕組みをして部屋の入口に立っている。髪をひっつめてポニーテールにしているせいで、鮮やかな青い瞳と高い頬骨がよけいに目立っていた。

「ああ。通信記録を送ってもらう約束を取りつけた。ファックスで。大声を出すのは効果があるな」

「その程度のことで喜べるとはね」

「ああ、まったくだ。ところで、まだ出かけないのか？」

「応援を待ってる。大きな家だから。ひとりじゃ調べきれません」

「ひとりで仕事をするのが好きなんだと思っていたが」

「ときどきはね。でも、しばらく経つと飽きてくる。そうなると、だれかとなりにいてくれたらいいな、と思うわよ」

アネリーは小首をかしげてみせた。

「また隅から隅まで調べなくてもいいんだぞ。関係のありそうなところだけ見ればいい」

「わかってる。私をだれだと思ってるの？」

アネリーは胸を張り、腰に手を当てた。

「そういえば」グンナルが言う。「物置部屋を掃除したら、おまえの持ち物が見つかったぞ」

「物置部屋の掃除なんかしたの？」

「ああ。それがどうした？」グンナルは肩をすくめた。「ちょっと片付けなきゃならなかったんだよ。そうしたら、いろいろ飾り物の入った段ボール箱が見つかった。返そうか？」

「今週中に取りに行くわ」

「いや、箱ごとここに持ってくるよ、そのほうがいい。さて、悪いが、約束どおり通信記録が来てるかどうか確かめに行くとしよう」

アネリーは部屋を出ようとしたところで、駆け込んできたオーラ・セーデシュトレムとあやうくぶつかりそうになった。

「なんだ？」グンナルが尋ねる。

「手がかりを見つけたと思います。来てください！」

グンナルは机を離れてオーラのあとを追った。コンピュータールームに向かって、大股で前を歩いていく二十歳年下の部下を、まじまじと眺めた。

オーラは背が高く、痩せていて、鼻がとがっている。ジーンズに赤いチェックのシャツという服装で、季節にかかわらず毎日ニット帽をかぶっている。温度計が何度を示していようと、マイナス三十度だろうとプラス三十度だろうと、ニット帽はけっして欠かさない。赤いのをかぶっていることもあれば、白い帽子のこともある。ストライプのことも、チェックのこともある。今日は黒だった。

グンナルはオーラに、勤務中に帽子をかぶるのはやめなさい、と何度も注意したが、その回数が八十五回を超えたところであきらめた。帽子にはイライラさせられるが、オーラがコンピューター関係で発揮する能力を考えたら気にもならない、というのが大きな理由だ。

「これです」オーラがキーを叩き、映像の再生が始まった。グンナルは画面に映った少年を見た。

「十八時十四分、この子が現れます。道をななめに渡って、そのままエスタン通りを進んでいるようです。ハンス・ユレーン宅のほうに向かって」

グンナルは少年の動きを見つめた。どことなくぎくしゃくしている。まるで機械のように。

「もう一度再生してくれ」少年が画面から消えると、グンナルはそう指示した。

オーラは言われたとおりにした。

「ここだ！　止めろ！」グンナルが画面に向かって身を乗り出す。「拡大はできるのか？」

オーラがコントロールキーとZを押すと、映像の少年が一段階ズームアップされた。

「両手をポケットに入れてる。だが、それにしてはポケットがふくらみすぎだ。なにか持ってるんだな」グンナルが言った。

「アネリーが子どもの指紋を見つけたでしょう」オーラが言う。「この子だという可能性はありますかね？」

「何歳ぐらいだろうな？」

オーラは少年の姿を見つめた。ぶかぶかのパーカを着てはいるが、その下の身体がどれくらいの大きさかは、なんとなく見てとれる。決め手は背丈だった。

「八、九歳ってところですかね」

「だれに八歳の子どもがいるか、覚えてるか？」

「いえ」

「ハンス・ユレーンの異父弟」

「げっ、そうだった」

「もっと拡大しろ！」


オーラはもう一段階、映像をズームアップした。グンナルはさらに身を乗り出し、画面に顔を近づけた。目を細くして、少年のパーカのふくらんだポケットを、じっと見つめた。

「ポケットになにを入れてるかわかったぞ」

「なんですか？」

「拳銃だ」

＊　＊　＊

ヘンリック・レヴィーンとミア・ボランデルは車でフィンスポンへ向かった。それぞれ無言で物思いに沈んでいるあいだに、残り五キロメートルという標識を通り過ぎた。

やがてヘンリックは目的の住所をカーナビで確認しようと、路肩に車を寄せた。デジタル地図の表示では、目的地まであと百五十メートルで、音声案内が次のロータリー交差点をまっすぐ進むよう指示してきた。ヘンリックは指示に従い、ドゥンデルバッケン地区にある目的の住所に近づいた。

ミアがゴミ収集所の脇の駐車スペースをけだるそうに指差した。リサイクル用のコンテナから紙や段ボールがあふれている。いくつか並んだ緑色のコンテナの前に、古いラジオが放置されていた。

「ここですか、異父弟とやらが住んでるのは」ミアはそう言って車を降り、身体を伸ばして大あくびをした。

「あっ、ほら、あのおばあちゃんたち、ビンゴをやりに行くんですよ、きっと」と言い、散歩道をゆっくり歩いている老婦人三人を目で示した。

「商店街に向かってるだけかもしれないじゃないか」

「ビンゴをやりにね。年寄りがやることってそれだけでしょ。それか、救世軍の炊き出しか」

ヘンリックは苛立ちの目でミアを見やり、車のドアを閉めた。ミアも同じようにした。彼女の勢いのほうが強かったが。

ひしめくように建っている住宅のあいだに緑が見え、何人かがそこを行き来している。子どもがふたり、バケツとスコップを持って、ブランコのとなりの砂場で遊んでいる。この四月の肌寒く変わりやすい天気のせいで、どちらも頰を赤くしていた。父親がそばのベンチに座っているが、携帯電話にかかりきりになっている。くるぶし丈のコートに身を包んだ女性が、食料品の入った袋を両手に持って歩いてきて、駐輪場でモナルク社製の黄色い自転車の鍵を開けている長髪の男に挨拶した。

ヘンリックとミアはマンションの前庭を横切り、目的の番地を探し出した。三十四番地の扉から中に入る。入ったところに薄着の男性がいた。何歩か脇に退き、そこで行ったり来たりしている。イライラしながらだれかを待っているように見えた。

ミアはエレベーター脇に掲げられた住人一覧表に目をやり、四階に目的の名前を見つけた。

ラーシュ・ヨハンソン。ふたりは階段を上がり、部屋の呼び鈴を鳴らした。

ラーシュはすぐ玄関に出てきた。地元のサッカーチーム、IFKノルシェーピンのエンブレムのついた色褪せたTシャツと、下着しか身につけていなかった。ひげを剃っておらず、目の下には隈ができている。彼は首の後ろをさすりながら、驚いたようすで目の前の警察官たちを見つめた。

「ラーシュ・ヨハンソンさん？」ヘンリックが尋ねる。

「はい。なんの用ですか？」

ヘンリックは自己紹介し、身分証を掲げてみせた。

「なんだ、新聞記者かなんかかと思いましたよ。連中、ずっとこのへんをうろついててね。ほら、入った入った！　掃除してないから、靴ははいたままでどうぞ。居間で座っててください。ズボンはいてきますから。小便もしなきゃな。待っててもらえます？」

ラーシュはバスルームに消えた。ヘンリックがミアを見やると、彼女は思わず笑い声をあげ、かぶりを振っていた。ふたりは玄関に入った。

バスルームの扉が開いていて、ラーシュが洗濯かごの中からグレーのコットンのズボンを引っ張り出しているのが見えた。やがて彼はドアを閉め、中から鍵をかけた。

「行こうか？」とヘンリックは言い、ミアに向かって、どうぞ、と手で合図をした。彼女はうなずき、家の中へ数歩進んだ。

　左側にキッチンがあり、流し台には汚れた皿や持ち帰りピザの箱が重ねてある。シンクの中に、口を結んだゴミ袋が置いてある。キッチンのとなりの寝室は狭く、青いベッドは乱れたままだ。ブラインドが下がっていて、床にはさまざまな大きさのレゴのブロックが散らばっている。廊下の奥にバスルームがあり、その左側が居間になっていた。

　ヘンリックは茶色の革張りソファーに座るのをためらった。隅に布団が置いてあって、このソファーは寝床としても使われているのだとわかった。空気が淀んでむっと臭った。水を流す音がバスルームから聞こえてきて、出てきたラーシュは、五センチほど丈の短すぎるズボンをはいていた。

「座ってください。ちょっと失礼……」

　ラーシュはアプリコット色をしたビニール張りの床の上に枕や掛け布団を落とした。

「これでよし、と。さあ、どうぞ。コーヒー飲みます？」

　ヘンリックもミアも断り、ソファーに腰を下ろした。プシュッと音がした。汗のにおいがヘンリックの鼻に入り込んできて、彼はあやうく吐きそうになった。ラーシュは緑色のプラスチック製のスツールに座り、ズボンをさらに何センチか引っ張り上げた。

「ラーシュ」ヘンリックが切り出す。

「いや、ラッセって呼んでください。みんなそう呼んでますから」

「わかりました。ラッセ。まず、お悔やみを言わせてください」

「兄貴のことですか。ええ、ほんとにひどい話ですよ」

「ショックでしたか？」

「いや、正直、べつに。兄貴とは仲もあんまりよくなかったし。ただの異父兄弟でしたから。親戚だからってべたべたする必要もないでしょう。もっと言えば、お互いを気に入るとも限らない」

「仲が悪かったんですか？」

「ええ、いや、なんていうか、よくわからないな」

ラッセはしばらく考えをめぐらせていた。片脚を持ち上げて、ズボンの上から股間を掻いたせいで、五クローナ硬貨大の穴がズボンにあいているのが見えた。それからラッセは、兄との関係について話しはじめた。兄弟仲はあまりよくなく、ここ一年はほとんど音信不通だった。原因はギャンブルだった。が、もう賭けごとはやめたのだという。息子のために。

「金に困ると、いつも兄貴から借りてました。兄貴も、シモンが飢えるのは困るって。生活保護だけじゃ、たいした生活はできないでしょう。家賃とかも払わなきゃならないし」

ラッセはあくびをし、手のひらで右耳をこすった。

それから続けた。

「でも、そうしてるうちに、なにかが起こったんですよ。兄貴がケチになって、もう金はない、って言いだした。まったく信じられませんでしたけどね。リンドーに住んでるってことは、金があるってことだ」

「なにがあったのかはわかったんですか？」ヘンリックが尋ねる。

「いや、ただ、もう金は貸せないって言われただけです。かみさんに止めろって言われた、って。おれはかならず返すって約束したんですよ。時間はかかるかもしれないが、とにかく返すって約束しました。それでも貸してもらえなかった。あの馬鹿野郎。どケチ野郎。たったの一日、夕食のステーキを我慢すれば、百クローナぐらいおれに渡せただろうに。違います？　おれならそうするな。おれが兄貴だったら」

ラッセは手のひらで胸を叩いてそう言った。

「お兄さんと金のことで喧嘩したわけですか」

「喧嘩はしてません。一度も」

「じゃあ、お兄さんを脅したりもしていない？」

「ちょっと罵るぐらいはしたかもしれないが、脅したことはありませんよ」

「息子がいるんですよね」ミアが言う。

「ええ。シモンといいます」

ラッセはフレームに入った、そばかす顔で笑っている少年の写真を見せた。

「これは五歳のときの写真ですがね。いまは八歳です」

「もっと最近撮った、いい写真はあります？」ヘンリックが尋ねた。

「どうかな」

ラッセは白いガラス戸棚に手を伸ばし、ひきだしを開けた。中はめちゃくちゃだった。

紙切れ、電池、ケーブルがいくつも重なっている。火災報知器、頭の欠けたプラスチック製の恐竜、飴玉の包み紙もあった。それから、手袋の片方も。

「いい写真なんかあるかなあ。学校で撮ってもらえるやつは、べらぼうな値段がするでしょう。二十枚で四百クローナとか。そんなの注文できる人いますか？　ぼったくりもいいところだ」

ラッセはひきだしの中身が見やすくなるよう、紙切れをばさばさと床に落とした。

「やっぱり、ないみたいだ。そうだ、携帯に入ってるかも」

ラッセはキッチンへ消え、古くさい電話を手に戻ってきた。居間の真ん中に突っ立ったまま、ボタンを押している。

ヘンリックは、携帯電話に矢印ボタンが欠けていること、ラッセがその穴の中に小指を突っ込んで押し、なんとかシモンの最近の写真の入った画像フォルダの中身を見ていることに気づいた。

「あった」とラッセが言い、ヘンリックに携帯電話を差し出した。ヘンリックはそれを受け取り、画面に映し出された写真をまじまじと見つめた。

画素数の少ない画像で、写っているのはわりに背の高い、まだそばかす顔の少年だ。髪の色が赤みがかっている。やさしげな目をしている。

ヘンリックは写真を二枚、携帯メールで送ってほしいとラッセに頼んだ。一分後にはもう、自分の画像フォルダにそれらの写真を保存していた。

「シモンはいま学校ですか？」電話をズボンのポケットに入れつつ尋ねる。

「そうですよ」とラッセは答え、またスツールに腰を下ろした。

「いつ帰ってきます？」

「今週は母親の家で暮らしてます」

「この前の日曜日は？　あなたの家にいましたか？」

「はい」

「夕方の五時から七時のあいだ、あなたがたはどこにいました？」

ラッセは両手で脛《すね》をさすった。

「ええと……実は、ポーカーを。ダチに誘われたら、行かなきゃまずいでしょ。でも、あれで最後だったんですよ。ほんとに。ギャンブルはやってないんだから。もうやらないって決めたんだから」

傷痕の男が行ったり来たりしている。冷たい石床に裸足で並んで立っている彼らを、獰猛《どうもう》なまなざしで見つめる。窓はふさがれているが、あちこちにある壁板のすき間から、光の筋が差し込んできている。

少女の唇と頬が、ガムテープの糊のせいでちくちく痛んだ。

車に乗せられているあいだ、鼻で息をするのが辛かった。そのあと小さな船に押し込まれて、気分が悪くなり、のどを逆流する吐瀉物を何度ものみ込むはめになった。やがてこの広い部屋にたどり着くと、女がテープをびりりと剝がした。部屋というか、広間というか。なんと言えばいいのかわからない。

頭を動かさずに、目だけであたりを見まわす。天井には大きな梁《はり》が渡されていて、蜘蛛の巣がかかっていた。ここは馬小屋なのだろうか？　いや、違う。もっと、ずっと広い。カーペットもなければ、寝るためのマットレスもない。ふつうの家ではない。少なくともそうは思えない。石床があるのは家らしいけれど。少女の家も石床だった。でも、家の床はいつも暖かかった。ここの床は氷みたいに冷たい。

少女はぶるりと震えたが、すぐに背筋を伸ばした。できるかぎりまっすぐ立とうとした。ダニーロも同じだ。胸を張って、あごを上げている。が、エステルは違った。ずっと泣いていた。両手で顔を覆って、どうしても泣き止もうとしなかった。

男がエステルに近づいていき、大声でなにか言った。エステルには男がなにを言ったのかわからなかった。七人の子どもたちはみなわからなかった。それでエステルはますます大声で泣いた。すると男は手を上げ、エステルが倒れるほどの力で殴りつけた。壁沿いに立っていた大人たちふたりを手招きした。呼ばれたふたりがエステルの両腕と両脚をつかみ、彼女を外へ連れていった。少女がエステルを見たのはそれが最後だった。

男がゆっくりと少女のもとへ歩いてきた。立ち止まり、身をかがめて、顔から数センチのところまで近づいてきた。凍てつくような目をして、スウェーデン語で、のちに少女がけっして忘れられなくなる言葉を口にした。

「泣くな。もう二度と泣くな。どんなことがあろうと」

ミア・ボランデルは会議室であくびを噛み殺した。ハンス・ユレーン殺害事件にはわからない点がいくつもある。中でもいちばん具体的な疑問は、いまプロジェクターがスクリーンに映し出している少年のことだ。

グンナル・エルンは素性のわからないこの少年を重視していた。この子は殺人に関与しているか、そうでなければ捜査の鍵を握る目撃者だ。いずれにせよ見つけなければならないということは、さらに聞き込みが必要だ。だれかがこの少年を知っているかどうか聞いてまわらなければならない。

ミアは自分がもう巡査ではないことを喜んだ。近隣住民への聞き込みという仕事には、どう考えても刺激が足りない。スリルがまるでないのだ。

会議用テーブルの中央に置いてある皿の上、いちばん大きなシナモンロールを、だれよりも早く確保した。指でぎゅっとつまみ、ひと口で半分ほおばった。

ミアは競争心が強い。そうなったのは兄たちのせいだ。子どものころは、とにかく人に勝つことがすべてだった。五歳上と六歳上の兄たちは、どちらが腕立て伏せのできる回数が多いか、どちらが先に青少年クラブに着くか、どちらが遅くまで起きていられるかで競っていた。ミアは兄たちを感心させたくて頑張ったが、無駄だった。兄たちがミアを勝たせてくれることは絶対になかった。たとえば神経衰弱とか、そんなただのゲームであっても。

そんなわけで、ほぼあらゆることで競うのがミアにとっては自然な状態になり、時が経っても競争心が薄れることはなかった。そのうえひどく気の短い性格に生まれついたので、ミアには逆らわないほうがいいと考える同級生は多かった。小学校低学年のころにはもう、何度も上級生と喧嘩になっては家に帰されていた。

五年生のとき、同級生を殴って流血沙汰になった。殴った相手のことはいまでも覚えている。鼻の大きな男の子で、体育の時間にいつもミアをからかって砂利を投げつけてきた。しかも百メートル走でただひとり、ミアよりもいいタイムを出した。そんな奴を放っておくわけにはいかない。授業のあと、ミアは彼の脛に蹴りを入れ、右ストレートを見舞ってやった。結果、彼は保健室に運ばれ、そこから病院に運ばれて、骨に入ったひびの治療をすることになった。これでミアは校長のブラックリストに載ったが、本人は気にもとめなかった。次の体育の時間にはだれよりもいいタイムを出せた。大事なことはそれだけだった。

椅子の上であぐらをかき、シナモンロールをたいらげる。白いパールシュガーがテーブルに落ちたので、手で掻き集めた。人差し指につばをつけて、ひとつずつ砂糖の粒を拾った。

小学校の高学年になったころ、ミアには友だちがあまりいなかった。中学校に入って二日後、長兄が非行グループの抗争で命を落とした。それでミアは、自分はそうなるまいと決意を固めた。まずはここ、ストックホルムの北のメシュタという町で、貧しく荒れた大都市近郊という厳しい環境を乗り切らなければならない。ボディーピアス、髪染め、刈り上げ、スキンヘッド、タトゥー、切り傷、むき出しの傷――この町ではなんでもありだった。ミア自身、まわりの極端な環境に溶け込めるよう、眉に針を一本突き刺していた。だから外見は周囲と変わらなかった。が、ミアと同級生たちの違いは、生きる姿勢だった。人生でなにかを成し遂げたいという気持ち。生意気な態度と競争心のおかげで中学時代は乗り切れた。とにかく長兄のような負け犬にだけはなるまいと固く決意していた。絶対に勝ってみせる、と。

もうひとつシナモンロールを手に取る。それから皿をヘンリックに回したが、彼は首を横に振った。

今日、メンバーが集まってミーティングをするのはこれが最後だ。いちばんの話題は例の少年で、すでに一時間以上を費やして、この子が事件にかかわっているかどうかを話し合っている。

オーラが監視カメラに映った少年の静止画像を見せた。道を渡ろうとしている少年は、カメラから少し顔をそむけている。オーラがキーを叩いて映像をコマ送りにした。ゆっくりとしたテンポで、画像が一枚ずつ表示される。チームは少年の足取りを目で追った。最後に画面から消えたのは、少年が着ているパーカのフードだった。

ヘンリックが携帯電話を出し、ラッセ・ヨハンソンの息子シモンの写真と比較して、シモンが事件にかかわっている疑いは捨てていいという結論を出した。

「シモンはもっと背が低い。この子はもっとがっしりしてる。筋肉質というか」

「見せてください」

オーラが携帯電話に手を伸ばし、画面に映った写真をじっくりと観察した。

「それに、シモンは赤毛だ。この子は黒髪だと思う。少なくとも映像ではそう見える」ヘンリックが言う。

「じゃあ、シモンは除外していいな。だが、それでも問題は解決していない――この少年はだれなのか？　とにかくこの子を見つけなきゃならん」グンナルはそう言うと、通信記録の報告に移った。

　ふだんならこうした技術的な情報はすべてオーラの担当だが、今日は監視カメラの映像にかかりきりになっていたので、グンナルは時間を節約するため、自ら通信記録をチェックすることにしたのだった。コピーの束をテーブルの中央に差し出し、メンバーそれぞれに自分の分を取らせた。

　ヘンリックがコーヒーをひと口飲み、資料の一ページ目をめくった。

「ハンス・ユレーンの通話は、日曜日の十八時十五分、ピザ店〈マイアミ〉にかけたのが最後だな。オーラ」

　オーラが立ち上がり、ボードの時系列図にこの通話の件を書き入れた。

「ピザ店にも確認した。ユレーンが注文したピザを十八時四十分に取りに来たとも証言してくれた。そのほかの通話は次のページだ」

　全員が二ページ目を開いた。

「あまり多くありませんね」ヘンリックが言う。

「ああ、かなり少ない。ほとんどは奥さんが相手だ。自動車会社に一度かけているが、とくに不審なところはない」グンナルが言った。

「携帯メールは？」ミアが尋ねる。

「そっちも不審なところはなし」グンナルが答えた。

ミアは資料をぱたんと閉じてテーブルの上に放った。そしてシナモンロールの残りをほおばった。

「これからどうします？」

「そうだな、通信記録からはなにもわからなかったが、とにかく例の少年をつかまえることだ」グンナルが言う。

「異父弟とやらについて、ほかにわかっていることは？」アネリーが尋ねる。

「とくにありません。独身で、ギャンブル依存症ってことぐらいしか」ヘンリックが答えた。

「前科は？」ミアが尋ねる。

「ないな」グンナルが答えた。

「ぱっと見た感じ、あの人は殺しにかかわってない気がしますけどね」ミアはそう言うと、テーブルに落ちたパールシュガーをまた掻き集めた。今回はそれをそのまま床に払い落とした。

「ちゃんとゴミ箱に捨ててくれ」ヘンリックが言う。

ミアは彼をちらりと見やってから、床に落ちた砂糖を拾いはじめた。

「やめなさい」グンナルが言う。

「えっ?」テーブルの下でミアが言った。

「そのままでいい。椅子に座ってくれ」

「でも……」

「座りなさい」

　ミアは椅子に座り直し、からかうような笑みをヘンリックに向けた。ヘンリックは返事の代わりに腕組みをした。

「さて、ユレーン夫人についてはどう思う?」グンナルが問いかける。

「あの人もかかわってないと思います」ミアがおもねるように言う。

「私もそう思う。だって、動機はなに? それらしきものはなにもつかめてない。しかも目撃者もいなければ、物的証拠もろくにない」アネリーが言った。

「ラッセが面白いことを言ってましたよ。ハンスは急に財布のひもが固くなった、って」ヘンリックが言う。「脅迫状を受け取ってたわけだから、だれかが彼の弱みを握ってて、金がそっちに流れてた、と考えられますよね?」

「ハンスもギャンブルで借金を抱えてたとか」ミアが言う。

「その可能性もないではない。けど、ハンスが最近ストレスを抱えてたことの説明はつくだろう。マスコミのバッシングだけじゃなくて、脅迫状のことも原因だとしたら」

「そのとおりだ。その前提で進めよう。ユレーンの口座を調べたほうがいいな。オーラ、明日の朝一番に頼む」とグンナルが言った。

「パソコンはどうします？」

「まず口座情報、それからパソコンだ。じゃあ、そういうことで」グンナルが締めくくった。

時計を見たヘンリックは、もう七時半になっていることに心の中で悪態をついた。また残業してしまった。エマはたぶん、もう夕食を済ませている。子どもたちはたぶん、もう寝入っている。ちくしょう。

腹の虫が鳴り、彼は手近なガソリンスタンドの売店でサンドイッチを買おうと決めた。炭水化物だが、まあしかたがない。

ため息をつき、冷めたコーヒーを飲み干した。

＊　＊　＊

ヘンリックは玄関の鍵をなるべく静かに開けた。さっと中に入り、上着を脱いで掛けると、すぐさまトイレに向かった。

用を足すと、ていねいに手を洗い、鏡に映った自分をまじまじと見つめた。無精ひげはここ三日でさらに一、二ミリ伸びていて、思った以上に手入れが必要そうだ。ひげの生えた頬やあごのラインを右手でたどる。いまひげを剃る気にはなれない。むしろシャワーを浴びたい気分だ。

茶色の髪をかき上げると、こめかみのところに白髪が一本あることに気づいた。すぐさま引き抜いて洗面台に捨てた。

「おかえりなさい……」

エマがバスルームに顔を出した。髪をおざなりにまとめて、頭のてっぺんでひとつに結んでいる。スウェットの上下は赤で、黒い靴下をはいていた。

「ただいま」

「帰ってきたの、聞こえなかった」

「子どもたちを起こしたくなかったから」

「今日、どうだった？」

「まああ。そっちは？」

「悪くなかったわよ。玄関のタンスを塗り直せた」

「それはよかった」

「うん」

「白？」

「白」

「これからシャワーを浴びようと思うんだけど」

エマはドアの枠に頭をあずけた。額に落ちたひと房の髪を耳にかけた。

「どうかした？」ヘンリックが尋ねる。

「なにかあるみたいに見えた。なにか言いたいのかなって」

「ないけど」

「ほんとに？」

「うん。ほんと」

「そうか」

「テレビでいい映画やってるから、ベッドで見るつもり」

「おれも行く。シャワーを浴びたら」

「ひげも剃ってね」

「ひげも剃ったら」

エマは微笑み、バスルームのドアを閉めた。

なんだったんだろう、とヘンリックは思いつつ、ひきだしの中から剃刀を探し出した。気は進まないが、やはり剃るしかなさそうだ。

十五分後、ヘンリックは腰にタオルを巻いて寝室に立っていた。エマは横になって、二部門でアカデミー賞を取ったという、なにやら壮大なドラマに没頭していた。

こんなお涙ちょうだい映画を終わりまで見せられてはたまらない、とヘンリックは思った。嬉しいことに、ベッドにフェリックスの姿はなかった。

「フェリックスは？」

「自分の部屋で寝てる。パパのためにお化けの絵を描いたって」

「また？」

「うん」エマは壁に取りつけたテレビから目を離すことなく答えた。

ヘンリックはベッドの縁に座り、画面の中で絡み合っている男女をちらりと見やった。フエリックスは自分のベッドで眠ってるのか。それなら、ひょっとすると……

腰のタオルをはずし、暖かい羽毛布団の下に潜り込む。エマにすり寄って、むき出しになった彼女の腹に手を置いたが、エマの目は映画に釘付けだった。彼女の肩に頭を寄せ、腹をゆっくりと上下に撫で、それから腿のほうまで手を伸ばした。エマの手が自分の手を包むのを感じる。ふたりはそのまま、布団の下で互いの指をもてあそんだ。

「なあ」

「ん？」

「エマ……」

「なあに？」

「聞きたいことがあるんだけど」

エマは黙っていた。長く激しいキスを交わしている男女を、じっと見つめている。

「ちょっと考えてみたんだ。おれが身体を動かしたいと思ってるの、知ってるだろ。だから……もしよければ……週に二回、仕事のあとに、ジムに通いたいんだけど」

エマはびくりと身体を震わせ、初めて映画から目を離した。明らかにがっかりした顔でこちらを見つめている。

ヘンリックはひじをついた。

「なあ、頼むよ。おれのかわいい奥さん」

エマは眉をつり上げた。腹に置かれていたヘンリックの手をあからさまに払いのけた。

「だめ」とぶっきらぼうに答えると、ロマンチックな映画の結末に戻っていった。

ヘンリックはひじをついたまま横になっていた。それから仰向けになり、枕に頭を乗せた。

自分を呪った。あんな言いかた、しなくてもよかったんじゃないか？　頼むよ、なんて、懇願するような言い方はしないと決めていたのに。しかも、そのあとの〝かわいい奥さん〟はどうだ。最悪だ。愚かとしか言いようがない。どうしようもない馬鹿だ。

天井を見つめ、それから枕を直してエマに背を向けた。ため息をつく。今日もセックスはなしか。しかも頭に来ることに、自分のせいでこうなったのだ。

＊　＊　＊

ヤナ・ベルセリウスとペール・オーストレムが街のレストラン〈コランダー〉をそろそろ出ようと決めたとき、外では雪が降りはじめていた。離婚話がこじれにこじれた事件の裁判に勝ったのを祝おうと、ペールが夕食に誘ってきて、ヤナもついに折れたのだった。ひとりで料理をするのは好きではない。ペールも同じだった。

「今日はどうも」とヤナは言い、席を立った。

「また、ぜひ。きみさえよければ」ペールはそう応じて笑みを浮かべた。

「よくない」とヤナは微笑み返さずに言った。

「いまのは虚偽の弁論だな」

「そんなことはありません、検事殿」

「そうか?」

「そうよ」

「忘れているようだが、きみはぼくと過ごす時間を楽しんでいるだろう?」

「全然」

「帰る前に一杯どう?」

「お断りです」

「ジンベースのが飲みたいな。いつものにしようかな。きみは?」

「いらない」

「じゃあ、二杯頼んでくる」

ペールがバーのほうへ消え、ヤナはため息をついた。しぶしぶ座り直し、雪がゆっくりと地面に舞い落ちるのを窓越しに眺めた。テーブルにひじをついて、組んだ手の上にあごを乗せ、バーテンダーと話しているペールを見やった。

ふとペールと目が合い、バーにいる彼が、まるで小さな子どもがするように、手を握ったり開いたりして合図してきた。ヤナは彼に向かってかぶりを振り、また窓のほうを向いた。ペールに初めて会ったのは、ちょうど地方検察庁に就職して新しいオフィスに落ち着いたころだった。ヤナの上司にあたるトシュテン・グラナートがふたりを互いに紹介し、ペールは仕事の手順を親切に教えてくれた。いいレストランも教えてくれた。ついでに、いい音楽も。仕事に関係のない、さまざまなことを。ヤナはなにを聞かれてもそっけなく答えた。質問の内容によってはなにも答えなかった。そうして彼女が押し黙っても、ペールはそれでは納得せず、ありとあらゆる無駄な質問を投げかけてきた。ヤナは彼の詮索を尋問のようだと感じ、きっぱりと拒んだ。世間話は好きじゃない、とぶっきらぼうに伝えもした。が、ペールはただ、ニヤニヤと、あのひどく間の抜けた笑顔を見せただけだった。ふたりの友情はその日からはじまった。

レストランは予約客で満席だ。店内には客たちの冬用コートやジャケットがひしめき、茶色い格子柄の床は外の雪のせいで濡れている。店内は騒がしいが、グラスのぶつかり合う音は控えめだ。明かりは少なく、ろうそくがたくさん灯《とも》されている。

ヤナの目は窓を離れ、ふたたびバーに引きつけられた。ペールを素通りし、バーテンダーの背後にある鏡張りの棚に向かった。並んでいるボトルを眺め、ラベルを読む。グレンモーレンジ、ラフロイグ、アードベッグ。いわゆる一級品で、どれもスコットランド製だと知っている。父がかなりのウイスキー通で、家族で食事をするとかならずスモーキーなものをちびちびやっているのだ。ヤナはあまり関心がないが、それでも酒を勧められたら断るべきではないと躾《しつ》けられている。好きなのは白ワインだ。しっかりと冷やしたボルドーワインがいい。

ペールが戻ってきた。ヤナは、彼がテーブルに置いたグラスからあふれそうになっているものを、疑わしげに眺めた。

「強さは？」と尋ねる。

「シングル」

ヤナは相手をにらみつけた。

「嘘だよ、嘘。ほんとはダブルだ。ごめん」

ヤナは謝罪を受け入れた。酒に口をつけ、その辛口な味わいに顔をしかめた。

しばらく時が経ち、ふたりがグラスの中身を飲み干して、ペールがもう一杯飲もうとしつこく主張したあと、ふたりの会話は法曹界の道徳と倫理をめぐる仲間どうしの議論に変わっていた。注目を集めた案件、信用ならない弁護士について、さまざまな話をしたあと、話題はやる気のない参審員に移った。

「前にも言ったけど、また言わせてもらう。参審制度を改革して、法律や正義にちゃんと関心のある人たちにやってもらうべきだ」とペールが言う。

「同感よ」

「いまの平均年齢、六十歳だぞ。おかしいだろ。ぼんやりしてない、注意力のある人じゃないと困るんだ。なんだかんだ言っても参審員の意見が結果を左右するんだから」

「ほんとうよね」

「ストックホルムでいま、若者がふたり、法廷で参審員がうたた寝してたっていう理由で再審を請求してる」

「聞いたわ、その話」

「法廷で参審員が寝てたから裁判をやり直さなきゃならないなんて、馬鹿げてるじゃないか。すっかり寝入ってて、起こすはめになったらしいよ。信じられない」

ペールはそう言うと口をつぐみ、酒をひと口飲んだ。それからテーブルの上に身を乗り出し、真剣な目でヤナを見た。

ヤナも彼の視線を受け止めた。やはり真剣な表情で。

「どうかした？」

「ハンス・ユレーン殺害事件はどうなってる？」

「それはなにも明かせない。わかってるでしょ」

「わかってる。でも、どうだ？」

「どうもこうもない」

「動機は？」

「さっき言ったこと、聞こえたでしょ」

「ちょっとなら教えてくれてもいいだろ？　オフレコでもだめ？」

「やめてよ」

「なにかスキャンダルが絡んでる？」

ペールがニヤリと笑いかけてくる。眉が上がり、下がった。

「ちょっとはあるだろ？　お偉方の出てくる事件は、たいていスキャンダル絡みだ」

ヤナは天を仰ぎ、かぶりを振った。

「答えないってことは、そうだってことだな」

「そうとはかぎらないでしょ」

「いや、まちがいないな。ところで、乾杯しようか」

四月十八日、水曜日

少年を見つけたのはヨン・ヘルマンソンだった。

ヨンは七十八歳、五年前からやもめ暮らしだ。アルコスンドから五キロ離れた海岸沿いの小さな村、ヴィッドヴィーケンに住んでいる。ひとり暮らしには広すぎる家で、維持するのにかなりの手間がかかる。それでもこの地を離れないのは、まわりの自然が好きでたまらないからだ。

妻が亡くなったあと、ヨンは不眠に悩まされるようになった。朝の四時にはもう目が覚めてしまうことが増えた。そうなるとベッドにとどまるのではなく、天気がどうあれ長い散歩に出るのが習慣になっている。今日のような肌寒い朝であっても。

四時二十五分、ヨンはゴム長靴をはき、フード付きウィンドブレーカーを着て外に出た。ちょうど太陽が昇ったところで、霜の降りた庭の芝生に日差しが広がっている。空気が湿っていた。

門を抜け、海のほうへ行くことにした。ブローヴィーケン湾に面した岩場の海岸まで、わずか数百メートルだ。細い砂利道をたどって海辺へ向かう。足の下で砂利がなじみの音をたてた。

道なりに右へ曲がり、松の大木を二本通りすぎたら、もうそこは海だ。目の前に広がる水面は、凪いで鏡のように光っていた。めずらしいことだ。ブローヴィーケン湾はたいていもっと動きがあって、高い波を立てていることが多い。

深く息を吸い込み、肺から吐き出された白い息を見つめた。戻ろうと思ったところで、浜辺に妙なものがあるのが目にとまった。なにか銀色のものがきらりと光ったのだ。ヨンは地面のくぼみに近寄り、もっとよく見ようと身をかがめた。

拳銃だ。血がついている。

ヨンは頭を掻いた。少し離れたところの芝生が赤く染まっている。が、ヨンの目は、そのすぐそば、トウヒの木の下に引きつけられた。少年がいる。目をかっと見開いて、横向きに倒れている。左腕が妙な角度に曲がっていて、頭が血まみれだった。またたく間に吐き気が襲ってきて、ヨンは息が苦しくなった。ひざががくりと折れ、しかたなく岩に腰掛けた。そのまま立ち上がれなくなった。座ったまま、口を手で覆って、死んだ少年を見つめていた。

そして心の奥で、早くも確信した。このおぞましい光景は、しっかりと記憶に焼きつけられてしまった、と。

永遠に。

＊　＊　＊

ノルシェーピン警察に通報があったのは五時二分だった。

三十分後、ヴィッドヴィーケンの未舗装路にパトカーが二台入った。さらに五分後、海辺の岩に座ったままだったヨン・ヘルマンソンのもとに、救急車が到着した。ヨンがいることに気づいたのは新聞配達人だった。どうしたのかと尋ねると、老人は死んだ少年を指差し、ぶつぶつとぼやくような妙な声を出しながら、身体を前後に揺らしはじめたのだった。

六時過ぎ、警察の車がもう一台、道路に入ってきた。

グンナル・エルンが拳銃のあった場所へ急ぎ、そのすぐ後ろにヘンリック・レヴィーンとミア・ボランデルが続いた。ほどなくアネリー・リンドグレンも、発見現場の鑑識捜査に必要な道具を入れた鞄を持ってやってきた。

「射殺ね」とアネリーが言い、ビニール手袋をはめた。

生気のない少年の瞳が、じっと彼女を見つめている。唇は乾いてひび割れていた。ぶかぶかのパーカは汚れ、血で変色している。アネリーは黙ったまま携帯電話を出し、法医学者のビョルン・アールマンに電話をかけた。二度目の呼び出し音で応答があった。

「もしもし？」

「仕事ですよ」

止めることはできなかった。スウェーデン通信が配信した、ノルシェーピン近郊で少年の他殺死体が見つかったというニュースは、すさまじい勢いで全国のメディアに広がった。ノルシェーピン署の広報官は、この殺人事件についてもっと聞き出そうと電話をかけてきた記者たち十人ほどにかかりきりだ。殺されたのが未成年者だということで国中が注目し、テレビの朝のトーク番組では、犯罪学関係のさまざまな専門家が事件についてコメントした。

発見現場のすぐそばで凶器とはべつの銃が見つかっていることから、この少年は犯罪に手を染めていたのだろうと多くの人が考えた。現代の若者の凶暴性とその影響について、などという議論まで始まった。

＊　＊　＊

知らせの電話が鳴ったとき、ヤナ・ベルセリウスはまだ眠っていた。あわててベッドから起き上がると、冷たい水でシャワーを浴びることにした。軽い二日酔いで、できることならもうしばらく寝ていたかった。ペールのせいだ。ジントニック三杯はヤナの許容範囲を超えていた。しかもその前、食事のあいだにふたりでワインのボトルを一本あけたのだ。一杯飲んだら水を一杯、というよく言われるルールは、すっかり忘れていた。

冷たいシャワーを終えると、頭痛薬を飲み、ほんの束の間、濡れた髪のままベッドにばたんと倒れ込んだ。十まで数えて、それから服を着替え、歯を磨き、ペパーミント味のチューインガムの袋を探し出した。こうして警察署でのミーティングに出席する準備は整った。

「詳しいことは全部秘密だ。だれにも、なにも言うんじゃないぞ。なにも、だ。マスコミがどうやってネタをつかむのか知らないが、どういうわけか連中はかならず成功するんだ。だから、こっちは黙っていよう」

会議室でそう説くグンナル・エルンは真剣そのものだった。

動揺が顔に出てる、とヤナは思いつつ、口の中でチューインガムを動かした。

「こうして集まったのは、今朝ヴィッドヴィーケンで遺体となって見つかった少年について、いまわかっていることをまとめるためだ」

グンナルはマグネットを使って写真をホワイトボードに貼ってから、続けた。

「アネリーはまだ発見現場にいるが、彼女によれば、少年の死因は射殺、死亡推定時刻は日曜日の十九時から二十三時のあいだ。枝や草の折れ方から、少年が死ぬ直前まで動いていたことがわかる。傷から判断するに、背後から撃たれたらしい」

水をひと口飲み、のどの通りをよくする。

「いまの時点ではまだ、被害者がほかに暴力をふるわれたのか、性的暴行を受けたのかどうかはわかっていない。それは司法解剖でわかるはずで、法医学者はできるだけ早く報告書をまとめると約束してくれた。うまくいけば明日には上がってくる。服は分析に送った」

グンナルは椅子から立ち上がった。

「発見現場付近を徹底的に調べているが、いまのところ靴跡など、犯人の痕跡はなにも見つかっていない。現時点でほぼまちがいないと思われることはただひとつ、ヴィッドヴィーケンで見つかった少年は、エスタン通りの監視カメラに映っていたあの少年と同一人物だ、ということだけだ」

「凶器は?」ヘンリックが尋ねる。

「詳しくはまだわからない。少年が射殺されたことはわかったが、どの銃で撃たれたかはまだ不明だ。はっきりしているのは、少年のそばに落ちていた拳銃がグロックだったことで、ハンス・ユレーンは……」

「……グロックで撃たれましたね」ヘンリックがあとを引き継いだ。

「そのとおり。シリアルナンバーは不明で、銃は国立科学捜査研究所に送った。銃弾に残った線条痕を照合してもらうんだ。ハンス・ユレーン宅で見つかった銃弾と一致すれば、この少年はユレーン殺害事件にかかわっていると考えていいだろう。少年の指紋もとったんだが」

「どうでした?」ミアが先を促す。

「一致したよ。ハンス・ユレーン宅で見つかった指紋は、あの子のものだった」

「あの家にいたわけですね」

「そうだ。そうなると、すぐに推測されるのは、この子が……」

「……犯人だということ」

ヤナはそうつぶやくと、背筋がぞくりとするのを感じた。そして自分の反応に驚いた。

「……犯人だということ。そのとおり」グンナルが繰り返した。

「それはないでしょ。子どもが人を殺すわけがない。少なくともこんなふうにはやらないわ。しかもここノルシェーピンで、高級住宅街のリンドーでなんて。あの子がやったとは、とても考えにくいと思いますけど」ミアが言う。

「そうかもしれん。が、いまのところ、ほかの可能性を示す手がかりはないんだ」グンナルが言った。

「でも、だとしたら、動機はなんですか？」ヘンリックが言う。「八歳の子どもがどうして移民局の主任に脅迫状を送って、殺したりするんでしょう？」

「とにかく、あの子が殺人犯かどうかを突き止めるのがおれたちの仕事だ」グンナルは鼻で深く息をついた。

「身元はわかってるんですか？」

「まだわからん。どうしてヴィッドヴィーケンにいたのか、どうやって行ったのかもわからない。少なくとも海中に沈んでいたわけではないことは確かだ。それから、海辺から道路に向かって移動していたことも」

「だれかから逃げてたのかもしれませんね」ヘンリックが言った。

「どうやらそのようだな」

「タイヤの跡は残ってないんですか？」

「いまのところ、なにも見つかっていない」

「ということは、船で来たわけだ。犯人もその船に乗ってたにちがいない」ヘンリックが続けた。

「だが、車とか、ほかの交通手段で来た可能性も捨てきれないぞ」

「目撃者は?」ミアが尋ねる。

「ゼロだ。が、ヴィッドヴィーケンからアルコスンドまで、海沿いの地域は全部調べる」

「それにしても、だれなんでしょうね? この男の子は」ヘンリックが言った。

グンナルは深く息をついた。

「調べたかぎり、うちのデータベースに記録は残っていない。が、ミア、子どもの失踪事件をひととおり、ていねいに見直してみてほしい。最近の事件も、捜査打ち切りになった案件も調べろ。時効になってるやつもだ。あの子の写真を持って、社会福祉局に問い合わせてみろ。学校や学童クラブにも聞いてみるんだ。ひょっとすると、一般市民にも情報提供を呼びかけたほうがいいかもしれんな」グンナルが言った。

「マスコミを通じてですか?」ヘンリックが言う。

「そうだ。が、やらなくて済むならそれに越したことはない。やってしまうと……なんというか……大騒ぎになるから」

グンナルは壁に貼った地図に向かい、発見現場を指差した。

「死体が見つかったのはここだ。したがって、日曜日の十九時から二十三時のあいだにヴィッドヴィーケンを通った船、または車を探す」

そこから手を地図の上のほうへすべらせた。

「パトロール隊に頼んで聞き込みをしてもらっている。警察犬パトロールが周辺を調べている」

「シェシュティンはどうします?」ヤナが言った。「これ以上証拠が見つからなければ、明日の朝には釈放するしかなくなりますが」

「ひょっとしたらシェシュティンが少年の素性を知ってるんじゃないですか?」ミアが言う。

「ハンスの金回りについても話を聞かなければ」とグンナルが言った。「オーラ、すぐに口座情報を調べてくれ。個人口座、貯蓄口座、出張用の口座、株、投資信託、なんでもだ。全部調べろ」

オーラはうなずいた。

「ヘンリック、もう一度シェシュティンの事情聴取を頼む。聞かなきゃならないことが残っているからな。まだまだ用は済んでないぞ」

痛かった。痛いだろうと、あらかじめわかってはいた。壁の向こうから聞こえてくる声で。それでも、あんなに痛いとは思っていなかった。

大人たちのひとりに連れられて、暗い倉庫に入った。そこで後ろ手に縛られて、頭を下げさせられた。鋭いガラスの破片で、新しい名前をうなじに刻まれた。〝Ker《ケール》〟。これからはそれが少女の名前だ。少女はケールになる。永遠に。

醜い傷痕の男が、少女の腕に薬を注射しながら、おまえが傷つけられることは今後いっさいない、おまえにはもうなにも起こらない、と言い聞かせた。少女の体内に落ち着きが広がり、力も湧いてきた。もう恐怖は感じなかった。自分は強い、と思った。無敵だ。不死だ。

傷が治るまでうなじにさわらないよう、後ろ手に縛られたまま倉庫に置き去りにされた。ようやく外に出してもらったころには、すっかり弱っていた。身体が冷え、食欲もなかった。

鏡で文字を見ようとしたが、無理だった。うなじに手をやる。ぴりっと痛みが走った。皮膚がまだ治りきっていないのだ。かさぶたができていて、思わずはがしてしまったら、血が出てきた。自分に腹が立って、袖で血を止めようとした。が、うなじに袖を当てるたびに、赤いしみは広がっていく一方だ。

袖を目の前に掲げてみる。大きなしみがいくつもついている。蛇口をひねって、水で血を洗い流そうとした。が、落ちなかった。むしろひどくなった。いまや袖は血がついただけでなく、びしょ濡れでもある。まったくもう！

壁にもたれ、天井を見上げる。丸いランプの明かりは弱く、シェードの中で蠅が何匹も死んでいた。どんな罰が待っているだろう？ うなじにさわってはいけなかったのに。そう言われたのに。傷がすっかり治るまで待て。さわったら台無しになる。醜くなる、と。

少女は壁に背中をつけたまま、ずるずると床に座り込んだ。もうすぐ休憩時間が終わる。トイレにはもうあまり長いことといられない。

この島に来て、もうどれくらいになるだろう？ ずいぶん長い時間だ！ 少なくとも木の葉は全部落ちてしまった。あの茶色がかった黄色の葉、とてもきれいだ。あんなふうに色を変える木など、故郷では見たことがなかった。広場に気をつけの姿勢で立たされるたびに、あの黄金色の葉っぱの山に飛び込んでみたい、と思う。が、そんなことはさせてもらえなかった。ひたすら戦うのみだ。ずっと。痩せっぽちのミノスを相手に。ダニーロを相手に戦ったこともある。ダニーロは少女よりも大きくて、体格もいいから、互角の戦いにはならなかった。ダニーロは少女を殴らずに済ませようとしたが、やむを得なかった。戦わなければ懲らしめられる。ひどい懲らしめが待っているのだ。だから、ダニーロは少女を殴った。はじめは慎重に、少女を突き飛ばして平手で頬を打っただけだった。すると、あの醜い傷痕の男がダニーロの髪をつかんで、髪が抜けるほどの力で引っ張り上げた。

少女も身を守ろうとした。ダニーロを蹴ったり殴ったりしたが、無駄だった。結局、ダニーロに強烈なパンチを見舞われて、唇が切れた。三日間、腫れたままだった。その後、また次の戦いがあり、今度の相手は少女よりも一歳年下の少年だった。少年が痛む唇をわざと狙って殴りかかってきたので、少女は怒りに駆られ、相手の耳を殴りつけた。少年は床に倒れた。少女はそのあとも蹴りつづけ、殴りつづけた。やがて傷痕の男が割り込んできた。笑みを浮かべ、自分の目を、のどを、股間を指差した。

「目、のど、股間」と男は言った。「それだけでいい」

ベルが鳴る。次の授業の時間だ。

濡れた袖をできるかぎり絞った。水が床に垂れ、小さな水たまりができた。手を伸ばして紙を破り取り、床を拭く。それから立ち上がり、濡れた紙を汚い便所に流した。

血のしみを隠すため、袖を少しまくってから、トイレのドアの鍵を開け、外に出た。

ヘンリック・レヴィーンが電話すると、ペーテル・ラムステット弁護士は不機嫌そうだった。受話器の向こうの息は荒く、声は鋭く険しかった。シェシュティン・ユレーンの事情聴取に同席している暇はない、警部が提案した時刻ではなおさら無理だ、と二度繰り返した。

「依頼人は私の同席を望んでいますし、私はいま地方裁判所にいるんですよ。だから、今夜か、明日の午前中のほうが都合がいいのです」とペーテルは言った。

「お断りします」とヘンリックは答えた。

「なんですって？」

「お断りします。今夜や明日ではだめなんです。おわかりでないのかもしれないが、われわれはいま殺人事件の捜査の真っ最中で、いますぐシェシュティン・ユレーンと話がしたいんです」

受話器の向こうが静まり返った。やがて弁護士の声がまた聞こえてきた。苦々しげな声で、ひじょうにゆっくりと話した。

「あなたこそおわかりでないのかもしれないが、私は弁護人として事情聴取に同席する義務があるんですよ」

「それはよかった。じゃあ、十一時にお願いします」

ヘンリックは電話を切った。

　十一時二分前、ペーテル・ラムステットが取調室に入ってきた。真っ赤な顔で、わざと音をたててブリーフケースを床に置くと、シェシュティンのとなりに座った。ヘンリックとヤナに向かって尊大に笑いかけ、携帯電話をストライプの背広のポケットに入れた。こうして事情聴取が始まった。

　ヘンリックは手始めに、ハンス・ユレーンの経済状態について単刀直入に尋ねた。シェシュティンは穏やかな声で質問に答えた。が、もっと詳しく具体的な話になると、彼女の証言内容は乏しくなった。

「さっきも言ったとおり、私は夫の口座を使うことはできないんです。残高も知りません」

　もっとも、夫の給料は夫妻共通の貯蓄口座に振り込まれ、そこから住宅ローンを含めさまざまな生活費が引かれている、とは話してくれた。家計の管理はハンスが引き受けていた。ふたりの生活費は彼の稼ぎから出ていたから、とシェシュティンは語った。

「ですから、あの人がすべて管理してたんです」

「経済的には豊かな暮らしをされていたわけですね？」ヘンリックが言う。

「ええ。とても」

「でも、ご主人は倹約家だったともおっしゃった」

「ええ。そのとおりです」

「だから弟さんに金を貸したくなかったんですか？」

「ラッセがそう言ったんですか？　お金をもらえなかったって？」

シェシュテインの声色が変わった。甲高い声だ。

ヘンリックは答えなかった。シェシュテインの着ている薄いピンクのTシャツを眺める。丸い襟元のゴムが伸びていて、片方の袖からほつれた糸が垂れていた。ふと、テーブル越しに手を伸ばして、あの糸を引きちぎってやりたい、という言いようのない衝動に駆られた。どうしたらあの糸のほつれに気づかないでいられるんだ？　おかしいだろう。ふつうなら気づくはずだ。

「お金はもらっていたはずですよ」とシェシュテインは言った。「もらいすぎるほどにね。ハンスはラッセを助けようとしてたのに、ラッセは全部ギャンブルに使ってしまいました。ハンスは、とにかくシモンがお金に困ることは避けたいと考えて、あの子を助けるため、シモン名義の口座にお金を振り込んでました。でも、シモンの保護者はラッセだから、ラッセがお金を引き出して、競馬ですってしまうんです。当然、夫は怒って、お金を振り込むのをやめました。シモンにはよくないことだったかもしれないけど、ほかにどうしたらよかったんでしょう？」

「ラッセによると、あなたが振り込みをやめさせたという話でしたが」

「いいえ。それはまったくの勘違いです」

シェシュテインは親指を口に運び、ささくれた爪の甘皮を嚙みはじめた。

「つまりラッセは最近、金をまったく受け取ってないわけですね？」ヘンリックが尋ねる。

「ええ。ここ一年は」

ヘンリックはしばらく考えた。手であごをさする。昨夜ひげを剃ったおかげで、肌はまだなめらかだとわかった。それからシェシュティンに視線を戻した。ほつれた糸にも。

「あなたがたの口座を調べさせてもらいます」

「どうしてですか？」

シェシュティンはヘンリックの目を見つめ、べつの指の爪を噛みはじめた。

「あなたの証言が正しいかどうか確かめるためです」

「それには令状が要りますよ」ペーテルがテーブルの上に身を乗り出して言った。

「手配済みです」ヤナが言い放ち、自分の署名の入った令状を掲げてみせた。

ペーテルは、ふん、と鼻を鳴らすと、椅子にもたれ、シェシュティンの肩に手を置いた。シェシュティンはペーテルを見やった。彼女の左まぶたがぴくぴくと痙攣していることにヘンリックは気づいた。

「じゃあ、そういうことで」と彼は言った。「もうひとつ、大事な質問があります。今朝、男の子の遺体が見つかりました。ここに写真があります」

ヘンリックは解像度の高い写真を二枚、テーブルの上に置いた。一枚は発見現場の写真、もう一枚は監視カメラの映像から取った静止画だ。

シェシュティンは写真をちらりと見やり、噛んだせいで唾液に濡れた爪をスウェットパンツの腿のところでぬぐった。

「ご主人を殺した犯人を突き止めなければなりません。最終的にはかならず突き止めるつもりです。ですが、いまのところ、容疑者はひとりしかいません。あなたです。したがって、ここに閉じ込められたくなかったら、じっくり考えてください。この男の子を、ご自宅のそばで見たことがあるかどうか」

シェシュティンはしばらく考え込んだ。

「見たことありません」とやがて答えた。「ほんとうです。一度も見たことはありません。一度も！」

「ほんとうに?」

「まちがいありません」

＊　＊　＊

頭痛はおさまっていた。それでもヤナ・ベルセリウスは、二錠目の頭痛薬をたっぷりの水とともにのどへ流し込んだ。水がじゅうぶん冷たくなるまで、蛇口の水をしばらく流していた。ぬるい水は大嫌いで、検察庁の簡易キッチンに製氷機を買い入れようかとまで考えている。が、どこに置けばいいのか見当もつかない。簡易キッチンは狭く、四分の一ほどのスペースをコーヒーマシンが占めている。幅四十五センチの食器洗浄機もあって、そのとなりには腰までの高さの冷蔵庫が置いてある。どちらもステンレスで、同じメーカーのものだ。

ヤナはもうひと口、水をごくりと飲んでから、グラスをシンクの脇に置いた。やらなければならない仕事がある。裁判関係者からのメールや電話に返事をしなければ。承認しなければならない起訴状も二通残っているし、イヴォンヌ・ヤンソンからさらに三通渡されている。

トシュテン・グラナートがキッチンに入ってきて、壁の棚に駆け寄りマグカップをつかんだ。

「お忙しそうですね」ヤナが言う。

「忙しくないことなんてあるのか?」

トシュテンはくるりと向きを変えてカップをコーヒーマシンに置こうとしたが、勢い込んだあまり空中でカップから手が離れてしまった。ヤナがすぐさま反応し、カップが床に落ちる前に右手で受け止めた。

「ナイスキャッチ」トシュテンが言う。

ヤナは答えなかった。黙ったまま上司にカップを渡した。

「エリート寄宿学校ではそういうことも習うのか?」

ヤナは口を閉ざしたままだ。彼女の寡黙さに慣れているトシュテンは、カップをコーヒーマシンにセットした。挽きたてコーヒーのボタンを押したが、マシンは反応しない。

「なんだ、この機械」

「新しいんですよ」

何度もボタンを押す。結局、エスプレッソを選んだ。

「ふつうのコーヒーも飲めないなら、そろそろ引退するかな」

「少なくとも、ペースを落としたらどうでしょう」

「いや、そんな暇はないな。ところで、ハンス・ユレーンの件はどうだ？」

ヤナは曇ったグラスをつかみ、中の水をシンクに捨てた。食器洗浄機を開け、いちばん上のラックにグラスを入れた。

「被害者の妻を、明日には釈放しなければなりません。殺人事件と彼女を結びつける証拠がありませんから。ペーテル・ラムステットは喜びそうです」

「あいつか！　あの男、法律の世界をビジネスとしか思ってないからな」

「女性のことはご褒美としか思ってませんね」

トシュテンはヤナに向かってにっこりと笑った。

「きみを信頼しているよ」

「わかってます」

実際、トシュテンの言葉に嘘はないとわかっている。ヤナがこの地方検察庁に足を踏み入れた初日から、トシュテンは彼女を信頼してくれた。修習生時代から絶賛されていた彼女は、そのおかげで激しい競争を勝ち抜き、ノルシェーピン地方検察庁での検事という人気のポストに就くことができた。父カール・ベルセリウスが検事総長だったことも、彼女がここに就職できた理由のひとつなのかもしれない。カールは公的機関全般、とりわけ裁判所に、幅広い人脈を持っている。

とはいえヤナは、検事になるための学業をすべて自力でこなした。ウプサラ大学法学部を首席で卒業した。父はそのとき、たぶん誇らしい気持ちだったのだろう。あるいは、満足、と言ったほうが近いか。ヤナにはわからなかった。というのも、卒業のときにカールはいなかったからだ。代わりに母のマルガレータが教えてくれた。

「お父さんがよろしくって。おめでとうって言ってたわよ」と母は言い、ポートワイン色のカーネーションの花束を差し出した。ヤナの肩をぽんと叩きもした。そして、これでじゅうぶんでしょ、と言いたげに微笑んだ。

ヤナが父と同じ道を選ぶのは当然のことだった。ほかの職業を選ぶなどもってのほかと、子どものころから言われていた。だから、卒業したらお父さんはきっと直接、お祝いの言葉をかけてくれる、と期待していた。が、そうはならなかった。

うなじを掻き、それから腕組みをする。まだ笑みを浮かべているトシュテンを見て、この人は最近、お父さんと電話で話したのだろうか、と考えた。カールは二年前に定年退職したが、スウェーデンの法曹界に首を突っ込むのをやめたわけではない。娘が担当している案件となればなおさらだ。月に二回、彼はトシュテンに電話をかけ、娘の出来を聞き出す。トシュテンがこれに逆らう術はなかった。ヤナも同じだ。

カールはそういう人だった。

自分の意志を押し通す。

トシュテンの顔から笑みが消えた。彼はエスプレッソの入ったカップをコーヒーマシンから出すと、唇で熱い飲みものに触れ、たちまち火傷した。顔をしかめ、小声で悪態をついた。

「さて、急がなければ。今日は四時に獣医とアポがあるんだ。かみさんがルッデを心配していてね。家の中で盛大に漏らしてしまったんだ、大のほうを。パグは難しい犬種だね。カップをキャッチしてくれてありがとう。おかげで新しいのを買わずに済んだ」

トシュテンはヤナにウインクしてから、ドアの向こうへ消えた。

ヤナはみかげ石の調理台のそばに立ったまま、彼を見送った。

「どういたしまして」ひとり、小声で言った。

＊　＊　＊

ユレーン夫妻の口座明細は五十六ページに及んだ。銀行の係員は協力的で、オーラ・セーデシュトレムは彼に三度ていねいに礼を言った。

ハンス・ユレーン個人の名義になっているいくつかの口座の明細に、ざっと目を通す。毎月二十五日、移民局から給与口座に七万七千クローナの振り込みがある。その額の多さに、オーラはひゅうと口笛を吹いた。自分の月給三万三千クローナとは雲泥の差だ。

その二日後、二十七日になると、この口座から給与のほぼ全額がどこかに振り替えられている。口座に残されるのは千五百クローナだけで、ここ十か月はそのパターンが続いていた。

夫妻が共用している貯蓄口座の明細をめくって、おかしい、と気づいた。ハンス・ユレーンの給与口座から金が送られているのはここだった。それ自体はべつに妙でもなんでもない。妙なのは、四万クローナという多額の引き出しが何度も行われていることだ。月に一度、同じ日に、同じ額が口座から引き出されている。場所も毎回、同じ住所の同じ支店だった。毎月二十八日。スウェドバンク銀行。リーダグレーデン通り八番地。

＊　＊　＊

定期的に多額の現金が引き出されていたという情報がヘンリック・レヴィーンのもとに届いたのは、彼が警察署のエレベーターに乗っている最中だった。電波の状態が悪く、耳をそばだてなければオーラの声が聞こえなかった。灰色の壁にもたれて、携帯電話ができるだけ高い位置になるよう頭を傾けた。それでもましにならないので、エレベーターのドアにこれ以上ないほど近づいた。電波の状態は少しよくなったが、それでもヘンリックは目をぎゅっと閉じて、オーラが言おうとしていることに意識を集中した。ようやく用件が伝わった。

「要するに、夫妻共同の口座から、毎月四万クローナが引き出されてる、ってことか？」ヘンリックはエレベーターを降りつつ言った。

「そうです。十か月前から、毎月同じ日に」とオーラは答えた。「問題は、なんに使う金だったのか、ってことですよね。脅迫状の差出人に払うためでしょうか？」

「突き止めよう」

ヘンリックは電話を切ると、出口に向かって歩きながらミアに電話をかけ、ハーゲビューにある銀行にいっしょに行く気はあるかと尋ねた。

「月に四万クローナ払ってたんですか？　信じられない！」

「ハーゲビューに行くのか、どうなんだ？」

「行きません。まだ半分しか終わってないんですよ」とミアは言い、児童や青少年の行方不明事件をひととおりさらうには時間がかかるのだと説明した。

社会福祉局に問い合わせてみたが収穫はなく、いまのところ移民局の難民収容施設の住人たちも、この町の小学校の教師たちも、だれも問題の少年を知らないようだった。

今日中に少年の身元がわからなければ、捜索の範囲を広げて、近隣の自治体にも問い合わせてみるしかないだろう。

「でも、あの子が不法滞在だった可能性もありますよね。外国から来たけど、移民局とは接触してない、っていうことも」

「ああ、だが、移民局とはなんらかの形で接触してたはずじゃないか。あの子はハンス・ユレーンの家にいたわけだから」

「確かに」

ヘンリックは正面出口から外に出ると、車のロックを解除して、警察署をあとにした。携帯電話は耳に当てたままだ。

「それか、息子が行方不明になったことに親が気づいていないのかもしれませんね。新聞を読んでなくて、息子は友だちか親戚かなにかの家にいると思ってるとか」

「まあな。でも、大多数の親は子どもの居場所を知ってると思うし、予定の時間に帰ってこなければ通報してくると思うぞ。きみだったらそうするだろ？」とヘンリックは言い、横断歩道前の赤信号で停車した。

　幼い子どもをふたり連れた母親が道を渡っている。子どもたちはふたりとも、白線のあいだの地面を踏まないよう、大股で歩いていた。帽子についた青い房が、一歩進むごとにぴょんと揺れる。

「そりゃそうですけど、世の親がみんなそうするとはかぎらないでしょ」

「まあ、そうだな」

「とにかく、男の子がいなくなったっていう通報が近いうちに入ってくることを願いましょう。あの子がだれかわかったら、すごく助かりますよね」

「あるいは、これから問い合わせる学校で、なにか手がかりがつかめることを願おう」

　ヘンリックは電話を切ると、携帯電話をシフトレバー前のポケットに入れ、フロントガラスの向こうに目をやった。親子連れはすでに通り過ぎ、建物の角の向こうに消えていた。ハンドルを撫でながらため息をつき、亡くなった少年のことを考えた。行方不明になったという届けがどこからも出ていないのは妙だと思う。それよりも妙なのは、あの子の指紋がハンス・ユレーン宅にあったことだ。ひょっとして、小児性愛がからんでいるのか？　少年が復讐のため、自分を襲った男を殺した？　まったく馬鹿げた考えというわけではないが、ひどく不愉快ではあり、ヘンリックはすぐさま思考を振り払った。

クング通りが混雑している。ヘンリックはゆっくりとスクヴァッレル広場を抜け、サッカースタジアム方面をめざした。ロータリー交差点で三番目の出口を出て、セードラ・プロメナーデン通りに入る。高速Ｅ22号線に乗ってしまうと車の流れはスムーズになり、彼は数キロ走ったのち、ショッピングセンター〈ミルム・ガレリア〉への出口を降りた。

広い駐車場ビルはがらんとしていて、車を降りるとまわりのコンクリート板に足音が反響した。

ヘンリックが照明の明るいスウェドバンク銀行支店内に入ったのは、営業終了十分前のことだった。客が三人、順番待ちの番号札を手に待っていた。

髪をオールバックにした若そうな銀行員が顧客の対応にあたっていた。ほかの窓口は閉まっていた。

警察の身分証を見せると、もちろん協力するので、営業が終わるまで十分だけ待ってもらえないか、と言われた。

待っているあいだ、卵のような形をしたひじ掛け椅子に腰掛けた。ショッピングモール内の宣伝放送に耳を傾ける。二階にある〈Ｈ＆Ｍ〉へようこそと告げている。彼は外を通りすぎていく客たちを眺めた。

「お待たせしました、警部。こちらへどうぞ」

銀行員が手で合図をし、ヘンリックを案内して窓口カウンターの裏へ入った。ふたりは小さな会議室の細長いテーブルに向かい、それぞれ椅子に腰を下ろした。

支店長は五十歳ほどの小柄な女性で、赤い花柄のブラウスを着ていた。会議室に入ってくると、ふたりと同じテーブルについた。

ヘンリックは用件を説明した。

「直接いらしてくださってありがたいです。ご存じのとおり、私たちには守秘義務がありますし。今日、あなたの同僚の方とお話ししましたが」

「ええ、オーラさんとおっしゃってましたね。その方に、ユレーン夫妻の口座に関する情報はすべてお渡ししてあります」

「オーラですか？」

「ええ、それを見たところ、ハンス・ユレーン氏が毎月ここで――こちらの支店で、四万クローナ下ろしていたことがわかりました。なぜそんな多額の現金を引き出していたのか、なんとしても突き止めなければならないんです」

「お金をなにに使うのか、お客さまに尋ねることはめったにありませんが、多額の現金の引き出しにはかなりの制約を設けています。一万五千クローナを超える額を引き出す場合は、あらかじめその旨を知らせていただかなければなりません」

「なるほど。だとすると、ハンス・ユレーン氏は何度もこちらにあらかじめ連絡をしてきたわけですね」

「いいえ、連絡してきたのはユレーン氏ではありません」支店長が言った。

「じゃあ、だれが?」

「奥さまです。シェシュティン・ユレーンさん」

＊　＊　＊

グンナル・エルンは両手でハンドルを握り、ラジオのアナウンサーの声に耳を傾けている。子どもたちが花飾りを売って募金を集めるチャリティーの歴史の話が終わり、では伝説の一曲をどうぞ、とアナウンサーが言った。スピーカーから初めのフレーズが流れ出すと、グンナルはすぐさま歌声の主を悟り、爽快なロックソングに合わせてハンドルを叩いた。ブルース・スプリングスティーン。『ボーン・イン・ザ・U.S.A』だ。

「〝ザ・ボス〟じゃないか! オーイェー!」

ボリュームを上げ、リフレインにさしかかるとさらに騒がしくハンドルを叩いた。

助手席のアネリー・リンドグレンをちらりと見やり、ハンドルを使ったドラムソロに彼女が感銘を受けているかどうか確かめた。そのようすはなかった。目を閉じて、ヘッドレストに頭をあずけている。

時刻は午後三時半。アネリーはヴィッドヴィーケンの遺体発見現場で十時間働き詰めだった。グンナルが到着したときには、防水のオーバーオールをはいて、腰まで水に浸かっていた。難儀そうに水をかき分けて歩き、陸に上がってグンナルを迎えた。

「どうだ？」

「水のサンプルをいくつか取ったわ」とアネリーは答え、肩のバックルをはずしてオーバーオールを脱いだ。「このあたりは隅から隅まで調べてある。靴跡は期待できそうにない。人の動きがかなりあるみたいだし」

「海中はさらった？」

「二回。でも、凶器は見つからなかった」

「銃弾は？」

「それも、残念ながら。でも、ほかに見つかったものがある。いっしょに来て」

グンナルはアネリーのあとを追って海辺を離れ、砂敷きの道路に入った。二十メートル歩いたところで、アネリーがしっかりと踏み固められた道路を離れ、路肩に出ると、前に茂る藪を慎重に押しのけた。やがてグンナルは前かがみになり、アネリーがなにを見せようとしているのか確かめた。彼の顔にたちまち笑みが広がった。

地面に新しいタイヤの跡がついていた。

深い跡だった。

アネリーもこのタイヤの跡のことではすっかり興奮していた。が、それはもう一時間以上前の話だ。いまは助手席で黙りこくっている。

グンナルはラジオのボリュームを落とした。

「疲れたのか?」

「うん」

「ミーティングには出られそうか? 四時に集合をかけたんだが」

「大丈夫」

「そのあと家まで送ってやるよ」

「ありがとう。でも、自分の車で帰らないとだめなの。アダムが八時からサッカーの練習だから。忘れたの?」

「そうだった、今日、水曜日か」

グンナルは窓にひじをつき、人差し指を鼻の下に置いた。

「けど、それなら、アダムもおれが送り迎えしてやるよ。もしよければ。おまえもいっしょに行けばいい」

「そうね、それでいいなら……ありがたいわ」

アネリーは目の下をこすった。

「しまった」グンナルが額に手を当てた。

「どうしたの?」

「また忘れた。段ボール箱。いつも持ってこようと思って忘れる」

「べつにいいのに」

「おまえの持ちものはあれで最後なんだよ」

「いままでずっと屋根裏で眠ってたんだから、もうしばらく置きっぱなしでも変わらないわ」

「そりゃそうだが、今夜、玄関前に置いておく。そうすれば絶対忘れない」

「いい考えね」

「そうだろ」

しばしの沈黙が下りた。

「今夜、いっしょに来てくれるなんて、よかった。アダムが喜ぶわ」

「そうだろうな」

「私もうれしいけど」

「そうだろうな」

「あなたはうれしくない？」

「アネリー、やめておけ。無駄だ」

「どうして？」

「どうしても」

「だれかいい人できた？」

「いや、そんなことはない。けど、こうするって決めたじゃないか」

「あなたが決めたんでしょ。私じゃないわ」

「わかったよ、今回は確かにおれが決めたことだ。おまえにいろいろ画策してほしくない。

いまの状態を維持したいと思ってる。おれたちにはこれがいちばんだと思う。ちょうどいい度合いに抑えておくのが」

「あなたにとってちょうどいい度合いに、ってことね」

「なにが言いたい？」

「べつに」

「せっかく親切にしようと思って、おまえとアダムを車で送ってやるって言ってるのに、なにが不満なんだ？」

「べつに送ってくれなくていい。あなたの助けがなくてもやっていけるから」

「わかった、じゃあこの話はなしだ」

「そうね」

「よし」

「うん」

グンナルはなにやらつぶやき、ラジオのボリュームを上げて、うるさいロックソングがフェードアウトしていくのに耳を傾けた。

＊　＊　＊

アネリーは廊下でグンナルの四歩後ろを歩いた。唇をきっと結び、彼の背中をにらみつけている。彼もこの視線には気づいているにちがいないから、よけいにきつくにらみつけてやった。もはや意地でしかないが。

グンナルが自分のオフィスのそばでふと立ち止まった。アネリーは彼の郵便物入れに国立科学捜査研究所からのファックスが入っていることに気づいた。きっと重要書類だろう。が、なにも言わずにまっすぐ進んだ。いずれにせよグンナルはじきにあのファックスを読むのだろうから。

不機嫌な顔のまま廊下を進む。が、会議室に入るやいなや気を引き締め、プライベートな自分を捨て去った。

アネリーとグンナルは、自分たちの関係について職場の人には話さないと決めている。したがって感情を表に出すこともない。ふたりは、グンナル率いるノルシェーピン署の犯罪捜査チームにアネリーが採用される一年前から、すでに付き合いはじめていた。警察のイントラネットに載っていた鑑識官募集の案内を見て、アネリーはふつうにリンシェーピンの国立科学捜査研究所での自分の実績を書き出し、担当者に応募書類を送った。その担当者がたまたま自分の恋人だった、というだけだ。アネリーは、私生活をともにする相手と仕事もともにすることに、なんの問題も感じていなかった。一方、グンナルのほうはジレンマに悩まされ、はじめはアネリーの応募を無視することも考えていた。が、アネリーの職務経験はほかのどの応募者よりも際立っていたから、結局彼女を採用することにした。この選択は、道理にも理性にもかなっていた。アネリーとの関係を秘密にしていたことも決断に結びついた。その後も引き続き、同僚には自分たちの関係をなるべく知らせないようにしよう、と決めた。

が、ふたりが付き合っているという噂はあっという間に広がり、アネリーが色仕掛けで鑑識官として採用されたなどという悪意のあるゴシップも流れだした。彼女には、あらゆる異状、たとえば折れた枝とか、かすかなタイヤの跡とか、ほかの人間なら気づかないことを見つけ出すたぐいまれな能力があるのだが、そのことは話題にのぼらなかった。彼女が上司と付き合っている、それだけが人々の関心事だった。

多くの人が知らず、また知ろうともしなかったのは、アネリーとグンナルの関係が安定したものではないということだ。息子のアダムのため、ともに暮らす努力はしてみたものの、アダムが十歳のころにはもう互いに飽きていた。自分たちは愛し合う男女というより、むしろ仕事仲間だと感じていた。ふたりの気持ちはまるでジェットコースターのように揺れ動き、計七回にわたって同居したり別居したりを繰り返している。いちばん最近の同居は十か月続いた。が、グンナルはいったん同居をやめようと考え、一か月前にそのことをアネリーに伝えた。

アネリーはグンナルのことを頭から追い出すと、すでに席についているミアとオーラに挨拶した。

「ヴィッドヴィーケンに向かう白いライトバンを見たっていう目撃者が現れましたよ」ミアが言う。

アネリーが返事をしようとしたところで、グンナルが部屋に駆け込んできた。国立科学捜査研究所からのファックスを持っている。

「脅迫状についていた指紋の持ち主がわかったぞ」勢い込んで言った。「ヘンリックはどこだ⁉」

「またシェシュテインの事情聴取をしてますよ。あの人、金のことで嘘ばっかりついてたらしいです」オーラがすかさず答えた。

「あの女がついてた嘘はそれだけじゃないぞ。すぐヘンリックに連絡しろ！」

＊　＊　＊

ペーテル・ラムステット弁護士が今日二度目に取調室に入ったとき、その首筋は真っ赤に染まっていた。

ブリーフケースを振り上げてテーブルに載せ、メモ帳とボールペンを乱暴に引っ張り出してから、ブリーフケースをどさりと床に落とした。両手を使って上着のボタンをはずしてから、椅子に腰を下ろした。そしていま、彼は腕組みをし、右手の親指でボールペンをノックしている。ひっきりなしに。

ヘンリック・レヴィーンはこっそり笑みを浮かべた。切り札は自分が握っている。銀行員たちの証言もとても有意義だったが、グンナルからの電話でようやくパズルの最後のピースがはまった。

「お聞きしたいんですが」シェシュティン・ユレーンに向かって言う。彼女は椅子の上で背を丸め、黄色いビニールのサンダルをはいた足をテーブルの両脇から外に投げ出していた。

「買いものをするときはいつも、現金を使いますか？　それとも、カードを？」

シェシュティンはヘンリックを見た。それから、ヘンリックのセーターについている、黄色と黒の鳥をかたどったロゴを見つめた。

「カードです」

「現金で買いものをすることはありませんか？」

「ありません」

「絶対に？」

「たまにはあるかもしれませんけど」

「頻度はどれくらいですか？」

「わかりません。月に一度ぐらいかしら」

「現金はどうやって手に入れてるんですか？」

ペーテルはボールペンをノックしつづけている。

ヘンリックは、それを奪い取ってまっぷたつに折り、赤いネクタイにインクをぶちまけてやりたい、という強い衝動に駆られた。

シェシュティンが彼のそんな思考をさえぎった。

「ATMを使って引き出しますけど」

「どこのATMですか？」

「インゲルスタのです。喫茶店の近くの」

「いつも同じATMを使うんですか？」

「ええ」

「引き出すのはいくら？」

「五百クローナです」

「銀行の窓口でお金を下ろすことはありませんか？」

「ありません。一度も」

シェシュティンは小指を口に入れ、音をたてて爪を嚙み切った。

「じゃあ、銀行の窓口に行ったことはないんですね？」

「それはありますけど」

「最後に行ったのはいつですか？」

「一年ぐらい前かしら」

「どういった用件で？」

「もっと前だったかもしれません。よく覚えていません」

「じゃあ、それ以来、銀行にはいっさい行っていない？」

ペーテルが両手をテーブルの上に置き、赤いカフスボタンをあらわにした。それからボールペンをノックする手を替えた。

ヘンリックはふたたびペンを抹殺したい衝動に駆られた。が、ごくりとつばをのみ込んで、十まで数えてから、繰り返した。

「それ以来、銀行にはいっさい行ってないんですね？」

「ええ、行っていません」

「おかしいですね。あなたがハーゲビューの銀行支店にいたと証言している人がふたりいるんですが」

ペーテルはたちまちボールペンをノックするのをやめた。

一瞬、すべてが静まり返った。

ヘンリックには自分の息遣いまでもが聞こえた。

「そんなところ、行っていません」シェシュティンが不安げに言う。

ヘンリックは立ち上がり、部屋の隅へ向かった。天井に設置されているカメラの下に立ち、それを指差した。

「どこの銀行にもこういうカメラがあって、出入りする顧客をみんな記録しています」

「ちょっと待ってください」ペーテルも立ち上がった。「依頼人と少し話をさせてもらいたい」

ヘンリックは聞こえないふりをした。

テーブルに戻ると、その上に両手をつき、シェシュティンをまっすぐに見つめた。

「もう一度お聞きします。ハーゲビューの銀行には行きましたか？」

ペーテルがシェシュティンの肩にさっと手を置き、答えさせまいとした。

が、彼女は答えた。

「行ったかもしれません」

ヘンリックは椅子に座った。

「どんな用件で？」

「お金を下ろしました」

ペーテルはシェシュティンの肩から手を離し、ため息をつくと、こちらも椅子に腰を下ろした。

「いくら下ろしました？」

「数千クローナです。二千だったかしら」

「嘘をつくのはもうやめなさい。あなたは十か月にわたって、夫妻の共同口座から四万クローナ下ろしています」

「私が？」

「さきほども言ったとおり、証人がいるんですよ、シェシュティン」

「答えてはいけません」とペーテルがたしなめたが、またもやシェシュティンに無視された。

「なら、そうなんでしょ」シェシュティンは小声で言った。その言葉でペーテルは堪忍袋の緒が切れたらしく、ボールペンを部屋の反対側へ投げつけた。

ヘンリックには思いがけないことで、ペンはかなり離れたところを飛んでいったのに、彼は思わず首をすくめた。ペンはドアに当たって床に落ちた。いまいましいことに壊れていないらしい、とヘンリックはすぐに気づいた。それから真剣な顔でペーテルを見た。ペーテルの顔が暗赤色に染まっている。カフスボタンとぴったりだな、とヘンリックは思い、ひとり笑みを浮かべた。そのまま、しばらく黙っていた。それでペーテルがさらに苛立つだろうとわかっていたからだ。やがて冷静に、淡々と口を開いた。

「その金はなんに使うつもりだったんですか？」

「服です」

「服？」

「ええ」

「月に四万クローナ費やして服を買ってたわけですか？」

「そうです」

「気を悪くしないでほしいんですが、それだけ金があったら、Tシャツやビニールの靴よりもっといいものを買えると思うんですが」

シェシュティンはサンダルをはいた足をさっとテーブルの下に隠した。ヘンリックと目を合わせるのは避けていた。

「あなたがたは十か月前から脅迫状を受け取っていましたね」

「知りません」

「知ってるはずですよ」

「ほんとうに知らないんです。誓います。あなたがたに教わって知ったんです」

「脅迫状を見たこともないとおっしゃるんですか？　さわったことも？」

「ありません、一度も！　見たことも、さわったこともありません。ほんとうです」

「なるほど。しかし、また嘘をついてらっしゃいますね。脅迫状を調べたところ、指紋がついているのが見つかりました」

「えっ？」

「あなたの指紋でした」

シェシュティンの視線が泳いだ。

スウェットパンツをそわそわと指先でいじっている。

「これは推測ですが」とヘンリックは言った。「あなたは下ろした金で服を買ったんじゃない。脅迫状の送り主に渡したんだ。脅迫状はいまのところ十通見つかってる。あなたは十回、同じ額を引き出してる」

「違います……私……」

「これ以上がっかりさせないでくださいよ、シェシュティン。ほんとうのことを言いなさい。どういう事情だったのか話してください」

ペーテルが席を立ち、上着を直してから、ドアのそばに落ちたペンを取りに行った。やたらと長い時間をかけた。そうやってヘンリックの背後から、なにも言うな、もうひとことも言ってはいけない、という合図をシェシュティンに送った。が、彼女はすでに肩をがくりと落としていた。

つばをのみ込む。

そして、語りはじめた。

すべてを。

＊　＊　＊

ヘンリックは留置所の取調室に座ったまま、自分の手のひらを見つめている。事情聴取は終わった。いまは思考が動き出している。

頭の中で、さきほどのやりとりを再現した。シェシュティンの唇が震えはじめたときのこと。彼女が立ち上がり、ビニールのサンダルを引きずるようにして、窓辺へ向かったときのこと。頬に流れた涙を拭ったときのこと。

夫のしたことを語ったときのこと。

「私は結局、知らなかったんだと思います。夫がどんな人間か。あの人、いつもどこか上の空でした」シェシュティンは窓辺に立ち、外を眺めながら言った。「いつもそうで……おかしい、とは思ってました。枕で顔を覆えって初めて言われたときにはもう、おかしい、って気づいていたんです……そうしないと吐き気がする、って言われました」

彼女は鼻をすすった。

「昔の話です。結婚したばかりのころ。あの人、変なことばかりしてきました。夜中に目を覚ましたら、夫が起き上がって私の胸を凝視してたこともありました。私が起きたとみるやいなや、この汚いぐずめが、って怒鳴りつけてきて、いきなり……いきなり……」

シェシュティンはなかなか言葉を継げずにいた。服の袖で鼻水を拭った。

「のどの奥まで突っ込まれて、息ができなくなりそうでした。終わると、なんて汚い女だ、洗ってこなければ、こんな汚い、醜い妻にさわってしまったんだから、って言われました」

シェシュティンはひとしきり泣き、落ち着きを取り戻した。しばらく黙っていた。やがて続けた。

「私と最後までは絶対にしたがりませんでした。でも私、そのうち変わるだろうと思ってました。いつかきっと変わってくれる、いまは仕事で大変な思いをしてるだけなんだ、かわいそうに、そう自分に言い聞かせてました。でも、そうしているうちに、夫はほかの人を狙うようになって。あの人……みんな怖かったと思うんです、みんな、あの人を怖がっていたにちがいありません。どうしてあんなことができたのか、私にはわからない……」

そう言うと、口を開けたまま大声で泣き出した。

「話して聞かされました……女の人を床に押し倒してレイプしたら、その人がどんなふうに叫んだか。中に入るとき、その人がどんなにうろたえた目をしたか。その人のお尻から血が出たので笑ったと言ってました。それから……血を流してるその女性に……あの人は……のどの奥まで……」

シェシュティンは両手で顔を覆い、床にくずおれた。

「ああ、神さま……」

いま室内に残っているのはヘンリックひとりだが、それでも彼にはシェシュティンの泣き声が聞こえていた。

さきほどシェシュティンがいたそばの窓から外を眺める。五分間、そうして座ったまま、外の薄灰色の光をじっと見つめていた。

それから立ち上がった。三十分後、チームで会議室に集まることになっている。

彼自身がそう決めたのだ。

＊＊＊

ヘンリック・レヴィーンは警察署の階段をゆっくりと上がり、四階のがらんとした長い廊下を歩いて会議室に向かった。郵便物入れも、掲示板も見ず、ドアの開いたオフィスをのぞき込むこともなかった。ひたすら二歩ほど前の床に視線を据えていた。

グンナル・エルンはヘンリックの疲れたようすに気づき、ミーティングを一時間遅らせようかと尋ねたが、ヘンリックはシェシュティンとの事情聴取の要点を報告したいと言い張った。同僚たちが席についたテーブルの前で、立ったまま切り出した。

「脅迫状はハンス・ユレーン宛でした。ハンス・ユレーンは移民局の主任として、滞在許可を申請している難民の女性たちに永住権をやると約束して、引き換えにその女性たちを性的に利用していたんです。女性たちは結局、滞在許可など与えられないままでした。一度、若い女性を手ひどく暴行したので、この女性が兄にそのことを打ち明けました。一通目の脅迫状が来た時点で、シェシュテインは差出人がこの兄だとわかったそうです。なぜかというと、ハンス・ユレーンは自分のいわゆる〝戦利品〟について、妻に誇らしげに語っていたからです。女性たちがどんなに騙されやすいか。セックスを強要された彼女たちがどんなふうに泣いたか」

ヘンリックはそこで間を置いた。アネリー・リンドグレンが不快感に身をよじらせた。

「シェシュテインは脅迫状がハンスの目に触れないようにしました。彼女が先に開封していたわけです。レイプをやめさせるため、警察に行くことも考えたそうです。もう離婚するしか道はありませんでしたが、夫と別れてしまったらどうなるのかわからなかった。だれが自分の面倒をみてくれるのか。彼女には金がないんです。しかもこの話が公になったら夫のキャリアは一巻の終わりで、やはり生活に困ることになるし、レイプ魔と結婚していた自分もあざ笑われる。そんなわけでシェシュテインは脅迫状を隠し、金を払う道を選びました。口封じのために」

「そんなひどい奴、どうしてかばおうって思うわけ？」ミアが言う。

「さあな。ハンス・ユレーンはどうしようもなく卑劣な男だった。シェシュテインの話だと、彼女のこともいじめ抜いてた。すべてが始まったのは二十年前、彼女が妊娠できない身体だと宣告されたときだそうだ。おまえのせいだ、とハンスは言った。毎日そのことを彼女に思い出させた。とにかく彼女を侮辱しつづけてた」

「で、シェシュティンはそれを甘んじて受け入れてたんですね？」

「そうなるな」

「けど、口座から金が引き出されてることに、ハンスは気づかなかったのか？」グンナルが尋ねた。

「気づいてました。一度、どうして金が引き出されてるのか尋ねてきたそうです。でもシェシュティンは、家のためになにか買ったとか、なにかの請求書を払ったとか、なにかの修理が必要だったとか嘘をつきました。ハンスが激怒して、大喧嘩になって、シェシュティンが殴られて終わりました。それ以降は一度も聞かれなかったそうです。気にかけてなかったわけですね。どうでもよかったんでしょう。奥さんのことも」

「で、脅迫状の差出人は？」ミアが尋ねる。

「ユセフ・アブルハム、アフリカのエリトリア出身だ。妹とハーゲビューに住んでる。だからシェシュティンはハーゲビューで金を下ろしてた。このミーティングが終わったらすぐに話を聞きに行く。ところで、座っても……」

ヘンリックは空いた椅子を指差した。

「もちろんだ、座りなさい」グンナルはヘンリックの控えめな態度に慣れている。それでも付け加えた。「いちいち聞かなくてもいいだろうに」

「そうですよ、勝手に座ればいいのに」ミアが言った。

ヘンリックは椅子を引き、腰を下ろした。すぐにテーブルの上に置いてあったミネラルウォーターのボトルを開け、中身を半分グラスに注いだ。炭酸が口の中をくすぐった。ヤナ・ベルセリウスはそれまでずっと黙っていた。テーブルの端に座り、一同をじっと見つめていた。

その彼女が足を組み、口を開いた。

「シェシュティンは事件への関与を自供しましたか？」

ヘンリックは首を横に振った。

「ハンス・ユレーン殺害とシェシュティンを結びつける証拠はまだ見つかっていません。ということは、私は彼女を釈放するしかありません」

室内がしんと静まり返った。

「でも、あの人には旦那を殺す理由があったわけじゃないですか。こんなひどい仕打ちを受けてたんだから。喧嘩になって、シェシュティンが拳銃を持ち出して旦那を撃ったのかも」ミアが言う。

「だが、その拳銃は？　どこで手に入れたっていうんだ？　しかも夫を撃ったあと、拳銃を子どもに渡して、その子が窓から出ていったっていうのか？」ヘンリックが言う。

「知りませんよ。もっといい説があるなら出せばいいでしょ！」ミアが嚙みつくように言った。

ヘンリックはうんざりした目で彼女を見た。

「もういい、落ち着きなさい」グンナルが言う。「ヤナの言うとおりだ、シェシュティンは釈放するしかない。それに、少年がこの事件で果たした役割を突き止めなきゃならない」

「ラーシュ・ヨハンソンはどうなりました？」ヤナが尋ねた。

「容疑者リストからは消えたよ。何人もがアリバイを証言している」

「ということは、いまある手がかりは例の少年と、そのユセフ・アブルハムとやらだけなんですね？」

「ハンス・ユレーンのパソコンも」グンナルが言った。

「そのとおりです」オーラ・セーデシュトレムが口をはさんだ。椅子に座り直してから続ける。「時間がかかってますが、ハードディスクは調べました。気になるのは――いや、嫌になると言うべきかな――中身が消されてるってことです」

「消されてる？」ミアが言う。「修復できるのよね？」

「もちろん、できますよ。ドキュメントやクッキーファイルはなんの問題もなく修復できます。EMPで損なわれてないかぎり」

オーラ・セーデシュトレムを待っていたのは、疑問符が浮かんだようなチームメンバーたちの顔だった。

「ええと、EMPってのは電磁パルスのことです。これを使うと全部消えます。そういうのを仕事にしてる会社もあるんです」

「要するに、ユレーンはなにかを隠したがってた」ヘンリックが言う。

「そうかもしれません。プログラムにかけてますから、結果待ちですね」

＊　＊　＊

「やっぱり、スキャンダル絡みだって言っただろ」

ペール・オーストレムはヤナ・ベルセリウスににっこりと笑いかけた。

ふたりは偶然、地方検察庁の前で鉢合わせして、オフィスにあるマシンではなく〈バーガシュトゥーガン〉でコーヒーを飲むことにしたのだった。

店までは徒歩五分で、運よくカウンター前の行列もなかった。ヤナはメニューを吟味し、天然酵母パンを使った生ハムとチェダーチーズの大きなサンドイッチを食べられるほど自分が空腹かどうか考えた。が、結局、ふたりともチェリージャムを添えたスコーンとコーヒーを注文し、窓辺に席を取った。

店のインテリアはいかにも現代風の北欧デザインで、まるでホテルのロビーにいるような心地がした。オーク材の楕円形のテーブルのまわりに、黒い革張りの椅子がひしめくように置かれている。隅のほうには、背もたれの高いひじ掛け椅子が二脚ずつ、向かい合わせに配置してある。黒や赤の布シェードのかかったさまざまな形のランプが、天井から下がっている。焼きたてのパンのいい香りが客を包み込んでいた。

「まったく、捜査の話なんかしなければよかった」とヤナはペールに言った。

ハンス・ユレーンの裏の顔についてこっそり打ち明けたところだった。

「しかし実際、興味をそそられる話だよな。マスコミが知ったらどうなるだろうね。移民局の主任が、滞在許可申請中の若い難民女性をレイプしてた、なんて」ペールが笑みを浮かべる。

「もっと小声で話してくれないと、あっという間にマスコミに嗅ぎつけられるわ」

「ごめん」

「入り組んだ捜査なの」

「いいじゃないか、もっと話してくれよ」

「だれにも、ひとことも言わないで」ヤナは彼をにらみつけた。「いい？」

「約束する。オフレコってことだな？」

「そのとおり。よく聞いて。ハンス・ユレーンは射殺された。彼の自宅から、最近ついたと思われる子どもの指紋が見つかった。この子どもが射殺された。ハンス・ユレーン殺害に使われた拳銃があった。で、今度はこのレイプの話……」

「スキャンダルだね……」

「好きなように呼べばいい。それにしても、いま言ったことすべてがどうつながってるのか、説明できる？」

「できないな」

「わかった。ありがとう」

「どういたしまして」

ヤナはコーヒーカップに口をつけた。ペールを、彼の着ている襟元に紺色の裏地のついたチェックのシャツを眺める。ジャケットとズボンは揃いのものだ。めずらしくきちんとした服装をしている。

ヤナの記憶にあるかぎり、ペールはずっと独り身だ。過去には長く付き合った相手が何人かいたようだが、ともに暮らしていくのには向かなかったらしい。

「ひとりで孤独でいるほうが、だれかといっしょにいて孤独を感じるよりましだ」二年前、そう言っていた。

彼が仕事と若者のための活動にすべての時間をとられていることを、ヤナは知っている。が、ペースを落とすよう忠告したことは一度もない。他人の人生に口を出すことに興味はない。たとえペールの人生であっても。

条件はそろっているのだが、ふたりのあいだに火がつくことはなかった。ヤナにとって、ペールは友人であり、同僚だ。ロマンチックな関係を築く相手ではない。けっして。

「お願いしたいことがあるんだけど」とヤナは言い、コーヒーカップをテーブルに置いた。

「いや、でも、つながりはおれにもわからないぞ」ペールが言う。

「捜査のことじゃなくて。当直を替わってほしいの」

「どうして?」

「五月一日、火曜日の夜に、両親と食事することになったから」

ペールは軽く首をかしげ、ひゅうと口笛を吹いた。

「晩餐会ってわけか」

「違う。でもお礼として、晩餐会にぴったりなヴィンテージのワインをあげる。赤と白、どっちがいい？」

「どっちもいらない。下司野郎ハンス・ユレーンについてもっと教えてくれたら、替わってやる。詳しいことが知りたいんだ。ネタを売ろうかと思ってね。金になりそうだし」

「ろくでもない人」

ヤナはむりやり笑みを浮かべ、ジャムをたっぷりつけたスコーンをかじった。

＊　＊　＊

マクダ・アブルハムは彼らが来るのをキッチンの窓から見て、移民局のあの男の件だと悟った。いつかはこの日が来るとわかっていた。いつかは、自分が遭った凶行について、なにもかも話さなければならなくなるとわかっていた。

腹の中で不安がふくらむ。ドアを開けたとき、みぞおちがあまりにも強く締めつけられて、壁に手をついてなんとか身体を支えた。警察官たちの名前はよく聞き取れず、彼らが掲げた身分証は見もしなかった。

「ユセフ・アブルハムさんにお会いしたいんですが」とヘンリックが言い、身分証をしまった。

目の前にいる女性をじっと観察する。若い。二十歳ぐらいだろうか。褐色の瞳、ほっそりとした顔、長い髪、布製のブレスレット、襟ぐりの大きく開いたカットソー。

「どうして？」と彼女は言った。

「いらっしゃいますか？」ヘンリックが尋ねる。

「私……妹。どうして？」

マクダはうまく話せなかった。私に話を聞くんじゃないの？　どうしてユセフに会いたがってるの？

褐色の髪を耳にかけると、耳たぶに連なる粒のようなイヤリングがあらわになった。

「ハンス・ユレーンについて、少し聞きたいことがあるだけです」

警察官が、あの男の名前を口にした。

あの下司の名を。

彼女がだれよりも、なによりも憎んでいる、あのおぞましい男の名を。

「ユセフ？　警察の人！」

マクダは室内に向かって呼びかけた。

ヘンリックとミアを平屋の中に通すと、そのまま左へ向かい、閉まったドアをそっとノックした。

ヘンリックとミアは玄関で待った。

床には古布を再利用したラグが敷いてあり、壁に造り付けられた金色の帽子棚にはなにも置かれていない。帽子棚の下に、靴が三足置いてある。うち二足は、新品らしき真っ白なスニーカーだった。有名ブランドのもので、かなりの値段がすることをヘンリックは知っている。それを除けば、玄関はほとんど空だった。タンスもなければ、絵が掛かっているわけでも、座れる場所があるわけでもない。

マクダが閉まったドアをふたたびノックし、なにか意味のわからないことを口にした。きっとエリトリアの言語、ティグリニャ語なのだろうとミアは考えた。マクダは警察官たちに向かって申し訳なさそうに微笑み、またノックした。

玄関に残ったヘンリックとミアは、不安になりはじめているマクダに助け舟を出すことにした。靴をはいたまま進み、ドアの前に立つ。ここからはキッチンがよく見えた。勝手口のドアが開いていて、換気扇が動いている。コンロのそばにある灰皿が、吸い殻でいっぱいになっていた。キッチンの反対側には、バスルーム、寝室、居間があった。どこも玄関と同じで、ほとんど家具や装飾がない。

「ユセフ、ドアを開けなさい。少し話がしたいだけです」

ヘンリックがドアを叩いた。が、反応はない。

「開けなさい！」

さらに強く叩く。何度も。

すると室内から、なにかのきしむ音が聞こえてきた。

「いまの、なんでしょうね?」ミアが言う。「まるで、窓が開いたみたいな……」

そのとき、褐色の肌をした男が、勝手口のそばをさっと横切っていくのが見えた。

「やられた!」ミアが叫び、すぐさまキッチンへ駆け込んでいくと、勝手口から中庭に出た。

ヘンリックもあとを追った。

ミアは、前を走る裸足の男が植え込みを跳び越え、視界の外へ消えていくのを目にした。

「待ちなさい!」

スピードを上げ、植え込みを越えて男を追う。逃げる男が方向を変え、公園に入っていくのが見えた。男は砂場をどかどかと突っ切り、ブランコを囲む柵を跳び越えた。

ミアもそのすぐあとを追った。ふたたび男に呼びかけ、柵を跳び越えて、歩行者と自転車専用の狭い道に獲物を追いつめた。もう差はあまりない。このペースならつかまえられる。

だれにも負けはしない。

だれにも。

筋肉に力を入れ、一歩ごとに男との差を縮めた。道が途切れるころに追いつき、タックルを決めて男を倒した。ふたりは雪の中を転がった。ミアはすばやく反応し、倒れた男の腕をつかんで背中にまわした。それから息を整えた。

ヘンリックが駆け寄ってきた。手錠を出し、男を後ろ手に拘束する。立ち上がらせて、警察の身分証を見せてから、車へ連行した。

マクダも走ってあとを追いかけてきたが、公園のところであきらめていた。兄が手錠をかけられ、警察官ふたりにはさまれて戻ってくるのを見て、はっと両手で口を覆い、かぶりを振った。一行に近寄り、ティグリニャ語で繰り返しなにか言った。兄の首をつかんで大声で怒鳴った。

なじるように。

ミアは彼女を引き剝がした。

「話をするだけだから」と言ってマクダを落ち着かせ、ブランコのほうへ連れていった。

「お兄さんは私たちといっしょに警察署に行くの。心配しなくて大丈夫」

ミアは立ち止まると、マクダの肩に両手を置き、彼女の目を見つめた。

「いい？　あとで、あなたの話も聞かせてもらうからね。どんなことがあったか。あなたがどんな目に遭ったか。話ができるように、あなたの言葉を話せる同僚に来てもらうから」

マクダには女性警官がなんと言ったのかわからなかった。が、彼女の目を見て、悪いことを言われているわけではなさそうだと思った。こくりとうなずいた。

ミアはにっこりと笑い、公園を出ていった。

マクダはどこに行けばいいのかわからなかった。だから、その場に立ったままだった。

不安だった。

そして、すっかり途方に暮れていた。

＊　＊　＊

ろくに座りもしないうちから、ユセフ・アブルハムは片言の英語で、スウェーデン語はいっさい話せない、と宣言した。ヘンリック・レヴィーンとミア・ボランデルは四十分以上奔走して、なんとか通訳をつかまえた。

通訳が来てみると、ユセフはのどの感染症で話ができないと言い出したので、ミアの堪忍袋の緒が切れた。

テーブルの上に脅迫状を放り投げ、次々と罵詈雑言《ばりぞうごん》を浴びせた。通訳は彼女ほど激することなく、ユセフに向かってそのままミアの言葉をティグリニャ語に通訳した。

ユセフはなにも言わず、軽蔑のこもったまなざしでミアをにらみつけた。さらにミアが罵ると、彼は大きくため息をつき、ハンス・ユレーンについて英語で話しはじめた。ハンスがマクダをレイプしたこと。ある寒い一月の夜、ハンスはマクダと滞在許可の話をするためだと言って、アパートにやってきたのだという。

「妹はひとりで留守番してて、あいつを家に入れたがらなかった。そしたら奴はむりやり上がり込んで、玄関で妹をレイプした」とユセフは語った。「おれが家に帰ったら、妹は自分の部屋でわんわん泣いてた。助けてやりたかったけど、妹に、このことはだれにも言わないでほしい、って言われた」

ユセフは天を仰ぎ、妹は馬鹿正直にも滞在許可をもらえると期待して、ハンス・ユレーンが来るたびにドアを開けた、と語った。

ユセフはこの密会について黙っているという約束を守ったが、滞在許可の件でユレーンが嘘をついているのではないか、という漠然とした不安は消えなかった。

「あいつ、いかにも馬鹿そうだった。馬鹿を信用しちゃいけない」

三か月が過ぎても、移民局からマクダへ前向きな決定が伝えられることはなかった。そこでユセフは、ハンス・ユレーンと同じ手を使って、本人を脅迫してやることにした。ただし、脅迫のネタはセックスではなく、金だ。絶好の機会を待って身を隠し、屈辱の一幕を携帯電話のカメラにおさめた。それから腰を落ち着けて脅迫状を書いた。数週間後、ようやく連絡があった——ハンス・ユレーンの妻から。脅迫をやめてほしいと懇願されたが、ユセフは拒んだ。

「ユレーンはおれの妹を利用した。なら、おれがやつを利用したっていい。あいつの奥さんが金を払わなければ、マスコミに全部ばらすつもりだった。このいまいましい国のあちこちに、写真を一枚残らず送ってやるつもりだった！」

シェシュティンは事の重大さを悟り、翌日には金を持ってきた。

「でもおれは、マクダにはなにも言わなかった。金は自分のものにした。あいつが男と寝たいならそうすればいい」

「脅迫状は自分で書いたのか？」ヘンリックが尋ねる。

「ああ」

「じゃあ、スウェーデン語ができるのか？」

ユセフはニヤリと笑った。

それからはすべての質問に、流暢なスウェーデン語で答えた。

スウェーデンで暮らしはじめて一年半、彼はまたたく間に言葉を覚えていた。生まれも育ちもエリトリアだが、不穏な情勢のため国を離れたという。

「おれたちは運がよかった」と彼は語った。「ここまで来られた。途中で死ななかった。幽霊コンテナに入れられることもなかった」

「幽霊コンテナ？」ヘンリックが言う。

「新天地への移動手段は、いつも安全ってわけじゃない。知ってると思うが、途中で死ぬ人もたくさんいる。みんな死んじまうことだってある。アフガニスタンで、アイルランドで、タイで、そういうことがあった。ここでも同じだ」

「ここでも？」ヘンリックが繰り返す。

「ああ」

「スウェーデンで？」

「ああ」

「おかしいわ。そんなことがあったんなら、私たちが知らないわけがない」ミアが言う。

「起こってることの全部が目に見えるわけじゃないからな。でも……それでも……両親もここに来ることになってる」

「いつ？」ヘンリックが尋ねる。

「来年だと思う。あっちに――エリトリアに残るのは危ないんだ」

「そうだろうな」とヘンリックは言った。「だが、脅迫状に話を戻そう。その件はだれかに話したか？」

ユセフは首を横に振り、手のひらを掻いた。

「あなたのしたことは犯罪よ。わかってるでしょうね？」ミアが言う。

「ただの手紙だろ。脅迫じゃない」

「立派な脅迫状です。人を脅迫するってことは、この国ではとても重い罪なの。おそらく逮捕されて、勾留されることになる」

「それでも、そうする価値はあった」

手伝いにきてくれた警察官たちに留置所へ連行されても、ユセフはいっさい抵抗しなかった。歩みはゆっくりで、肩の力は抜けているようだ。真実を語ってほっとしているようにも見えた。

＊　＊　＊

オーラ・セーデシュトレムはオフィスの椅子に座り、パソコン画面を見つめている。オフィスを照らしているのはその画面の明かりだけだ。彼はハンス・ユレーンのパソコンに入っていたファイルをチェックしていた。

ときおり、階から階へ移動するエレベーターの鈍い音が聞こえてくる。天井の換気扇が騒がしい音をたて、ハードディスクは削除されたファイルを探して怒ったようになっている。が、ふっと静かになった。チェックが終わったのだ。

それでは拝見、とオーラは考えた。興味を惹くものがどこかにあることはわかっている。かならずあるのだ。どんなパソコンにも。だが、探し場所を間違えていたら見つからない。パソコンには人が思っている以上の情報が隠されているもので、何度も繰り返しファイルを探さなければならないことも多い。あるいは、さまざまなプログラムを使うか。

まずはハンス・ユレーンのクッキーファイルに目を通し、どんなサイトを見ていたか調べることにした。大新聞の見出しが現れて、オーラは移民局に関する記事をざっと飛ばし読みした。そのほとんどは、移民局が家主や住居斡旋業者と違法な契約を結んでいた件を報じている。公的機関の情報公開原則について上層部が知らなすぎるのではないかと問う連載記事や、ハンス・ユレーンの管轄だった購入プロセスを詳しく調べた記事もあった。批判は激しく、移民局は何度も繰り返し、難民収容施設の購入プロセスを改善するのになぜこれほど時間がかかるのか、と追及されている。これに対しハンス・ユレーンは、入札に向けた資料を用意するのが難しいのだ、と述べている。〝コピー機を買うのとはわけが違うんですよ〟と。

相当叩かれてたんだな、とオーラは思いつつ、さらにクッキーファイルに目を通した。船に関するサイトが四つ見つかり、海運コンテナに関するサイトもひとつ見つかった。そのあとにはアダルトサイトがずらりと並んでいた。褐色の肌の女性を扱ったものが多かった。

オーラは背筋を伸ばすと、ユレーンのパソコンのハードディスクに隠されていたファイルを表示させた。フォルダが次々と画面に現れる。《統計　二〇一二》というファイルがあった。オーラはこれを開き、二〇一一年と二〇一二年の難民の数を比べた図表をじっくりと眺めた。難民の出身国、上位十五か国を示した表がある。今年はいまのところ、市民権を与えられた数はソマリア人が最も多い。そのあとにアフガニスタンとシリアが続いている。

オーラは情報公開用資料や各種申請用紙を集めたフォルダを開いた。移民局の仕事を紹介した資料のほか、移民とスポーツについて、欧州難民基金について、労働移民について、などといったテーマ別報告書にも目を通した。会議の資料、通達、公的書簡、ファクトシート、規則や法律情報を記した書類を、ぱらぱらと眺めた。ハードディスクにあったフォルダのうち三つは名前がついておらず、そのひとつに名無しのワードファイルが見つかった。

そのファイルが日曜日の十八時三十五分に削除されていることにオーラは気づいた。マウスを動かしてそのファイルにカーソルを載せ、開く。不可解な内容だった。ほとんど白紙で、何行か文字が並んでいるだけだ。アルファベットの大文字と数字の羅列だった。十行あった。

ＶＰＸＯ４１０００９
ＣＰＣＵ１０６１３０
ＢＸＣＵ８２０３３９
ＴＣＩＵ４５０６４８

GVTU800041
HELU200020
CCGU205644
DNCU080592
CTXU501102
CXUO241177

このアルファベットと数字にはなんの意味があるのだろう、とオーラは考えた。

一行目を選択してコピーし、グーグルの検索欄にペーストしてみたが、検索結果はゼロだった。ほかの行も同じようにしてみたが、やはり同じ答えが返ってきた。

アルファベットだけで検索してみたが、たどり着いた先は似たような袋小路だった。まず思ったのは、なにかの暗証番号だろうか、ということだ。本人しか知らない暗証番号。

さらに範囲を広げて考えてみる。ほかの意味がある可能性は？　だれか人を指していると か。数字の部分は、個人識別番号の最初の六桁？　この説はすぐに却下し、頭を掻いた。

時刻は零時をまわる直前だった。それからの夜中の数時間、謎は解けないままだった。

額から汗が垂れる。

少女は全力で戦っていた。

右の拳を出す、首をすくめる、左の拳を出す、蹴る、蹴る、蹴る。醜い傷痕の男が、自分の目を、のどを、股間を指差した。

「目、のど、股間」と叫ぶ。

少女もそのあとに続いて叫んだ。

「目、のど、股間！」

右の拳を出す、首をすくめる、左の拳を出す、蹴る、蹴る、蹴る、蹴る！

「攻撃やめ、待機！」

少女はぴたりと動きを止めた。男が少女の視界から消えた。

いやだ、と少女は思う。奇襲攻撃はいやだ！　大嫌い。接近戦ならかまわない。大の得意だ。勘がいいし、反応も速い。とりわけナイフが得意だ。どこに体重をかければ、攻撃をしかけてきた相手ののどに刃を突きつけられるのか、ちゃんとわかっている。まず敵のバランスを崩して地面に倒さなければならず、これはひざを狙って攻撃するとうまくいくことが多い。それで倒せなかったり、激しく抵抗されたりしたら、敵の頭に何度も肘鉄やひざ蹴りを食らわせればいい。

ダニーロが相手のときは——うなじに刻まれた名はハデスだ——たいていストレートのパンチを繰り出し、彼ののどに手が届く直前に拳を握る。ハデスが痛みで前かがみになったところで、彼の頭をぐっとつかみ、顔をひざで蹴りつけて倒す。

が、ハデスは少女をうまく出し抜いて、先に少女を地面に倒してしまうことが多い。それから少女の胸の上に馬乗りになり、両手で首を絞める体勢に入る。それで目の前が真っ暗になったこともあるが、これもまた訓練の一環だ。苦しまなければならない。けっしてくじけない精神を学ばなければならない。たとえ暗闇が忍び寄ってきても。

少女は体力がつき、劣勢を優勢に変えられることが多くなった。ハデスの背中に、あるいは腎臓のあたりにひざ蹴りを決めれば、身を振りほどける。そのあと顔にも蹴りを入れられたら、戦いに勝つこともできる。接近戦では蹴りが大事だ。腰をどう動かせば脚に力を込められるか、さんざん練習してきた。回転する動きではバランスが大切だから、どんな体勢になっても重心を見つけられるよう、背中にウェイトをつけて蹴りの練習をした。なんとしても技を完璧に身につけなければならないとわかっていたから、夜寝る前にもひとり小声で繰り返した。後ろの脚を前に出して、ひざを上げて、回転して、蹴る。

耐久訓練もさほど辛くはなかった。冷たい雪の上を裸で這わされても、その痛みを頭から切り離すことができるようになった。坂道を駆け上がったり、インターバルトレーニングをしたりするのも、さして辛いとは思わなかった。なによりも苦手なのは、攻撃を受ける訓練だ。いきなり襲われるから。もちろん、攻撃や防御の訓練は何度もやったことがある。立位、座位、臥位、すべて練習した。敵が武装している場合、敵が複数いる場合、暗闇の中、狭い場所、ストレスのかかる状況、さまざまなケースを想定した練習も重ねた。それでもなお、いきなり襲われるのにはなかなか慣れない。

少女はいま、壁の一点に視線を据え、物音に耳をそばだてている。部屋の中央に、ひとりきりで立っている。おそらく長いこと、こうして立たされるだろう。それも訓練の一環だ。攻撃されるまで立ったまま七時間待たされたこともあった。腕も脚も震え、脱水症状になりかかった。が、そのころにはもう、あらゆる感覚を頭から切り離していて、痛みも感じなくなっていた。少女は、ケールなのだ。死の女神だ。けっして屈しない女神なのだ。

不意に足音が聞こえてきた。だれかが忍び寄ってくるような音。そのとおりだった。だれかがこちらに来ている。後ろから。少女は筋肉をこわばらせ、凶暴なうなり声をあげてくるりと向きを変えた。醜い傷痕の男がそばにいて、ナイフが男の手から勢いよく放たれるのが見えた。少女はその動きを目で追い、手を上げてさっとつかんだ。柄の部分を握りしめた。男と目を合わせた。

男が勢いをつけて飛びかかってくる。少女はすばやく体重を移し、力のかぎりを尽くしてかかとを上げ、男を蹴りつけた。狙いは的中した。

男が床に倒れる。少女はすぐさま駆け寄ると、片足を男の胸に乗せ、その上に覆いかぶさって額にナイフを突きつけた。褐色の瞳がめらめらと燃えた。やがてナイフを少し持ち上げてから、床に向かって投げつけた。それは男の頭から二センチのところに突き刺さった。

「よくやった」と男は言い、なにかを促すようなまなざしで少女を見た。

言わなければならないとわかっている。

言いたくなかったけれど。

「ありがとう、パパ」と少女は言った。

四月十九日、木曜日

ジョギングシューズがアスファルトをリズミカルに叩く。ヤナ・ベルセリウスは道を曲がってヤーンブロー通りに入り、硬い舗装道路を離れて川沿いの砂利道を走り出した。家でストレッチを済ませてから、気持ちよくひと走りしようと外に出た。身体がまだ温まりきっておらず、黒いストレッチ素材のパンツ越しに冷気が入り込んでくるのがわかる。薄着だが、あと一キロも走れば汗が出てくるはずだ。

冬のあいだずっと、野外でのジョギングを楽しんできた。雪が積もってぬかるんでいようと、冷たい風が吹いていようと、身体を動かしたいという思いは変わらない。どんな天気でも、いつも同じコースを走る。サンド通りをたどって市立公園に向かい、そこからヒンメルスタルンド公園まで走って、戻ってくる。アップダウンのある自然の中より、街中を走るほうが好きだ。わざわざ何キロも離れたところにある森の中のジョギングコースまで行って走る気にはなれない。しかも車で移動する時間が無駄に思える。運動しようと思ったらすぐに始めたい。

屋内でのトレーニングも選択肢には入らなかった。エアロビクスのクラスに参加するなんて絶対にいやだ。ひとりでいるのが好きだ。ジョギングは最高のエクササイズだと思っている。筋力トレーニングをするにも、ジムに行く必要はない。自宅にトレーニング設備がそろっていて、十キロ走ったあとはかならず腕立て伏せと腹筋で締めくくる。そしてシャワーを浴びる前に、懸垂用のバーの前に立ち、あごがバーの高さを超えるまで身体を持ち上げる。今日もヤナはしっかりとコントロールされた動きで身体を持ち上げた。十九回目を終えたところで疲れ切って床に座り込んだ。

時刻は六時五十七分、朝の時間はまだたっぷりある。ヤナは人差し指と中指を手首に乗せ、脈を測った。休息時の脈拍数に戻ったと感じると、立ち上がり、重ね着していた服を脱いだ。シャワーは二十分間。そのあと上下揃いの下着を選んでから、ウォークインクローゼットに入って少し透けるブラウスを探し出した。それに深い紺色のパンツと、セットになったジャケットを合わせた。

ベーコンを四枚、卵をふたつ焼いて、ちょうど朝のテレビニュースが始まるころに朝食をとった。外交政策関係のニュースが長く続いたあと、ノルシェーピン郊外で少年の遺体が見つかったこと、大規模な捜査にもかかわらず少年がいまだ身元不明であることが報じられた。笑顔のハンス・ユレーンの写真が映し出される。レポーターは、被害者ふたりのあいだにつながりはあるのでしょうか、と問いかけ、答えはおそらく今日の九時、エステルイェートランド県警の臨時記者会見で明らかになるでしょう、と付け加えた。

天気予報によれば、イギリスのほうから新たな低気圧が近づいてきているという。気象予報士の若い女性は、にっこり笑いながら滑舌よく、スウェーデン中部は大吹雪になるおそれがあります、と言った。今年の四月の降雪量はすでに観測史上最多で、しかも全国でさらに雪が降る見込みだという。

コマーシャルに入ると、ヤナはテレビを消した。控えめに化粧をし、歯を磨き、髪をとかした。鏡に映った自分をじっと見つめ、その姿にいまひとつ満足できず、マスカラを重ね塗りした。さきほど運動したせいで、いまもじわりと汗がにじみ、ブラウスが背中に貼りついている。汗を抑えるには冷気に当たるしかない。だからジャケットは腕に掛けたまま駐車場へ向かった。

朝の霧と道路の凍結のせいで、ふだんなら四十分で着くリンシェーピンの法医学局まで五十五分かかった。スピードを落として高速道路を走っている車が多く、ヤナは意識を集中し、反対車線に飛び出して前の車を追い越したい衝動をぐっとこらえた。ノシュホルムのあたりでやや霧が晴れ、リンシェーピン北出口に着いたころには視界が戻っていた。

正面入口に向かい、法医学者ビョルン・アールマンのオフィスをめざした。

約束の時間まで十五分あったが、ヘンリック・レヴィーン警部とミア・ボランデル警部補はすでに到着していた。明るいオフィスの中で、それぞれ訪問客用のひじ掛け椅子に座っている。壁に造り付けられた樺材の本棚には専門書がずらりと並び、窓には薄緑色の地に白いツバメ模様のパネルカーテンが掛かっている。机も木目のままの樺材で、その前の壁にはクリップボードがあり、あちこちの電話番号や旅行先で撮った写真が貼ってあった。

アールマンは五十九歳という実年齢のままの外見をしている。背は高くもなく、低くもなく、少し腹が出ていて、髪の生えぎわはかなり後退していた。

リンシェーピン大学の医学部にいたころ、はじめは神経学を専門にしたいと考えていたが、学年が進むにつれて法医学への関心が高まり、結局はそちらの分野のコースを選んだ。精神的に負担の大きい仕事で、しかも日々ひとりきりで働くことの多い職業だが、それでもこの分野を選んだことには昔から満足している。豊富な知識と経験に裏付けられた分析や判断で、まわりの評価も高い。自分の出す結論が他人の人生に大きな影響を及ぼすこと、根拠として提示する事実が裁判を左右しかねないことを、彼はよくわかっている。この職場ではだれよりも経験豊富で有能だが、自分のことを〝エキスパート〟だとは考えないようにしている、そんな人間だった。

ビョルン・アールマンは人間工学に基づいてデザインされた事務用椅子から立ち上がると、オフィスに入ってきたヤナとしっかり握手を交わした。

ヤナはそれから、警察官ふたりに目礼した。

「約束は守ったよ」とビョルンが言った。「報告書は完成してる。いくつかの検査の結果はまだ出ていないが、しばらく待たなきゃならない。いまはとにかく、下に行って死体を見るとしよう。見てもらいたいところがあるんだ」

地下階でエレベーターを降りて廊下に出てみると、きちんとはまっていない蛍光灯があるらしく、周囲がときおり暗くなっていた。ビョルンが防火扉の鍵を開け、殺風景な部屋の明かりをつける。彼はここまでの道中で、年長の十歳と十三歳の孫がやっているスポーツについて——水泳とサッカーらしいが——ヘンリックに話して聞かせていた。ミョルビューとモータラで週末行われる大会に、自分が車で送っていくことになった、と誇らしげに語った。ヤナもミアも、互いの視線を避けることに気を取られていて、ビョルンの話はいっさい聞いていなかった。

ミアはいつものごとく解剖台から離れたところに立ち、ヤナとヘンリックが台のそばに陣取った。

ビョルンはていねいに手を洗い、ビニール手袋をつけてから、白い覆いをめくった。

裸の死体は、台の三分の二の長さしかなかった。少年の目は閉じ、真っ白な顔はこわばっている。鼻は細く、眉の色は濃い。髪が剃られていて、額にあいた射出口がはっきりと見えた。

ヤナは少年の腕や脚が青あざだらけだと気づいた。

ヘンリックも同じだ。

「これは倒れたときのあざですか？　撃たれて倒れたときの？」ヘンリックが尋ねる。

ビョルンは首を横に振った。

「そうだとも言えるし、そうでないとも言える。これはそうだ」と言い、腿の外側と腰に残った大きなあざを指差した。「ここにも内出血が残っている。筋肉組織のさまざまなレベルで出血している」

ビョルンは腕を指差した。

「だが、ほとんどのあざはそれ以前にできたものだ。つまり死ぬ前ということだな。ひどい暴力をふるわれた身体だ。とくに、頭、のど、性器のあたりに。脚もだ。頻繁に殴る蹴るの暴行を加えられていたせいだと思う。なにか道具で殴られていたかもしれない。なにか硬いもの」

「たとえば？」ヘンリックが言う。

「パイプとか、硬い靴とか。なんとも言えんな。組織検査の結果を待たなければ」

「頻繁に、とおっしゃいましたね」

「そのとおり。傷痕も内出血もたくさんある。長いこと暴力をふるわれつづけたしるしだ」

「虐待ってことですか」

「ああ。それも、かなりひどい虐待だと言わざるを得ない」

「ギャングのメンバーだったんじゃないですか」ミアが言った。「さっき、パイプとか靴とかっておっしゃったでしょう。家族による虐待とは考えにくい気がしますけど」

ヘンリックがゆっくりとうなずいた。

「性的虐待を受けた跡はないな。精液の痕跡もないし、肛門が赤く腫れているとかいったこともない」ビョルンが続けた。「首を絞められた跡もない。死因は頭を撃たれたこと。銃弾は分析に出してる」

「使われた銃は？」

「結果はいつ出るんですか？」

「明日。あさってかもしれない」

ビョルンは肩をすくめた。

「少年の歳は？」

「九歳、十歳といったところだ。正確にはわからない」

「そうですか」ヘンリックはため息をついた。「ほかにはなにか？」

ビョルンは咳払いをして、台の端、少年の頭の側に立った。

「血中から、中枢神経を刺激する物質が見つかった。高濃度のモルヒネだ。つまり、この子は薬物の影響下にあった。かなりの量だ」

「どんな薬物ですか？」

「ヘロインだ。何度も腕に注射している。他人に注射されたのかもしれないが。ほら、ここ」

ビョルンは傷だらけのひじ裏を見せた。それから腕を返し、炎症が大きく広がっている箇所を見せた。

「前腕の感染症はかなり進行している。おそらくこの被害者は静脈にうまく針を刺せず、注射液が血中ではなくその外の組織に入り込んでしまったんだな」

瘦せ細った腕の皮膚は赤く腫れ、小さな傷があちこちに見えた。

「まだわからんな」

「ここを押すと……なんと言ったらいいかな？　粘土のような感触なんだ。それはつまり、腕に膿が溜まっているということだ。筋肉注射が原因で起こる感染症ってのは、笑い飛ばせるもんじゃない。身体の一部が腐りきってしまった恐ろしい例も見てきた。骨に大きな穴があくこともあるし、敗血症もめずらしくない。注射を繰り返すことで、静脈の一部がぼろぼろになってしまうこともある。とくに鼠蹊部《そけいぶ》の静脈はそうだ。最悪の場合、ざるみたいな状態になる。そうなったらもう切断するしかない」

「要するに、この九歳だか十歳だかの少年は、薬物依存症だったとおっしゃるわけですか？」ヘンリックが尋ねる。

「そのとおりだ」

「売人ですかね？」

「それはわからん。私は答える立場にない」

「使い走りだったとか」

「そうかもしれんな」

ビョルンは肩をすくめた。

「それでだな……見せたかったのはこれだ」

少年の頭を横向きにし、うなじを指差す。

そこには文字が記されていた。いびつで、なにか切れ味の悪い道具で刻み込まれたように見える。

その文字を目にしたヤナの足下で、地面がぐらぐらと揺れだした。彼女は倒れまいと台を両手でつかんだ。

「どうかしました?」ヘンリックが尋ねる。

「大丈夫です」ヤナは嘘をついた。少年のうなじから目を離すことができなかった。

文字を読み返す。もう一度。もう一度。

タナトス。

死の神の名前だ。

＊　＊　＊

グンナル・エルンは地元紙のサイトに目を通していた。画面に顔を近づけ、スポーツニュースをざっと見る。かならず一般ニュースよりも先にスポーツ欄をチェックする。ついでに言えば、政治面より経済面。自動車特集より文化面が先だ。ブログや家庭面などのページを開くことはない。

一か月前から独り身で過ごし、自分にぴったりの日課ができあがっている。六時半に起き、朝食をとり、署に出勤する。勤務時間の不規則さはまったく気にならない。たいていは六時過ぎに帰宅し、買い物や洗濯をしたり、街に出て用事を済ませたりする。八時ごろにはスクール通りの自宅マンションにいて、夜中まで読書をしたり、パソコンに向かって仕事をしたりする。天気がよければ一時間ほど散歩に出かけることもあるが、どうしてもと思った場合だけだ。アネリーといっしょに暮らしていたころは、もっと身体を動かさないとだめだと彼女にしつこく言われて、散歩に連れ出され、かなりのペースで歩かされるのが常だった。ひとりならペースは自分で決められるし、のんびり歩くほうが好きだ。

スポーツニュースのページを離れ、クリックで地元ニュースに移った。小声で鼻歌を歌いながら見出しを読む。ランボダール地区でマンション火災。郊外のオービューに保育園新設。十五歳のトランペット奏者に二千クローナの奨励金。グンナルの目は少年の写真に引きつけられた。矯正器具をつけた歯を見せてにっこり笑っている。アダムに似ていた。

息子のことを考えはじめる。アダムは週に二日、グンナルの家を訪れる。その日に練習がなければ、いっしょに映画を見に行ったり、近くのピザ店で夕食をとったりする。

アダムを通じてサッカークラブの青少年部門とつながりができ、アシスタントコーチとして手伝う約束をしている。が、仕事のせいで、シーズン前の練習にただの一度も参加できていない。この話は断って、サッカー好きなほかの親にアシスタントコーチの役を譲ったほうがいいのではないか、とも思う。

やはりそうしよう、と考えたところで、パソコン画面に自分の写真が現れた。今朝の記者会見で撮られたものだ。

少年の遺体が見つかったというニュースにマスコミが色めき立ち、おおぜいの記者が会見場に殺到したので、場所を替えざるを得なくなった。署でいちばん広い会議室が開放されたが、それでも人があふれ出しそうになっていた。地方紙のみならず、全国的な朝刊紙やタブロイド紙、ラジオ局やテレビ局の記者たちも来ていた。人々の声で空気がざわつき、ボールペンをカチカチ鳴らす音が響いていた。カメラのフラッシュがたかれ、通信機器のテストが行われた。

グンナル・エルンと県警本部長のカーリン・ラドレルは、まず全員に歓迎の意を告げたのち、広報官のサラ・アルヴィドソンに発言をまかせた。彼女はハンス・ユレーン殺害事件の概要を話したが、少年の殺害事件についてはあまり多くを語らなかった。シェシュティン・ユレーンは釈放されたが、彼女の疑いはまだ晴れていないことも、しっかりと伝えた。実に短い会見だった。短いあいだにかなりのところまで突っ込まれたが、それでも必要な会見だった、とカーリン・ラドレルも言っていた。情報不足で記者たちが勝手な憶測をふくらませるのを放っておくより、彼らを集めて情報を少しでも与えてやったほうがいいに決まっている。

サラ・アルヴィドソンは勢い込んだ記者たちの質問や発言に、ほぼ〝ノーコメント〟を通した。そもそも彼女は、五日目に入ったこの注目の捜査について、あまり詳しく語ろうとはしなかった。

グンナルはタブロイド紙『アフトンブラーデット』のサイトを開いた。ここにも自分の写真が載っている。横顔だ。同じくタブロイド紙『エクスプレッセン』のサイトでは、身体の半分しか写っていなかった。代わりにサラが中心になっている。

「ありがたい」とグンナルはつぶやき、ブラウザを閉じた。

まだ捜査が終わっていない段階で記者会見に出るのは気が進まない。だれかが必要以上に情報を明かしてしまうおそれがかならずある。それに、詮索好きの記者は引っかけの質問をしたあげく、真実でないことを書き立てる。そういう記事が、出典の信憑性を気にしない別の書き手によって、絶対的な真実にすり変えられていくのだ。ひたすら〝ノーコメント〟で通すのは楽しいものではない。が、しかたがない。とりわけ、今回の事件では。

今朝オーラ・セーデシュトレムが見せてくれた、あの文字と数字の組み合わせが、なにかの手がかりになってくれたらどんなにいいか。チームは十二時に会議室に集まる予定だ。

グンナルはシルバーの腕時計を見やった。あと三十分。そのあいだに腹を満たすとしよう。そうなると行けるのは警察署の食堂だけで、彼はそちらに足を向けた。

＊　＊　＊

玄関の鍵を開けるヤナの両手は震えていた。

室内に入ると、靴を脱ぎ捨て、床に座り込んで扉にもたれた。そのまましばらく座っていた。

息を整えた。

まるで靄《もや》の中にいるようだった。急ぎのミーティングがあると嘘をついて、全速力で法医学局をあとにした。どうやって帰ってきたのかほとんど覚えていない。運転もおぼつかず、制限速度を大きく下回るスピードで高速道路を走っていた車と、あやうく衝突するところだった。どこに駐車したかも記憶にない。どうやって自分の部屋まで上がってきたかも。

やがてゆっくり立ち上がり、よろよろとバスルームに入ると、洗面台に手をついて身体を支えた。全身が震えている状態で、バスルームの戸棚に入っているはずの手鏡を探す。見つからないことに苛立ち、戸棚の中身を床にはたき落とした。香水瓶がひとつ割れて、甘ったるい中身がタイルの床に流れ出した。

ひきだしをぐいと開け、中身を手当たり次第にかきまわす。三つ目のひきだしで忍耐力が尽きた。スプレーボトル、クリーム、マニキュアが、バスルームのあちこちに散らばる。力まかせに引っ張り、かきまわし、息が荒れて不規則になった。あまりにも腹が立って、ひきだしを丸ごと出してひっくり返した。中身ががらがらと床に落ちた。が、鏡は見つからない。

ヤナはふと動きを止め、考えた。ハンドバッグ! ハンドバッグに入ってるんだ。

壁に片手をついて身体を支えながら玄関に戻り、クローゼットを開けた。手探りで紺色のエルメスのバッグをつかみ、バックルをはずして開けた。あった。隅のほうに、丸い手鏡が入っていた。

取り出し、急いでバスルームに戻る。鏡の前に立ってからためらった。心臓が激しく打っている。身体ががくがく震えている。震える両手で髪を片側にまとめ、小さな手鏡をうなじに向けて、息を止めた。

見る勇気はほとんどなかった。まず目を閉じ、十まで数えた。目を開けると、鏡に映った文字が見えた。

Ｋ・ｅ・ｒ。

ケール。

＊　＊　＊

「死の神」ミアが言う。

「えっ？」ヘンリックが聞き返した。

「タナトス。死の神ですって」

ミアはデジタル百科事典の記述を拡大した。

ふたりは急いでリンシェーピンから戻っている途中だ。ビョルン・アールマンとのミーティングが延びたせいで、十二時からのミーティングにぎりぎり間に合うかどうかというところだった。

助手席に座ったミアが読み上げる。

「こう書いてあります。タナトスは、ギリシャ神話の死の神。きわめて素早く力強い。タナトスがたいまつを下に向けていたら、それはだれかが死ぬという意味だとされていた。逆にたいまつを上に向けて現れたら、それはまだ希望があるというメッセージだった」

「そういうの、信じるのか？」

「べつに信じてませんよ。でも、あの子のうなじに刻んであった文字だから。なにか意味があるはずでしょ」

「あの子が単にそういう名前だったのかもしれない」

「そうじゃないかもしれない」

「少なくとも自分で刻みつけたとは考えられないな。それは確かだ」

「鏡を見てやったのかも」

「いや、あれほどまっすぐに文字を刻むのは無理だろ」

「でも、子どものうなじに神の名を刻むなんて、だれがそんなことするんでしょうね？」

「わからない」

「いかれた奴ね」

「友だちかもしれないぞ。どこかのギャングに属してるとか」

ミアはタナトスの名を消し、新たな単語を検索エンジンに入力した。

ヘンリックは追い越しのためウィンカーを出し、車線を替えた。スピードは時速百十キロのままだ。百十キロきっかり。今回ばかりはアクセルをもっと踏み込んでもいいのでは、とミアは促したのだが、それをするのはヘンリックの倫理にもとるのだった。どうしても必要でないかぎり、制限速度を超えることなど考えられなかった。

スピードを出しすぎたことは一度だけある。が、それは誤解が原因だった。自分では制限速度を守っていると思っていたが、実は制限速度が時速五十キロの道で七十キロを出していた。幸い、わずか数分でミスに気づいた。

交通標識によると、ノルシェーピン南出口まであと十キロ。ミアはいまも検索にかかりきりで、ヘンリックはまず死んだ少年に、それからヤナ・ベルセリウスに思いを馳せた。司法解剖の報告の途中で、彼女はいきなりミーティングがあると言いだして、そそくさと部屋を出ていった。あの去り方はなんだか妙だった。ヤナはいつも、だれよりも長いことあの場に残って、追加の質問をしたり、ビョルン・アールマンの出した結論に疑問を呈したりするのだ。

今日、彼女はなにも尋ねなかった。少年の死体を検分しているあいだ、ただのひとつも質問をしなかった。

ヘンリックは眉を寄せた。確かに、解剖台にあんな小さな身体が載っているのはおぞましい光景だったが、彼女の顔色が悪くなったのは、うなじに刻まれたあの文字を見たあとではなかったか。気のせいだろうか？　いずれにせよ、本人は大丈夫だと言っていたが、それでも台に両手を置いて身体を支えていた。どうして嘘をつく必要が？　そもそも自分はどうして彼女の行動を疑っているんだ？

ヘンリックとミアがミーティング開始の三十秒前に会議室へすべり込むと、ヤナはすでに着席していて、いつもどおり真剣な目をしていた。

そのとなりにアネリーが座り、熱心に朝刊をめくっている。

オーラとグンナルは座って頭を寄せ、なにやら小声で話し合っていた。

ミアはいつもの席にどさりと腰を下ろすと、テーブルに置いてあるコーヒーの魔法瓶に手を伸ばした。

ヘンリックはヤナのとなりに座った。

グンナルが立ち上がり、人差し指の関節でテーブルをコツコツと叩いた。

「よし、みんな。仕事にかかろう。ヘンリックとミアから始めてもらう。法医学局に行ってきたんだろう？　死体に残った傷痕についてわかったことを報告してくれ」

ヘンリックはうなずき、テーブルの上で手を組んで前に身を乗り出した。

「ビョルンはすでにわかってることを裏付けてくれました。少年は後ろから撃たれていた。その前に手ひどく暴力をふるわれてもいたようです。ヘロインの常習者だったともビョルンは言ってました」

「なんだって？　あの子、何歳だ？」グンナルが言う。

「九歳、十歳ぐらいですが、それでもすでに薬物を常習してました。腕に傷痕や感染症の跡があって」

「嘆かわしい話だな」

「一度やったら最後、二度と抜けられないんですよ。年齢は関係ありません。ヘロインは依存性が高いですからね」オーラが言う。今日は白いニット帽をかぶっていて、その上から頭を掻いた。

「しかし、そんな子どものヘロイン依存症なんて、そうそうあることじゃないだろう?」グンナルが言う。

「なにか情報があるか、インターネットで調べてみましょうか」オーラが言った。

パソコンを引き寄せると、ヘロインについての情報サイトを開いて、チームメンバーのために読み上げた。

「ヘロインはモルヒネから生成される物質で、呼吸をつかさどる脳の部分に影響を与える。そのため、ヘロイン常習者が呼吸困難に陥って意識を失い、最悪の場合亡くなることはめずらしくない。適度な量のモルヒネであれば、厳密な意味で意識レベルが下がることはない。人は穏やかさ、心地よさを覚え、解放感、高揚感を得る。さらに摂取すると体温が少し下がり、腸の働きが鈍くなり、瞳孔が収縮し、手足が重く感じられるようになる。無気力になり、不安で落ち着かなくなる。ヘロインには鎮痛剤としての効果があるため、ヘロイン常習者は炎症を起こしても反応せず、したがって痛みを感じたり怪我をしたりしてもめったに病院を訪れない。嘔吐などの副作用をともなうこともある。不快感、不眠、痙攣、下痢、痛みなどの禁断症状もよくみられる。感染症、血管劣化などの合併症が起こることも多い」

「少年の腕はひどい炎症を起こしていた」ヘンリックが言う。

「ヘロインは腕に注射することが最も多い。が、経鼻摂取、舌下摂取、経口摂取、肛門摂取も行われるし、煙を吸引することもある」とオーラが読み上げた。

「でも、有害なのは身体への影響だけじゃなくて、ヘロインがもたらす生活習慣そのもののでしょう。いつも金策に奔走しなきゃならなくなる。依存症になってしまって、お金がなかったら、だれからでも盗むようになる。家族からも、友だちからも」ミアが言った。

「あの子はハンス・ユレーンの家に行って、金を盗もうとしてたんだろうか?」ヘンリックが言う。

「可能性としてはあり得るな」とグンナルが言った。「あの少年がどんな子だったのか、はっきりさせなきゃならない。どこかのギャングに属してたのか、麻薬の売人だったのか、ただ常習していただけなのか。だれからクスリを買ってたのか、だれに売ってたのか。われわれの知ってるヘロイン常習者、元売人、全員に話を聞こう」

彼は窓辺に向かった。

ヘンリックは椅子にもたれ、上司の動きをじっと観察した。背中の後ろで手を組み、あごを上げて、身体を軽く揺らしている。

「麻薬の売買は、貧しい地区で行われることが多いですよね」とミアが言い、テーブルの上を払うように手のひらを行き来させた。

「だが、麻薬の問題はどの社会階級にもあるだろう?」ヘンリックが言う。

「裕福な地区ではうまく隠されてるってだけですね」

ミアはそう答えると、意味ありげな視線をヤナに向けて微笑んだ。

「しかし、どうして子どもが麻薬を売ったりするんだ?」

「お金のために決まってます」ミアは即答した。「全員に夏休みのアルバイトが行き渡れば、子どもが麻薬を売ったりすることないのにね」

「子どもが麻薬を売るようになるのは、夏休みのアルバイトを市が与えないからだ、とおっしゃりたいんですか?」ヤナが言った。

このミーティングで彼女が口を開いたのは、これが初めてだった。彼女はテーブルの上に身を乗り出し、ミアをきつくにらんだ。

「失礼ですけど、笑ってしまうわ。仕事は自分の力で得るものでしょう。だれかに与えられるものではなくて」

ミアはぐっと歯を食いしばり、腕組みをした。

こんな検事、くたばってしまえばいい。

「けど、いま話題になってるのは十歳の子どもだからねえ。夏休みのアルバイトなんかしないだろ」ヘンリックがそう言って笑みを浮かべる。

ミアは彼をきっとにらみつけた。

「それにしても、どうして十歳児が麻薬にかかわってるんでしょうね? だれかに強要されたとか?」オーラが言う。

「売るよう強要された? それは大いに考えられるな」ヘンリックが言った。

グンナルが自分の椅子を引いたが、座りはしなかった。椅子が床にこすれて甲高い音をたてた。

「憶測はそのぐらいにして、ほかのことに集中しよう。ヴィッドヴィーケンの殺害現場のそばで見つかったタイヤ跡は、グッドイヤー社製のタイヤのものだった。マラソン8という。目撃者が見たと言っている白いライトバンのタイヤの跡かどうかはわからない。そうだ、それについてはなにかわかったか？」

「ええ、ガブリエルに聞きました。オペルだったと思う、と目撃者は言ってたそうです」ミアが言った。

「車種は？」

「わからないそうです」

「じゃあ、なんでオペルだってわかったんだ？」

「なんとなく見たことがあったんでしょうね」

「でも車種はわからない？」

「ええ。さっきそう言ったでしょ」

「貨物室の容量は八立方メートル？　十？　十二？」

「小さかったと言ってたらしいですが」

「目撃者の名前は？」

「エリック・ノードルンドです」

「どこに住んでるんだ？」

「ヤンスベリです。森の手入れをしてる人で、日曜日の夜、家の前の道路をライトバンがかなりのスピードで走っていくのを見たそうです。家はアルコスンド通りに面してます。ヴィッドヴィーケン方面への曲がり角の数キロ手前です」

「そいつに来てもらってくれ。いますぐだ。見たのがどんなライトバンか、本人はわかってるはずだろう。オペルの全車種の写真をプリントアウトして渡してやれ。とにかくその車を見つけなきゃならん。たとえ殺害事件と関係がなくても、運転手がなにか手がかりを目撃した可能性もある」

グンナルは壁に貼った地図の前でくるりと向きを変えた。

ヘンリックは彼の動きを目で追った。ほかのメンバーたちも同じだった。

グンナルは赤いフェルトペンをつかむと、ホワイトボードに書いた――〝オペル〟。キャップを閉めると、ペンを会議用テーブルの上に置いた。苛立ちがふくらんでいる。進みが遅すぎるのだ。腰を下ろし、落ち着きを取り戻そうとした。

「ライトバンはかなりのスピードで走っていったと言ったな」ヘンリックがミアに言う。

「ええ、目撃者の話では」

「アルコスンド通りには、スピード違反を取り締まるためのカメラがなかったっけ」

「ありますね」

「問題の車が猛スピードで走ってたなら、写真に撮られてる可能性もあるんじゃないか？」

「確かにそのとおりだ。ヘンリック、よく思いついた。キルナの自動交通取締局に聞いてみよう。問題の夜にスピード違反の記録が残ってるかどうかわかるはずだ」

オーラが人差し指を立てた。

「それ、ぼくがやりますよ。でも、そうなると、あの子が船で来たっていう説はなしになったんですか?」

「そういうわけじゃないが、あのあたりで問題の時間帯に船を見たり音を聞いたりした人はいないんだ。ライトバンのほうを先に調べよう」

グンナルはそう言ってから、オーラに向かってうなずいてみせた。

「次はおまえの番だ」

「はい」

オーラはパソコンのキーを叩き、文字と数字の組み合わせのファイルを開いた。プロジェクターのスイッチを入れたが、スクリーンには真っ黒な画面しか映し出されない。

「なんだ、どうした?」オーラは椅子から立ち上がった。「ランプがおかしいのかな」

ニット帽をかぶり直してから、天井に取り付けられた装置に手が届くよう、会議用テーブルの上に乗った。

ヤナは横目で彼を見やりつつ、鼻で浅く、静かに息をした。自宅を出てからずっと、落ち着きを保とうと必死になっている。だがその落ち着きは表面的でしかなく、いまの彼女には自分の神経がコントロールできていなかった。何度も繰り返し、集中しろ、と自分に言い聞かせなければならなかった。

ミアの前に置いてあるコーヒーの魔法瓶に手を伸ばす。心の内はがくがく震えていたが、動きは落ち着いていた。

魔法瓶を引き寄せた彼女をミアがにらみつけた。

そのあいだもオーラは天井で作業を続けていて、ほかのメンバーたちはみな黙っていた。それぞれ考えに沈んでいる。捜査の新たな切り口を探しているのかもしれない。

ヤナはブリーフケースを開け、ノートを出した。〝オペル〟〝ヘロイン〟と書いた。それから疑問符をひとつ。両手でコーヒーカップを包み、親指の爪で白い陶器をこすってから、ひと口コーヒーを飲んだ。

オーラが沈黙を破った。

「よし。これで動くはずだ」

テーブルから降り、スリープモードになったパソコンを目覚めさせる。文字と数字の妙な組み合わせがいくつも、白いスクリーンに映し出された。

ヤナは拡大されたその画像を見上げた。目は見開かれ、鼻の穴が大きく開いて、心臓の鼓動がたちまち速くなった。耳の中で雑音がして、部屋がぐらぐら揺れる。一行目はすぐにわかった。前に見たことがある。夢の中で。何度も、何度も、夢に出てきた。

ＶＰＸ０４１０００９。

「これらの文字と数字の組み合わせは、ハンス・ユレーンのパソコンから見つかりました。ハードディスクに入ってたフォルダ、ファイル、ドキュメント、全部チェックしましたが、妙なのはこれだけです。ハンス・ユレーンはここに書かれた数字を検索したり、このファイルを同じ名前で何度も保存したりしてます。つまり、ちゃんとこのファイルを使ってた。けど、目的はまったくわかりません。この数字や文字がなにを意味するのかもさっぱりです。どなたか、なにか思いつきますか？」

全員が首を横に振った。ヤナを除いて。

「ぼくも検索してみましたが、なにも見つかりませんでした」とオーラは言った。「あらゆる可能性を考えたんですけどね。個人識別番号、電話番号、ＩＤ番号。でも、成果はゼロだった」

オーラはまたニット帽の上から頭を掻いた。

「ユレーンの秘書なら、なにか知ってるかもしれませんよね？　奥さんはどうだろう？」

「ヘンリック、シエシュテインに聞いてみろ。ミア、おまえはレーナに聞け。ユセフがなにか知ってるかどうかも確認しろ。いまの段階では全員に聞いてみるしかない。そうだろう？　ヤナ」グンナルが言う。

ヤナはいきなり聞かれて面食らった。

「えっ？」

「あなたはどう思う？」

ヤナはむりやり笑みを浮かべ、答えた。

「おっしゃるとおりだと思います。仕事を続けましょう」

スチールは手に冷たかった。

少女はごくりとつばをのみ込み、目の前に立っている醜い傷痕の男を見上げた。

ふたりは地下室にいる。ふだんは隔離独房として使われている部屋だ。なにかの訓練で失敗すると、食事を残すと、長距離走でスタミナが足りないと、ここに入れられる。単に大人たちの気分で閉じ込められることもたまにある。

少女が入れられたことは二度あった。一度目は、少女がルールを勘違いして、許可を得ずにトイレに行ってしまったせいだった。暗い中に三日間閉じ込められて、床で用を足すことを強いられた。悪臭は、記憶にあるあのコンテナのにおいと同じだった。父と母との旅で覚えていることは、いまやそれだけだ。両親の記憶は日を追うごとに色褪せていった。が、石を使って、ベッド脇の壁にふたりの顔を描いてある。だれにも見られないよう、小さなタンスの裏に。毎晩、タンスを横に動かして、両親におやすみの挨拶をする。

二度目に隔離独房へ入れられたのは、うなじの傷をいじったからだった。醜い傷痕の男が、袖についた血のしみを見つけて、少女の髪をつかんで中庭を引っ張っていった。このときは五日間閉じ込められた。

一日目は眠ってやり過ごした。二日目は脱走を考え、三日目には蹴りやナイフ攻撃の練習をした。床に小さな板きれが落ちていたので、それをナイフの代わりにした。四日目と五日目は、暗い部屋の中を探検した。訓練施設から出してもらえることはめったにないから、地下室は居心地が悪くても、同時にスリリングでもあった。好奇心に駆られて、室内のありとあらゆるものを調べてまわった。とくに気に入ったのが、片側の壁一面を占めている古い作業台だ。ペンキ缶や、さまざまな大きさのプラスチックボウルが置いてあって、少女はその全部をためつすがめつ眺めた。反対側の壁には棚がふたつあり、段ボールや新聞が置いてある。階段の下に錆び付いた自転車が立てかけてあり、その前に茶色い旅行鞄が置いてあった。階段の手すりにドアが立てかけてあって、脇にスツールが一台あった。いま、三たびここを訪れた少女は、すべてがあるべき位置にある、前回来たときからだれもなにも動かしていない、と確信した。

「時が来た」醜い傷痕の男が言った。「おれの娘にふさわしいと証明してみせる時だ。標的はいつもと違うぞ」

階段の上で壁にもたれて立っている女に向かって、男がうなずく。女がドアを開け、ミノスを招き入れた。ミノスはゆっくりと階段を下り、暗闇に目を慣らそうとしている。

「こいつがおまえの標的だ」男が少女に向かって言った。

それを聞いたミノスは、階段の途中で立ち止まった。学んだことはすべて一瞬で忘れてしまった。パニックに襲われて階段を駆け上がり、ドアに突進した。が、そこに立っていた女が拳銃を抜き、ミノスの頭に狙いを定めて、下りていくよう彼に強いた。

ミノスが懇願する。情けを請う。

男の足元に身を投げ出して叫ぶ。が、男はミノスを蹴り飛ばした。

「この負け犬め。言われたとおりにしていれば、ケールの代わりにおまえがここに立っていたものを。強い者だけが生き残る。ケールはそのひとりだ」

ミノスは恐怖のあまり目を白黒させていた。

むき出しになったひざを床について、がくがくと震えていた。

男は少女に近寄ってくると、少女の髪をつかんで引っ張り、ぐいと頭をのけぞらせた。遊びではないのだと示すように、強く髪を引っ張り、少女の目をまっすぐに見つめた。

「もうすぐ、なにも見えなくなる。ほかの感覚を使うしかない。わかったか？」

少女にはわかった。心臓が強く打ちはじめた。

「おれが誇らしく思える結果を出せ」男がささやきかけた。

階段がきしんで、男と女が地下室を出ていった。ドアが閉まると、少女は拳銃を握り、すぐさま銃口を上げた。

あたりは真っ暗だ。暗闇は好きではない。なんとか耐えるものの、呼吸が速くなる。叫びたくなったが、返ってくるのはこだまだけだとわかっている。うつろなこだまだけだと。

心臓の鼓動が激しくなる。暗闇はしぶしぶ退散を始めた。

ミノスが自転車にぶつかる音が聞こえた。きっと階段の下にもぐり込んだのだろう。少女は冷静になろうとした。深呼吸を試みた。大丈夫だ、できる、暗闇に勝てる。

呼吸が落ち着き、少女は鼻から酸素を吸い込んだ。百パーセント意識を集中して、顔を上げ、物音に耳をそばだてた。が、静かだった。耳がおかしくなりそうなほど静かだった。

一歩前に進み出る。立ち止まり、また耳を傾けた。もう一歩、前へ。もう一歩。あと三歩ほどで階段に着くはずだ。そうしたら、一歩脇に移動して階段をよけなければ、ミノスのいる空間には入れない。

階段の手すりに触れようと手を伸ばす。頭の中で歩数を数える。一、二、三。ひび割れた手すりに手が触れた。さらに三歩進んでから、手すりを離し、前に手を伸ばしてなにも見えない中を進んだ。次の一歩で床の旅行鞄を蹴ってしまい、その音にびくりとなった。同時に、ミノスが階段の下から這い出してきて、脇をすり抜けていくのが聞こえた。少女は拳銃を構え、右から左へ動くその音を追った。が、音はすぐに消えてしまった。

動いたせいで息が上がっている。少女は音が聞こえるよう口を閉ざした。いまミノスはどこに？　ゆっくりと頭の向きを変え、標的のたてる音に耳をそばだてる。記憶を探る。作業台の下にもぐり込んでいる可能性は？　それとも、棚のそばだろうか？

少女はその場に立ち止まった。ぴくりとも動かなかった。

静かだ。

シグナルを待つ。ミノスの息遣いや、動き。だが、あまりにも長いあいだ、聞こえるのは打ち震えるような沈黙だけだった。

攻撃されるリスクがあることはわかっている。

ひょっとすると、ミノスは背後で待ち構えているのでは？

そう思って振り返った。額に汗がにじみ、湿った手がスチールを温めている。なにかしなければ。ここに立ったまま、ミノスを待っているわけにはいかない。

地面がむき出しになった床には凹凸があり、少女は片足を前に出してバランスを保とうとした。もう片方の足もそれに続いた。

そして、じっと立つ。ようすをうかがう。もう一歩、前へ。もう一歩。右を向き、左を向く。拳銃を構えたまま。視覚に代わって、ほかの感覚が懸命に働いている。

手を伸ばして動かしてみると、作業台の硬い表面に触れた。作業台は長さ二メートルで、少女はその側面を手でたどった。端まで来ると、そこで立ち止まった。

そのとき、聞こえた。

息遣い。

シグナル。

少女は本能で反応し、音のした方向に拳銃を向けた。その瞬間、腕を強く殴られて、少女はバランスと集中力を失った。頭を直撃した二発目のほうが痛く、少女は身を守ろうと両腕を上げた。とにかく拳銃だけは絶対に手放してはいけない。

ミノスがすぐ近くにいる。危険な近さだ。恐ろしいほどの激しい怒り。また殴りかかってきた。また。少女は倒れないよう踏みとどまった。意識を集中しようとした。そして、ミノスがとどめを刺そうと力を溜めているときに、反応した。稲妻のごときすばやさで、暗闇の中へ拳を突き出した。命中した。ミノスが声を上げた。

少女はまた殴りかかった。今度は、拳銃を使って。三発目がミノスのこめかみに命中し、彼が倒れたどすんという音が聞こえた。

少女は両手で拳銃を握り、銃口を床に向けた。

ミノスがうめき声をあげている。その声は金属のように冷たく、ナイフのごとく暗闇を切り裂いた。

少女は穏やかさに包まれた。自分は強い、と感じた。かつてないほど、いま、この瞬間に集中している。もう暗闇は怖くなかった。

「やめろ」ミノスが言う。「お願いだ、やめてくれ。友だちだろ」

「友だちなんかじゃない」と少女は言い、引き金を引いた。

警察署の扉を抜けて中に入ったエリック・ノードルンドは、事情聴取など十分で終わると思っていた。それ以上はかからないだろう、と。受付ホールは人でごった返していた。大半はパスポートの申請に来た人たちだ。

カウンターの奥にいる制服姿の女性警官が、エリックの到着を記録すると、受話器を上げてヘンリック・レヴィーンを呼んだ。ヘンリックは一分もしないうちに受付に下りてきた。

「ヘンリック・レヴィーン警部です。どうも。ようこそ」

ふたりは握手を交わし、エレベーターで四階へ向かった。廊下を歩き、オフィスに入った。

「コーヒーでも飲みますか？」

「ああ、ぜひ」

「ミルクと砂糖は？」

「砂糖だけで」

「とりあえず座っててください、すぐ戻ります」

エリックは腰を下ろし、ガラス張りになった壁の向こうに広がる共用オフィスを眺めた。警察官が十人ほど、パーティションで仕切られた机に向かって仕事をしている。電話が鳴り、通話が始まり、コピー機がうなり、パソコンのキーがカタカタと鳴る。オフィスでじっと座って仕事をするというのは、エリックにはまったく理解できないことで、たちまち森での重労働に戻りたくてたまらなくなった。

中綿の入ったジャケットを脱いでどこかに掛けようかと考えたが、やめておいた。すぐ終わるのだ。警察署に入って、自分が見たことを話して、また出ていくだけなのだから。

さきほどの警部がコーヒーを二杯持って遠くからやってくるのが見えた。彼が部屋に入ってくると、ドアにテープで貼ってある絵が風ではためいた。緑色のお化け。子どもの絵だ。エリックは三人いる孫たちに思いを馳せた。毎週、絵を送ってくるのだ。絵はいつも折りたたまれ、小さすぎる封筒に入れてある。描かれているのは、太陽、木、花などで、ときおり船も登場する。車のこともある。が、お化けの絵は見たことがない。

ヘンリックからカップを受け取ると、すぐにひと口飲んだ。その熱さにのどがひりりと焼けた。

ヘンリックは腰を下ろし、メモ帳を取り出した。まずエリックの職業について尋ねたので、話題は樹木の伐採になった。

「木にはたいてい、自然に倒れる向きってのがありましてね」エリックはカップを置き、手でジェスチャーをまじえながら語った。「倒れる向きは、木の傾き、枝の生えかた、風向きによって決まります。冠雪があると判断が難しくてね。だからこの冬は大変でした」

ヘンリックは、なるほど、とうなずいた。この冬は寒さが厳しく、全国のあちこちで観測史上最多に近い積雪量を記録したのだ。

　エリックは熱心に続けた。

「安全な伐採の基本は、受け口をうまく入れることですよ。つる（受け口の反対側から幹を切り進める際に、安全のため切り残す部分）の幅が広すぎると、なかなか倒れません。しかし狭すぎるのはもっとよくない。つるの部分が折れてしまったら、倒れる向きをコントロールできなくなりますからね。ちゃんとやらないとひどい怪我をしかねない。自然を甘く見ちゃならんのですよ。バン！」

　エリックは両手を叩いてみせた。

「……って幹が倒れてきて、当たったら骨が折れたりするわけです。うちにもひとり、倒れてきた白樺の下敷きになったのがいましてね。何分も気を失ってましたよ。われわれが起こすまで」

　エリックはカップを引き寄せ、もうひと口コーヒーを飲んだ。

　ヘンリックはその機をとらえて、本来の用件に話を移した。

「ライトバンを見たそうですね」

「はい」

「この前の日曜日ですね？」

「そうです、夜の八時ごろ」

「確かですか？　時刻も？」

「はい」

「昨日お邪魔したガブリエルとハンナによると、オペルのライトバンだったとあなたはおっしゃったそうですが。まちがいありませんか?」

「ええ」

「それも確かですか? オペルだっていうのも」

「まちがいありませんよ。私も一台持ってましたから。ほら」

エリックはベルトにつけていた鍵束をはずし、オペルのエンブレムのついた金属製のキーホルダーを見せた。

「オペルでしょ。いまの車はこっちですけどね」彼はそう続けると、鍵束の中からボルボのエンブレムを探し出した。これも金属製だった。

ヘンリックはうなずいた。

「そのオペルをどこで見たんですか?」

「うちの前の道路です。すごいスピードで来ましたよ」

「地図を持ってきたら、正確にどの場所でその車を見たか、どっちの方向に向かってたか、教えていただけますか?」

「もちろん」

ヘンリックはしばらく姿を消し、地図を持って戻ってくると、机の上に広げた。

エリックはマーキングペンを受け取り、地図上で自分の家を探して赤いバツ印をつけてから、道路を示す茶色い線の上に矢印を引いた。

「見たのはここです。ちょうどこの場所ですよ。で、車は海のほうに向かってました」

「ありがとうございます。運転手の姿は見えました？」

「いや、車のライトで目がくらんでね。なにも見えませんでしたよ。車の色ぐらいしか」

「ナンバーは？」

「それも見えませんでした」

「ほかに気になった車はありませんでしたか？」

「いや。あの時間はめったに車が通らないんですよ。トラックが一、二台通るぐらいで」

ヘンリックは無言になった。エリックは赤い作業着を着ていて、遠くからでも目立つよう、蛍光色のベストをジャケットの上にはおっている。髪の色は明るく、生えぎわが後退している。長年の日焼けで顔の皮膚が荒れている。額や目元に深いしわがあり、おそらく七十歳近いだろうとヘンリックは推測した。

地図を折り畳むと、オペルのライトバンの写真を印刷した束を取り出した。

「車種を覚えてらっしゃらないのは知っていますが、それでもここにある写真を見て、このうちのどれかだった可能性はないか、落ち着いて考えてみていただきたいんですが」

「いや、だから、見えなかったと……」

「わかってます。でも、とりあえず写真を見てください。急がなくていいんです。たっぷり時間をかけてください」

エリックはため息をついた。ジャケットのファスナーを下げ、脱いで椅子の背もたれに掛けた。

手短には終わりそうになかった。

＊　＊　＊

ヤナ・ベルセリウスはかすかに吐き気を覚えた。両手に頭をあずけて、考えをまとめようとする。ひどく動揺していた。


少年のうなじに刻まれていた名は、いままで経験したことのない衝撃をもたらした。名前の意味は知っている。が、あれが少年の名だったとは考えにくい。

そんなことはあり得ない。

あってはならない。

ヘステン社製のベッドの縁に座る。部屋が狭く感じられる。縮んでいる。息が詰まりそうだ。

考えをまとめようとするが、知力が麻痺している状態だと気づいた。脳が働こうとしてくれない。

ようやく身体を動かしてキッチンに行く力が湧いてきたとき、両手が震えていた。水を一杯飲んだが、なんの助けにもならない。冷蔵庫の中身もいっさい役に立たなかった。あまりにも吐き気がして、結局、なにか食べるという考えそのものを却下した。代わりにエスプレッソマシンの電源を入れた。

コーヒーカップを持って寝室に戻り、ふたたびベッドに腰を下ろす。枕元のナイトテーブルにカップを置き、その下の戸棚を開けて、しまってある黒いノートのうち一冊を取り出した。

自分で記したメモに、ゆっくりと目を通す。夢の中で見た映像やシンボル。矢印、円、文字が、几帳面に並んでいる。

そこかしこに絵も描いてあった。日付がついているものもあり、いちばん最初の日付は一九九一年九月二十二日、人の顔を描いた絵の下に書きつけてある。まだ幼かったヤナは、心理療法の一環として、繰り返し見る悪夢についてメモを取るよう指示されたのだった。恐ろしいほどリアルなその悪夢について、どんな気持ちがするかについて、父のカールと母のマルガレータに語ったのだが、あまりにも妄想が過ぎるというのがふたりの感想だった。脳がいたずらを仕掛けているにちがいない。そこで、両親の言葉を借りればヤナが〝この妙な時期から抜けられるよう〟児童心理士が雇われた。が、なんの役にも立たなかった。ヤナは夢に苦しめられつづけ、ついには夜なんとしても眠るまいとするようになった。絶えず不安にさいなまれ、息が苦しくなったり絶望的な気分になったりで、すっかり参ってしまいそうだった。

夜、両親がおやすみの挨拶をして明かりを消すと、ヤナはすぐに目を開け、今夜はどうやって起きていようかと考えをめぐらせた。

暗闇の中で遊ぶのは好きで、よく布団の上で駆ける馬のように指を動かして時間をつぶした。羽毛布団にひだを寄せて小さな障害物とし、その上を指が跳び越えるのだ。

暗い部屋の中を歩きまわったり、奥行きのある出窓に座って庭を眺めたりすることもあった。三メートルを超える高さの天井に向かって背伸びをしてみたり、幅の広いベッドの下にもぐり込んで身体をできるだけ小さく丸めたりもした。

心理士には、焦らなくて大丈夫、夢はそのうち消えるから、と言われた。が、消えはしなかった。

むしろひどくなる一方だった。

さらに何週間か、度を越した夜更かしが続いたので、父親が投薬治療を考えはじめた。こんなふざけた真似は正さなければならない。睡眠は人間の基本的欲求のひとつだ。どんな馬鹿でもできることではないか。

ついにはヤナを病院へ引っ張っていき、睡眠薬を一瓶、医師からもぎ取った。薬の効果は短いあいだしか続かず、残念ながら深刻な副作用もあった。ヤナは食欲も集中力も失った。母親は教師から、ヤナが授業中に二度寝入ったことを内密に知らされた。ろくに話もできないという。算数の問題を解かせようとしても、むにゃむにゃとつぶやくような答えしか返ってこない。カールとマルガレータが娘にかけている期待の大きさを考えると、これはなんとかしなければならない状況だった。しかも、ただちに。

ヤナにとって辛かったのは、頭がいつもぼんやりしていることだった。きちんとものを考えられず、スローモーションのようにしか動けない。だから、薬を飲まなくてよくなったとき、勝った、と思った。

もう病院には行きたくないし、心理士と話をするのもいやだったので、夢は見なくなった、と両親に嘘をついた。心理士までもが彼女のでたらめを信じた。

そして、ヤナはひたすら耐えた。毎晩、鏡の前で笑顔の練習をした。本来の自分を封じ込めて、他人のしぐさ、ボディーランゲージ、顔の表情をまねた。社交という名のゲームを、そのルールを身につけた。

カール・ベルセリウスはやがて、満足そうに娘の頭を撫でて、まだ見込みはあるな、と言った。もう大丈夫、という嘘のおかげで、ヤナはそれ以上分析されずに済んだ。

が、夢は続いた。毎晩。

＊　＊　＊

ミア・ボランデルが鍵を開けると、郵便箱に鍵がぶつかって音をたてた。手紙の束をつかみ、封をしてあるいくつもの封筒にざっと目を通す。請求書ばかりだ。

ため息をつき、郵便箱に鍵をかけると、三階にある自分の部屋に向かって階段を駆け上がった。足音が階段室に響きわたる。玄関扉がギーッときしんだ。中に入るとタンスのひきだしを開け、封を開けてもいない請求書の山の上に手紙の束を重ねた。玄関の鍵を閉め、ブーツを脱いで、ジャケットを床に脱ぎ捨てた。

時刻は七時。一時間後に〈ハリーズ〉に集まることになっている。寝室へ直行し、服を脱いだ。三年前の冬、クリスマス後のバーゲンで買ったワンピースを探し出す。

これでいいだろう。

それからキッチンへ行き、冷蔵庫を開けた。酒を切らしていることに気づいて苦々しい顔になった。また時計を見る。国営の酒販店はもう閉まっている。最悪だ。

そこらのスーパーでアルコール度数の低いビールを買いたくなったが、ぐっとこらえた。代わりに流し台の下の戸棚を開けて掃除用具の中を探し、食器や花瓶の入っている戸棚の中も探った。なにか見つかるのではないかと期待して電子レンジまで開けた。最後に食料庫の扉を開けると、食パンの陰にカールスバーグの缶がひとつあった。賞味期限が切れているが、ほんの二か月だし、ほかになにもないのだからしかたがない。すぐさま缶を開け、泡が床にこぼれないよう口をつけた。酸化して味が変わっていた。

酸っぱくて、えぐみが強い。

ミアは鼻にしわを寄せ、むき出しになった腕で口元をぬぐうと、寝室に戻った。髪をひとつにまとめてひねり、もうひと口ビールを飲んで、かすかに土のような味がすることに寒気を覚えた。

バスルームで、今日は濃いめの化粧で行こう、と決めた。色合いの違うブルーのアイシャドウをふたつ重ね、黒いマスカラを塗る。太いチークブラシを使って、残り少ないチークパウダーをかき集めた。頰骨の下に暗い色を差す。顔がほっそりとして見えるのが気に入った。ビールを手に、居間に腰を下ろす。あと四十分。

ふと金のことを考えた。今日は十九日。給料日まで一週間もない。昨日は口座に七百クローナあった。出かける前の話だけれど。

昨晩は結局、いくら使ったっけ？　二百？　入場料に、ビール数杯に、ケバブのラップサンド。

三百は行っただろうか？

ソファーからすっくと立ち上がり、ビールを飲み干して、居間のテーブルに缶を置いた。クローゼットの中からハイヒールを出し、床に落ちていたジャケットを拾って、マンションの出口まで階段で下りた。

暗い住宅街を歩いていると、むき出しの脚に冷たい風が刺さるようだった。路面電車で行くこともできるが、歩けば二十クローナほど節約できる。サンドビューホーヴ地区から中心街までは、歩いて十五分しかかからない。

〈ゴールデン・グリル〉の前にさしかかると、腹の虫がきゅうと鳴った。揚げ油のにおいが漂ってきて、ミアは看板に記されたメニューを読んだ。ハンバーガーセット、ホットドッグ、フライドポテト……

路面電車の線路を二本横断する。ブレーダ通りとハーガ通りの角にＡＴＭが見つかった。残高確認を選ぶと、機械が音をたてて残高を印刷し、開口部から送り出してきた。紙切れをひったくり、読む。いちばん下には、三百五クローナ、とあった。昨日は思った以上に使っていたわけだ。今日は節約しなければ。ビールは一杯だけにしよう。せいぜい二杯。そうすれば明日までは金が足りそうだ。

足りなくなったらだれかに借りなきゃ、と考える。いつものことだけど。

紙切れを丸め、地面に捨てて、街へ向かって歩き出した。

＊　＊　＊

一冊目のノートは二百ページあった。ナイトテーブルの中にはさらに二十一冊入っている。一冊あたり、一年分の夢。ヤナは最後のページまでぱらぱらとめくり、九歳のときに描いた絵を広げた。ナイフの絵だ。刃が赤く染まっている。

ノートを閉じると、物思わしげに窓の外を眺めてから、またノートを開いた。べつの見開きページ。文字と数字が並んでいる。

ＶＰＸＯ４１０００９。

オーラ・セーデシュトレムが今日、彼女に、チームのメンバーたちに見せた、文字と数字の組み合わせだ。

ノートを持って立ち上がり、書斎に入ると、物置部屋の扉の鍵を開けた。この部屋は、自分の過去を理解するのに役立ちそうなものを集めた場所となっている。いまのところ、手がかりは夢とノートだけだ。

天井の明かりをつけ、部屋の中央に立った。壁に視線を走らせる。広さはおよそ十平方メートル。壁のうち二面は掲示板になっていて、絵、写真、スケッチがひしめくように貼ってある。ほかの一面にはホワイトボードが掛かっていて、メモで埋め尽くされている。その下に、小さな机と椅子が置いてある。そのとなりに、金庫。窓はないが、頭上のＬＥＤ照明が室内を煌々と照らしている。

この部屋はだれにも見せたことがない。両親に知られたら、きっとどこかの施設に閉じ込められる。彼女がこんな調査をしているなんて、ペールも知らないことだ。だれにも、ひとことも言ったことはない。これは彼女の、彼女だけの問題だった。

室内にあるものはすべて、彼女の過去という謎に関係していた。自分の子ども時代について、彼女はなにも知らない。九歳までの年月。養子になる前のこと。

実を言うと――このことに気づいたのはずいぶん前だが――過去を探るのが好きなのだ。記憶にあるかぎり、ずっと昔からやっている。強烈な満足感が得られる。複雑なゲームのようなものだ。彼女自身に――子ども時代の自分にかかわるゲーム。そしていま、新しいプレーヤーが現れた。タナトス。なんと突拍子もない。とても現実とは思えなかった。

机の上にノートを置き、掲示板のひとつに向かうと、そこに貼ってある記録をじっと眺めた。いちばん上に貼ってあるのは、女神を描いた挿絵だ。ウプサラの骨董店で偶然見つけて買った本に載っていた。

あの歴史ある街の大学に通っていたころ、ヤナは市立図書館も大学図書館も利用していた。が、自然と足が向くようになったのは、法学部の図書館だった。いつも閲覧室〈ロセニウス〉の同じ席に座った。いちばん奥の片隅、後ろに本棚、左側に細長い窓のある席。閲覧室全体が見渡せて、行き来する学生たちがよく見えた。机のスペースは限られていた。使えるのは一メートル四方の空間と、弱々しい光を放つ緑色のデスクランプだけだった。その空間の大部分を占めていたのは、法律書ではなかった。ギリシャ神話についての本だ。

ウプサラ大学の図書館には、何世紀もの時をかけて、ほかでは見つからない貴重な本がたくさん集められている。ヤナが見つけたのは、ギリシャ神話全般、とりわけ女神についての文献だった。とくに死の女神に興味を抱き、私的な調査に役立ちそうな文章を見つけると、コピーしてアパートの壁に貼っていた。夜には当然のごとく『女神』『想像の世界のギリシャ』『ギリシャ神話にみられる擬人化』などの本を読んでいた。

興味を惹かれた文章はすべて書きとめた。重要だと思った画像はすべてコピーした。あらゆるつながりを理解しようとした。

調査に費やしたすべての時間に共通していたのは、ひとつの名前だ。

うなじに刻まれた名前。

ケール。

この不可思議なタトゥーの謎を解くため、自由時間をすべて費やしてきたのに、まだどこにもたどり着けていない。初めてこの名について調べたときに、暴力的な死の女神、という意味だと知った。昔の百科事典に説明が載っていたのだ。

ヤナは部屋の本棚に整然と並んでいる本に視線を走らせた。その中ほどに百科事典を見つけ、取り出して、いまなお黄色い付箋が貼ってあるページを開いた。かすかに×印をつけてある段落を、人差し指でたどる。〝ケール〟とある。彼女は先を読んだ。〝《ギリシャ神話》古代ギリシャにおける死の女神。暴力的な死にざまなどを象徴することもある。ヘシオドスがケールに言及している箇所は一か所のみで、これによればケールは夜の娘であり、死（タナトス）の姉妹である……〟

ヤナははっとした。

タナトス！

腰を下ろして本を机に置く。手を伸ばして掲示板からA４用紙を一枚はずし、内容を読んだ。見出しはこうだ。〝ギリシャ神話――死の神たち〟。三十ほどの名前がずらりと並んでいる。少年の名前は三行目にあった。

タナトス。

たちまち吐き気が戻ってきた。

ヤナは椅子にもたれ、深く息をついた。やがて立ち上がり、もう片方の掲示板へ向かった。白い紙に、あの文字と数字の組み合わせが記してある。文字も数字も拡大され、となりにコンテナの写真が貼ってあった。

かつて、いちばん昔の記憶としてプレートを思い出し、同時に青いコンテナが目に浮かんだのだった。が、そのふたつにどんなつながりがあるのかはわからなかった。文字と数字の組み合わせはコンテナの名前だろうと考え、この世に存在する無数のインターネットサイトのどこかに情報がないか探したが、なんの成果も得られなかった。調査はそこで止まっていた。

この秘密の部屋に入ったのは久しぶりだ。なるべく入らないようにしていた。答えを探すのもやめようと思っていた。なにをしたって袋小路なのだから。

が、いま、得体の知れない思いにとらわれている。また始める時が来たのだろうか？　最終的な答えを探すべきなのだろうか？

あの少年が、このパズルの鍵を握っている。少年のうなじに刻まれた名前が、ヤナの人生にずっとつきまとってきた謎、なぜうなじにギリシャ神話の神の名が刻まれているのかという謎に、答えを出す助けとなってくれるかもしれない。あの文字と数字の組み合わせも重要なパズルピースだ。どちらかが真実に導いてくれるだろうか？　あるいは、両方が？　ふたつが合わさったら？

そこではっと思考が止まった。あの文字と数字の組み合わせを、警察も知っている。そう考えると落ち着かなくなった。どうしたらいいのかわからない。助けを得られてうれしいと思うべきだろうか？　警察になにもかも打ち明けて、自分の調査についてもすべて知らせるべきだろうか？　スケッチを見せるべき？　絵は？　うなじに刻まれた名前は？　だめだ。個人的な理由でこの捜査にかかわりたがっているのだとひとことでも口にしたら、即座に担当をはずされる。

ヤナはふたたび腰を下ろした。どうしたらいいのか。頭の中で思考が渦巻く。

自分とあの少年はなぜ、同じようにギリシャ神話の神の名をうなじに刻まれているのだろう？　いったいなぜ、移民局の主任が、夢に出てきたのと同じ文字と数字の組み合わせを知っていたのだろう？

新たに現れたこれらのパズルピースを、どうにかしなければならない。答えを出すしかないのだ。このチャンスを逃したら、もう次はないだろう。

でも、どうやって先に進めばいい？　どこから調べはじめればいいのだろう？　少年？　それとも、あの組み合わせ？

二時間考え込んで、ヤナは決意を固めた。椅子から立ち上がり、物置部屋に鍵をかけて、寝室に戻った。

ナイトテーブルに置きっぱなしだったエスプレッソの表面に膜が張っていた。

ヤナは服を脱ぎ、ベッドにもぐり込んで、明かりを消した。

自分の決断に満足だった。

とても満足だった。

四月二十日、金曜日

早朝、マッツ・ニュリンデルが警察署の前でグンナル・エルンに追いついた。晴れていて風もなかった昨晩のあいだに霜が降り、入口のそばの石畳に雪の結晶のような模様ができている。オフィスの窓ガラスには氷の結晶が貼りつき、その下の花壇に植えてある木の枝は銀白色に光っていた。

マッツ・ニュリンデルは『ノルシェーピン・ティドニンガル』紙の一般ニュース記者で、ネタにかける意気込みは度を越しているとグンナルは思う。いつも癇に障るがさつな態度で、動物にたとえるならイライラしっぱなしの齧歯《げっし》類といったところか。だが外見は図々しい暴走族メンバーのようだ。背が低く、長髪をひとつにまとめていて、茶色の革ベストを着ている。首に小さめの一眼レフカメラをかけていた。

「エルンさん、待ってくださいよ、ちょっと質問が。男の子はどんなふうに殺されたんです?」

「それは明かせない」グンナルはそう答えて歩くペースを上げた。

「凶器は?」

「ノーコメント」

「性的虐待は受けてました？」

「ノーコメント」

「目撃者は？」

グンナルは答えず、入口のドアを押し開けた。

「ハンス・ユレーンが難民を利用してたことについては、どうお考えで？」

グンナルはドアに手をついたまま立ち止まった。振り返る。

「どういうことだ？」

「難民の女性たちにセックスを強要してたんですよね。そうして女性たちを踏みにじった」

「それについてはノーコメントだ」

「この件が漏れたら、とんでもない大騒ぎになりますよ。ノーコメントってことはないでしょう」

「おれの仕事はな、犯罪を捜査することだ。スキャンダルに対応することじゃない」グンナルはきっぱりと言い放ち、署へ入った。

階段を上がり、キッチンへ直行する。ボタンをひとつ押すだけで、あつあつのコーヒーが手に入った。そこから廊下を歩いて自分のオフィスへ向かった。

郵便物入れに書類の束が入っている。差出人は国立科学捜査研究所だ。

「段ボール箱、持ってきた？」

アネリー・リンドグレンがいきなり現れて、グンナルは驚いた。壁にもたれ、脚を交差させて立っている。ベージュのチノパンツに、白いトップス、白いカーディガンという服装だ。三つ編み模様のゴールドのブレスレットをつけている。いつかの誕生日プレゼントだ。グンナルからの。

「ああ、また忘れちまった。うちに取りにきてくれないか」

「いつ?」

グンナルはコーヒーカップをアネリーに差し出した。

「ちょっと持っててくれ」

アネリーは火傷しないよう、指先でカップの縁を押さえた。

グンナルは郵便物入れから書類の束を出してぱらぱらとめくり、その内容に満足げなつぶやきを漏らした。

「いつ取りに行けばいいの?」アネリーが質問を繰り返し、グンナルの視線をとらえようと頭を下げ、下から彼を見上げた。

「段ボール箱?」グンナルは書類から目を離さずに言った。

「そうだけど?」

「うむ……」

さらに書類をめくる。

「いつ取りに行ったらいいわけ?」

「今週。おまえの都合のいいときに。いつでも」

「明日は？」

「だめだ」

「だめ？　でも、いま……」

「いや、かまわんが……いや、どうかな。それはそうと、これ、なんだかわかるか？」

グンナルはアネリーの顔の前で書類をぱたぱたと振ってみせた。

「知らないけど」

「こいつはな、捜査の進展ってやつだよ。進展だ！」

＊　＊　＊

「じゃあ、意味はわからない、とおっしゃるわけですか？」

ミア・ボランデルはすがりつくような目でレーナ・ヴィークストレムを見つめた。

「ええ、見当もつきません。いったいなんですか？」

「あなたが教えてくださるはずだったんですが」

「でも、そんな数字、一度も見たことありません」

「文字は見たことあるんですか？」

「それもありません。暗証番号かなにかですか？」

ミアは答えなかった。二十分以上前から、ハンス・ユレーンの秘書レーナ・ヴィークストレムに、ユレーンのパソコンから見つかったあの奇妙な文字と数字の組み合わせを説明してもらおうとしている。レーナは助けになってくれなかったが、それでもミアは協力に感謝し、移民局をあとにした。

レーナはずいぶん疲れたようすだったな、と車に向かう途中でミアは考えた。顔には血の気がなく、目の下が青紫色になっていた。机の上に散らかっている書類をおもむろに動かし、間延びした声で話した。大丈夫ですか、と尋ねると、気分が落ち込んでしかたなくて、という答えが返ってきた。

あんな顔してたら気分が落ち込んで当然だわ、と思いながら、車の鍵を開ける。まったく、あのクソババア。これっぽっちも役に立たなかった！

署に戻る途中、ストートヘーガ通りで長い渋滞に巻き込まれた。車はのろのろとしか進まず、ミアは苛立ちをつのらせた。

が、なによりも頭に来るのは、金が尽きたことだった。昨晩の外出では思ったよりも出費がかさんだ。他人におごったりもしたのだ。知りもしない相手に、ビールを二杯。しかもそいつは既婚者だった。

なんという無駄遣い。金をドブに捨てたようなものじゃないか。

そのとき、携帯電話が鋭い呼び出し音を発した。

オーラ・セーデシュトレムからだった。

「どうだった？」

「だめだった。あの組み合わせのことはなにも知らないって」

「そりゃ最高だな」

「まったくね！」

　ミアは口をつぐんだ。人差し指と親指で上唇をつまんだ。

「そういえば」やがて言う。「私、考えたんだけど、数字をひっくり返したりはしてみた？」

「してないけど、数字を先に、文字をあとにして検索はしてみた」

「でも、ひっくり返してはいないのね？」

「４１０００９じゃなくて９０００１４で検索しろってこと？」

「細かい数字は覚えてないけど、まあ、そういうこと」

「ちょっと待って……」

　オーラがキーを叩く音が聞こえてきた。ミアは左車線に変更できるかどうか確かめようと後ろを振り返った。が、左車線の車も同じくノロノロ運転だ。深くため息をついたところで、オーラの声が戻ってきた。

「出てくるのはＩＳＯ９０００１４関係のサイトだけだな。つまり品質管理の話だ。あとは、ハーバード大学のレントゲンに関する研究とか」

「ほかの数字はどう？」

「ええと、１０６１３０は０３１６０１になるだろ。ああ、これはＨＴＭＬのカラーコードだな。933028もそうだ。でも、ユレーンがウェブサイトに表示される色に興味を示してたとは思えない」

「そうよね」

自分の前にいったい何台車が並んでいるのか見ようとする。渋滞の列は絶望的な長さだ。

「自動交通取締局のほうはどうなった？」

「結果待ちだな。運転手がスピード制限を破ったかどうかにすべてがかかってる。違反したのなら、たぶん写真が残ってる。で、その写真をパスポートや運転免許証の登録写真と照合できる。一致したら身元がわかる。それができなくても、少なくとも車の持ち主はわかるから、そいつが運転してたことを願うばかりだ」

「でもやっぱり、その運転手がスピード違反したことが前提になるのよね」

ミアは座席の上で背筋を伸ばし、ハンドルに手を置いた。

渋滞が緩みはじめたのだ。

「うん、カメラはスピード違反した車しか写さないからね。いま取締局に記録を調べてもらってる。そこに残ってる暗号化された情報を解読してから、うちに回してもらうことになってる。もちろん、残ってる情報があればの話だけど」

「ちくしょう……」

「えっ？　なに？」

「渋滞よ！　渋滞、大っ嫌い。進めってば！」

ミアはハンドルを叩き、エンストを起こした前の車の運転手に向かって激しく手を動かした。

「今日は機嫌がいいんだな」オーラが言う。

「うるさい。ほっといてよ」

ミアはそう言い放ち、すぐに後悔した。

「わかった、ほっとくよ。でも、鑑識から返事が来た話は聞きたいんじゃないか？」

オーラは気分を害している。声でわかった。ぶっきらぼうな口調になっているし、唇をぐっと結んでいるのだろう。ミアはなにも言わず、オーラが先を続けるのを待った。

「少年は二二口径のシグ・ザウエルで撃たれた。過去にスウェーデンでこの拳銃が犯罪に使われたことはない。服から硝煙反応が出た。つまり、そばで見つかった拳銃を撃ったのはあの子だってことだ。こっちはグロックで、少年の指紋しか残ってなかった。あらゆる物的証拠からみて、あの子がハンス・ユレーンを殺したと考えてまちがいない。じゃあ、切るよ」

オーラはぷつりと電話を切った。

オーラを怒らせてしまった。彼が不機嫌になったせいで、自分も機嫌が悪くなった。まったく、なんて最悪な朝だろう、とミアは思った。

はじめは七人だった。いま残っているのはハデスと少女だけだ。少女がミノスを撃ち、ハデスも地下室で敵を殺した。そのほかには少年がひとり、訓練中にナイフが肋骨のあいだに深く突き刺さって、数日後に息を引き取った。

少女がひとり、脱走しようとして地下室に閉じ込められた。しばらくしてドアを開けてみると、飢え死にしていた。

軟弱者め、とパパは言った。

あとはエステルだが、彼女はこの施設に来るなり姿を消した。でも、あれはエステルが悪い。おとなしくパパの言うことを聞いていれば残れただろうに。生きていられただろうに。

少女は頭を手でさすった。髪がなくなっている。訓練係たちに頭を剃られたのだ。もっとしっかりとしたアイデンティティーを確立するためだ、と言われた。ハデスも頭を剃られ、同じようにつるりとした頭を手でさすっている。ふたりとも石床に座って、互いをちらちらと観察していた。どちらも黙ったままだが、ハデスは目が合うと微笑んだ。

また春になり、壁の板のすき間から太陽の光が差し込んでいる。着替えを一式与えられたが、少女にはどうでもいいことだった。目の前に置いてある最新型の武器にさわりたい。鋭い刃がときおり、外から差し込んでくる強い光を受けてきらりと光る。ナイフのそばには拳銃が置いてある。こんなに磨き込まれた拳銃は見たことがない。ハデスはいい仕事をした。きっと何時間も磨いていたのだろう。ただ、触れていたくて。

ハデスは昔、機械にかかわることが大好きだった。ゴミ捨て場で壊れた機械を見つけては修理しようとしていた。いつか携帯電話を見つけたいと夢見ていた。結局、一度も見つからなかったけれど。

少女は知っている。いっしょに探したからだ。

ドアが開いて、少女の物思いは断ち切られた。パパが入ってきて、そのすぐ後ろに女の訓練係と、知らない男がひとりいた。パパは少女とハデスの前で立ち止まると、身をかがめて、ふたりの頭の剃り具合を確かめた。満足げと言ってよさそうな表情で身を起こし、少女とハデスにも立ち上がるよう告げた。

「よし」やがて言った。「時が来た。任務のため、首都に行ってもらう。ストックホルムだ」

ヤナ・ベルセリウスは港の駐車場で、自分の車に乗っている。エンジンはかけたままだ。何時間もかけて作業計画を立て、さまざまなアイデアを検討しては却下することを繰り返した結果、実現できそうなシナリオがいくつか残った。

この個人的な調査には、守らなければならない条件がいくつかある、というのが結論だった。まず、これからすることが彼女のしわざだとばれてはいけない。電話やEメールでのやりとりには気をつけなければならないだろう。あらゆるところで細心の注意を払う必要がある。衝動で動くのは絶対にだめだ。もし警察に内緒で勝手に調べを進めていることがばれたら、担当をはずされるだけでは済まない。自分自身が捜査の対象になる。キャリアは一巻の終わりだろう。

それでもヤナは調べを進めることにした。はじめは少年を足がかりにするつもりだった。少年のうなじの名前は、偶然刻み込まれたわけではない。あの文字には目的があり、その文字がかたちづくっている名前は、ヤナに刻まれた名前と同様、死を意味している。だが、午前中考えをめぐらせた結果、オーラ・セーデシュトレムがハンス・ユレーンのパソコンから見つけ出した、あの文字と数字の組み合わせをまず調べたほうがよさそうだ、という結論に達した。あれと同じ組み合わせが海運コンテナといっしょに夢に出てきたのも、やはり偶然ではないはずだ。それで、港に行ってみよう、という決断に至った。

とはいえ、なるべく人目につかずに訪れるにはどうしたらいいのか、なかなか思いつかなかった。通行人や、港湾区域で働く職員に、きっと姿を見られてしまう。が、もしだれかに気づかれたら、捜査の一歩先を行きたかった、とでも言えばいい。担当検事が仕事を進めようとするのは、なんらおかしいことではない。

革張りのシートにじっと座ったまま、いまの状況をもう一度振り返った。

ポケットから、例の文字と数字の組み合わせのリストを出す。ひととおり目を通し、これに興味がある理由はなんと説明しよう、と考えた。慎重に言葉を選ばなければ。情報を明かしすぎてはいけない。

一分後、ヤナは紙を折り畳んでポケットに戻し、車を降りた。

港湾事務所の入口は暗く、扉には鍵がかかっていた。営業時間を記した看板によると、一時間以上前に閉めたらしい。

もう一度、びくともしない扉の取っ手に触れてから、一歩後ろに下がり、黄色い建物にあいた黒い穴のように見える事務所の窓を見上げた。冷たい風で身体がぶるりと震え、ヤナはポケットから革手袋を出した。

それからコンテナターミナルのほうへ歩いた。ここでも仕事は行われていないとわかった。

暗い色をした水が、まるで生きているかのように、コンクリートの岸壁に打ち寄せている。

埠頭に繋留《けいりゅう》された貨物船の上に、クレーンが二台高くそびえている。少し離れたところに、さらに船が二隻見える。決められた区域内にトラックが何台も駐車され、格納庫の壁に沿って大量の丸太が置いてある。サーチライトが倉庫やアスファルトに長い影を落としていた。

車に戻ろうとしたところで、区域内のいちばん奥に、明かりのついた小さな作業小屋が見えた。手袋をしていても手が冷たく、ヤナはトレンチコートのポケットに両手を突っ込んで決然と小屋をめざした。硬い地面にヒールがカツカツと音をたてる。その足音が、背後のハムン橋を走る車の音とまじり合った。倉庫内の広い空間にちらりと目をやる。サーチライトの光もここまでは届いていない。あいかわらず人の気配はなかった。

小屋に近づくと歩くスピードを緩めた。だれか中にいてほしいと強く思う。だれでもいいから、質問できる人が中にいますように。あと数歩というところで音楽が聞こえてきた。ドアが半開きになっていて、狭いすき間から光がひとすじ漏れ出している。

ヤナは手を上げ、ドアをノックした。手袋のせいで音があまり出なかったので、二度目はもっと思い切って強くノックした。返事はない。つま先立ちになって窓から中をのぞき込んだが、小屋の中に動きはなかった。ドアを引いて開け、中のようすをうかがった。

コーヒーメーカーが台の上でぽこぽこと音をたてている。テーブルのそばに折り畳み椅子が二脚。古布を利用したラグが床に敷いてあり、天井からは強烈な明るさの電球が下がっている。が、人の姿はない。

そのとき轟音が響いて、ヤナはびくりとした。振り返り、どこで音がしたのか確かめようとする。となりの倉庫の扉が開いているのが見えた。

「すみません」と呼びかける。

返事はない。

「すみません」

小屋の扉を閉めて倉庫へ向かう。あたりはさらに閑散としていた。入口で立ち止まる。二百平方メートルはありそうな広い空間で、じめっと肌寒く、さまざまな機械やリフト類が置いてあった。

床には大小の工具が、壁沿いの棚にはタイヤや運搬車のバッテリーなどの予備が置いてある。天井からワイヤーが下がっている。広間のいちばん奥には、車両の修理のための巻き揚げ機があった。右側には廊下のような狭い空間があり、灰色のスチール扉につながっている。男性がひとり、ヤナに背を向けてしゃがみ、台車のねじを締めていた。ヤナは自分がいることに気づいてもらおうと、扉の脇の壁をノックした。が、反応がない。

「すみません！」ヤナは大声をあげた。

すると男性が体勢を崩した。が、片手でなんとか身体を支えた。

「おい、びっくりしたなあ！」

「ごめんなさい。ここの責任者の方と話がしたいんですけど」

「社長ならもう帰りましたよ」

ヤナは倉庫の中に入り、握手しようと手袋をはずした。

「ヤナ・ベルセリウスといいます」

「トーマス・リュドベリです。いや、申し訳ないが、いまのおれとは握手したくないと思いますよ」

トーマスは立ち上がり、油まみれになった両手を見せた。

ヤナはうなずき、ふたたび手袋をはめると、目の前の男性を観察した。体格がよく、目は褐色で、あごのエラが張っている。灰色のニット帽が頭を覆っていて、作業用ジャケットの下にはオーバーオールが見えた。そろそろ定年を迎える歳だろうとヤナは推測した。ズボンのポケットから汚れた磨き布が垂れていて、トーマスはそれで指についた油を拭こうとした。

「あなたにお聞きしてもいいでしょうか」

「なにをです？」

「ある殺人事件について調べてるんですが」

「そりゃ警察の仕事じゃないんですか？　あんたは警察官には見えないが」

ヤナはため息をついた。なるべく情報を明かさないつもりだったのに、たちまち壁にぶち当たった。仕切り直すしかない。

「私は検事です。ハンス・ユレーン殺害事件を調べてます」

トーマスははっと動きを止めた。その手が磨き布から離れた。

ヤナは続けた。

「文字と数字の組み合わせがいくつか見つかったのですが、その意味がわかりません。海運コンテナの識別番号のようなものではないかと考えているのですが」そう言うと、文字と数字の書かれた紙を広げてみせた。

トーマスは彼女の手から紙を引ったくった。

「なんだ、こりゃ……」

その顔の表情が変わった。すぐに紙を折り畳み、ヤナに返してきた。

「なんのことだかさっぱり」

「ほんとうですか?」

「ほんとですよ」

トーマスは一歩あとずさった。さらに一歩。

「この文字と数字の意味がどうしても知りたいんです」ヤナが言う。

「知りませんよ。お役には立てませんって」

トーマスが右のスチール扉を見やる。それからヤナに視線を戻した。

「だれか助けになってくれそうな人をご存じありませんか?」

トーマスは首を横に振った。さらに一歩あとずさる。二歩、三歩……

ヤナは彼がしようとしていることを悟った。

「待って」と言ったが、トーマスはすでにきびすを返し、扉に向かって駆け出していた。

「待ちなさい」ヤナはもう一度叫んであとを追った。

トーマスは彼女に追われていると気づくと、手当たり次第に工具をつかんで投げつけてきた。近寄るな、と告げるため、彼女に警告するためだ。が、ヤナは首をすくめて難なく攻撃をかわした。工具はかすりもせず、彼女はそのままトーマスを追いかけた。トーマスはスチール扉にたどり着くと、力まかせに取っ手を動かしはじめたが、鍵がかかっていると気づいた。パニックになり、全体重をかけて扉に体当たりした。取っ手をぐいと押し下げながらまた体当たりする。が、無駄だった。外に出ることはできなかった。

ヤナは彼から三メートル離れたところで立ち止まった。トーマスはその場を動かず、息をはずませている。ほかの逃げ道を探して頭が左右を向いた。が、ひとつも見つからない。床にモンキーレンチが落ちているのを目にとめ、さっと身をかがめて拾い上げた。すぐに向きを変え、ヤナに工具を向けた。が、彼女は動かなかった。

「おれはなにも知らない！」トーマスが叫ぶ。「さっさと失せろ」

またモンキーレンチを振り上げた。本気だと示すために。怪我をさせてやる。手ひどく傷つけてやる。

この男の言うとおりにしたほうがいいと、ヤナにはわかっていた。ここを立ち去るべきだ。手に負えない。一歩あとずさる。そうしたことで、トーマスが微笑んだのが見えた。さらに何歩かあとずさる。ふとつまずいて倒れそうになったが、壁に支えられた。

たちまちトーマスが駆け寄ってきて、彼女の目の前に立った。

近い。近すぎる。

今度は彼女が逃げ道をなくした。

「ちょっと待ってください」

「もう手遅れだな。悪いね」

トーマスがうなり声をあげ、両手でモンキーレンチを振り下ろしてきた。ヤナは首をすくめて攻撃をかわした。トーマスがまたレンチを振り上げる。ヤナはすばやく脇へ退いた。トーマスがレンチを握り直し、筋肉をこわばらせる。ヤナはさっと前に進み出て、手を上げ、殴りかかった。

目、のど、股間。

バン、バン、バン。

そして、蹴りも一発。後ろの脚を前に出して、回転して、蹴る。強く。

こめかみに命中した。

トーマスはがくりと力を失い、彼女の前に倒れた。

生きている気配がない。

その瞬間、ヤナはいま起こったことを理解した。上昇したアドレナリン値が、またたく間に恐怖と入れ替わる。両手で口を覆って、一歩あとずさった。私、いま、なにをした？　自分の手を目の前にかざしてみる。いったいどうやって……？　ふと、自分がどこにいるかを思い出した。だれかに見られていたらどうしよう？

二度振り返って周囲を確かめた。人影は見えない。倉庫はがらんとしている。

でも、これからどうすればいい？

死んだ男の服から、不意になにかの震えるような音が聞こえてきた。ほどなく呼び出し音が鳴りはじめ、だんだん大きくなっていく。ヤナは身をかがめてトーマスの上着のポケットを探ったが、なにも見つからなかった。身体を押して転がし、もう片方のポケットを探ると、携帯電話が見つかった。ディスプレイに、不在着信、とある。番号は非通知だ。

一分間にわたって自問を重ねた結果、携帯電話は持ち帰ることにした。最後にもう一度だけ、床の死体をちらりと見やってから、手袋をはずし、きびすを返して外に出た。

足早に駐車場をめざして歩いているあいだ、暗い影が彼女を隠してくれた。港湾区域はあいかわらず閑散としていた。

車に乗り込むと、すぐにトーマス・リュドベリの携帯電話の着信履歴を調べた。非通知番号からの着信がいくつもあった。番号がきちんと表示されているケースもいくつかあり、ヤナはそれらの番号を駐車券に走り書きした。

発信履歴のほうには、相手の名前がはっきりしている番号がいくつかあり、ヤナはそれらも書きとめた。

不審な点、異常な点は、なにもないように見える。

ショートメールの送信履歴に目を通していると、初めて謎めいたものに遭遇した。メールのひとつに〝受渡、1、火〟とあったのだ。

ヤナはその短いメールをじっと見つめ、書き写し、送信日もメモした。携帯電話を使っていると簡単に探知されるおそれがあるので、急いでＳＩＭカードをはずし、電話の本体はグローブボックスに入れた。

深く息を吸い込み、ヘッドレストに頭をあずける。

落ち着きが戻ってくるのを感じた。

こんなのおかしい、と思う。もっとショックを受けるべきだ。叫んで、泣いて、震えるべきだ。人を殺してしまったんだから！

だが、なにも感じない。

そのことが不安だった。

四月二十一日、土曜日

子どもたちはいつも六時には目を覚ます。この週末の朝も同じだった。ヘンリック・レヴィーンは身体を伸ばし、大あくびをした。まだ眠っているエマを見やる。子どもたちが二階で騒いでいて、ヘンリックは起き上がることにした。携帯電話をチェックしたが、夜のあいだに届いたメッセージはひとつもなかった。

暖かいガウンに身を包み、階段を上がって子ども部屋へ向かう。フェリックスがひきだしに入っていたレゴのピースを全部床にぶちまけていて、部屋の入口に現れた父親を見てにっこり笑った。ヴィルマはベッドに座り、眠そうに目をこすっている。

「さあ、どうする？ 朝ごはんにするか？」

フェリックスとヴィルマは歓声をあげて階段を駆け下り、キッチンへ向かった。ヘンリックもあとに続いた。ほかの部屋に声が響かないようドアを閉め、パン、バター、ハム、ジュース、牛乳、ヨーグルトを食卓に並べた。ヴィルマが食料庫を開け、カラフルなシリアルの箱に手を伸ばした。

ヘンリックはめずらしく自分のために卵をふたつ茹ではじめ、八分待つあいだに子どもたちのパンにバターを塗って、それぞれリクエストどおりの具を載せてやった。フェリックスがシリアルの箱をまんまとひっくり返し、食卓はフルーツ味のリング型シリアルが広がったビュッフェテーブルに早変わりした。

ヘンリックはため息をついた。ここで掃除機を出すのはよくない。エマが起きてしまう。たまにはゆっくり朝寝坊してもらいたい。だが、キッチンを戦場のような状態で放っておくのは許されないことだ。

鍋の湯を捨てて、蛇口の水を出しっぱなしにして卵を冷ます。それからしゃがみ込んで、シリアルをひとつ残らず拾おうとした。テーブルの下でいくつか踏みつぶしてしまい、細かくなったくずがラグマットのすき間に入り込んだ。パンくずや食べかすの類いは大嫌いだ。パンくずを散らかしたままテーブルを離れるのは、ヘンリックに言わせれば死に値する罪だった。食卓は清潔に保つべきだ。きちんと拭くこと。できれば、つやが出るほどに。

窓の外を眺める。今日はなんとか暇を見つけてジョギングをしよう。子どもに朝食を食べさせて、着替えも歯磨きも手伝ってやれば、エマも三十分ぐらいならトレーニングを許可してくれるのではないか。自分はいま、彼女に朝寝坊を許可してやっているのだし。点数は稼げているはずだ。

フェリックスがテーブルの上のシリアルをまた払い落とす。ヴィルマが楽しそうに笑うので、フェリックスはまたやろうという気になった。緑のリングを、オレンジのリングをつついて落とす。人差し指ではじいたら植木鉢の中に着地した。ヴィルマが大声で笑う。フェリックスはもうひとつ、またもうひとつとシリアルをはじき飛ばした。

「やめなさい。もういいだろう」とヘンリックは言った。

「はあい」ヴィルマが言う。

「はあい」とフェリックス。

「真似しないでよ」

「真似しないでよ」

「うるさいな」

「うるさいうるさいうるさいな」

「もうやめなさい」

「フェリックスが先だもん」

「ヴィルマが先だもん」

「やめてよ」

「やめてよ」

「うるさい！」

「うるさい！」

「ほら、いいかげんにしなさい！」

水から卵を出そうとしたところで、携帯電話の呼び出し音が聞こえてきた。

「おはよう。朝早くにすまんな」グンナル・エルンが明快な声で言う。

「大丈夫ですよ」とヘンリックは嘘をついた。

「ハンス・ユレーンが亡くなる数日前に、港でユレーンを見かけたという目撃者から通報があった。調べてみなきゃならない。出てこられるか？」

「ミアじゃだめなんですか？」

「連絡がつかないんだ。電話に出ない」

ヘンリックはフェリックスとヴィルマを見つめた。

そして、ため息をついた。

「行きます」

＊　＊　＊

食パンにはかびが生えていた。ミア・ボランデルは、まるで糸のようにパンから生えている緑色の菌をまじまじと見つめた。袋ごとゴミ箱に捨て、ほかに朝食になりそうなものがあるか考えた。冷蔵庫にはなにもなく、冷凍庫にも見つからない。食料庫はほぼ空で、フジッリの箱がひとつ残っているだけだ。ミアは鍋を引っ張り出し、一リットルを示す線まで水を注ぐと、らせん形のパスタを何つかみか投げ込んだ。茹で時間は十二分。長すぎると思ったので、タイマーは十分にセットした。

居間に入り、ソファーにどすんと座る。リモコンを手にして、チャンネルを次々と変えた。

平日にやっている番組の再放送ばかりだった。『水曜ガーデニング』『大自然の四季』『スピン・シティ』『国境警備の裏側』。

つまらない番組ばっかり。

ため息をつき、リモコンを放り投げた。映画専門チャンネルに加入しておけばよかった。そういう局はいくつもある。全部見られるようになりたい。そうなったら新しいテレビも要るだろう。きれいに映るものじゃないと。プラズマテレビ。液晶テレビでもいい。３Ｄも見られるのがいい。ヘンリックが五十インチテレビを買ったと言っていて、うらやましくてたまらなかった。女友だちにも、ああいう大きくて薄いのを買った人がいる。みんなそういうのを持っているのだ。自分以外は、みんな。

窓の外は灰色で、昼の光なのに薄暗い。夕暮れまで、まだ何時間もあるのに。

帰宅したのは朝の四時で、服も着替えずに寝入ってしまった。目を覚ましたときには、充電の切れた携帯電話を手に持っていた。つまり、なかなか楽しい夜だったわけだ。あんな楽しい夜は久しぶりだった。感じがよくて気前もいい男と知り合いにもなれた。が、彼の家までついていくのは断った。いまとなっては後悔している。あの人の家なら、絞りたてのジュース付きのちゃんとした朝食が出てきただろうに。それから大きな薄型テレビの前で寄り添っていられただろうに。彼もきっとそういうのを持っている。なんであれ、こんなふうにひとりきりで座って古ぼけた大きな箱を眺めているよりはましだろう。

インゲルスタのショッピングセンターに行って、新型テレビの値段をチェックしてみようか。最新型の、薄いやつ。カッコいいやつ。

口座残高は二クローナだ。少なくともマイナスにはなっていない。だいたい今日買わなければならないわけでもないのだ。ただ、どんなのがあるか見に行くだけで。

タイマーがジリリと鳴った。ミアはキッチンに行き、パスタの水気を切った。

見るだけだもんね、と考える。

見るだけ。

買わないんだから。

＊　＊　＊

ヤナ・ベルセリウスはいつもより長い時間をかけてシャワーを浴び、最後まで残ったこわばりを熱い湯でほぐした。

十五キロ走ってきたところだ。かなりのペースで。速すぎるほどだった。あのできごとから逃げようとしているかのようだった。が、逃げられるはずもない。死んだ男の姿が絶えず思い浮かんだ。最後の一キロはスピードを上げすぎて鼻血が出てきた。ウィンドブレーカーに血を垂らしつつ、残り百メートルのところから全力疾走した。自宅に入ると、どういうわけか力が湧いてきたような気がして、二十三回も懸垂をした。そんな回数をこなしたのは初めてだった。

いま、彼女はシャワーを浴びながら、トーマス・リュドベリのことを考えている。あの文字と数字の組み合わせのなにが、彼をあそこまで必死にさせたのだろう？　なにかのせいで、彼は明らかにパニックに陥っていた。

熱い湯で泡を流しているあいだ、自分がトーマス・リュドベリをいきなり攻撃したことについて考えた。自分があれほど冷静に、本能的に反応したことが、どうしても理解できない。パンチもキックも自然に繰り出された。内側から、自然に。まるで練習したかのように。しかも完璧に命中した。もっと不可解なのは、暴力をふるって気分がよくなったことだ。

私はいったい何者なんだろう、と彼女は考えた。

＊　＊　＊

カール・ベルセリウスは書斎の窓辺に立ち、電話を手にしている。ディスプレイの明かりはとっくに消え、電話の向こうの声はすでに沈黙していた。

白いシャツのボタンは襟元までとめられていて、裾はしっかりとプレスされた黒いズボンの中だ。髪は白くなっているが、豊かで、オールバックに整えてある。

厚い雲のすき間から太陽の光が漏れていた。まるで舞台のスポットライトのように、たったひとつの点、葉が芽吹きはじめた木を照らしている。が、カールには太陽が見えていなかった。木も見えていない。目を閉じている。ゆっくりと目を開けたとき、光はもう消えていた。灰色の風景だけが残っていた。

　動きたいが、動けない。木の床に凍りついたかのようで、自分の思考に囚われている。考えているのは、たったいま終わった、トシュテン・グラナート地方検事長との電話でのやりとりのことだ。

「厄介な事件ですよ」トシュテンが車のエンジン音の響く中で言った。

「そうか」とカールは答えた。

「あの子なら解決するでしょうが」

「当然だ」

「ところが事態が新たな展開をみせまして」

「というと？」

「少年が……」

「ああ、それなら新聞で読んだ。続けてくれたまえ」

「少年について、ヤナからなにか聞いていますか？」

「あの子は私にはなにも言わない。わかっているだろう」

「わかっていますが」

　トシュテンはそれから、少年の遺体がどこで見つかったか詳しく語った。妙な角度に曲がっていた腕、拳銃、そのほか警察の報告書に書いてあることをすべて話してくれた。

　三十秒の間があり、そのあとの声は不安げだった。エンジン音が大きくなって、カールは耳を澄ませなければ相手の声が聞こえなくなった。

「妙なのは、どの手がかりを見ても少年が怪しい、ってことです。あの子どもが」

カールは額を掻き、電話をさらに強く耳に押し当てた。

「どうやら犯人らしいんですよ。あの子がハンス・ユレーンを殺したようなんです」

「なにを言うんだ」

「事実ですよ。しかしこの少年のもっと妙なところは、うなじに入れ墨のようなものがあったことです。名前が刻まれてました。神の名前が。死の神です」

カールの心臓が激しく轟きはじめた。息苦しくなった。床がぐらりと揺れた。トシュテンの言葉が、がらんとしたトンネルの中で叫んだように反響した。

名前。

うなじ。

カールは口を開いたが、自分の声が自分のものとは思えなかった。聞いたことのない、遠い、冷たい声だった。

「うなじにね……」

それきり黙り込んだ。トシュテンがなにか言う前に電話を切った。話の途中で電話を切ったのは初めてだ。が、これほどの息苦しさを感じたのも初めてだった。

空気が要る、と思い、シャツのいちばん上のボタンを引きちぎるようにして襟を緩めた。

二つ目のボタンもはずそうと奮闘していると、布がこすれてがさがさと音をたてた。ぐいと引っ張ったらボタンが取れて床に落ちた。カールはまるで息を止めていたかのように深呼吸した。

思考がぐるぐる回る。うなじが目に浮かぶ。白い肌、渦を巻く黒い産毛。文字が見える。ピンクに近い赤色の、いびつな文字。だが、彼が思い浮かべているのは、少年ではない。

少女の姿だ。

自分の娘。

当時、あの子はまだ幼かったが、手に余る子どもだった。夜は眠らず、朝食の席で悪夢や病的な想像の話をする。とても付き合いきれず、ある朝、ついに堪忍袋の緒が切れた。娘の細い腕をつかんで、黙りなさい、と告げた。娘は黙った。それでも娘の首を後ろからをつかんで部屋まで連れていった。皮膚に凹凸があると気づいたのはそのときだ。なんだろうと思って髪を脇へのけた。あの三つの文字を見たときのことは一生忘れないだろう。ごくりとつばをのみ込んだ。吐き気が襲ってきた。

突然。いまと同じように。

カールは目を閉じた。

あの醜いものは消さなければ気が済まないと思った。そこでクリニックや入れ墨師のもとを訪れたところ、入れ墨を消すのは難しいと知らされた。処置を何度繰り返さなければならないか、やってみないとなんとも言えない。まずはその入れ墨を見せてほしい、とだれもが言った。実は入れ墨ですらなく、ただ文字が刻まれているだけなのだ、と言う勇気はなかった。ましてや娘のうなじを他人に見せるなどもってのほかだった。いったいどう思われるだろう?

カールは目を開けた。視界がぼやけている。

結局、あの文字は残すしかなかった。絶対にだれにも見せるなと娘にきつく言い聞かせ、妻のマルガレータに絆創膏やタートルネックセーターを買わせた。髪はいつも下ろしておけと命令した。ポニーテールなどにしてはいけない。それだけ告げると、あとは話題にもしなかった。一件落着。話し合いは済んだ。それでいいはずだった。

そこにいきなり、うなじに名を刻まれた少年が現れたのだ。

カールには理解できなかった。理解したくなかった。娘と少年のあいだに共通点がある、ということが。ヤナになにか言うべきだろうか? なんと言えばいい? この件はもう済んだことだ。過去のことになっているのだ。付け加えることはなにもない。これはあの子の問題だ。自分の問題ではない。

心臓が激しく打つ。

手の中で電話が震え、ディスプレイにトシュテンの名が表示された。カールは応答しなかった。ただ電話を握りしめ、鳴るままにしておいた。

＊　＊　＊

ニルス・ストールヘードは飼い犬である雌のファーレーヌを抱きかかえて、ハムン橋に立っていた。グンナル・エルンと連れ立って近づいていったヘンリック・レヴィーンには、格子柄のキャップに編み上げ靴、モスグリーンのコートという彼の姿が、まるでスコットランド人のように見えた。

「スコットランド人みたいだな」グンナルが言う。

「おれもそう思ってたところですよ」ヘンリックは笑みを浮かべた。

ハムン橋は重厚なコンクリート製の橋で、川の両岸、ユングフルー通りとエストラ・プロメナーデン通りを結んでいる。この橋を渡る道路はいつも混み合っていて、今日も週末出かける人たちの車がずらりと並んでいる。車の音がカモメの鳴き声とまざり合った。

ニルス・ストールヘードは手すりにもたれて立ち、ボートクラブの楕円形のクラブハウスや街のざわめきに背を向けていた。彼の前には港が広がり、左側には灰色の空を背景に火力発電所がそびえている。

抱きかかえられている犬は息をはずませている。抜けた冬毛でニルスのコートの襟が白くなっていた。

「ワンちゃんはお疲れですか」互いにフルネームで名乗って握手を終えると、グンナルが言った。

「いや、寒がってね。いまみたいな冬から春への変わり目には、手足が冷たくなるんですよ」

ヘンリックもグンナルも返事をする間もなく、ニルスが続けた。

「ええと、すみませんでした。もっと早くご連絡するべきだったんですが」

「ああ、それは……」グンナルが言う。

「そんなに大事なことだと思ってなかったんですよ。いまとなってはよくわかりましたが。今週ずっと、電話しろって家内に言われてて、しかしクラブの会合があったり夕食に呼ばれたりペタンク（フランス発祥の球技。目標となる球に向かってボールを投げ、相手より近づけることで競う。）の誘いがあったりで、まあ要するに忘れてしまってね。今朝になってようやく、電話しようと決めたわけです。家内にこれ以上しつこく言われるのはまっぴらですし。おわかりいただけますよね」ニルスはそう言うとウインクを決めてみせた。

「なるほど、それで……」グンナルが言う。

「ええ、それで警察に電話して、お話ししたわけです」

「ハンス・ユレーンを見たんですね？」

「まぎれもない本人をね」

「どこで見たんですか？」ヘンリックが尋ねる。

「あそこです」

ニルスは港湾区域を手で示してみせた。

「港ですか。そこで見かけたと？」

「ええ、木曜日です。先週の」

「で、まちがいなくハンス・ユレーンだったんですね？」グンナルが尋ねる。

「そりゃ、まちがいないはずですよ。私はハンスの両親と知り合いでね。親父さんと同級生だったんです。懐かしいな」

「なるほど、じゃあ、正確にどの地点でハンスを見たのか教えていただけますか」グンナルが言った。

「もちろんですよ。いらっしゃい」

ニルスは犬を下ろし、コートについた毛を払った。彼のまわりを犬の毛が舞った。ヘンリックは息を止めた。毛が口に入るのは避けたい。

グンナルとともに、ニルスのあとについて橋を渡り、港の駐車場をめざした。

「ハンスが殺されたなんて、いまだに信じられませんよ。まったく、だれがそんな恐ろしいことを？」ニルスが言う。

「それを突き止めようとしているところです」グンナルが言った。

「そりゃ心強い。うん、実に心強い。お役に立てればいいんですが」

ニルスはゆっくりと駐車場を横切り、ふたりを黄色い本棟へ案内すると、鍵のかかった入口の前で立ち止まった。

「ここを歩いてました。ひとりきりで。怒ってましたね」

「怒ってた？」

「ええ、ひどく腹を立ててるようすでしたよ。どすどす歩いてて」

グンナルとヘンリックは顔を見合わせた。

「ほかにだれか、そばにいませんでした?」

「いませんでした」

「音は聞こえましたか? 声とか」

「いや、記憶にはありませんね」

「ハンスはなにか持ってましたか?」

「いや、持ってなかったと思うなあ」

ヘンリックは建物を見上げ、暗い事務所の窓をのぞき込んだ。

「何時ごろでした?」

「ええと、真っ昼間でしたよ。三時ごろかな。いつもそのころにこの子の散歩をするから」

ニルスは飼い犬を見て笑みを浮かべた。

「そうだろ、おちびちゃん? な? いつも三時ごろだろう?」

グンナルは両手をポケットに入れ、肩をいからせた。

「ハンスがここに車をとめてたかどうかはご存じですか?」

「さあねえ」

「だれか事務所の人をつかまえなくては」

ヘンリックは警察の司令センターに電話をかけ、すぐにノルシェーピン港の港湾運営会社社長と連絡をとるようオペレーターに頼んだ。

「とりあえず見て回ろうか」とグンナルが言い、少し離れたところにある大きな倉庫の数々を目で示した。

ヘンリックはうなずいた。グンナルは重要な情報を寄せてくれたニルスに礼を言った。

ニルスはキャップを上げてみせた。

「どういたしまして。だが、僭越《せんえつ》ながらご一緒しますよ。この港には詳しいんです」

ニルスはそう言うやいなや、ここの埠頭が昔はどんなふうだったか滔々《とうとう》と語りはじめた。歩きながら、表面処理について、倉庫を風雨から守ることについて、設置されたクレーン群の動かしやすさについて、単調な話を延々と続けた。ターミナルエリアから鉄道路線への接続についての講義が始まると、グンナルは角が立たないようにしながらも、黙ってほしい旨をきっぱりと告げた。

「ハンスはここを歩いていたとおっしゃいましたね」

「ええ、あっちから来ました」

ニルスは一行が向かっている倉庫のほうを指差した。

「ということは、事務棟には入らなかったんでしょうか」

「さあ、それは。建物の外にいるのを見ただけで、中にいたとは言ってませんよ」

ヘンリックの携帯電話が鳴った。いまのところ社長とは連絡がつかないとオペレーターが知らせてきて、休日用の緊急連絡先があるかどうか調べましょうか、と申し出てくれたので、ヘンリックはそうしてほしいと頼んだ。

グンナルが先頭に立ってアスファルトの地面を歩き、通り過ぎる倉庫の広間を興味津々でのぞき込んだ。

ヘンリックがその後ろを歩き、ニルスがそのまた後ろを、息をはずませた犬にリードを引かれて歩いた。

少し離れた奥のほうに明かりのついた作業小屋があることにグンナルが気づき、ひとりでそちらへ向かった。ドアを開け、中をのぞき込む。テーブル、折り畳み椅子、コーヒーメーカー、戸棚、古布を利用したラグマット。天井から下がった明かりが煌々とついていて、ラジオから朝のニュースが流れていた。

ヘンリックは埠頭のそばに残り、あたりを見まわした。コンテナヤードにずらりと並んでいるコンテナに目がとまった。

「こんなのが世界中を行き来してるなんて、信じられます？　すごいことですよ」ニルスがヘンリックのとなりにやってきて言った。「どんなものでも詰められる。鉄、砂、ゴミ、おもちゃ……」

小屋のドアを閉めたグンナルは、倉庫の扉が半開きになっていることに気づいた。そちらへ向かいつつ埠頭のほうを振り返ると、ニルスが身振り手振りをまじえてヘンリックになにやら語っていた。グンナルはヘンリックと目を合わせようとしたが、無駄だった。ヘンリックはニルスのほうを向いて耳を傾けていた。ニルスが続ける。

「……機械、木材、車、服……」

グンナルは倉庫の扉を押し開け、中に入った。広い空間を見渡す。天井の蛍光灯、スチールに覆われた壁。奥の壁には棚やキャビネットが、片側にはフォークリフトなどの昇降機が並んでいる。そして、床には……男がひとり倒れていた。

ヘンリックはまだニルスと埠頭にいた。が、だんだんもどかしくなってきた。このおしゃべりな老人から、どうすれば失礼にならずに逃れられるだろう。話をさえぎるのは無理な気がした。

「……木くず、本、家具……」とニルスは言い、単語をひとつ口にするごとに指を一本立てはじめた。

「……靴、絵、ガラス……」

ヘンリックの願いが聞き届けられたのか、また携帯電話が鳴った。彼はニルスに向かって、すみません、と手を上げてから応答した。オペレーターが緊急連絡先を見つけたと言って、その番号につないでくれた。応答を待ちつつ、ここぞとばかりにニルスから離れ、さっきグンナルがいた小屋へ向かった。中をのぞき込んだが、グンナルの姿はない。甲高い呼び出し音が規則正しく繰り返される。

そのとき、グンナルの叫び声が聞こえた。

「ヘンリック！　来い！」

ヘンリックはすぐさま反応した。電話を耳に当てたまま、声のした倉庫の広間へ走る。上司が床にしゃがんでいるのが見えた。その前に、男がひとり倒れていた。

死んでいた。

「鑑識に電話しろ！」

ヘンリックはすぐに電話を切り、司令センターの番号を押した。

＊　＊　＊

ヤナ・ベルセリウスは、清潔な自分に戻れた、と感じていた。

コーヒーを一杯いれて、オートミールを作り、オレンジを絞ってジュースにした。朝食には十五分かかった。ぼんやりと朝刊をめくってから、書斎に入った。そこでパソコンを起動してから、秘密の物置部屋の鍵を開けた。ひきだしにトーマス・リュドベリの電話とＳＩＭカードを隠してある。どちらも処分しなければならないとわかっている。いますぐに、だ。同じひきだしに、携帯電話に記録のあった電話番号をすべて書きとめた駐車券も入っていた。

ヤナはその紙切れを持ってパソコンの前に座った。

カタカタとすばやく指を動かして一つ目の電話番号を検索サイトに入力すると、機械の部品を製造している会社の番号とわかった。

次の番号を検索すると、安いレストランに行き着いた。そのあとは個人の番号で、ノルシェーピン港の管理監査官の番号とわかった。トーマスの通話履歴をこうして調べたかぎり、とくに気になるところはない。

ヤナは駐車券を指先でいじりながら、送信済みショートメールのひとつに書かれていた略語について考えをめぐらせた。

〝受渡、1、火〟

なにか隠しているのでないかぎり、こんな暗号のような書き方はしない。

メールが送信されたのは四月四日だ。受け渡し、1、火曜日、という意味かもしれない。1というのはなんだろう？　品物の数？　いや、日付ではないか？

パソコン画面の右下を見る。今日は四月二十一日だ。五月一日まで、あと十日。メールの送信先となっている番号をインターネットで検索してみる。一秒もしないうちに検索結果が出た。ヤナはとまどった。なにかのまちがいじゃないだろうか？

検索結果に出てきた名を、もう一度読む。

移民局。

彼らはライトバンに乗り、無言で座っている。狭い空間はがたがたと揺れ、音もうるさい。少女は身体の両脇に手をついて急な揺れに耐えた。

となりに座っているハデスは、ぐっと歯を食いしばっている。その視線はまっすぐ前の一点に据えられていた。

もう長いこと、車で移動している。

少女が寝入りかけたとき、ついに車がスピードを落とした。運転手の男が、さっさとやれよ、と言った。時間を無駄にするな。とにかく任務を果たして出てくればいい。

ふたりの向かい側に座っている女が、ペンダントをいじっている。細い金のチェーンのようなもので、ペンダントヘッドに文字が入っている。少女は思わずまじまじと見つめた。きらきらと輝くペンダントを、女は指に巻きつけ、やさしくなぞり、握りしめている。少女はなんと書いてあるのか見ようとした。が、女の指が邪魔で文字がなかなか見えない。Mが見えた。次が、A。そのあとに、M。そのあとに、もうひとつM。

車ががくんと急停止した。

それで最後の文字が見えた。頭の中で文字をつなげてみると、ひとつの単語になった。

〝MA《マ》MMA《マ》〟。

女が苛立ったまなざしを少女に向ける。女はなにも言わなかったが、時が来たのだと少女にはわかった。

これから、車を降りる。

そして、任務を果たすのだ。

立ち入り禁止テープが風に吹かれて震えている。港湾区域は封鎖され、青と白のテープの内側でなにが起こっているのかひと目見ようと野次馬が集まっていた。

アネリー・リンドグレンは現場に着くと、肌寒い倉庫の中で念入りに仕事を進めた。グンナル・エルンは鑑識官をさらに二名呼んでいて、うちひとりはリンシェーピンから来ていた。ふたりとも死んだ男のそばにしゃがんでいる。死体を調べはじめて二時間になる。

グンナルとヘンリックは外で寒さに震えていた。ニット帽など持ってこようとも思わなかった。目撃者とちょっと話をするだけだと思っていたから。が、男の死体を見つけてしまったせいで、港にいる時間は果てしなく延びた。

「終わったわよ」とアネリーが声をかけ、ふたりを倉庫の中に手招きした。「私が見たかぎり、被害者はここで亡くなったようね。のどと頭を強打されてる。あとはビョルン・アールマンに引き継ぐわ」

手袋をはずし、沈んだようすでグンナルを見る。

「これで三人目」

「ああ。わかってる。共通点は？」

「とくにないのよ。ハンス・ユレーンと男の子は射殺された。使われた銃は違うけど。この男は殴り殺された。こめかみを強打されてる。首筋にもうっすら青あざが見える」

「男の子にもそれはあったぞ」

「そうだけど、それを除いたら、ほかに共通点はひとつもない。残念だけど」

アネリーはカメラを出した。

「まわりの写真も何枚か撮ってくるわ」

ヘンリックは床に倒れた男を見つめた。灰色のニット帽の下に褐色の髪が見える。顔はしわだらけだ。

「六十歳ぐらいですかね」とグンナルに言う。彼もうなずいた。

「ここの人事部長に、署に来て身元を確認してもらうよう頼んである」

「いつ来るんですか？」

「四時ごろ」

「今日の？」

「そうだ。そのあとにミーティングをするぞ。まずはオーラに連絡しないと。ミアにもだ。あいつときたら電話しても出やしない」

ヘンリックは肩を落とした。

土曜の夜は、これで台無しだ。

＊　＊　＊

一万二千九百九十クローナ。分割払い。六か月間は利子も手数料もなし。完璧だ。

ミア・ボランデルはレシートを折り畳み、お買い上げありがとうございます、と言う店員に微笑みかけた。3D対応の五十インチテレビを店から運び出す。デジタル放送サービスの一括契約もセットになっていた。月に九十九クローナは得をしたことになる。カード手数料がかかるが、気にしない。二十四か月が経過するまで契約を解除できないことになっているが、それも気にしない。価値はあるのだ。ついに最新型のテレビが手に入ったうえ、映画専門チャンネルが全部見られるようになるのだから。

テレビの入った段ボール箱は、彼女のワインレッドのフィアット・プントにぎりぎり入った。バックドアを開けた状態で。そのうえ腹を引っ込めて、なんとか駐車場を出た。

家までの道のりで、今夜は友だちを家に招いてパーティーをしようか、と考える。テレビ入手を祝って。自分が場所を提供すれば、みんなに飲みものや食べものを持ってきてもらえるかもしれないし。携帯電話を探して上着のポケットに手を伸ばした。が、ポケットは空だった。もう片方のポケットも。

帰宅してみると、携帯電話は乱れたままのベッドの上、枕の下に埋もれていた。充電器を探し出し、プラグをつなぐと、すぐに暗証番号を入力した。女友だちの番号を押す間もなく、手の中で電話が震え出した。

グンナル・エルンからの電話だった。

＊　＊　＊

「ミアもうすぐ来るそうだ」とグンナルは言い、顔を上げて、会議用テーブルを囲んでいるごく少数の面々を眺めた。

ヘンリックは陰気な顔だ。また殺人事件が起きたことで、明らかに動揺している。

アネリーは疲れて見える。

オーラは逆に大げさなほどの集中ぶりで、ペンでテーブルをコツコツと叩いていた。いつもとようすが変わらないのは、ヤナ・ベルセリウスだけだ。ノートとペンを用意して座っている。背筋がぴんと伸びていて、目に活力がある。しっかりブローして整えた髪は、いつものとおり下ろしてある。

グンナルはまず集まった面々に挨拶をしてから、土曜日の午後にみんな呼び出してしまって申し訳ない、と言った。

「さっき言ったとおり、ミアもうすぐ来るはずだが、さしあたりこのメンバーで始めよう。このミーティングを開いたのは、トーマス・リュドベリという男性が今朝八時半、港で他殺体となって発見されたからだ」

グンナルは間を置いた。だれも、なにも質問しなかった。

「この一週間で、殺されたのはこれが三人目だ」

グンナルは被害者の写真が貼ってあるボードに向かい、そのうちの一枚を指差した。

「というわけで。まず、ハンス・ユレーン。四月十五日、自宅で射殺。何者かがむりやり押し入った形跡はない。目撃者もなし。だが、監視カメラに映っていたこの少年が……」

グンナルはユレーンの顔写真から、監視カメラの静止画像を拡大した写真に指を移した。

「……四月十八日、つまり今週の水曜日、ヴィッドヴィーケンで遺体となって見つかった。こちらも射殺だが、使われた銃は違う。とはいえあらゆる証拠を見るに、この少年がハンス・ユレーンを殺したと考えられる。動機はわからない」

グンナルは新しい写真を指差した。

「で、今日、トーマス・リュドベリが見つかった。港の職員が身元を確認してくれた。六十一歳、既婚、成人して独立した子どもがふたり。生涯ずっと港で働いていた。住んでいたのはスヴェルティンゲだ。短気な性格で、若いころに傷害や脅迫で有罪になったことがある。ずいぶん前から禁酒していたそうだ。鑑識によれば、トーマス・リュドベリは殴り殺されて、夜中ずっとあそこに倒れていた。つまり昨日の午後から夜にかけて殺されたわけだ」

「でも、どうしてこの件がほかの二件とつながってるってわかるんですか？」オーラが言う。

「それはもちろんわからんよ」グンナルが答えた。「いまの段階でわかってることはほとんどない。が、いずれにせよ、この事件もわれわれの担当だ。いま判明してるつながりは、ハンス・ユレーンが殺される数日前、港湾区域にいたということだな」

グンナルはボードを離れ、チームの面々を真剣な顔で見つめた。

「これから少々忙しくなるぞ。控えめに言うなら、だがな。少年の身元はまだわかっていないし、情報もいっさい寄せられていない。移民局に問い合わせ、難民収容施設も調べ、学校にも片っ端から聞いてまわったが、だれも少年のことを知らない。それらしい失踪届も出ていない。したがって、外国に問い合わせをしなければならないと思う」

アネリーがゆっくりとうなずいた。

「グンナルの言ったとおり、三件目の殺人には、ほかとの共通点はひとつもないわ。手口がまったく違う」

「つまり犯人は複数いる」ヘンリックが言った。

「そのとおり」

「もしこの少年がハンス・ユレーンを殺した犯人だとしても、ほかの犯人がまだひとりかふたり野放しになってるってことだ。そうしてるうちに時間はどんどん過ぎていく」グンナルが言う。

ヤナはつばをのみ込み、テーブルを見下ろした。

「目下の疑問は、ハンス・ユレーン殺害がやはりあの脅迫状やユセフ・アブルハムとかかわっているのかどうか、だな」グンナルが言った。「ユセフとあの少年——タナトスのあいだには、どんなつながりがあり得るだろう?」

「あの子がユセフに頼まれてユレーンを殺したってことですか?」ヘンリックが言う。

「単なる仮説のひとつだ。少年とトーマス・リュドベリをつなぐのはクスリかもしれない。

いまひとつ根拠が弱いのはわかっているが、それでも接点であることは確かだ」

「港で麻薬が見つかりましたからねえ。収納戸棚の下に隠し場所があって、白い粉の入った袋が五つ見つかった。麻薬をめぐるなんらかの争いがあったとも考えられますね」

「見つかったのはヘロインですか？」オーラが尋ねる。

「そうだ。袋は分析にまわしてある」グンナルが答えた。

「あの少年はヘロインの常習者でしたよね」

「でも、そうなると、ハンス・ユレーンはどうかかわってくるの？　移民局の主任まで麻薬取引に手を染めてたとか？」アネリーが言った。

チームの面々にざわめきが広がる。

「とにかく」グンナルが騒ぎを断ち切った。「ここ数日みんな大変だったのはわかっているが、やるべき仕事はまだたくさん残っているぞ。きみたちとは何年もいっしょに仕事をしてきたから、みんなどんなに有能かよく知っている。とにかく被害者どうしのつながりを突き止めよう。とりわけハンス・ユレーンとトーマス・リュドベリに注目したい。ふたりは同じ町で生まれたのか？　同じ学校に通ったのか？　親戚、友人、全部調べろ」

グンナルはホワイトボードに〝つながり〟と書いた。

「この町で知られているヘロイン常習者をみんな調べなきゃならない。知っているつては全部使え。売人、たれ込み屋、常習者、全員探し出すんだ」

そして〝ヘロイン〟とも大文字で書いた。

「オーラ、これがトーマス・リュドベリの携帯電話の番号だ」

グンナルが紙切れをテーブルにすべらせてよこし、オーラが受け止めた。

「発信履歴、着信履歴が全部載ったリストを手に入れてくれ。リュドベリがパソコンを持っていたかどうかも調べろ」

グンナルは〝通信履歴〟と書き、下線を引いた。右へ、左へ。何度も。

ヤナは身体をこわばらせた。自宅に置いてきた携帯電話に思いを馳せた。

「現場ではなにか見つかったんですか？」すぐさま尋ねる。

「いいえ、ヘロインしか」アネリーが答えた。

「ほかにはなにも？」

「ええ。痕跡はいっさい残ってません。指紋も、足跡も」

「監視カメラは？」

「ありませんでした」

ヤナは心の中で安堵のため息をついた。

「目撃者がいることを願うばかりだな」グンナルが言った。「ヘロインの出所も探らなくては。ヘンリック」

「はい、おれがやります」

「よし」

ミーティングは三十分かかった。終わると、ヤナはスケジュール帳を出してぱらぱらとめくり、チームのメンバーたちが先に会議室を出ていくのを待った。ひとりになると、ホワイトボードに向かい、被害者たちの写真の前で立ち止まった。じっと見つめる。まじまじと。その視線が少年に釘付けになった。のどのあたりが青くなっている。すさまじい暴力を受けた跡だ。

ふと気づくと、無意識のうちに自分ののどに手を置いていた。そこを強く押されているような気がした。その感覚になじみがあるような気もした。

「なにか思いつきました？」

オーラ・セーデシュトレムの声に、ヤナはびくりとした。

オーラは会議室に入ってきて、テーブルに向かった。

「メモを忘れちゃって」テーブルに置きっぱなしになっていた紙の束に手を伸ばす。

それからヤナのとなりに立った。

「ちょっと焦ってるかな、って感じしますね」

オーラは写真を目で示しながら言う。

「なんといっても手がかりゼロですから。麻薬の線はちょっとこじつけめいてる気がします」

ヤナはうなずいた。

オーラは自分のメモを見下ろした。

「それに、この文字と数字。さっぱりわけがわからない」

ヤナは答えなかった。ごくりとつばをのみ込んだ。

「どういう意味か、なにか思い当たります？」

オーラは文字と数字の組み合わせを書いたメモを掲げてみせた。

ヤナはそれに目を通した。目を細くして、考え込んでいるふりをした。

「いいえ」と嘘をつく。

「でも、なにか意味があるはずですよね」とオーラは言い、紙をくるりと筒状に丸めた。

「そうですね」

「なにか目的があるはずです」

「ええ」

「でも、ぼくには解釈できない」

「そうですね」

「あるいは、解釈がまちがってるのかもしれない」

「そうかもしれません」

「イライラしますよ」

「そうでしょうね」

ヤナはテーブルに戻ってブリーフケースとスケジュール帳をつかむと、ドアに向かって何歩か進んだ。

「検事さんはいいですよね。こんな謎に頭を悩ませなくてすむんだから」オーラが言う。

「それじゃ、また」とヤナは言い、あとずさるようにして部屋を出た。

廊下で小走りになる。ヒールが硬い床に当たってうるさく音をたてないよう、つま先立ちになって走った。とにかく一刻も早く警察署を離れたい。ここにいるのが居心地いいとはもう思えない。オーラに嘘をつくのも気詰まりだ。だが、しかたがなかった。エレベーターで地下駐車場に下りると、足早にコンクリート床を横切って自分の車に向かった。運転席に座ったとたん、携帯電話が鳴り出した。両親の自宅の番号とわかって、出たくない、と思った。が、六回目の呼び出し音が鳴るに至って、ヤナはしかたなく電話を耳に当てた。

「はい」

「ヤナ、元気？」

マルガレータ・ベルセリウスは少し気まずそうな声だった。

「元気よ、お母さん」

ヤナは車のエンジンをかけた。

「メーデーの夕食には来る？」

「うん」

「七時よ」

「わかってる」

サイドミラーを見やり、駐車スペースからバックを始めた。

「お肉のローストにするわ」

「いいわね」

「お父さんの好物だし」

「そうね」

「お父さんが、話があるって」

ヤナは驚いた。いつもと違う。車をとめる。電話の向こうで父が咳払いをしているのが聞こえた。

「進展はあったか?」父の声は低く、深い。

「かなり大がかりな捜査になってきてる」とヤナは答えた。

父は答えなかった。ただ電話の向こうで黙っていた。

ヤナも、なにも言わなかった。驚きに目を見開いていた。なにかが父を悩ませている。この沈黙でそれがわかる。

「そうか」やがて父が言った。

「うん」ヤナはゆっくりと答えた。

通話を終えると、電話をあごに当てて考え込んだ。父はなにを言いたかったのだろう?じゅうぶんな成果を挙げられていない? 不甲斐ない? このままでは失敗するぞ?

ヤナはため息をつき、電話を助手席に置いた。後ろのほうで地下駐車場に入ってきたワインレッドの小さな車には気づいていなかった。タイヤのきしる音と長いクラクションがいきなり聞こえた。そんなに長いこと鳴らさなくてもいいのに。車のドアについているボタンを押して窓を開け、後ろを振り返ると、フィアットの運転席にいるミア・ボランデルが見えた。怒っている。

ミアが勢いよく窓を開けた。

「そういう車だと、まわりが見えないんですか？」嚙みつくように言う。

「よく見えますけど」

「私が来たの、見えてなかったでしょ？」

「見えてましたよ」とヤナは嘘をつき、心の中で笑みを浮かべた。

ミアの顔つきにさっと影が差した。

「ならスピード上げればよかった。ぶつけたってあなたはお金には困らないんでしょうし」

ヤナは答えなかった。

「なかなかいい車じゃないですか。公用車ですか？」

「いいえ。私用車です」

「ずいぶん稼いでるんですね？」

「お給料はほかの検事と変わりません」

「車を見るかぎり、いい稼ぎなんでしょ」

「車からお給料の額は判断できませんよ。だれかの形見かもしれないし、もらいものかもしれない。借りものの可能性だってある」

ミア・ボランデルは大声で笑った。

「ええ、ええ、そうでしょうよ！」

「ミーティングはもう終わりましたよ。遅かったですね」

ミアはぐっと歯を食いしばった。それから窓を閉めようとしたが、閉まらなかった。窓を開閉するハンドルが動かなくなったのだ。彼女はさらに暗い顔つきになって、大声で悪態をつきながら、いまいましい窓のハンドルを力のかぎりに叩いた。それからアクセルを床まで踏み込み、タイヤをきしらせながらその場を去った。

ふたりが窓によじ登って中に入ったとき、男は眠っていた。ハデスが先に入り、少女があとに続いた。ふたりともなめらかに、静かに動いた。影のように。教えられたように。広いベッドの両側から忍び寄る。まず物音に耳を澄ませた。が、夜の静けさは揺るがなかった。少女が背中にくくりつけていたナイフをそっとはずし、ぐっと握りしめた。震えていない。ためらいもない。ハデスを見やる。瞳孔が開いている。鼻孔もだ。準備はできていた。あらかじめ決めておいた合図で、少女はさっと一歩前に進み、ベッドに上がって男ののどに完璧な切り込みを入れた。男はびくりと身体を震わせ、ぜいぜいとのどを鳴らし、嘔吐のような反応を示し、空気を得ようともがいた。

ハデスはじっと立ったまま、そのぎくしゃくとした動きを観察していた。しばらくのあいだ、男が死の恐怖とパニックに苦しむのを放っておいた。男の口が開いている。目がかっと見開かれている。男は片手を伸ばし、必死に助けを求めてきた。

が、ハデスはニヤリと笑っただけだった。やがて拳銃を構え、弾倉に入っている銃弾をすべて男に浴びせた。そうするべきではなかった。そういう命令ではなかった。ハデスは見張りをするだけのはずだった。少女を守るだけのはずだった。が、撃ってしまった。

少女はふたりのあいだで息絶えている男を見つめた。白いシーツに、血のしみがゆっくりと広がっていく。のどに入った切れ目から。胸、腹、額にあいた穴から。

ハデスが息をはずませている。そのまなざしは暗かった。

彼がしたことはまちがいだったと、少女にはわかっていた。ルールを破ったのだから。それでも少女はハデスに微笑みかけた。いい気分だったから。こうしてふたり、暗い寝室に立って互いを見つめていると、なにかもっと大きなものの一部になれたという、酔いしれるような幸福感に浸ることができた。いまのふたりは道具だった。長いあいだ、そのために訓練してきたのだ。

ついに道具になれた。

ふたりはいっしょに窓から出てライトバンに戻った。そこで女が待っていた。あいかわらず眉ひとつ動かさない。よくやった、と褒めてくれることもない。代わりにがらんとした車の後部スペースへふたりを乱暴に突っ込んだ。少女はすぐさま床に倒れた。ハデスは長い脚を前に伸ばして座り、天井を見据えていた。

女が車のドアを閉め、すぐに出発するよう運転手の男に命令した。

少女は前かがみになり、背中にくくりつけていた血まみれのナイフをはずした。ひざを立ててあごに近づけ、刃を眺めた。ぎらりと輝く表面についた赤いしみを、人差し指で何度か塗り込めるように撫でた。やり遂げた。初の任務が終わった。これから帰るのだ。家に。

そして、ご褒美に、あの白い粉をもらうのだ。

ヘンリック・レヴィーンとミア・ボランデルは急いで夕食をとるため、角のピザ店の前に車をとめた。ふたりとも夜遅くまで働く覚悟を決めている。ヘンリックはケバブ入りサラダを、ミアはカルツォーネを注文した。

「麻薬関係の抗争かもしれないってことですか？」ミアはそう尋ねつつ、ドレッシングの垂れるコールスローをほおばった。

「ああ」とヘンリックは答えた。「去年もクリンガでギャングの抗争があって、銃撃戦になって二人が怪我をしただろう。あれもどうやら、この街での麻薬取引の独占権を賭けて争ってたようだし」

「でも、ハンス・ユレーンのかかわりは？　まさか、ユレーンがギャングのリーダーだったとか？」とミアは言い、ヘンリックに答える間を与えず続けた。「私は違うと思いますよ。ギャング絡みの事件じゃないと思います。むしろ、だれかがユレーンを消したがってて、殺しを依頼したんじゃないでしょうか。だれかがあの男の子に殺させたんです」

ミアはフォークでコールスローを刺し、またもや大量にほおばった。

「ユレーンがあの男の子に殺されたってこと、おれはまだ信じられない」ヘンリックが言う。

「いつになったら信じるんですか？　手がかりからして、ユレーンを殺したのがあの子だってことは明らかですよ。どの手がかりを見ても」

「でも、子どもが殺しだなんて……そんな……」

　ヘンリックは黙り込んだ。

　ミアは彼を見つめた。

「子どもだって人を殺すことはあるでしょ。ちょっと失礼、これ、お代わりしてきます」

　ミアはきれいに平らげたコールスローの皿をヘンリックに向けてみせてから、立ち上がって冷蔵カウンターに向かい、たっぷり三人前のコールスローを皿に盛った。戻ってくる途中でもう、指でつまんで皿から直接食べていた。

　ヘンリックはテーブルの上に身を乗り出した。

「でも、だって、子どもにどうやって人殺しをさせるんだ？　だれが子どもに殺させたりするんだ？」

「いい質問ですね」とミアは言った。

　注文した食事が運ばれてきて、ふたりはしばらく無言で食べた。

「あるいは偶然なのかもしれない。三件のあいだにはまったく関係がないのかも」とヘンリックが言い、ナプキンで口元を拭った。

「そんな馬鹿な」ミアはかぶりを振り、最後に残ったハムの切れ端を食べきると、皿を自分から遠ざけた。「行きましょうか？」

「ああ。金を払わなきゃ」

「そうだ、しまった。財布、家に忘れてきちゃったんですよ。立てかえていただいてもいいですか？」

ミアはおもねるようににっこり笑ってみせた。

「もちろん」とヘンリックは言い、席を立った。

＊　＊　＊

土曜日の夜、時刻は十時で、グンナルはへとへとだった。オフィスに座って一連の殺人事件についてあれこれと考えをめぐらせ、この捜査を呪った。与えられた材料をどんなにこねくりまわしてみても、まったく嚙み合わない。ユレーン、身元のわからない少年、トーマス・リュドベリ。脅迫状、削除されていたファイル、文字と数字の組み合わせ。ヘロイン。少年のうなじに刻まれていた名前。

グンナルはため息をついた。

港の周辺で聞き込みを行ってみたが、興味深い情報がひとつ得られただけだった。昨日の五時ごろ、駐車場に暗い色の車があるのを見た目撃者がいたのだ。彼ははじめ、大きめの黒いBMWだった、と証言していたので、グンナルはすぐさま大がかりな調査を開始した。この町にある車の中で、BMW、とくに〝大きめ〟と分類できそうなXモデルに絞って調べた。が、そのあと目撃者が証言を翻し、ひょっとしたらベンツだったかも、いやランドローバーか、などと言い出したので、グンナルは調査を中断した。証言はさらに翻り、車は暗い色ではなかったということになったので、グンナルはこの証言そのものを無視することにした。ヘンリックに電話したところ、町の麻薬常習者たちに話を聞いてみても成果はなかったという。トーマス・リュドベリの妻からも話を聞いたが、捜査に役立ちそうな情報はなにも得られなかった。

いま、グンナルの受信メールボックスには、未返信のメールが四十二通入っている。携帯電話には留守番電話のメッセージが九件。すべて、捜査について質問をしたがっている――答えを欲しがっている記者たちからだ。できれば近いうちに。いや、すぐに。いますぐに。

グンナルは彼らに与える答えを持たず、連絡してきた連中を全員無視した。ふと、家に帰ろうか、と考えた。ソファーに寝転がって冷たいビールをあおるのも悪くなさそうだ。が、だれか話し相手がいたらもっといい。

椅子から立ち上がってオフィスの電気を消し、エレベーターまで歩きながら、アネリーに電話しようかと考えた。一階に着いてエレベーターのドアが開いたとき、彼はまだ携帯電話を手にためらっていた。アネリーに勘違いされるかもしれない。やり直す気になった、とか。またいっしょに住みたいと思っている、とか。

だめだ、だめだ。電話しないほうがいい。

携帯電話をポケットに戻す。それから四階のボタンを押してオフィスのある階に戻った。家に帰ったってなんの意味もないのだ。それなら仕事を続けたほうがいい。

廊下を歩いてオフィスにたどり着き、明かりをつけ、協力要請の手紙を書きはじめた。宛先は、欧州刑事警察機構《ユーロポール》だ。

四月二十二日、日曜日

ヤナ・ベルセリウスはベッドに仰向けの状態で目を覚ました。右手をきつく握りしめていて、すっかりこわばった指をそっと伸ばしはじめた。目を閉じ、力を抜こうとした。

夢が、いつもと違っていた。いままで見たことのなかったものが見えた。が、なんだったかは覚えていない。

手首からひじのほうまでずきずきと痛み、ヤナは指が手のひらを離れると、痛みをやわらげようと前腕を左手でぐっと押した。爪が手のひらの皮膚に食い込んだせいで傷になっている。親指のほうへ血が流れ、そのまま固まっていた。暗赤色の細いリボンのように見えた。

左手で前腕を押さえたまま、ベッドから起き上がる。バスルームに行き、水で血を洗い流した。背中が痒い。寝汗がそのまま乾いていて、肩越しに手を伸ばして掻くとぞくりと寒気がした。

外では風がうなり、雨が窓を鞭打っていた。何時だろうと考える。暗いせいで、まだ夜なのか、それとも早朝なのかわからない。

寝室に戻り、ベッドの縁に座った。

掛け布団はいつものとおり、どさりと床に落ちていた。そちらへ手を伸ばしながら、もう一度、夢のどこがいつもと違ったのだろう、と記憶をたどった。

横になり、目を閉じる。映像はすぐに戻ってきた。顔。傷痕のある顔、怒鳴りつけてくる声。男が自分をつかんで離さない。殴りかかってくる。蹴りつけてくる。また怒鳴る。男は彼女の首をつかんでいた。空気が入ってこない。身を振りほどこうとした。息ができるように。生き延びるために。男はそんな彼女をあざ笑った。が、彼女はあきらめなかった。考えていることはひとつだけだった。けっしてあきらめないこと。目の前が暗くなりかけたとき、あるものが目に入った。それまではそこになかったはずのもの。

ペンダント。

きらきらと輝くペンダントがそばにある。彼女はそちらへ手を伸ばした。なにか書いてある。

名前。

ママ。

そして、目の前が暗くなった。

ヤナは身体を起こし、ナイトテーブルにしまってあったノートをすぐさま出した。力まかせに全部引っ張り出して、ベッドの上にぶちまけた。そして最初から最後までページをめくり、そこからまた最初に戻ることを繰り返して、ペンダントについてのメモや絵を探したが、見つからない。そこで、久しくしていなかったことをした。

なにも書かれていないページを開き、ペンを握って、絵を描きはじめたのだ。

＊＊＊

ヘンリック・レヴィーンは夜中ほぼずっと起きたまま、捜査についてあれこれ考えていた。時計が六時を指したところで起き上がり、コーヒーをいれて、スライスしたバナナとフィールミョルクを皿に盛って食べた。調理台と食卓を二度拭き、歯を磨いてから、エマを起こして、今日も休日出勤しなければならないと告げた。玄関扉を開けたとき、子どもたちが起き出したのが聞こえた。これ以上がっかりした顔を見たくないので、あわてて外に出た。

これからたどろうと思っているのは――そのせいで未明まで考え込んでいたのだが――港で鑑識官たちが見つけた麻薬の線だ。港でもっと大規模な捜索をしなければ、と考える。港湾運営会社の職員への聞き込みもすぐに必要だろう。

寒さに震えつつ、手袋をしていない両手を冷たいハンドルに置いた。イグニッションキーを回したとたん、ＣＤプレーヤーが最大音量で動き出した。マルクーリオ（一九七五年～。歌手、タレント）が楽しそうな声でプーケットについて歌っている。常夏、最高。タイ、タイ、タイ、と合いの手が入る。

すぐさまプレーヤーを切り、車庫の前からバックで車を出した。

静けさの中で、昨晩のことを思い返した。ミアとともに、警察が把握しているヘロイン常習者何人かに接触した。かつて麻薬関係の捜査で、未成年の密売人の逮捕につながる重要な情報を提供してくれた男とも、話をすることができた。今回もこの男が口を割ってくれることをヘンリックは願っていた。が、この男も、ほかに話を聞いた連中も、みんなほとんどしゃべらなかった。

「なにか知ってるんなら吐きなさいよ」ミアが男から三センチのところまで顔を近づけて言った。

そして、捜査の役に立つ情報をくれなかったらどんな結果が待っているか、いろいろと恐ろしいことを言って脅しはじめた。

ヘンリックはミアの腕をつかんで椅子に座らせた。それでやっと彼女は落ち着いた。

なによりも欲しかったのは名前だった。だが、やはり警察に情報を漏らすというのは、裏社会では死ぬも同然の行為なのだ。

赤信号で車をとめたヘンリックはふと、捜査線上に上がってきた銃の調査にもっと力を注ぐべきかもしれない、と考えた。グロックと、二二口径のシグ・ザウエル。それに、自動交通取締局に電話して、ヴィッドヴィーケンでひょっとすると監視カメラがとらえたかもしれない例の車を、急いで特定してくれるようあらためて頼まなければ。

ヘンリックはエネルギーが湧いてくるのを感じた。今日はたくさん成果を挙げられるといいのだが。

警察署の地下駐車場で車を降りたとき、時刻は七時半だった。

グンナルのオフィスの明かりがついている。本人がパソコンに向かい、熱心にキーボードを叩いているのがほどなく見えてきた。

「やっぱりよく眠れませんでした？」ヘンリックは尋ねた。

「そんなことはない。ただ、共用オフィスのソファーだと狭くてな」グンナルは画面から目を離さずに答えた。

ヘンリックは笑みを浮かべた。

「資料を見直そうと思って。この事件、さっぱりわけがわかりません」

グンナルは椅子をくるりと回転させ、ヘンリックを見た。

「ああ、隅から隅まで見直してくれ。おれは好奇心たっぷりな記者たちからのメールを広報に転送してる。あと二十二通だ」

グンナルは椅子を回して元に戻り、キーを叩きつづけた。

ヘンリックは会議室に行き、天井の蛍光灯をつけて、閑散としたロータリー交差点を見下ろした。ノルシェーピンはまだ目覚めていなかった。

ハンス・ユレーン、うなじにタナトスと刻まれていた身元不明の少年、トーマス・リュドベリの各事件の資料をまとめたフォルダーを置き、テーブルに向かって腰を下ろした。

トーマス・リュドベリに関するフォルダーにはいまのところ、昨日アネリーが殺害現場で撮った三十枚ほどの写真を除けば、めぼしいものは入っていない。

写真のうち最後の四枚は、リュドベリの職場の周辺、屋外で撮ったものだった。ぼんやりと眺めていると、疲れが忍び寄ってくるのを感じた。

フォルダーをぱたんと閉じ、そわそわとキッチンに向かって、大きなグラスに水を注いで飲んだ。空のグラスを手に持ったまま立ちつくした。そのとき、不意に気づいた。いま見た写真に、なにかが写っていた。なにか重要なものが。

背筋がぞくりとした。グラスをドンと流し台に置き、急いで会議室に戻った。

たどり着くなりリュドベリ関係のフォルダーを開き、あらためて写真に目を通した。一枚ずつ、じっくりと。自分はいったい、なにに気づいたのだろう？

あきらめかけたところで、最後の写真に行き着いた。現場全体をとらえた写真で、アネリーはおそらく床にひざをついて撮ったのだろう。作業中の鑑識官たちを広角レンズでとらえた背景に、開いた扉があり、その向こうにコンテナヤードが見えた。さまざまな色のコンテナが並んでいた。

コンテナに書いてある文字を読もうとしたが、肉眼では読めなかった。そこでさっと立ち上がり、廊下に駆け出して、グンナルのオフィスの前で立ち止まった。

「ルーペありますか？」

「いや。アネリーの部屋を見てみろ」

アネリーのオフィスはきれいに片付いていて、あらゆるものが定位置に置かれていた。

ヘンリックは机のひきだしをひとつずつ開けた。いちばん下のひきだしにルーペを見つけ、小走りで会議室に戻った。

ルーペを使って写真の細部に目を凝らす。カメラから距離がありすぎるため確信は持てないが、コンテナのひとつに文字や数字が記されている。

すぐさまハンス・ユレーンについてのフォルダーを開き、十通りの文字と数字の組み合わせを記したリストを出した。そして、比べてみた。たちまち震えがきた。

文字と数字の数がぴたりと一致していたのだ。

＊　＊　＊

十時四十五分、ヘンリック・レヴィーンとグンナル・エルンは港に行くため車に乗った。港湾運営会社の社長と待ち合わせして、コンテナヤードを案内してもらうことになっている。

ハンドルを切って駐車場に入ると、背の低い男性がふたりを待っていた。青いチェックのシャツを着て、薄い色のジーンズをはき、黒縁の細い眼鏡をかけている。髪も眉も赤みがかっていた。彼はにっこりと微笑み、港湾運営会社の社長ライネル・グスタフソンと名乗った。ふたりにコーヒーをすすめたが、ヘンリックは礼儀正しく断り、代わりにすぐコンテナのあるエリアへ行きたいのだが、と告げた。ライネル・グスタフソンは先頭に立って歩き出した。

大きな船が停泊していて、船積みの作業がせわしなく進んでいた。コンテナが次々と船に積まれていく。金属がぶつかり合い、クレーンが移動し、トラックが果てしなく長い列を成している。甲板には、社章のついた紺色のツナギ姿の船員が何人もいて、全員が安全ヘルメットをかぶっていた。コンテナがしっかり固定されたかどうか、ふたりがかりで確かめている。スチールのワイヤーに触れ、ときおり片方がスパナを出して締めていた。

ヘンリックはコンテナが五段重ねに積み上がっている船体を見上げた。

「船積みには人員も時間もたくさん要ります」とライネルが言った。「しかもスピードが大事です。なにかミスがあって船が遅れたら、その分たちまち金が飛んでいきますからね。運送業界では効率性がすべてなんです」

「コンテナというのは、一隻にいくつぐらい載るものなんですか？」ヘンリックが尋ねた。

「いちばん大型の船だと六千六百個は載せられます。コンテナひとつ当たり一分遅れたら、百時間以上遅刻することになるわけです。ですから船積みというのはとても重要な作業で、この港ではここ数年、物流改善のために大がかりな投資をしてきました。そのおかげで、通知から船卸し、検査、見積もり、修理、船積みに至るまで、すべてを扱う包括的なシステムができあがっています。新しいガントリークレーンを二台入れたおかげで、以前よりも大きなコンテナ船に対応できるようにもなりました」

「どういった品を扱ってるんですか？」グンナルが尋ねる。

「ありとあらゆるものですよ。このコンテナ港には、合計で八万平方メートルに及ぶコンテナヤードがあります」

ライネルはそう言ったとき、誇らしげに胸を張っていた。

「中身はどうやってチェックしてるんですか？」グンナルが言う。

「それは税関の仕事です。でも、だれが荷物の責任を負うのか判断しにくいケースも、ときおりありますね」

ライネルは立ち止まってふたりを見やった。

「これまでの年月、取り締まりは何度も行われて、市や自然保護局が貨物の入ったコンテナをのぞき込んでは、中身を突き止めようとしているんですが」

ライネルは深く息をつき、少し声を落とした。

「わりに最近の話ですが、ナイジェリア人の三人組が、解体された廃車をコンテナに詰めていたことがありました。ここからナイジェリアに送ろうとしていたんです。価値のある品だと考えたわけですね。ここではゴミ扱いですが、あちらでは使えることもあるんでしょう。ですが、必要書類がなかった。結局、その件は県庁の担当になって、コンテナの中身は評定のため全部出すことになりました。一部の部品は有害廃棄物とみなされて押収されました。あのコンテナがそのあとどうなったのかは知りません」

ライネルはまた歩き出した。

ヘンリックとグンナルは彼に追いつき、その両側を歩いた。

「しかし、中身を出さなきゃならなくなることは、どのくらい頻繁にあるんですか？」ヘンリックが尋ねる。

「めったにありませんよ。貨物輸送は税関の手続きを通じて管理されています。売主には輸出品を申告する義務があり、買主には輸入を申告する義務がある。海運の世界はルールが多いんです。ところがたまに、契約当事者たちが相手国で輸出入に課される条件を知らないことがある。そうなると問題が起こることもありますね」

「たとえばどんな?」グンナルが尋ねる。

「保険をだれが払うのか、品物に関するリスクがいつ売主から買主に移るのか、などといったことで混乱するんです。国際ルールの枠組みはありますが、それでも責任の所在について揉めることはあります」ライネルはそう言うと、両手を広げてみせた。「さあ、着きましたよ」

コンテナがいくつも、まるで巨大な金属製の積み木のように高々と重なっている。右側には、重なったオレンジ色のコンテナが三つ。そのとなりにも三つ重ねてある。錆びた灰色のコンテナで、側面にハパックロイドという社名が記されていた。五十メートル離れたところに、さらに四十六個コンテナがあった。青、茶色、灰色がまざっている。

三人のあいだのすき間を風が抜けていき、かすかにひゅうと音をたてた。地面は濡れている。雲は不穏な暗さだ。

「貨物はどこから来るんですか?」ヘンリックが尋ねた。

「主にストックホルムやメーラレン湖周辺です。フィンランドやノルウェー、バルト三国からも。あとはもちろん、ハンブルクですね。外国から来る貨物のほとんどは、あそこで積み替えられてからうちに来ます」とライネルは答えた。

「トーマス・リュドベリが殺された現場で、麻薬の入った袋がいくつも見つかりました。これについてはなにかご存じで？」

「なにも知りません」

「この港で麻薬取引が行われていたことは、まったくご存じなかったわけですね？」

「そのとおりです」

ライネルは即答し、自分の靴を見下ろして足踏みをした。

「もちろん、あり得ないとは申しません。ただ、その種の大がかりな取引が行われていたとしたら、われわれも気づいたと思うんですが」

「ほかに違法な取引が行われたことは？　酒とか」

「いまはもうありません。最近は船上での飲酒を禁止している船も多いですし」

「昔はあったんですね？」

答えが返ってくるまでに少し間があった。

「バルト三国からの船で問題が起きたことはあります。密輸された酒の売買などですが。若者が船から直接ウォッカを買っているところをつかまえたこともありますよ」

「しかし、最近そうした取引が発覚したことはないんですね？」

「ありません。ですが、百パーセント防ぐのは難しいんですよ。計六千メートルもの長さの埠頭を見張らなければならなくなりますが、港を見張るためだけに人を雇うことはできない。そんな資金はないんです」

「ということは、麻薬の取引が行われていても不思議はない、と」

「ええ、さきほども申し上げたとおり、あり得ないと断言することはできません」

ヘンリックは青いコンテナに近寄り、幅の広いほうの側面をじっと観察した。波打つ金属に沿って水滴が垂れている。そのままコンテナに沿って歩き、扉になっている面にたどり着いた。亜鉛メッキを施した施錠用の金具が四本、上から下まで伸びていて、中央のボックス内に頑丈な南京錠が隠れている。右側の扉に数字や文字が並んでいた。

こういう組み合わせには見覚えがある、とすぐに思った。

「移民局の主任だったハンス・ユレーンがこの港にいたとわかったんですが」グンナルが言う。

「そうなんですか?」

「どんな用件だったか見当はつきますか?」

「いいえ、わかりません。まったく」

「ここでだれかと会っていた、というようなことは?」

「それはつまり、ここのだれかと関係していた、という意味ですか?」

「いや、どういう意味でもありません。ユレーンがここでなにをしていたのか突き止めようとしてるだけです。じゃあ、ユレーンがここの職員と知り合いだったかどうかはご存じないんですね?」

「ええ、知りません。ですが、もちろん可能性はありますよね」

「ハンス・ユレーンのパソコンから、文字と数字の組み合わせが十通り見つかりました。ちょうどこんな感じの組み合わせです」

ヘンリックがコンテナの扉を指差し、次いでポケットから文字と数字の組み合わせのリストを出した。「これ、どういう意味か教えていただけますか?」

ライネルはリストを受け取ると、眼鏡を鼻のつけ根まで押し上げた。

「ええ、コンテナ番号ですね。これで識別するんです」

＊　＊　＊

ヤナ・ベルセリウスはトーマス・リュドベリの携帯電話を、脱脂洗浄剤と雑巾を使っててていねいに拭いてから、容量三リットルのビニール袋に入れてテーブルに置いた。この電話をどうやって処分するか、考えをめぐらせる。まず考えたのは燃やすことだった。が、どこで燃やせばいい?　マンションの中でやったら火災報知器が作動するだろうし、たとえバッテリーをはずしたとしても、やはり建物全体に煙のにおいが広がるだろう。次に考えたのは、川に投げ捨てて、底に沈ませてしまうことだった。たぶん、それがいちばんいい。ただ、だれにも姿を見られない場所で捨てなければならない。ノルシェーピンを貫いて流れるモータラ川沿いで、水辺まで行けそうな場所を頭の中で思い浮かべる。だが、人のいない、ちょうどいい場所は、ひとつも思いつかなかった。

一時間にわたって考えた結果、やはり川沿いで人目につかない場所を探そう、と決めた。

携帯電話の入ったビニール袋をハンドバッグに入れ、マンションを出た。

＊　＊　＊

グンナル・エルンとヘンリック・レヴィーンは港湾事務所で腰を下ろし、パソコンのキーを叩くライネル・グスタフソンをじっと観察している。さきほどあわただしくコンテナヤードを去り、ここに来た。

「これでよし。さあ、どうぞ」とライネルが言い、前髪の下、眼鏡の奥からふたりに視線を向けた。

赤毛の眉が数センチ上がり、額にしわが寄った。

ヘンリックは紙を広げると、リストに載っている一つ目の組み合わせを読み上げた。

「ＶＰＸＯ」

「そのあとは？」

「４１０００９」

ライネルがキーを叩く。

インターネットを使った海運コンテナの国際登録簿を検索しているあいだ、パソコンが軽くうなった。検索は一分弱で終わったが、ヘンリックには永遠のように感じられた。

「ほう。このコンテナは、もうシステムにないようですね。処分されたんでしょう。次のを調べましょうか？」ライネルが言う。

ヘンリックは椅子に座り直し、言った。

「CPCU106130」

ライネルがまたキーを叩いた。

「ああ、これもないようです。次は？」

「BXCU820339」

「これもだ、システムによれば、使われていない、と。おそらくどれも処分済みでしょう」

ヘンリックは少々落胆した。決定的な手がかりを手に入れたと思ったら、また振り出しに逆戻りだ。

グンナルが鼻をこすった。苛立っているのがありありとわかった。

「しかしな、処分されたコンテナのリストがハンス・ユレーンのパソコンに入ってるなんて、偶然とは考えにくいだろう。関心があったはずなんだ。いったいなぜだ？」

ヘンリックはうなずいた。彼も同じことを考えていた。

「コンテナの出所はわかるんですか？」と尋ねる。

「ええ、見てみましょうか。これはチリから来てますね。ほかのふたつは……ああ、どちらもチリからです」ライネルが答える。

「処分はだれがするんですか？」グンナルが尋ねた。

「コンテナの持ち主である企業がやりますよ。このコンテナの場合はシー・アンド・エア・

ロジスティクス、ＳＡＬという会社です」

「ほかのコンテナも、出所を調べていただけませんか？　持ち主も」

ヘンリックは組み合わせのリストを机の上に置いた。

ライネルは四つ目の組み合わせを検索し、メモを取った。五つ目でも同じことをした。六つ目でも。

十番目、最後の組み合わせの検索が終わると、パターンがはっきりと見えてきた。

どのコンテナも、チリが出所だったのだ。

「とまって！」女が叫んだ。

「いま？」運転手の男が尋ねる。

「そうよ、いますぐ！　とまって！」女はまた叫んだ。

「けど、目的地はまだずっと先だぞ。ここじゃなくて……」

「黙りなさい」女が男をさえぎった。「これは私の役目だから、どこでやるかも私が決める。あんたでも、あの人でもなく」

男はブレーキをかけ、ライトバンをとめた。

なにかがおかしい、と少女はたちまち悟った。ハデスも反応し、背筋を伸ばした。

女が少女をにらみつける。

「ナイフを渡しなさい」

少女はすぐに従い、ナイフを手渡した。

「拳銃も。渡しなさい！」

ハデスは少女を見やり、拳銃を女に差し出した。女はハデスの手から銃を引ったくり、弾倉を調べた。

中は空だった。

「撃つなと言ったのに」女が険しい声で言う。

ハデスは頭を垂れた。

女は荷物スペース前方の隅に置いてあった箱を開け、銃弾の詰まった弾倉をひとつ出すと、拳銃に入れた。それからスライドをできるかぎり後ろまで引くと、手を離し、銃を少女に向けた。

「外に出なさい」

あたりは森で、静けさがまるで蓋のように覆いかぶさっていた。夜更けが朝になりつつあり、針葉樹のあいだから夜明けの光が差し込みはじめている。女は少女の背に拳銃を押しつけ、少女を前へ突き飛ばした。ハデスがその前を歩いた。頭を垂れている。なにか悪いことをして、恥じ入っているかのように。

彼らの歩いている小道は狭く、少女はときおりやわらかい地面から突き出た木の根に足をとられてつまずいた。木の枝に腕を引っ掻かれ、薄い木綿のシャツが濡れた。森の奥に入ればいるほど、ライトバンのヘッドライトが弱まっていった。

百五十二、と少女は頭の中で数え、歩数を覚えておこうとした。やがて谷間が近づいてきた。

木々の生い茂る森が、三人の前でふっと開けた。

「そのまま歩きなさい」女は少女の肩甲骨のあいだに銃をぐっと押しつけた。「止まるんじゃない！」

んだ。三人は谷を下りていった。大きく広がった枝を押しのけるため、両手で前を探りながら進んだ。

「止まりなさい」と女が言い、少女の腕をがしりとつかんだ。

ハデスのいるところまで少女を連れていき、ふたりを並んで立たせた。容赦のない手つきでふたりをむりやり近づけた。最後にふたりを一瞥してから、その背後に消えた。

「あんたたち、自分たちは不死身だと思ってたでしょ？」

吐き捨てるような言い方だった。

「大まちがいもいいところよ。言っておくけど、あんたたちはくだらない雑魚《ざこ》なの。価値のない虫けら！　だれも欲しがらない。だれもかかわりたがらない！　わかる？　パパだって、あんたたちのことなんか気にかけてないのよ。人を殺すために要るだけなの。わからなかった？」

少女はハデスを見やった。パニックに陥った少女の視線を、ハデスも受け止めた。

お願い、笑って、と少女は思った。笑って、これはただの夢だって言って。あのえくぼを見せて。笑って。笑ってくれるだけでいいから！

が、ハデスは笑わなかった。代わりに、まばたきをした。

一、二、三。ハデスがまぶたで合図する。一、二、三。

少女はハデスの意図を察し、まばたきを返した。わかった、というしるしに。

「もちろん、わからなかったわよね。頭が働かなくなってるから。洗脳されてるから。でも、女はつばを吐くような勢いでそう言った。

「もう終わりよ、この出来損ない！」

ハデスがまたまばたきをする。さきほどよりも力を込めて。一、二、三。

そして、もう一度。最後に。一。二。三！

ふたりは向きを変えて飛びかかった。ハデスが女の腕をつかんでひねり、拳銃を手放させようとした。女は不意をつかれて本能的に引き金を引いた。銃声が響いた。木々のあいだで反響した。

が、女はそれ以上ハデスの力に逆らえず、後ろへ腕をひねり上げられて、痛みに悲鳴をあげた。

少女が拳銃をつかみ、すぐさま女に向けた。そのとき、不意にハデスが草の上にくずおれるのが見えた。銃弾が当たったのだ。

「拳銃を渡しなさい」女がかすれ声で言う。

少女の両手が震えた。草の上で動かなくなったハデスを見つめる。のどをさらして、息をはずませている。

「ハデス！」

ハデスはゆっくりと少女のほうを向き、目を合わせて、ささやいた。

「逃げろ」

「さっさと拳銃を渡しなさい！」女が叫ぶ。

「逃げろ、ケール」ハデスがまたささやき、激しく咳き込んだ。「逃げろ！」

少女は何歩かあとずさった。

「ハデス……」

わけがわからない。逃げられるわけがない。ハデスを置いていくなんて。

「逃げろ！」

そのとき、見えた。

ハデスの笑顔。

満面の笑みだった。それで、少女はすぐに悟った。逃げなければならないと。

だから、きびすを返して、走り出した。

ヤナ・ベルセリウスはもう三十分以上、モータラ川に沿って車を走らせているが、よさそうな場所はひとつも見つからなかった。候補に挙げていた場所はどこも人がいた。そんなところにつかつか出ていって、いきなり携帯電話を川に投げ捨てたら、ひどく怪しまれたことだろう。

レオナルズベリ通りの駐車スペースに車を入れ、エンジンを切った。いったいどうやってこの携帯電話を処分すればいいのか。もどかしさが身体の中でふくらんで、ついには外へ流れ出した。ハンドルを殴りつける。もう一度。両手で。

強く。

さらに強く。

それからヘッドレストに頭をあずけ、息を整えた。車のドアにひじをついて、右手の指の付け根を口に当てた。長いあいだ、そうして座ったまま、味気ない景色を眺めていた。なにもかもが灰色だ。つまらない。木々には葉がなく、最近まで積もっていた雪も融けて、地面は茶色になっている。空も、道路のアスファルトと似たりよったりの暗い灰色だ。

そうしているうちに、頭の中でひとつの考えが形を成しはじめた。ヤナはバッグを開け、携帯電話の入ったビニール袋を出した。どうしてもっと早く思いつかなかったのだろう！

座席の上で背筋を伸ばし、バッグのとなりに電話を置く。ショートメールの宛先は移民局の番号だった。そこまではわかっていた。が、その番号にわざわざかけてみようとは考えていなかった——いままでは。

車のエンジンをかける。かならず電話をかけようと思う。が、そのためには、プリペイドカードを買わなければならない。

急いで駐車スペースを出ると、手近なガソリンスタンドをめざして走り出した。

＊＊＊

ミア・ボランデルはヘンリック・レヴィーンのオフィスで、椅子をぐらぐらと揺らしながら座っている。親指の爪を噛みつつ、文字と数字の組み合わせを記したリストを読んだ。グンナルが部屋の中央に立っている。ヘンリックは机に向かっている。

「SAL社は、コンテナを中国の上海で製造してますね」ヘンリックはそう言うと、デスクマットを机の端にぴたりと揃えた。「この会社が、ユレーンのリストに載ってる最初の三つのコンテナの持ち主です。いや、持ち主だった、と言うべきか。どれも処分済みなので」

「ほかのコンテナは？」ミアが尋ねる。

「四つはSPL貨物、残る三つはオンボーデックス社の所有だった」グンナルが答えた。

「妙なのは、どれも処分済みだってことだ。コンテナの中身がなんだったのか調べなきゃならんな。ヘンリック、SALを頼む。ミアがSPL、おれがオンボーデックス社の担当だ。日曜日なのはわかっているが、だれかしらつかまるだろう。どうしてハンス・ユレーンが処分済みコンテナの番号なんかパソコンに入れていたのか、なんとしても突き止めなければ」

グンナルは断固たる足取りでヘンリックのオフィスを出ていった。

ミアが難儀そうに立ち上がり、足を引きずるようにして部屋を出ていく。ヘンリックはため息をつき、彼女を追い立てたいという衝動をなんとか抑えた。

オフィスの固定電話をデスクマットの中央に置き、SAL社のストックホルムの番号にかけた。自動的に外国にある交換台につながり、機械的な声が英語で、電話がつながるまでの待ち時間は五分ほどです、と知らせてきた。ヘンリックは机の反対側に手を伸ばすと、黒い金属の網のペン立てからペンを一本引っ張り出し、デスクマットの上でくるくる回しながら待った。待ち時間は徐々に短くなり、ついに男性のオペレーターがドイツ語訛りの英語で応答した。

ヘンリックはかなりぎこちない英語で用件を説明した。ストックホルムにいるという、間延びしたような声の女性事務員に電話がつながった。

ヘンリックは手短に自己紹介すると、前置きもなく切り出した。

「おたくが所有してたらしいコンテナについてお聞きしたいんですが」

「識別番号はわかりますか？」

ヘンリックは文字と数字の組み合わせをゆっくりと読み上げた。電話の向こうで、女性がそれをパソコンに入力しているのがわかった。

やがて静かになった。

「もしもし？」ヘンリックが言う。

「はい、もしもし」

「切られたのかと思いました」

「いえ、システムの回答を待ってるだけです」

「コンテナをすでに処分なさったことは知ってるんですが、中身がどういうものだったのか知りたいんです」

「ええと、こちらで見たかぎり、処分されたわけではないみたいですけど」

「処分されたわけではない？」

「ええ、当社のシステムにはデータがありません」

「どういう意味ですか？」

「行方不明ということです」

「三つとも？」

「ええ、三つとも。消えてしまってますね」

ヘンリックはすぐさま立ち上がり、壁紙をまっすぐに見つめた。

思考が渦巻く。

舌を嚙みそうになりながら礼を言って電話を切った。オフィスを出ると、大股五歩でミアのオフィスに駆け込んだ。

彼女はちょうど受話器を置いたところだった。

「変ですね。ＳＰＬ社の話では、問題のコンテナをそもそも受け取ってないそうですよ。跡形もなく消えてしまったみたいだって」

ヘンリックはすぐにグンナルのオフィスへ走った。入口で彼とぶつかりそうになった。

「あのな」グンナルが口を開く。

「言わなくてけっこうです」とヘンリックは言った。「コンテナは行方不明。違いますか？」

「ああ。どうして知ってるんだ？」

＊　＊　＊

プリペイドＳＩＭカードは五十クローナだった。ヤナ・ベルセリウスはぴったり現金で払い、店員が差し出してきたレシートは断った。売店は狭く、出るときにはチューインガムの棚にぶつからないよう、横向きに歩かなければならなかった。

購入場所は慎重に選んだ。ガソリンスタンドの売店に行こうとはじめは思ったが、考えを変えた。ガソリンスタンドには監視カメラがある。買っているところを撮られる危険は冒したくない。とにかく人目につかないよう行動しなければ。

車に戻ると、手袋をはめてプリペイドＳＩＭカードのパッケージを開け、トーマス・リュドベリの携帯電話にセットした。電源を入れると、しばらく電話を手に持ってじっとしていたが、やがてメールの送信先である番号にかけた。呼び出し音が鳴るのを待つ。相手は出ないだろうという気がした。電話の電源が入っていないとか、週末だからとか、番号がもう使われていないとか、そういう理由で。

一つ目の呼び出し音が耳に届いて、ヤナは心の底から驚いた。心臓が高鳴りはじめた。片方の手をハンドルに置き、ぐっと握りしめた。不意に応答があった。声が名を名乗った。

その名に、ヤナはぎょっとした。

＊　＊　＊

ヘンリック・レヴィーンのオフィスの気温は何度か上がっていた。グンナル・エルンはひざの上にひじを立てて座り、紙を一枚手にしている。

ミア・ボランデルは壁にもたれて立ち、ヘンリック・レヴィーンは自分の椅子に座って脚を組んでいた。

「つまり、どの会社も問題のコンテナを受け取ってない、と。全部行方不明ってことですか?」ミアが言う。

「ああ」とヘンリックが答えた。「もっとも、それ自体はめずらしいことじゃない。時化《しけ》で海運コンテナが海に落ちることはある。船員がコンテナをきちんと固定していなかったり、荷積みの時点で手を抜いたりしていたら、その危険はもっと高まる」

「行方不明になるコンテナは、毎年かなりの数にのぼるらしい。正確な数を出すのは難しいが、少なくとも二千、多ければ一万にのぼるそうだ」グンナルが言った。

「それはずいぶんと幅のある数字ですね」ミアが言う。

「そうだな」ヘンリックも認めた。

「会社のほうも、べつになんとも思っていないようだった」グンナルが言う。

「ええ、よくあることみたいですから」とヘンリック。

「ちゃんと保険もかけてるんでしょうし」とミアが言った。

しばらく室内が静かになった。

「要するに、おれたちが捜してるこれらのコンテナが海底に沈んでるとしても、それ自体はべつにおかしくないわけですね」ヘンリックが言った。「おかしいのは、そのコンテナの番号を、ハンス・ユレーンが自分のパソコンに残してたってことだ」

「コンテナの中身はなんだったんですか？　なにかしら運んでたんですよね」ミアが言う。

「それも、だれにもわからない」ヘンリックが答えた。「わかってるのは、どれもチリからハンブルク経由でやってきて、ここノルシェーピンで積み替えられて、チリ宛に送り返された、ってことだけだ。が、結局チリには着かなかった。大西洋のどこかで消えてしまった」

「海底には価値のあるものがたくさん眠ってるってことですか？　ダイバーになろうかな」ミアが言った。

「リストに挙がってる最初のコンテナは、一九八九年に行方不明として登録されてる」ヘンリックが言った。「その次のふたつはそれぞれ、一九九〇年と一九九二年。最後のコンテナが消えたのはいまから一年前だ。なぜハンス・ユレーンはほかでもないこれらのコンテナの識別番号をパソコンに残してたんだろう？」

ヘンリックは脚を組み替え、そっとため息をついた。

ミアが、お手上げ、というように肩をすくめる。グンナルは頭を掻いた。そのとき、部屋の入口にオーラが現れた。ドアに貼ってある絵にもたれかかったので、体重で絵が引っ張られてテープが取れ、床に落ちた。

「すみません」オーラがそう言って絵を拾い上げる。

「いいよ」ヘンリックはそれを受け取った。

「かわいいお化けですね」

「息子がちょうどいま、そういう厄介な歳ごろでね。お化けの話ばっかりだ」

ヘンリックは机に絵を置き、考えごとに戻った。

「お化けですか？」ミアが言う。

「うん。お化けの夢を見たり、お化けの絵を描いたり、お化けの映画を見たり」

「ええと、そうじゃなくて……幽霊！　ユセフ・アブルハムの事情聴取をしたとき、あの人、幽霊コンテナがどうとか言ってませんでした？」

「ああ」ヘンリックが答えた。

「難民が途中で亡くなるって。みんな死んでしまうこともあるって」

「けど、リストに挙がってるコンテナは、スウェーデンを去る途中で消えたんだよ。スウェーデンに来る途中じゃない。難民と関係があるとは思えない」

「確かに」

「じゃあ、ほかに考えられる中身は？」オーラが言う。

「突き止めるのは不可能に近いな」ヘンリックが答えた。

「空っぽだったのかも」

「それは考えにくいんじゃないか。どうしてハンス・ユレーンが、何年も前に消えた、しかも空っぽだったコンテナ十個の情報なんか持ってるんだ？」

ヘンリックはそう言うと、椅子からさっと立ち上がって続けた。

「ところで、ユレーンはそのファイルを殺された日に削除したんだよな。その日の夜に。そうだろう、オーラ？」

「ええ。十八時三十五分に」

「ちょっと待てよ……ユレーンがピザを取りに行ったのはいつだ？」

「十八時四十分ですね。ぼくの記憶が正しければ」

「移民局からそのピザ店までの距離は？」

ミアが携帯電話を引っ張り出し、地図アプリに住所を入力した。

「車で八分かかるそうです」

「車に乗ってから八分だろう?」

「そうですね……」

ヘンリックは全員の視線を受け止め、眉をつり上げた。

「ということは、ユレーンがたったの五分で、移民局のオフィスから駐車場に下りていって、車に乗って、ピザ店に向かって、駐車して、車を降りたとは考えにくい。そう思わないか?」

「ええ」ミアが言う。

「つまり、だれかべつの人間がファイルを削除したんだ」

＊　＊　＊

「どうしていままで気づかなかったのかわからないんですけどね。とにかく、ハンス・ユレーン自身がパソコンからファイルを削除した可能性はない、とはっきりしたんですよ」ヘンリック・レヴィーンが言う。

ヤナ・ベルセリウスはヘンリックからの電話に出てしまったことを後悔していた。電話の向こうで、彼はずっと同じ話を繰り返しているのだ。

「ユレーンが死んだのは夜の七時から八時のあいだでしょう。ファイルが削除されたのは六時半をまわったころです。だれかべつの人間がやったんです」

「そうなりますね」

「だれなのかを突き止めなきゃならない」

「そうですね」

ヤナはしばらく黙っていたが、やがて続けた。

「日曜日に移民局で働いていたという、若い警備員さん……あの人にまた電話したらどうですか。その時間帯に、建物の中でだれかほかの人を見かけなかったかどうか、聞いてみてください。それじゃ、失礼します。忙しいので」

「わかりました」とヘンリックは答えた。「報告しておきたかっただけです」

ヤナは電話を切り、車を降りた。かなり離れたところに駐車している。目的地である連棟住宅を遠くから眺めた。

街灯のそばをできるだけ避け、足早に通りを進んだ。ときおり後ろを振り返って、だれにも見られていないことを確かめた。

窓を観察してみるが、どのカーテンも動かない。暗闇のおかげで、だれにも気づかれずに白塗りの塀を抜けて敷地に入ることができた。外にある郵便箱は緑色だった。二十一という番地がそこに記されていた。名前も。

レーナ・ヴィークストレム。

＊　＊　＊

ミア・ボランデルは、職場のキッチンのフルーツボウルに入っていたみずみずしい洋梨に、がぶりと音をたててかじりついた。朝からろくな食事をしていない。たぶん今日はもう食べものなど手に入らないだろう。さきほど冷蔵庫を開け、チューブ入りの魚卵ペーストで満腹になれるだろうか、と考えたところだ。それか、ボウル一杯のケチャップ。あるいは両方を混ぜる。どれもごめんだった。

移民局の警備をしている会社にすぐ電話するよう、ヘンリック・レヴィーンに頼まれている。洋梨にもう一度かぶりつきつつ、電話番号を押した。すぐに受付係が応答した。

「警察のミア・ボランデ……」と切り出したが、食べかけの洋梨が口の中に残っていて、言葉が不明瞭になってしまった。梨を嚙み、のみ込んでから、あらためて口を開いた。

「すみません。ミア・ボランデル警部補と申します。ええと……」

ノートに手を伸ばし、走り書きした名前を読み上げる。

「……イェンス・カヴェニウスさんをお願いします。急ぎなんですが」

「少々お待ちください……」

ミアは待っている三十秒のあいだに洋梨を食べきった。

「申し訳ありませんが、イェンス・カヴェニウスはお休みをいただいております」受付係が言う。

「すぐに連絡をとらなきゃならないんです。本人から私にかけるよう伝えてください。でなければこちらで番号を調べます。いいですね？」

「わかりました」

ミアは自分の番号を伝え、礼を言って電話を切った。

五分もしないうちにイェンス・カヴェニウスから電話がかかってきた。

ミアは単刀直入に切り出した。

「日曜日にあなたが見たことについてもっと知りたいの。ちょっと思い出してみて。ハンス・ユレーンの姿をほんとうに見たの？」

「ユレーンさんのオフィスの前を通りましたよ」

「それは聞いたけど、本人を見たの？　話はした？」

「いや、ちゃんとは見えなかったかもしれないけど、部屋の電気はついてました」

「それだけ？」

「あと、パソコンのキーを叩いてるのが聞こえました」

「でも、姿を見たわけじゃないのね？」

「それは……まあ……」

「ということは、オフィスにいたのがほかの人だった可能性もある？」

「でも……」

「もっとちゃんと思い出しなさい。オフィスにいたのはほかの人？　なにか気づいたことはない？　着てた服とか」

「いま、思い出そうとしてるんですが」

「急いでほしいんだけど」

「ドアのすき間から、服の袖が見えたような気がします。ピンクでしたね」

「もうちょっと考えてみて。オフィスでそういう色の服を着てそうな人はだれ？」

「さあ……でも、ひょっとしたら……」

「ひょっとしたら？」

「そういうことなら、あれは秘書だったのかもしれませんね。レーナさんです」

＊　＊　＊

レーナ・ヴィークストレムはどうも落ち着けなかった。金のペンダントを指先でいじり、唇を嚙む。トーマス・リュドベリがもうこの世にいないと考えると吐き気がした。殺されたなんて。港で。だれに？

ベッドの上、足元にあるピンクのブランケットに載った携帯電話を見ると、さらに気分が悪くなった。高い位置のランプふたつがついていて、そのあいだに置いてあるフォトフレーム三つを照らしている。夏至祭の花冠をかぶって楽しそうにしている子どもたちの顔が、かつての夏を思い出させる。天井の白いエナメルのシャンデリアから、小さなガラスの飾りがいくつも下がっている。

だれからの電話だったのだろう？

ペンダントから手を離すと、クローゼットを開け、旅行鞄を出してベッドの上、電話の脇に置いた。額に汗の粒が浮かぶのを感じた。

この番号に電話がかかってきたことは一度もない。いつ連絡をとり合うかは、いつも彼女が決めていた。ほかのだれでもなく。そういう取り決めだった。ほかの連中の連絡手段はショートメールだけで、受け取ったら内容を暗記したうえで削除することになっていた。電話をかけることは絶対になかった。そう決まっていたから。ところがいま、そのルールが破られた。

だれが破った？

発信元は知らない番号だった。もう電話に触れる勇気はなかった。ただベッドの上に置きっぱなしにした。

布製の鞄のファスナーを開ける。逃げたい、という思いが湧き上がる。なぜかはわからないが、とにかくいますぐここを離れたかった。もちろん、ただの間違い電話だった可能性はある。単なるミスだ。が、腑に落ちない。事が露見するのがあまりにも恐ろしく、どうしても気になってしかたがなかった。

クローゼットの扉をもうひとつ開けて、カーディガンを三着、ブラウスを一着、タンクトップを四着選び出した。下着にはさほど頓着せず、ひきだしのいちばん上に重ねてあったものを適当に鞄に入れた。逃げた先で新しいのを買ってもいい。こんな日がいずれ来るだろうとは何度も考えた。いつかかならず来るとわかっていた。それなのに、いったいどこに行けばいいのか、どこに逃げたらいいのか、さっぱり見当もつかない。

そのとき、玄関の呼び鈴が鳴った。

旅行鞄に両手を突っ込んでいたレーナは、はたと動きを止めた。人が訪ねてくる予定はなかったはずだ。

不安に腹を蝕まれつつ、部屋をそっと出ると、居間を通り抜け、バスルームの前を通って玄関に出た。のぞき穴から外を確かめたが、暗闇しか見えない。

両手を使って鍵を開ける。追加でつけた錠ふたつも開けて、狭いすき間から外を見た。

女がひとり立っていた。

「こんばんは、レーナ」とヤナ・ベルセリウスが言い、ドアのすき間に片足を差し入れた。

＊　＊　＊

「レーナについてわかっていることは？」グンナル・エルンが言った。

全員が立ったまま会議用テーブルを囲んでいる。みな興奮状態だ。

「五十八歳、成人した子どもが二人。息子はシェーヴデに、娘はストックホルムに住んでます。前科はありません」オーラ・セーデシュトレムが資料を読み上げた。

「これからどうします？」ミアが言う。

「連行して事情聴取をしなければ」ヘンリックが言った。

「でもいまのところ、ぼけっとした若者がひとり、オフィスで彼女を見たかもって言ってるだけです」

「わかってる。でも、いまある中ではいちばん重要な手がかりだ」

「ヘンリックの言うとおりだな。なんとしても詳しく調べなければ。いますぐにだ！」

グンナルは真剣な表情だ。彼は自分自身を指差した。

「おれが行く。ヘンリック、ミア、いっしょに来い」

そう言うと部屋を出ていき、ヘンリックとミアがすぐあとに続いた。

オーラだけが残された。

テーブルをコツコツと叩く。ついに捜査が軌道に乗った。オフィスに戻ってパソコンの電源を入れる。それから食事の入った箱をキッチンに持っていって冷蔵庫に入れた。戻る途中で、ふと郵便物入れに目がとまった。自分のポストは空だったが、グンナルのところに書類の束が入っていた。引っ張り出し、差出人を見る。電話の通信履歴だった。電話会社から送られてきたもの。対象はトーマス・リュドベリの番号だ。

ざっと履歴に目を通す。メールの送信履歴にたどり着いたところで仰天した。急がなければ。同僚たちに追いつこうとエレベーターへ走り、すさまじい勢いでボタンを押した。

＊　＊　＊

レーナ・ヴィークストレムが反応する間もなく、ヤナ・ベルセリウスは勝手に家の中に入って扉を閉めた。玄関は薄暗く、大きさのまちまちな陶人形や刺繡入りのテーブルセンターがタンスの上に飾ってある。

　ヤナは玄関マットに立ったまま動かなかった。目の前にいる女に、どことなく見覚えがある、と思った。

「いったいどなた?」レーナはヤナをにらみつけた。

「ヤナ・ベルセリウスといいます。ハンス・ユレーン殺害事件を調べています」

「そうですか。こんな時間に、なんの用があって私の自宅までいらしたの?」

「いくつか質問に答えていただきたいので」

　レーナは怪訝な顔で、目の前に立っているハイヒールに黒っぽいトレンチコート姿の女を凝視した。

「お役には立てませんよ」

「そんなことはありません」とヤナは言い、まっすぐキッチンへ向かった。

「ちょっと、勝手に上がり込まないで」

「問題はないはずです。抵抗なさるのなら家宅捜索の令状を出します。そうすれば私がここにいる権利は保障されます」

　レーナはため息をついた。

「わかりました。質問ってなんですか？」

「ハンス・ユレーンは自宅で殺されました」

「それは質問じゃないわ」

「そうですね」

レーナは玄関に戻り、扉の鍵を閉めた。そっとタンスのひきだしを開けて拳銃を出すと、パンツのベルト部分、背中のほうに差し入れた。セーターを整えてふくらみをうまく隠した。それから作り笑いを浮かべてキッチンに入った。

「じゃあ、質問は？」

「ハンス・ユレーンが殺されたのは夜の七時ごろです。警察がユレーンのパソコンを調べたところ、コンテナの識別番号がいくつか見つかりました。これらの番号は六時半ごろに彼のパソコンから削除されています。本人がしたことではないとわかっています。あなたが削除したんですか？」

レーナは呆然とした。胸の締めつけが強くなるのを感じた。言葉が見つからなかった。

ヤナは続けた。

「それらのコンテナになにが入っていたのか、ぜひとも突き止めなければなりません」

「すみませんけど、帰ってください」

「答えが知りたいだけなんです」

「ここは私の家です。出ていってください」

ヤナは食卓のそばから動かなかった。レーナはゆっくりと片手を背中のほうへ——拳銃のほうへ動かした。

「出ていって」

「答えていただけるまでここから動きません」

レーナの手が背中へ向かっていることに、ヤナは気づいていた。次の動きにそなえて態勢を整える。

「いいえ、動いていただくわ……」

レーナがパンツのベルト部分から拳銃を出した瞬間、ヤナは彼女の腎臓のあたりに全力で手刀を打ちつけ、腹にひざ蹴りを入れた。その衝撃と激しい痛みに、レーナはうめき声をあげ、拳銃を落とした。

ヤナが弾倉をチェックしてみると、銃弾がフルに詰まっていた。安全装置をはずし、レーナの前にしゃがみ込む。そのとき、彼女の首に金色のものが掛かっているのが見えた。

天井の明かりにきらりと光った、なにか。

それがなにかに気づいたとき、ヤナの足下で床が揺れた。目がチカチカして、耳の中に雑音が広がった。こめかみがうずき、脈打つたびに痛みが走った。

ペンダントだ。

文字が入っている。

ママ、と。

エレベーターの速度はひどく遅かった。少なくともそう感じられた。

オーラ・セーデシュトレムは、階を過ぎるごとに数字が小さくなっていくモニターをじっと見上げた。扉が開くやいなや外に飛び出し、全速力で地下駐車場に駆け込んで同僚たちを捜した。

＊　＊　＊

車のドアの閉まる音が聞こえたので、その音の方向へ急いだ。もう一度、車のドアの音。ずらりと駐車された車をもっとよく見ようと、少し背伸びをした。

すると、遠くのほうでグンナル・エルンのシルエットが車に乗り込むのが見え、さらにもう一度、バタンと大きな音が地下駐車場に響きわたった。

「待ってください！」オーラは叫んだ。

前のほうで赤いブレーキランプが灯った。

グンナルがドアを開け、頭を出す。

「なんだ？」

オーラは彼に追いつくと、車のドアに片腕をついて息を整えた。

「これ……通信……履歴が……届きました」

グンナルは書類の束を受け取った。

ミアとヘンリックは顔を見合わせた。

「トーマス・リュドベリの……携帯です。八ページを見てください。リュドベリの……メール」

オーラがドアにもたれて三回深呼吸をしているあいだに、グンナルは言われたページを開いた。

二行目に、なんとも妙なメッセージがあった。〝受渡、1、火〟

「トーマスがこれを送ったのか？」

オーラはこくりとうなずいた。

「だれに？」

「電話は移民局の登録になってます」

「ハンス・ユレーンか？」

「ええ、それか、彼の秘書かもしれません」

グンナルはゆっくりとうなずいた。

「これでレーナを連行する理由が増えたな」

車のドアを閉め、あわただしく地下駐車場をあとにした。

＊　＊　＊

どくどくと脈打つ痛みがなかなか引かない。レーナ・ヴィークストレムは痛む側の腎臓に右手を当て、実弾入りの拳銃を持って目の前に立っているヤナ・ベルセリウスをにらみつけた。もうずいぶん長いことそこに立っている。目をかっと見開いて。亡霊を見たとしか思えないまなざしで。

「そのペンダント」とヤナがささやく。

その瞬間、ある記憶がすさまじい勢いでヤナを襲った。少女、少年、女。女が拳銃を持っていて、少女と、少年が……向きを変えて飛びかかった。少年が女の腕をつかんでひねり、拳銃を手放させようとした。銃声が響いた。木々のあいだで反響した。

少年に後ろへ腕をひねり上げられて、女は痛みに悲鳴をあげた。

少女が拳銃をつかみ、すぐさま女に向けた。そのとき、不意に少年が草の上にくずおれるのが見えた。

銃弾が当たったのだ。

そして、その少女は……私だった。

私だった！

ヤナはめまいに襲われた。手を食卓につかなければ身体を支えられなかった。

「ハデス……」ゆっくりと言う。

レーナは口をぽかんと開いた。

「あなたね？　あなたがハデスを殺した」ヤナは言った。「私、見たもの。私の目の前で、あなたがハデスを殺した！」

レーナは黙っていた。その目が糸のように細くなり、彼女はヤナを頭からつま先までまじまじと見つめた。

「あなた、だれ？」やがて言った。

ヤナの両手が震えはじめた。拳銃ががくがくと震える。両手で握りしめる。安定させるために。レーナに狙いを定めつづけるために。

「あなた、だれ？」レーナが繰り返した。「まさか、私が思ってる子じゃないわよね」

「だれだと思ってるの？」

「ケール？」

ヤナはゆっくりとうなずいた。

「嘘でしょう……」レーナが言う。「そんなはずは」

「あなたがハデスを殺した！」

「あの子は死んでない。死んだなんてだれが言ったの？」

「でも、私、見た……」

「見たものすべてを信じるんじゃないわ」レーナが彼女をさえぎった。

ヤナは額にしわを寄せた。

「コンテナの中身がなんだったか、あなたは知ってるのね？」ゆっくりと言う。

「あなたも知ってるはずよ」

「ええ」とレーナは答えた。「あなたも知ってるはずよ」

「教えなさい！」

「知らないの？　覚えてないの？」

「中身がなんだったのか教えなさい！」

レーナは難儀そうに床から身体を起こすと、深々とため息をつき、パイン材の戸棚にもたれて座った。

「たいしたものじゃないわ……」

そしてしかめっ面をすると、セーターをたくし上げ、ヤナに殴られてできた赤い跡を見やった。

「もっと教えなさい！」

「なにを？」

「なにが入ってたの？　麻薬？」

レーナは驚いた顔でヤナを見つめた。そして微笑んだ。

「そうよ」と言い、うなずく。「そうなのよ。麻薬。私たち……」

「私たちってだれ？　教えなさい！」

「そんな、教えることなんてあまりないんだけど……きっかけは、なんていうか、偶然だったのよ。それがだんだん……組織立った形になった」

「私のうなじに名前が刻まれてる理由を、あなたは知ってるの？」

レーナは答えなかった。

「答えなさい！」

ヤナは一歩前に踏み出し、レーナの頭にまっすぐ拳銃を向けた。レーナは肩をすくめた。

「あの人の思いつきよ。私じゃない。私には関係ない。ただ……手伝ってただけ」

「あの人ってだれ？　言いなさい！」

「いや」

「言いなさい！」

「いやよ！　絶対に、絶対に言うもんですか！」

ヤナは拳銃を握り直した。

「トーマス・リュドベリは？　あの人はなにをしてたの？」

「荷物がもうすぐ来るかどうか、あの人が把握してたから。わかったら私に連絡してきたってわけ」

「ショートメールで？」

「そうよ。考えてみたら、馬鹿な話よね」

レーナは深く息を吸い込んだ。

「でも、お金はたっぷり払ってくれた」

「だれが？　トーマス？　だれがお金をたっぷり払ったの？」

レーナはまた微笑んだ。

そのとき、車のブレーキの音がヤナの耳に届いた。

「だれか来る予定があるの？」

レーナは首を横に振った。

「立ちなさい。急いで。早く！」車のドアが閉まる音を耳にして、ヤナはそう命じた。

拳銃をレーナの後頭部に向け、窓のほうへ誘導する。

「来たのはだれ？」

「警察だわ！」とレーナが言った。

警察？　ヤナは考えた。どうして警察がここに？　なにをつかんだのだろう？　唇を嚙む。すぐにこの家を出なければ。でも、レーナはどうしよう？　殺したいと思ったが、なんとかこらえた。馬鹿な考えだ。レーナは大事な情報源で、黒幕がだれかを語れるのはいまのところ彼女しかいない。が、どうすればいい？　縛る？　放っておく？　気を失わせる？

ヤナは心の中で悪態をついた。ポケットに手を突っ込むと、トーマス・リュドベリの携帯電話に手が触れた。それで、思いついた。彼女は電話をレーナの前に掲げた。

「ショートメールで連絡をとってたのは、そう馬鹿なことでもなかったかもね」と彼女は言った。「むしろ好都合だわ。これ、なんだかわかる？　トーマス・リュドベリの携帯電話」

「どうしてあなたが持ってるの？」

「それはどうでもいい。でも、これをどう処分すればいいかはわかった」

ヤナはレーナに向かってあごをしゃくった。

「進みなさい！」

玄関の外で足音がする。

ヤナはレーナの後頭部に拳銃を向け、寝室へ連れていった。

ベッドの上に置いてある開いた旅行鞄を見て、レーナをそのとなりに座らせた。携帯電話を拭き、レーナの指紋をそれにつけた。

「なにしてるの？　どういうつもり？」

そして携帯電話を旅行鞄に入れた。

「警察が来てる。あなたは全部自供する。ハンス・ユレーンとトーマス・リュドベリを殺したのは私です、って」

「あなた、おかしいわ。そんなことするわけない」

「お子さんがいるみたいね。お孫さんも。殺してやる。あなたが自供するまで、一日過ぎるごとに、ひとりずつ」

「そんな！　そんなこと、できるもんですか」

「できるわよ。知ってるでしょうに」

「それで解決と思ったら大間違いよ。これで終わるわけない。絶対に！」

「終わりよ」

「つかまるに決まってる！　私が追いつめてやるわ、ヤナ。覚えておきなさい」

「ねえ、考えてもみて？　検事を疑う人なんていないと思うのよ。それに、あなたと私は法廷で顔を合わせることになる。いまから二週間ぐらいで、私はあなたを殺人罪で起訴する。この国でいちばん重い罰を科せられる罪よ。だから、これで解決。終わりなの。レーナ、あなたにとってはね！」

玄関の呼び鈴が鳴ると、ヤナは寝室を出た。庭へ出る扉の鍵を静かに開ける。庭を覆っていた暗闇が、外に出た彼女をも覆い隠した。

口の中は血の味がする。力がもう残っていない。

少女は地面に身を投げ、岩まで這った。針葉樹の鋭い葉がズボンを突き抜けて肌に刺さり、しみ出した血の小さな赤い跡があちこちについている。走って逃げているあいだに、木の枝のせいで脚に傷ができてもいた。

息を止めて、まわりの物音に耳を澄まそうとする。が、難しい。息がはずんでしかたがない。走ったせいで心臓の鼓動が速く、脈打つ血で頭がずきずきした。

汗ばんだ額に貼りついた髪を払いのけ、必死に拳銃を握ったせいでこわばった指を伸ばそうとした。

弾倉には、銃弾が七つ入っている。少女はひざの上に拳銃を載せた。二時間、そうして座っていた。岩にもたれて。それから、また走り出した。

四月二十三日、月曜日

トーマス・リュドベリを殺した疑いでレーナ・ヴィークストレムが逮捕された。ヤナ・ベルセリウスが勾留請求をし、今日はのちほど勾留弁論が行われることになっている。もうすぐレーナの事情聴取が始まる。グンナルはそれが楽しみだった。

エレベーターホールで口笛を吹きながら待つ。エレベーターはもう呼んであって、上向きの矢印のボタンが光っていた。それでも彼は二度、三度と同じボタンを押した。それでエレベーターがもっと早く来るかのように。

捜査の突破口が開けたのが嬉しいし、ほっとしてもいる。

ふつうに事情を聞こうとレーナ・ヴィークストレムの家に向かったのに、思いがけなくもトーマス・リュドベリ殺害の第一被疑者が見つかったのだ。少なくともレーナが殺害にかかわっていることはまちがいない。彼女の家でリュドベリの携帯電話が見つかったのは、けっして無視できない事実だ。

携帯電話が見つかったというニュースは朝のうちにマスコミに漏れ、午後一時四十五分、グンナルはようやく記者会見から解放された。

会見では、広報官のサラ・アルヴィドソンとそのほか警察幹部が一時間にわたって、レーナ・ヴィークストレムについての一般的な質問には終始短い答えを返し、彼女がハンス・ユレーンや身元不明の少年の殺害にもかかわっているのかという質問は完全に無視しつづけた。

この会見で、捜査が着々と進展しているという印象を与えたい、実際レーナという突破口を得た以上、ほどなくすべてが解決してくれるといい、とグンナルは考えていた。が、サラ・アルヴィドソンが発言を終えるやいなや、先を争うように手が挙がり、質問が雨あられと降り注いだ。〝その女がハンス・ユレーン殺害の犯人なんですか？　少年も殺したんですか？　女が麻薬の売人だったというのはほんとうですか？〟

アルヴィドソンはできるかぎり明言を避け、いまは捜査が微妙な段階にあるので、と説明した。それでようやく全員が引き下がった。

グンナルはいま、エレベーターで留置所に向かっている。腹が減った。昼食はあまり腹にたまらない肉のスープだったのだ。エレベーターを降りると、取調室のほうに目をやった。レーナの事情聴取までにはまだ時間がある。

そこでエレベーターホールの片隅にある自動販売機へ直行した。商品の種類がたくさんあってよけいに腹が減った。チョコレートケーキを選んで小銭を入れ、取り出し口に出てきた菓子を受け取ると、立ったままぺろりと平らげた。

ペーテル・ラムステット弁護士がエレベーターから降りてきた。つややかなスーツにオレンジ色のシャツ、水玉のネクタイという服装だ。オールバックにした髪はびっくりするほどの金髪だった。

「こんなところでこっそり間食ですか。アネリーはなにも言わないんですか?」

「言いません」とグンナルは答えた。

「あなたがた、付き合ってるんですよね? 噂になってますよ」

「噂は信じるもんじゃありませんよ」

ペーテルはにっこりと笑った。

「へえ、そうですか」と言い、上着の袖をまくって時計を見た。「あと十分で開始ですね。検事殿は?」

その瞬間、エレベーターのドアが開いて、ヤナ・ベルセリウスがホールに出てきた。今日はハイウエストのひざ丈スカートに白いブラウスという服装で、カラフルなブレスレットをつけている。髪はまっすぐで、唇がほのかなピンクに色づいていた。

「噂をすればなんとやら、だな」ペーテルが言った。「行きましょうか」

グンナルが先頭に立って廊下を歩き出した。

ペーテル・ラムステットはヤナ・ベルセリウスと並んで歩いた。横目で彼女を見やって言った。

「まあ、今回の起訴も根拠は薄弱だね」

「そうですか?」とヤナは応じた。

「物的証拠がひとつもない」

「携帯電話があります」

「それでは彼女がかかわっていると立証できない」

「できます」

「自供もしないだろうし」

「しますよ」とヤナは言い、取調室に入った。「かならず」

＊　＊　＊

ミア・ボランデルは両脚を広げ、腕組みをして立っている。ミラーガラス越しに部屋全体が見渡せた。

レーナ・ヴィークストレムは肩を落として座っている。テーブルを見下ろし、両手はひざの上で組んでいる。ペーテル・ラムステット弁護士が腰を下ろし、彼女の耳元でなにかささやいた。彼女はこくりとうなずいて応じた。

ふたりの向かい側に、ヘンリック・レヴィーンが座っている。彼がヤナ・ベルセリウスに挨拶しているのが見えた。彼女はブリーフケースを床に置き、椅子を引いて腰を下ろした。隙のない動作。優雅だ。そして、偉そうだ。頭に来る。

ミアの背後でドアが開き、グンナル・エルンが入ってきた。機械類がきちんと作動していることを確かめる。わずか数個のボタンですべてを操作できるこの装置を使うと、複数の媒体に録画や録音ができる。しかもカメラ二台で同時に録画してひとつの画面に表示するピクチャー・イン・ピクチャー機能があるので、ミアとグンナルは画面上でレーナとヘンリックの両方を存分に観察することができた。

グンナルはミラーガラスに鼻をつけて立った。

二時ちょうど、ヘンリックが録音機のスイッチを入れ、レーナの事情聴取を開始した。ヘンリックが質問を始めても、レーナの視線はテーブルを離れなかった。つぶやくような答えしか返ってこなかった。

「あなたは四月十五日日曜日、あなたの上司のパソコンから、文字と数字の組み合わせの書かれたファイルを削除しましたね。どうしてそんなことをしたんですか?」

「そうするよう頼まれたからです」

「だれに?」

「言うつもりはありません」

「トーマス・リュドベリとは知り合いでしたか?」

「いいえ」

「妙ですね。リュドベリはあなたにショートメールを送ってるんですが」

「そうなんですか?」

「知らないふりをしても無駄ですよ。もう判明してることですから」

「じゃあ、そうなんでしょ」

「なるほど、では、〝受渡、1、火〟というのがどういう意味か説明していただけますか」

「いいえ」

「知らないんですか？　それとも、説明したくない？」

レーナは答えなかった。

ヘンリックは椅子の上で体勢を変えた。

「文字と数字の組み合わせが書かれたファイルを削除したことは認めるんですね？」

「はい」

「あの組み合わせの意味は知っていますか？」

「いいえ」

「知っているはずだと思いますが」

「知りません」

「われわれの調べによると、あなたが削除したのは識別番号です。コンテナの識別番号」

レーナの肩がさらに少し落ちた。

「これらのコンテナを見つけるには、あなたの協力が要ります」

レーナはあいかわらず黙っている。

「コンテナのありかを知ってるなら、ぜひ教えていただきたい」

「見つかりませんよ」レーナはつぶやいた。

「どうしてですか？　見つからない、というのは……」

「無理です」レーナはヘンリックをさえぎった。「私もありかを知らないから」

「あなたが真実をすべて話してるとは思えないんだが」

「知らないから話せないだけかもしれませんよ」ペーテル・ラムステットが口をはさんだ。

「そうは思えません」とヘンリックが言う。

私もそうは思えない、とミアはミラーガラスの反対側で考えた。人差し指で鼻の下を掻き、また腕を組んだ。

「あなたがコンテナのありかを話すまで、われわれはこの部屋にとどまります」とヘンリックが言った。「さっさと言いなさい」

「無理です」

「なぜ？」

「あなたたちにはわからない」

「なにがわからないって？」

「そんな簡単な話じゃないんです」

「話を聞く時間はたっぷりありますよ。ですから……」

「いやです」レーナがヘンリックをさえぎった。「私が教えたところで、あの人たちをつかまえることなんてできやしないんだから」

室内が静まり返った。

ミアはヤナを見やった。彼女はレーナにじっと視線を据えている。

ヘンリックが椅子にもたれ、ため息をついた。

「なるほど。じゃあ、さしあたり、ほかの話をしましょうか。あなた自身について。たとえば……」

そう切り出したヘンリックを、今度はヤナがさえぎった。やや前に身を乗り出している。その褐色の目が、レーナのかたくなな表情をとらえた。

「お子さんは何人いらっしゃるんですか？」ゆっくりと尋ねる。

へえ、今度は取調官気取りってわけ、とミアは苛立った。グンナルを見やると、彼は事情聴取に集中しきっているようだ。

「二人です」レーナはつぶやき、テーブルを見下ろした。つばをごくりとのみ込んだ。

「お孫さんは？　何人ですか？」

「いったいこれは……」ペーテル・ラムステット弁護士が口をはさむ。

「いいから答えさせてください」とヤナが言った。

ミアは呆れて天を仰ぎ、またグンナルを見やった。が、彼女のあからさまなしぐさに、グンナルは気づいていなかった。ただひたすらヤナを見つめていた。どうせ、美人だなあ、とか思ってるんでしょ。あの褐色のロングヘアがなんとも、とか。どこがいいのかわからない。あんな色の髪、きれいでもなんでもない。ロングヘアだって醜いだけだ。

ミアは自分の金髪に触れつつヤナを見つめた。彼女はまだレーナの答えを待っている。

「孫は何人いるのかと検事が質問したんですが」ヘンリックが言った。

なんなのよ、これ、とミアは思い、ミラーガラスに一歩近づいた。これって、なんだか……これじゃ、まるで……

レーナは唇を震わせ、両手をそわそわと動かした。それから顔を上げ、ヤナを見た。ヘンリックに視線を移してから、またヤナに戻った。

涙がひと粒、ゆっくりと頰をつたった。

「コンテナは、ブレンドー島のそばにあります」レーナはゆっくりと言った。

＊　＊　＊

二時間後、グンナル・エルンとヘンリック・レヴィーンは、県警本部長カーリン・ラドレルとの長いミーティングで捜査の進展を報告し、激しい議論を戦わせていた。レーナ・ヴィークストレムの事情聴取について順を追って報告するふたりの話を、カーリンは辛抱強く聞いていた。

「要するに、ぜひとも引き揚げ作業を手配しなければ、ってことです」グンナルが言う。

「その件とレーナの関係を知っている人は何人？」カーリンが尋ねた。

「いまのところはうちのチームだけです。マスコミに勘づかれる前にさっさとやらないと」

「なぜ引き揚げ作業をするのか聞かれたら、どう説明するつもり？」

「なんとかなりますよ」

「でも私は、作業をする意味はないと思う。そのコンテナがほんとうにあるのかどうかもわからないでしょう」

「あると思います。中身を突き止めなきゃなりません」

「でも、決断するのは私よ」

「それはわかってますが」

カーリンは髪を耳にかけた。

「そんな作業に資金や人材をかけるのはかなりのコストになるわ」

「しかし必要なコストです」グンナルが言う。「三人が殺されたんですよ。なぜなのか突き止めなければ」

カーリンは考え込んだ。

「本部長の望みはなんですか?」グンナルが尋ねる。

「事件の解決」

「そりゃよかった。われわれも同じ考えです」

カーリンはこくりとうなずいた。

「わかった。あなたたちの判断を信じるわ。明日、引き揚げ作業を始めましょう。港に電話しなさい」

首都に戻ってきたのは早朝だった。

少女は石畳につまずきながら進み、ごつごつとした建物の外壁に手をついて身体を支えた。きれいに磨かれたショーウィンドウに、少女の姿が映っている。が、少女は自分の鏡像には興味を示さず、そのまま素通りした。小さな手が、鍵のかかった両開きの扉を、ガラスケースに入ったレストランのメニューを、昨日のタブロイド紙の広告ポスターを撫でていく。隠れられる場所を探していた。休める場所を。拳銃が腹に当たってこすれる。ズボンのベルト部分にはさんでいるのが落ちないよう、もう片方の手で支えなければならなかった。

目の前に地下道への入口が現れた。よろよろと階段を下りていく。最後の段で年配の夫婦とすれちがった。ふたりははっと立ち止まって少女をまじまじと見た。が、少女は意に介さず、そのまま前に進んだ。一歩ずつ。タイル張りの壁に手をついて。前に視線を据えて、足を前へ踏み出すごとに数を数えた。集中力を保てるように。

地下道の先にゲートのようなものがあった。抜けようとしたが抜けられない。バーが動かないのだ。そこで床にしゃがみ込んで下をくぐった。すると、遠くのほうにあるブースから声が聞こえた。

「ちょっと！　切符を買いなさい」

だが、少女は耳を貸さず、そのまま前進した。

声が大きくなった。

「ちょっと、お嬢ちゃん、乗るんなら切符を買わなきゃだめよ！」

少女は立ち止まり、振り返ると、ズボンからさっと拳銃を出した。背後にいた制服姿の女性がすぐさま両手を上げ、一歩あとずさった。少女は拳銃を手の中で揺らした。ひどく重い。持っているのがやっとだ。

女性はおびえているようだった。改札を抜けている途中だったほかの人たちも同じだ。みなが動きを止めた。ぴくりとも動かなかった。

少女は目の前で拳銃を振りながら、階段に向かってあとずさった。一段目にたどり着くと向きを変え、全速力で駆け下りた。両腕が震えていた。もう拳銃を持っている力はなかった。段の数は数えてみると三十二段で、最後の一段で足を踏みはずした。足首がぐにゃりと折れて激しい痛みが走った。それでも、少女は顔色ひとつ変えなかった。

また立ち上がり、足をひきずりながらゴミ箱へ急いだ。

ゴミ箱の底に拳銃が落ち、金属的な音が響いた。少女はふらふらと、しかし迷いなく先へ進んだ。重い武器をもう持たなくていいと思うとほっとした。気分がましになった。ちょっと眠ればもっとましになるのに。ほんの少しでいいのだ。

疲れ切って、ベンチの後ろの狭い空間に身を隠した。石壁にもたれて床に沈んだ。硬い壁面が背骨をこすった。

足首が痛い。が、少女にはどうでもよかった。もう夢と現実の境目にいた。
そして、少女は眠りに落ちた。
地下鉄の駅で、座ったまま。

四月二十四日、火曜日

ヘンリック・レヴィーンは両腕を身体に巻きつけた。ダウンジャケットを着ていてもまだ寒い。バルト海から容赦なく吹きつける風が、ファスナーのすき間から入り込んでくる。薄手の服を重ね着するという防寒の原則に従ってはいたが、寒さの中に三時間もいるとさすがに堪《こた》えた。風をよけられる場所を探してあたりを見まわす。前方には海が広がり、波がなめらかな岩場を打っていた。

ブレンドー島は、アルコスンド沖の群島の中でもとりわけ沖のほうにある。夏には観光船がこののどかな島に停泊するし、群島をめぐる定期船もすぐそばを通る。が、いまはそんな夏の数か月が、あまりにも遠く感じられた。

マフラーが風にはためき、ヘンリックはそれを止めようと首にもうひと巻きした。車の中で待とうかと考え、立ち入り禁止テープのほうを見やる。そこには計十五台の車がとまっていた。

立ち入り禁止区域は五百平方メートル以上に及ぶ。引き揚げ作業の開始に向けて、港湾作業員が着々と準備を進めていた。

コンテナのありかを特定するには時間がかかった。音響測深器を使って、問題の区域の海底を何度も調べた。海底になにかありそうだとわかると、ダイバーを使ってさらに調べてもらったので、よけいに時間がかかり、作業は二時間以上遅れていた。

引き揚げ作業をする場所のまわりは警戒区域とされ、作業に関係のない船は入れなくなった。作業を行う場所には、コンテナ引き揚げのためのクレーン船や、引き揚げたコンテナを置くためのはしけが用意された。

ヘンリックは時計を見た。あと十分、と作業員たちは言っていた。

あと十分で、引き揚げが始まる。

＊　＊　＊

ヤナ・ベルセリウスはラジオに耳を傾けていた。多くの人がかかわる複雑な仕事になると、よけいなことまでばらしてしまう人間がかならずひとりは出る。マスコミに情報を漏らす人間。そんなわけで引き揚げ作業は大いに注目を集め、午前中、この地方ではどのメディアでもこの件がトップニュースだった。

ヤナはラジオのボリュームを下げ、窓の外を見やった。車を降りて、立ち入り禁止テープのそばで震えている警官たちのところへ行こう、という気にはなれなかった。

その先にヘンリック・レヴィーンが立っている。彼も寒そうだ。肩をいからせ、マフラーをきつく首に巻いている。ときおり両腕を身体に巻きつけていた。

暖房の設定温度をさらに一度上げて二十三度にしてから、携帯電話を出し、この一時間のあいだに届いたメールを受信した。八通。そのほとんどが、担当している案件の補足情報だ。証人保護についての質問、五月二日に行われる裁判についての質問。罪状は放火で、被害者は若い女性、幸い一命はとりとめたものの、顔に深刻な火傷を負ってしまった。

ヤナは電話をひざに置いた。電話が震え出した。画面に両親の番号が表示される。どうして電話してきたのだろう。どうして、いま？　最近かけてきたばかりなのに。約一週間のあいだに三度も電話をかけてくるというのはめずらしい。

同時に、車の窓をノックされた。

ミア・ボランデルがけだるそうに手を振っている。強い風のせいで、彼女の鼻と頬が赤らんでいる。かつては真っ白だった帽子が、いまや汚いグレーになっていた。

「始めますよ」ミアは窓ガラスの向こうでそう口を動かしてから、すぐにヘンリックのほうへ歩き出した。

ヤナはうなずき、電話を切った。

ノルシェーピン港の作業員たちが熱心に働いている。腕を振り回す者、小走りに岩場をめざす者。あごひげを生やした男性がトランシーバーで話している。うなずく。海を指差す。

ヤナは革張りのシートに座ったまま背筋を伸ばし、なにが行われているのか見ようとした。が、なにも見えなかった。やはり車を降りるしかなさそうだ。

フード付きコートのボタンを上までとめ、毛皮のついた襟を立てた。格子柄の帽子と、同じ柄の長いショールに暖められつつ、つかつかと立ち入り禁止区域の中に入っていった。

ヘンリックの背後に立つと、彼もヤナがいることに気づいた。

あごひげの男がトランシーバーで呼ばれ、応答している。

「ああ、ゴーサインは出てる」と言ってから、ヘンリックとグンナルのほうを振り返った。

「一つ目が上がってきますよ」

ヤナは海の警戒区域を見渡した。クレーン船に目を凝らし、クレーンの作業を見守る。鋼のワイヤーがゆっくり、ゆっくり巻き上げられる。クレーン船に波が打ち寄せる。風がひゅうひゅうと音をたてる。やがて波が暗灰色の平面に断ち切られ、水中からコンテナが姿を現した。側面にざあざあと水が流れた。

コンテナは百八十度回転してから、そっとはしけの上に着地した。

引き揚げられた二つ目のコンテナは青だった。これが水面から上がってきたとき、ヤナははっとした。識別番号が見えたのだ。見覚えのある番号だった。揺れるコンテナの動きを呆然と見つめる。やがてそのコンテナもはしけに着地した。三つ目のコンテナが水面に現れるやいなや、ヤナはもどかしさに襲われた。なにが中に入っているのか見たい。早く！

引き揚げには一時間半かかった。コンテナはひとつずつ、次々とはしけから陸に移された。

ヤナは体重をかける脚を替えた。

ミアは両腕をぐるぐると回しながらジャンプしている。

アネリーとグンナルはオーラのそばに立ち、雑談をしている。

ヘンリックは十個のコンテナの置き場所を決めるのを手伝っていた。

「こいつから始めよう」グンナルが大声で言い、四番目に引き揚げられたオレンジ色のコンテナを指差した。

一同はスチール扉の前で半円形に並んだ。あごひげを生やした港湾作業員がその中央、コンテナをロックしている金具の前に立った。

「開けるときには相当気をつけなきゃなりません。みなさん安全な距離まで下がってください。コンテナにはたぶん、大量の水が入っているので」

「水が中に入らない構造にはなってないんですか？」ヘンリックが言う。

「なってませんよ。見りゃわかります」

ヘンリックの意気はがくんと下がった。なにか重要な手がかりが見つかる望みはふっと消えた。水は大敵だ。大事な痕跡を消してしまいかねない。しかも、あっという間に。

「下がって！」作業員が叫ぶ。

ヤナは何歩か下がった。

グンナルがアネリーの腕をつかんで彼女を引っ張った。まるで守ろうとするかのように。

ヘンリックとミアも下がった。二十メートルほど離れたところで、ヘンリックが問いかけるように港湾作業員を見た。

「もっと下がって」作業員が叫ぶ。

一同は五十メートル離れたところで立ち止まった。港湾作業員が親指を立ててみせ、それから扉を調べはじめた。コンテナをロックしている金具に触れ、錠の構造をじっくりと観察した。強力な工具を使って錠を壊してから、両開きの扉の片側に立った。中に入っているかもしれない大量の水に、どうすれば流されずにすむか、しばらく考え込んだ。

やがて体勢を整え、扉の取っ手をつかんで引いた。が、手がすべった。取っ手がぬめっていたからだ。

もう一度やってみる。両手で取っ手をつかみ、全力で引いた。大量の水がすさまじい勢いで流れ出し、両開きの扉が両方とも押し開けられた。港湾作業員ははじき飛ばされて地面に背中をぶつけた。水を全身に浴び、ぺっと吐き出しては咳き込んだ。顔を拭いたが、上着も濡れていて無駄だった。身体を起こそうとする。そして、あたりを見まわした。コンテナから流れ出した水で、まわりの地面がすっかり濡れていた。

が、水のほかにも、地面に広がっているものがあった。

自分のそばになにが流れ着いてきたのか確かめようと、もう一度目元をぬぐった。なにか丸いもので、海藻がついている。軽くつついてみると、なにかが手についた。もう一度つついてみると、それはころりと倒れた。そのおぞましさに彼はたちまちのけぞった。

人の頭だったのだ。

＊　＊　＊

ヤナ・ベルセリウスは微動だにしなかった。濡れた地面を見渡しても、眉ひとつ動かさなかった。

バラバラになった死体が、そこらじゅうに散らばっていた。腐った腕、脚。髪の房。すさまじい悪臭がした。吐き気のする腐臭。

ヘンリック・レヴィーンは鼻をつまんだ。絶対に手を離すものかと思った。胃がきゅうと縮んだ。なけなしの胃の中身が食道を逆流する。彼はその流れを押し戻そうと必死だった。

アネリー・リンドグレンは最初に見つかった頭を綿密に記録した。顔はすでに腐りきっている。飛び出した眼球がだらりと垂れ、眼窩《がんか》は空になっていた。

「一年ね」と彼女は言い、立ち上がった。「水中に沈められてた期間は約一年。死体の保存状態がいいのは、この国の寒さのおかげ」

ヘンリックはうなずき、また吐き気を催した。鼻をつまんでいるせいで、耳が詰まったように感じられた。その違和感を消そうと、何度かつばをのみ込んだ。

ミア・ボランデルの顔は蒼白だった。一年分の罵り言葉をすでに使い果たしている。

ヤナは距離を置いたまま立っていた。ぴくりとも動かなかった。

アネリーが腐った脚にそっと近づいていく。身をかがめ、何枚も写真を撮った。まるで水の入ったビニール袋のように皮膚が垂れ下がっている。さわってみると、皮膚がはがれて彼女のビニール手袋についた。皮膚が融けてしまったように見えた。数か所で骨がむき出しになっている。アネリーは細かいところまで写真に収めようと、カメラを持って近寄った。

「次のコンテナ、開けましょうか？」

ヘンリックがうなずいた。

そのあとはもう、胃の中身をとどめておくことなどできなかった。

＊　＊　＊

次のコンテナを開ける準備にはかなりの時間がかかった。一つ目のおぞましい中身が明らかになった結果、厳重な保全措置が必要になったのだ。アネリー・リンドグレンは港湾運営会社のライネル・グスタフソン社長に電話をかけてどんな方法があるか相談し、扉を開ける前に水を汲み出すしかないという結論に達した。が、コンテナの中身もいっしょに吸い出されてしまうのを避けるためには、機械を使って濾過しなければならず、そのための装置はリンシェーピンにしかないということで、作業はさらに遅れた。

二時間後、ようやく業者が三人、ポンプとともに到着した。さっそく濾過装置の組み立てに取りかかり、カートリッジフィルターを取り付けて、最後に水の流れをコントロールする大きな弁を設置した。

組み立ては専門家にまかせよう、とヘンリック・レヴィーンは考えた。気温はこの午後だけでもさらに少し下がっているが、もう寒さは感じない。これ以上吐くまいということだけに意識を集中しているのだ。すでに三度も吐いているのだ。じゅうぶんすぎるほどだろう。もっとも、彼だけの問題ではなかった。ミア・ボランデルも嘔吐していた。いまとなっている彼女は顔面蒼白だ。

「じゃあ、ポンプを動かしますよ」業者のひとりが言った。

水がコンテナから大きなタンクに流れ込んだ。水の汲み出しは沈黙の中で行われた。腐乱死体のせいで全員がショックを受けている。立ち入り禁止テープのおかげでこの現場に記者がいないことを、ヘンリックは心底ありがたいと思った。アネリーが増援を呼んだので、警察官が五人、彼女の指示に従いつつバラバラになった死体を集めている。のちほど法医学局に搬送するためだ。

ヘンリックはコンテナの青いスチールの壁を蝕んでいる錆を眺めた。その背後に、ヤナ・ベルセリウスがいた。彼女は錆など見ていなかった。見ていたのは、数字だ。文字だ。その組み合わせだ。夢の中で見たのとまったく同じだった。

「あの中にも、もっと入ってるんだと思いますよ」ミアが言う。

「そうか？」ヘンリックが応じた。

「そうですよ。きっとどのコンテナにも死体が詰まってるんだわ」

「そうでないことを願うよ」ヘンリックは暗い声で言った。

「終わりました！」業者が叫ぶ。

「だれが開けますか？」ヘンリックが大声で返した。

「少なくともウルバンはもう無理です。病院に運ばれました。胃洗浄するそうですよ。水を飲んでしまったから。水のほかにも、まあいろいろと。ご自身で開けてみますか」

「おれが?」ヘンリックは驚いて言った。

「ええ。どうぞ」

ヘンリックは扉に近寄り、触れてみた。ぬめっている。金具のひとつを引っ張ったが、扉は動かなかった。

深呼吸。両脚を大きく広げ、金具をしっかりと握り――そして、ぐいと引っ張った。扉がキーッと音をたててゆっくりと開いた。

コンテナの中は暗かった。真っ暗で、中になにがあるのかは見えなかった。硬い床に水滴が垂れ、その音があたりに反響した。なにも入っていないように聞こえた。

「明かりを!」とヘンリックは叫んだ。

ミア・ボランデルが車へ急ぎ、トランクに入っていた大きな懐中電灯を出して、ヘンリックのもとへ駆け戻った。

「だれか、もっと明かりを用意してください」区域全体に向かって叫ぶ。「じゃないと中が見えない!」

ヘンリックは懐中電灯を受け取り、スイッチを入れた。光の筋が暗い床を照らした。おそるおそる一歩、さらに一歩、前に進む。光が床から片側の壁へ、もう片側の壁へ、天井へと移り、最後にコンテナの片隅を照らした。

奥になにかが見える。ヘンリックは懐中電灯を上げ、見つかったものからなるべく明かりを離さないようにした。それから、ゆっくりとその明かりをもう片方の隅に向けた。そこにも、なにかがあった。なにかが踏んでしまわないよう、ゆっくりと、忍び足に近い足取りで前に進む。懐中電灯の光を下に向けて、自分の前になにも落ちていないことを確かめながら。それからまた電灯を上げて隅を照らした。もうコンテナの中ほどまで来ている。そして、山積みになっているのがなにか、見えた。

頭蓋骨だ。

その瞬間、スポットライトがコンテナ全体を照らした。その強烈な光に、ヘンリックは目をしばたたいて振り返った。ミアが親指を立てている。彼自身は親指を下に向けた。

「ミア、きみの言うとおりだった。ここにも、もっといる」

ミアが入口に駆け寄ってきて中をのぞき込んだ。ヤナ・ベルセリウスがあとに続いた。

ふたりは並んで立ち、ヘンリックが指差している片隅を見つめた。

「ほら」

「それは？」とミアが言い、コンテナ内を目で示した。中央に、なにか落ちている。錆びついていて、縁がピンクだ。

「鏡だわ」ヤナがゆっくりと言った。

見覚えがあった。よく知っている気がする。まるで自分の持ちもののように。実際、ああいう鏡を持っていたことがある。違っただろうか？　あれは、ひびが入っていた。この鏡も同じだ。でも……もしこれが私のなら、どうしてこんなところに？

ヤナは息を止めた。うなじの毛が、腕の毛が逆立った。

隅にできた人骨の山にゆっくりと目を向ける。それがなんなのか、ヤナは理解した。残ったのはこれだけなのだ、と。

かつて自分が知っていた人々の残骸がここにあるのだ、と。

＊　＊　＊

「なんてこった、ちくしょう、これからは港を二十四時間態勢で監視するぞ！」

グンナル・エルンが小さなプラスチックのテーブルを拳で殴りつける。顔を真っ赤にして、テーブルのまわりに集まった疲労の色濃い面々を、ざっと見渡した。

ヘンリックの目の下には隈ができている。

ミアの視線はうつろだ。オーラが大あくびをした。

欠けているのはアネリーだけだ。一つ目のコンテナから出てきた死体の断片について記録する作業をまだ続けている。リンシェーピンとストックホルムから鑑識官が応援に駆けつけた。エレブロからも一チーム来てくれることになっている。

腐敗がかなり進んでいるせいで、作業は大いに難航していた。手で死体の断片を運ぶのはほぼ無理だった。移動の際に皮膚が剝がれ落ちないよう、特別に設計されたリフトにやわらかい台が使われた。

コンテナ十個を開けてみたところ、そのすべてに人体の残骸が見つかった。海底に約一年しか沈んでいなかった一つ目のコンテナを除けば、ほかに見つかったのは骨の断片だけだった。もっと昔に捨てられたということだろう。

まもなく九時になる。チームはもう十一時間、ブレンドー島にいるわけだ。はじめは引き揚げ作業を行う場所でしかなかったものが、いまや無数の制服警官や鑑識官が行き交う仕事場と化している。作業は夜を徹して行われるだろう。何日もかかるかもしれない。

グンナルはそう考えると、さらに顔を紅潮させた。

「見張り無しでのコンテナの荷揚げはいっさい禁止だ。いいな？　港に入ってくる貨物を全部チェックしなければ。かならず、全部」

全員がうなずいた。

テーブルの上には、アルミ容器にしっかりと詰まったテイクアウトの食事が載っている。だれも手をつけていない。腐乱死体の悪臭がいまもあたり一帯に立ちこめていて、みな食欲がなかった。

「コンテナの識別番号は、ハンス・ユレーンがパソコンに入れてたのと一致しました」オーラが言う。

「レーナ・ヴィークストレムが削除した番号ってことね」ミアが言う。

「どうして消したんでしょう？」

「だれかに命令されたと言っていた」ヘンリックが言った。

「だれが命令したのか突き止めよう。あの女を吐かせるんだ」グンナルが言う。

「それにしても、すごい死体の数ですよね。集団墓地が十個見つかったようなもので……」ミアが言う。「この人たち、いったいだれなんでしょう？　だれだったんでしょう、と言うべきかもしれないけど」

「おそらくハンス・ユレーンはそれを知ってたんだな」ヘンリックが言う。

「で、レーナ・ヴィークストレムは、この件でユレーンが果たした役割を知ってるにちがいない。なにはともあれ同じ職場で働いてたんだし」

全員がまたうなずいた。

「コンテナのあいだに共通点は？」グンナルが問いかける。

「全部チリから来たんですよね」ヘンリックが答えた。

「ああ、だが、それ以外にはどうだ。中身はどこの町で入れられた？　だれが入れた？」

「調べなきゃなりませんね」

「トーマス・リュドベリの携帯電話の通信履歴を見るに、もうひとつコンテナが来ることになってる可能性がある。レーナへのメールで、リュドベリは〝受渡、1、火〟と書いていた。レーナはこれがどういう意味か言いたがらなかったが、一日火曜日に受け渡し、という意味だろうとおれは思う。次の火曜日は五月一日だ。したがって、その日にノルシェーピンに停泊する貨物船は全部、隅から隅まで調べるべきだと思う」

「でも、メールの意味はほかにも考えられますよ。どこかの一番地で受け渡しするのかもしれないし、受け渡す相手が一人だとか、一番目の船だとか……」ミアが言う。

「わかってる」

「私はただ、もうちょっと視野を広げたほうがいいんじゃないかと思っただけで」

「わかってる！」

「ほかにメールはなかったのか？　似たようなメールは」ヘンリックが尋ねる。

「ありませんでした。リュドベリが送ったのも、だれかほかの人間がレーナ・ヴィークストレムに送ったのも」

「よし」グンナルが言った。「もう一度レーナを問い詰めるぞ。なんとしても口を割らせるんだ。移民局がどうかかわってるのか突き止める。職員をみんな調べて……」

　手で顔をさすり、続けた。

「レーナの携帯電話も調べよう。メール、通話――全部だ！　それから、レーナとちょっとでも接点のある人間を、ひとり残らず探し出せ。クラスメイト、恋人、おば――全員から話を聞くんだ。あと、港に停泊する予定の船を、ライネル・グスタフソン社長にリストアップしてもらえ。そこに挙がった船の船長に連絡して、船の上で貨物を開けてもらうんだ」

「しかし、船の上でコンテナを開けるのは無理ですよ。ひとつの船に六千個以上載ってることもあるんですから」ヘンリックが言う。

「それに、海の上では風が強かったり、嵐になったりすることもありますし」ミアが付け加えた。

グンナルはまた手で顔をさすった。

「それじゃあ、港に着いた時点で全部開けるしかないな。とにかく、こんなことをした奴をなんとしてもつかまえるんだ。見つけるまでは、みんな絶対に、絶対にあきらめるんじゃないぞ！」

＊　＊　＊

フォボスは腰から拳銃を抜いた。握った感触は悪くない。いつものとおりだ。慣れた手つきでズボンのベルト部分に拳銃を戻し、ジャケットで隠した。

それからまた拳銃を抜いた。そして、また。

ふつうの状態から非常事態へ、すばやい切り替えが大切だ。とりわけ、見張りをしているときには。なにが起きてもおかしくないと学んでいる。厄介なのは黒服の男たちだけではない。肌もあらわな服装の若い女だって、手に負えなくなることがある。

屋上からは裏道がよく見渡せた。見張り先よりも一階分だけ高いところにあるこの屋上で、フォボスはとなりの建物のコンクリートの外壁にもたれて立っている。

彼が見下ろしているその場所は完全に閉ざされ、金属板で隠されていた。縦長の看板の明かりが、石畳に頼りない光を広げている。破れた日よけの布が風にはためいている。空き缶が歩道の縁に当たってからからと音をたてた。

フォボスは扉に目を向けている。そのとなりの窓は格子窓になっている。中で取引が行われていることなど、だれにもわからない。が、行われているのだ。四時間前から。そのあいだ、フォボスはずっと立っていた。暗闇の中で。

取引が終わるやいなや、彼は警護対象者が無事に移動できるよう取りはからうことになっている。が、たぶんあと一時間は終わらないだろう。もっと早く終わればいいとは思うが。

フォボスは心底そう願っている。寒いのだ。だから、また拳銃を抜いた。寒さをしのぐために。

＊　＊　＊

今日はずっと、あの子のことを考えていた。

カール・ベルセリウスはため息をつき、テレビを消して窓辺に向かった。庭を見渡そうとした。が、外は深い井戸の底のように真っ暗だった。

白い窓枠の中に、自分の姿が映って見える。陰鬱な気分で、なぜあの子は電話に出ないのだろう、と考えた。

家の中は静まり返っている。マルガレータは早々に就寝した。夕食の席では妻を黙らせた。

話などできなかった。ましてや食べることなどできるわけがなかった。マルガレータはいぶかしげにこちらを見ていた。小柄で華奢な身体をそわそわとよじらせていた。スチールフレームの薄い眼鏡を指先でいじっていた。食事をつつくように少しずつ食べていた。マルガレータが知る必要のあることはひとつもない。なにひとつない。カールはそう自分に言い聞かせた。

自分の両手を見下ろし、深い後悔に襲われた。

どうしてあの文字をすぐになんとかしなかったのだろう。どうしてあの子のうなじに刻まれたままにしておいた？

もっとも、なぜかはわかっていた。あんな文字が刻まれている理由を他人に説明するのは、あまりにも難しく、あまりにも面倒だったからだ。うなじに刻印があるなどとばれたら、はみ出し者扱いされることはまちがいない。噂が広まったことだろう。〝ベルセリウスさん、ずいぶん妙な子を養子にしたらしいよ！〟自分を傷つけるおそれのある子どもだと思われて、そういう子どものための施設に入れる、などという話も出たかもしれない。

不安が怒りに変わっていくのがわかった。いかにも歴史は繰り返す。あの子のせいで、またもや私の名声が危うくなっている。そればかりか、あの子は自分自身の評判をも貶めかねない。なんといまいましい。なにもかもあの子のせいだ！

そう考えると、あの子が電話に出なかったことがありがたく思えてきた。もう話をしたいとは思えなかった。

これからはもう、こちらからはいっさい連絡しないようにしよう。

この重大な決断にわれながら満足して、ゆっくりとうなずいた。

そのまま長いこと窓辺に立っていた。それから居間のテーブルランプをすべて消し、寝室に入って、マルガレータの傍らに身を横たえて眠ろうとした。

約一時間後、彼はまだ目覚めていた。ベッドから起き上がり、紺色のガウンをはおって、幅のゆったりとしたスリッパをはいた。足を引きずるようにしてソファーへ行き、億劫そうに腰を下ろすと、またテレビを見はじめた。

＊　＊　＊

ワインセラーにはボトルが十二本入っていた。

ヤナ・ベルセリウスはそのうちの一本をつかみ、電動コルク抜きをはめて開けると、クリスタルのグラスにワインをなみなみと注いだ。ひと口飲むと、薄黄色の液体がのどを通って下りていくのが感じられた。

とてもあの引き揚げ現場にはいられなかった。しばらくはあの場でコンテナ内をのぞき込んでいたが、やがてヘンリックにひとことことわって去った。足早に区域を横断し、車に乗って帰ってきた。

じっと立っていることができない。なにかしていないと落ち着かなかった。冷蔵庫を開け、トマトを一枝引っ張り出した。ナイフを持って切りはじめる。ゆっくりと薄い皮にナイフを入れ、半分に切ったトマトをボウルに入れると、もうひと口ワインを飲んだ。キュウリを出し、水で洗って、ナイフを当てた。

コンテナに思いを馳せる。あの中身にはきっと自分にとって重要な意味があるのだろうと、心の底ではあらかじめわかっていた。文字と数字の組み合わせは夢に見ている。見ていたから、覚悟もできていた。だが、あの鏡がコンテナの中で見つかるとは思っていなかった。キュウリを次々とスライスする。〝どうしてあれが私のだってわかるんだろう？〟スライスするスピードが上がる。〝私もあの中にいたってこと？　きっとそうなんだ〟。どんどんスピードが上がる。〝私はあの中にいたんだ！〟いまや彼女はすさまじい勢いで野菜を切っていた。

そしてナイフを振り上げ、まな板にぶすりと刺した。刃が木の板に深く食い込んだ。

考えをめぐらせる。うなじに刻まれた文字のあたりで思考がさまよう。〝どうして私にはあんなものがあるんだろう？　どうして文字が刻まれてるんだろう？〟

すべての疑問に答えが欲しくてたまらない。が、聞ける相手はいなかった。レーナを除いては。

拘置所にいるレーナに会いに行くという考えはすぐに却下した。どんな質問をしているか、だれかが偶然聞いてしまうかもしれない。そうしたら不審に思うだろう。ヤナが独自に調べを進めていることにも気づいてしまうかもしれない。そんなよけいなリスクは冒したくなかった。

深呼吸をする。ほかに質問できる相手はひとりもいない。ただのひとりも。いや……ヤナは顔を上げ、まな板に突き刺さったナイフを見つめた。でも……やっぱり、だれもいない。あるいは？　ひょっとすると、ひとりいるかもしれない。ひとりだけ。でも、彼はもうこの世にいない。生きていたら、きっと全部教えてくれただろう。でも、もう生きてはいない。〝ほんとうに？　生きてるんじゃない？　そんなはずは……でも、ひょっとすると？〟

ヤナはワイングラスをつかんでパソコンをめざした。ワインを一気に飲み干すと、パソコンの前に座り、企業や個人の連絡先を調べるための検索エンジンを開いた。ほんの少しためらったが、やがて〝ハデス〟と入力し、改行キーを押した。

企業やインターネットショップがたくさん出てきたが、個人名としては一件もヒットしなかった。べつの検索エンジンを開き、同じ名前を入力した。ヒット数は三千百万件にのぼった。

ヤナはため息をついた。こんなことをしても意味がない。たぶんもうこの世にはいないのだ。生きているはずがない。あり得ない。でも、だとしたらレーナはどうして、彼が生きているとほのめかしていたのだろう？

検索ワードを変えて〝名前　ハデス〟と入れてみたが、やはり大量のページがヒットした。彼につながりそうな手がかりを見つけようと、あらゆる名前の組み合わせで試してみた。

あきらめかけたところで、あることを思いついた。本気で人を探したいのなら、警察のコンピューターで調べるのがいちばんいい。

警察のデータベースにアクセスしなければ。
だれにも気づかれずに。

〝クリッレ〟の愛称で呼ばれているクリスチャン・オルソンは、ゴミ袋を載せるカートをぱたぱたと叩いた。イヤホンから音楽がほとばしっている。大音量で鳴り響く、のどから絞り出したような声。

ビリー・アイドルの『ホワイト・ウェディング』だ。

クリッレはリズムに合わせて首を振り、声を合わせて歌った。

時刻はもうすぐ零時、プラットホームに人の気配はない。

クリッレはいつもどおりカートをゴミ箱の前に置くと、ふたを開けて中身を袋ごと取り出した。袋は重く、かなりの力が要った。

なんだよ、このゴミの多さ、と思いながら、袋の口を結んで閉め、すでに載っている袋三つとともにカートに載せた。

新しい袋をロールから引っ張り出し、携帯音楽プレイヤーのボリュームを上げて、歌った。立ち止まり、カートを叩きながら勢いをつけて歌いつづける。

ひとり笑みを浮かべ、新しい袋をゴミ箱にかぶせてカチリと金具をはめた。

次のゴミ箱に向かってカートを動かしていると、ベンチの後ろの狭い空間から脚が突き出しているのが見えた。近寄ってみると、女の子が石壁にもたれて座っている。熟睡中だった。

クリッレは思わず女の子の両親を捜してあたりを見まわした。が、プラットホームにはだれもいない。ゆっくりとイヤホンをはずし、少女のそばに寄ってそっと揺り起こした。

「おい」と呼びかける。「ちょっと！」

少女は動かなかった。

「なあ、お嬢ちゃん、起きな！」

指先で頬をつつく。もう一度、もう少し強く。すると少女はぱちりと目を開けた。褐色の瞳がまっすぐにクリッレの目を見つめ、その一秒後に少女は立ち上がった。両腕を振り回して叫んでいる。クリッレから全速力で離れようとしている。

「落ち着けよ」とクリッレは言った。

が、少女は耳を貸さなかった。クリッレからあとずさっていく。

「おい、止まれ」少女が向かっている先に気づいて、クリッレは声をあげた。「ちくしょう、止まれってば。危ない！」

少女はそのままあとずさった。

「止まれって！　後ろ！」クリッレは叫び、少女をつかまえようと駆け寄った。

が、遅かった。少女の足はそのまま線路の上の空を切った。少女が最後に見たのは、クリッレのおびえきったまなざしだった。

次の瞬間、目の前が真っ暗になった。

アネリー・リンドグレンは手袋をはずした。軽くめまいを覚える。ひどく骨の折れる一日だった。長時間ずっと働いているのに、水分をほんの少ししかとれていない。

家に帰って眠りたかった。が、まず母親に預けた息子を迎えに行かなければ。今日、どれほどの仕事が自分を待ち受けているかわかった時点で、しかたなく母親に電話して子どもの面倒をみてもらうことにしたのだった。

いまは夜の十一時、対象区域とコンテナ内に印をつける作業がやっと終わった。カメラには千枚を超える写真が収められ、バッテリーが切れかかっている。チームメンバーはすでに現場を去っていて、残っているのは制服警官数人とグンナル・エルンだけだ。

そのグンナルが、アネリーのそばにやってきた。

「そろそろ帰るか？」

「ええ」

「車で送っていこうか？」

アネリーは疑わしげな顔で彼を見た。

「疲れてるみたいだから」とグンナルが言う。

「それはどうも」

「おい、べつに嫌味のつもりじゃ……」

「わかってる。確かに疲れてて、さっさと帰りたいけど、その前に署に寄ってカメラとかいろいろ置いてこなきゃ」

「寄るのはかまわないぞ」

「ほんとに？」

「ああ。行こう」

＊　＊　＊

ヤナ・ベルセリウスはブリーフケースを持って壁沿いに立ち、広い共用オフィスを見渡している。机に向かっている女性がひとりいて、パソコン画面を見据えながらキーボードを叩いている。ほかにはだれもいない。夜の十一時、夜勤の警官たちは出動中なのだろう。あるいは引き揚げ現場に行かされているのかもしれない。

ちょうどいい、とヤナは思った。

留置所にちょっと用事があって、と嘘をついたら、警察署に入るのは簡単だった。女性警官に向かってつかつかと歩いていくと、警官が仕事の手を休めて顔を上げた。まだ若い。二十代前半だろう。青い瞳。真珠のピアスをしている。

「こんばんは。検事のヤナ・ベルセリウスといいます」

「こんばんは。マティルダです」

「いま、グンナルのチームと仕事をしていて、いつもあちらの部屋でミーティングをしているんですが」ヤナはそう言って会議室のほうを指差した。

「それがなにか？」

「実は、あなたの助けが要るんです。前回のミーティングで会議室にノートを忘れてしまって。ドアの鍵を開けていただけないでしょうか？」

マティルダは時計を見やり、怪訝な顔をしてヤナを見た。

「留置所に用事があるんです」とヤナは言い訳した。「今夜、逮捕される人が出た場合にそなえて、メモをするためのノートが要ります」

マティルダは彼女の嘘を信じた。微笑み、椅子から立ち上がった。

「もちろん。かまいませんよ」

ヤナはちらりと画面を見やり、データベースが開いていることを確認した。マティルダはログイン中だった。

マティルダのあとについて会議室への廊下を歩いた。彼女は通行証を使って鍵を開け、ヤナが通れるようにドアを押さえてくれた。

「どうぞ」

「ありがとうございます。あとはもう大丈夫ですから」

「ノートが見つかったら、出ていくときはちゃんとドアを閉めてくださいね」

「もちろんそうします。この部屋のどこかにあるはずなんだけど」ヤナはそう言いながら会議室に入った。

マティルダが仕事に戻っていくのが音でわかった。いかにも探しているように見えるよう、テーブルのまわりを一巡した。それからブリーフケースを開け、ノートを出して、会議室を出てドアを閉めた。

「ありました」マティルダのそばを通りながら言う。「ありがとうございました」

「どういたしまして。よかったですね」とマティルダは言い、共用オフィスを出ていく検事に向かってぼんやりと手を振った。

＊＊＊

マティルダのまわりが静かになった。ハードディスクがざわめき、天井の換気扇がうなっている。

ひとりで仕事をするのは好きだ。とくに夜がいい。同僚からの質問で作業を中断させられたり、ひっきりなしに鳴る電話に邪魔されたりすることなく働けるから。

エレベーターのほうで、ピンポン、と音がして、扉が閉まるのが聞こえてきた。

携帯電話を出し、恋人に電話をかけようとしたところで、物音がした。金属音。キッチンのほうから聞こえる。マティルダは耳をそばだてた。空耳だろうか?

椅子から立ち上がる。なんの音か確かめに行かなければ。携帯電話を持ったままキッチンへ向かい、天井の明かりをつけると、調理台や食卓をざっと見渡した。

キッチンは肌寒く、彼女は自分の身体に両腕を回してぶるりと震えた。

また音がした。窓のほうに目を向ける。窓がひとつ開いているのが見えた。彼女はほっと肩の力を抜き、閉めようと窓辺へ向かった。閉めた瞬間、背後でバタンと音がした。驚いてびくりと身体が震えた。キッチンの扉が閉まったのだ。

「大丈夫よ、風で閉まっただけでしょ」心臓の鼓動が速くなっているのがわかって、ひとりそうつぶやいた。

窓枠についた取っ手を回してロックすると、調理台の上、フルーツの山盛りになったかごにちらりと目をやったが、なにかもっと甘いものが食べたいと思った。求めていたものは、縞模様の容器に入っていた。丸いクッキーを容器から直接口に運ぶ。もうひとつクッキーを手に取ってから、ふたを閉め、仕事に戻ることにした。

キッチンの扉の取っ手を握ったが……動かない。微動だにしなかった。鍵が閉まっている！　なんということだろう！

もう一度、取っ手を動かそうとしてみる。やはり開かない。どうして鍵が閉まってしまったのだろう？　わけがわからない。そっと扉をノックしてみたが、そんなことをしても無駄だとすぐに気づいた。

だって、いま、この部署には自分しかいないのだから。

ヤナ・ベルセリウスは、マティルダが扉を叩く音を聞きながら、すばやく机に向かって座り、パソコンのキーボードを引き寄せた。

さっさと作業を進めなければ。

*　*　*

グンナル・エルンは大あくびをしているアネリー・リンドグレンのためにドアを開けてやった。引き揚げ現場から警察署まで車で移動しているあいだ、彼女はこくりこくりと船を漕いでいた。

「もう着いたの？」

「ああ。荷物、おれが持っていこうか」

「ううん、自分で持つ」

グンナルはバックドアを開けると、大きな重い鞄を出した。カメラバッグもつかんで出し、こちらはアネリーに渡した。

アネリーはそれを肩にかけると、またあくびをした。それからふたりは肩を並べてエレベーターに向かい、ボタンを押して、四階へ上がるためしばらく待った。

マティルダはどうしたらいいのかわからなかった。扉を叩く。もう一度取っ手に触れ、全力で扉を押し開けようとする。が、どうにもならなかった。一度、二度、三度、扉を叩きつづけた。

「すみません」と叫ぶ。「だれかいませんか？」

そしてまたもや、自分はいまこの部署にひとりきりなのだ、と気づいた。そうだ、ポケットに携帯電話が入っているじゃない。でも、だれにかければいい？　最初に思いついたのは恋人だった。が、彼には警察署に入る権限がない。自分の考えたことの馬鹿馬鹿しさに笑いそうになった。じゃあ、受付は？　受付にかければ、建物の管理人さんかだれかをここに呼んでくれるかもしれない。が、そこまで考えたところで、自分がいま持っているのはプライベート用の携帯電話だと気づいた。この電話には、警察署への直通番号も、各部署への内線番号も登録されていない。

もう、なんなのよ、馬鹿みたい。マティルダはそう思いながら扉を蹴った。

＊　＊　＊

エレベーターが動き出した音がヤナの耳に届いた。マティルダが扉を叩いているのも聞こえた。いや、もはや蹴っているようにも聞こえる。

検索は終わったが……なにも見つからなかった。ハデスと検索したのでは結果ゼロだ。なんという名前で検索すればいいのだろう？　必死になって答えを探す。なにか思いつけ！　考えろ！　考えろ！　考えろ！

エレベーターが止まった。きっとどこか下の階で止まったのだろう。ほっと息をついたところで、エレベーターがまた動き出す音がした。上がってきている。

ヤナは考えた。ハデス以外に彼が名乗りそうな名前は？

唇を噛む。思考が渦巻く。ふと、記憶の中にひとつの名前が浮かび上がってきた。〝ダン〟とかなにかで始まる名前……

ダンと入力すると、その名前をもったくさんの人々について、大量の情報が表示された。が、〝ダン〟という名前ではなかった気がするのだ。ダノ……ダミアン……ダニエル……ダニーロ……ダニーロ！　ヤナはさっそくその名を入力した。

エレベーターが近づいてくる。

〝早く！　結果を出して！〟

目を上げてモニターの上から前を見やり、すぐさま画面に視線を戻した。その瞬間、結果が出た。ダニーロという名の人間は何人もいた。が、ダニーロ・ペーニャという人物に目がとまった。セーデルテリエに住んでいるらしい。

携帯電話を引っ張り出すと、画面をそのまま写真に撮り、すぐに閉じた。それから靴を脱いでエレベーターへ走り、ボタンを押した。キッチンへ忍んでいき、ドアの取っ手の下に差し込んでおいた椅子をそっとどかしてから、扉の開いたエレベーターへ駆け込み、地下駐車場のボタンを押した。

ゆっくりと扉が閉まる。閉まりきる直前、となりのエレベーターがピンポンと音をたて、扉が開いて人が降りてきたのが聞こえた。

＊　＊　＊

重い鞄が腰に当たってこすれるので、グンナルはエレベーターを降りるときに鞄を持ち直した。

アネリーも続いてエレベーターを降りた。

夜はいつもそうだが、オフィスもほかの部屋もがらんとしていて静かだ。ふたりはアネリーのオフィスへ向かい、明かりをつけて、鞄をふたつとも室内に置いた。

＊　＊　＊

「すみません」マティルダが叫ぶ。「だれかいるんですか？　もしもし？」

扉を叩き、また取っ手に触れる。すると……簡単に押し下げることができた。ぐいと扉を開けたら、驚いた顔のグンナル・エルンとぶつかりそうになった。

「ああ、助かった！」マティルダが言う。「来てくださってよかった。中に閉じ込められてたんです」

「閉じ込められてた？」ちょうどオフィスから出てきたアネリーが言った。

「ええ、キッチンに！　ドアの鍵が閉まっちゃって。出られなかったんです」

グンナルはキッチンの扉に近寄り、取っ手に触れた。押し下げ、また上げる。なんの問題もない。

「妙だな。この扉が勝手に閉まるわけがない。鍵すらかからない扉だぞ」

「でも……出られなかったんですよ」マティルダが言う。

「いまはどうやって開けたんだ？」

「いまは、ええと……ドアが開いたので」

「じゃあ開いてたってことか？」

「いいえ、それまでは鍵が閉まってました。開けられなかったんです」

「でも、しばらくしたら開けられた？」

「ええ」

マティルダは自分が馬鹿に思えてしかたがなかった。どう説明したらわかってもらえるだろう？　ほんとうに閉じ込められていたのに！　とはいえ、どんなことがあったか詳しく説明する気力は、もう残っていなかった。

「変なの」とつぶやき、ふてくされた顔で足音高く自分の机に戻っていった。

四月二十五日、水曜日

ヘンリック・レヴィーンははっと目を覚ました。自分がどこにいるのかわからなかったが、数秒後、居間のソファーで寝入ってしまったのだと気づいた。

室内は真っ暗だ。携帯電話を見ると、時計は夜中の二時半を示していた。ということは、ほんの二時間ほどしか眠っていないわけだ。画面の明かりが消え、またあたりが真っ暗になった。

七時、くぐもった音で目が覚めた。寝入って電話を落としたらしく、床を探す。ソファーの下にあった。アラームを消すと、身体を伸ばした。ぐっすり眠れた気は微塵もしなかった。

エマや子どもたちといっしょに急いで朝食をとり、車で警察署へ向かった。最初に会ったのはグンナル・エルンで、ふたりはともに会議室へ向かった。

「コンテナに入っていた人たちは、みんな射殺されたらしい。骨にそれらしき跡が残ってる」グンナルが言った。

「殺されて海に沈められたわけですか」

「そうなるな」

「でも、どうして殺されたんでしょう。金の問題でしょうか。それとも、麻薬？　密入国斡旋業者に金を払わなかった難民とか？　だれかがあの人たちを裏切ったんですかね。それとも、あの人たち自身が密入国斡旋業者とか？」

「わからんが、おれも似たようなことを考えてる。なによりもハンス・ユレーンが気になる。どうして奴が殺されたんだろう？」

「また奥さんから事情を聞くべきですかね？」

「かもしれんが、レーナからもっと絞り出せるだろう。ヘンリック、正直な話……」

　グンナルは立ち止まり、廊下の両側を見た。それからヘンリックを見つめ、ため息をついた。

「とてつもなく複雑なことになってきた。どこに集中したらいいのか、もうよくわからない。まずハンス・ユレーンが殺された。次に少年が殺されて、それからトーマス・リュドベリだ。そのうえ海の集団墓地が見つかった――そう簡単に消化できる話じゃない。あっさり公にできる話でもないだろう。なのにカーリンがしつこくてかなわん」

「記者会見を開けって？」

「ああ」

「でも、はっきり言えることはなにもありませんよね。現時点でわかってることが少なすぎる」

「そのとおり。しかも公にするのなら、全部抑え気味に伝えなきゃならない。おれたちの手には負えなくなってきている気がするんだ。ひょっとしたら国家刑事警察の協力を頼まなきゃならないかもしれんが、おれがどう思ってるかは知ってるだろう」

グンナルの顔に影が差した。

ヘンリックは考え込んだ。

「とりあえずそれは、レーナからまた話を聞いてからにしましょう」

グンナルは彼と目を合わせた。目が充血して潤んでいる。彼は片手を広げてみせた。

「わかった。もう少しはっきりするまで待とう」

＊　＊　＊

六時四十五分、ヤナ・ベルセリウスは高速E４号線に乗った。

すでに日の出は過ぎ、東から眩しい光が射している。

ラジオから流れていた音楽が途切れ、ニュースと天気予報に切り替わった。気象予報士が、着氷性の雨と道路の凍結に注意を呼びかけている。

ニューシェーピンを過ぎると道路が混みはじめ、日差しも消えた。空は暗灰色になり、気温が零度まで下がった。強い雨がアスファルトを叩いている。

ヤナは前方に延びる濡れた道路をまっすぐに見つめた。車の音に耳を傾けた。両側を森が流れ去っていく。野生動物を守るためのフェンスが、視界の端から消えていく。

テールライトが赤い線と化す。

イェルナのあたりで渋滞が始まった。混雑がやわらぐのを待っているあいだに携帯電話のアプリを開き、ダニーロ・ペーニャの住所を入力した。車に搭載されているカーナビを使うのは危険すぎる。あとで調べられた場合に、足取りが容易にわかってしまうからだ。

アプリは明快な道順を示してくれた。目的地までわずか十分とわかった。

雨は止んだが、重苦しい灰色の雲は残っている。ヤナは高速道路を降り、セーデルテリエの中心街に向けて走った。右に曲がるとロンナ地区に入った。高層アパートが並び、バルコニーが緑や青、オレンジ色に塗られている。手書きの外国語で記された蛍光色の看板が通りにあふれていた。

壊れたバス待合所に若者グループが座っている。少し離れたところで老婦人がひとり、茶色の杖で身体を支えている。タイヤのパンクした車。前輪のない自転車。あふれそうなゴミ箱。

ヤナは三十六番地の入口を探した。スヴェディエ通りの奥に見つかった。路上駐車すると、駐車料金を払おうと思ったが、落書きで汚された自動支払機は故障していた。高層アパートに向かう途中で何台か車のそばを通ったが、どれもバックミラーから十字架やイコンが下がっていた。ヤナは少し歩幅を広げて路上の水たまりを避けた。

入口を入ったところで、髪をスカーフで覆った女性が三人、座っておしゃべりに興じていた。建物に入ってくるヤナを、無遠慮に、不愉快そうな目つきで見つめた。階段室には、子どもの泣き声、荒らげた声、ドアをバタンと閉める音が響き渡っていた。空気が冷たく湿っている。食べもののにおいが漂ってもいた。

入口の掲示板で目的地は九階とわかったので、エレベーターに乗った。格子のすき間からそっと外をのぞく。階段にいちばん近いドアに〝D・ペーニャ〟と記されていた。

エレベーターを降り、ドアをノックしようと手を上げたところで、ドアが開いていることに気づいた。取っ手を押し下げ、すき間を広げる。

「すみません」と呼びかけ、玄関に入った。

家具はひとつもない。ラグマットが床に敷いてあり、黄土色の壁紙が貼ってあるだけだ。もう一度呼びかけたが、こだましか返ってこなかった。

ヤナは一瞬ためらったが、結局勇気を振り絞ってまっすぐ居間に入った。カバーが切れて中身の飛び出したソファー、その前に小さなテーブル、テレビ、シーツのないマットレス、枕、格子柄のブランケット。窓のすき間から風がひゅうひゅうと吹き込んでいる。

ヤナは居間を横切ってキッチンをめざした。立ち止まり、息を止めて、耳をそばだてた。何秒か、そうして立っていた。それからキッチンへの敷居をまたいだ。その瞬間、拳が飛んでくるのが見えた。殴られて床に倒れる。また拳が見えて、かわそうとすぐさま前腕を出した。もう片方の腕も上げると、拳は手首に命中した。すさまじい痛みだった。

起き上がれ、とヤナは考えた。

起き上がらなくては！

左に転がり、右手をさっと胸の下に入れて、身体を起こした。

するると、男の姿が見えた。男が手にしているものも。

「動くな」と男は言った。「命が惜しけりゃ、じっとしてろ」

少女はつばをのみ込もうとしたが、舌が痺れているような気がした。目を開けようとしたが、できなかった。自分に話しかけてくる声が、まるでトンネルの中のように反響して聞こえたが、言葉を理解することはできなかった。だれかに触れられたが、少女はその手を払いのけようとした。

「落ち着いて」と声が言う。

もう一度払いのけようと手を上げたところで頭が激しく痛み、じっとしているしかなくなった。やがて少女は目を開けた。強烈な光が少女を迎えた。

何度かまばたきをすると、目の前に見知らぬ人の姿が見えてきた。少女の横たわっているベッドのそばに、白衣の男性が前かがみになって立っている。

「きみ、名前は?」

少女は答えなかった。

光に慣れようと目を細める。男性は金髪だ。眼鏡をかけていて、あごひげがある。

「ぼくはミカエル・アンデション。医者だよ。きみはいま病院にいる。事故に遭ったんだ。自分の名前はわかるかい?」

少女はつばをのみ込んだ。答えを見つけようと記憶を探った。

「なにがあったか、覚えているかい？」

頭の向きを変え、医師を見つめた。包帯を巻かれた頭がずきずきと痛む。しばらく目を閉じてから、ゆっくりと目を開けた。なんと答えていいかわからなかった。思い出せないのだ。なにも思い出せなかった。

フォボスは拳銃をいじった。立派に任務を遂行できたことはわかっている。期限までに支払いをしなかったあの男を撃つなどわけもなかった。

たったの一発で済んだ。後頭部に、一発。穴。床の血痕。標的に忍び寄っていって、後ろから撃つほうがいい。そうすれば標的は反応する間もないから、抵抗されるおそれもあまりない。標的はばたんと前のめりに倒れる。ほとんどは即死する。たまに、がくがく震え出す奴もいる。うめき出す奴も。

打ち寄せる波で船が大きく揺れた。それでもフォボスはくつろいだ気分だった。満足だ。褒美がもらえるとわかっているから。

ようやくもらえるのだ。それに見合う働きをしたから。

＊　＊　＊

拳銃はヤナ・ベルセリウスの頬から二センチのところにあった。

目の前の男が、口の端にわずかに漏れた唾液をさっと拭った。長い褐色の髪に、茶色の瞳、角張った顔。

だれだろう？　これがハデスなのか？

「おまえ、何者だ？」男はそう言うと、ヤナの頬に銃口を押しつける力を強めた。

「検事です」とヤナは答えつつ、逃げ道がないかすばやく考えをめぐらせた。

いまいるのはキッチンだ。居間は背後、玄関は前。逃げ道はふたつあるが、一方はもう片方よりも時間がかかる。この男を殴って気を失わせることもできなくはないだろうが、いまは拳銃を持っている男のほうが有利だ。

ヤナは調理台を見やった。

包丁は見当たらない。

「無駄だぞ」男が言う。「検事のおまえがおれの家でなにをやってるのか答えろ」

「あなたの助けが要るの」

男は笑い声をあげた。

「へえ？　助けね。そりゃ面白い。どうやって助けろって？」

「あることを突き止めるのを助けてほしい」

「あること？　あることってなんだ？」

「私の過去」

「おまえの過去？　どうやって助けろっていうんだ？　おまえがだれかも知らないのに」

「でも、私はあなたがだれかを知ってる」

「へえ、ほんとうに？　じゃあ、おれはだれだ？」

「ダニーロ」

「賢いな。自分で調べたのか？　それとも、ドアに書いてあるおれの名前を読んだ？」

「でも、あなたはべつの人間でもある」

「二重人格だって言いたいのか？」

「うなじを見せて」

男は黙り込んだ。

「そこに、べつの名前が書いてある」とヤナは続けた。「なんて書いてあるか、私は知ってる。私の言うことが合ってたら、どうしてそこに名前を刻まれたのか教えて。まちがってたら、さっさと帰るから」

「その取り決めは少し変えよう。おまえの言うことが合ってたら、教えてやる。もちろんなんの問題もない。もしまちがってたら、あるいはおれのうなじに名前なんか刻まれてなかったら、おれはこの銃でおまえを撃つ」

男は安全装置を下げると、ヤナから数歩下がって両脚を広げて立ち、撃つ体勢を整えた。

「殺人未遂で告発することもできるのよ」

「不法侵入で告発することもできる。さっさと言え」

ヤナはごくりとつばをのみ込んだ。

この人でまちがいないだろうとは思う。

が、名前を言っても大丈夫だろうか？

彼女は目を閉じた。
「ハデス」とつぶやくと、銃声が聞こえた。

少女は簡素なウィンザーチェアに座り、床を見下ろしている。背を丸め、両手を腿の下に入れている。

ただ、そうして座っていた。

なにも言わずに。

社会福祉局で働くベアトリス・マルムは、老眼鏡の縁から目を上げ、机の上に置いてある記録簿をそっと閉じた。

「さて、と」前に身を乗り出し、両手を組む。「あなた、運がいいわね。ママとパパができるのよ」

ヤナは目を開けた。

ダニーロは彼女の前に立ったまま、拳銃を下ろしている。ヤナは一瞬、自分が撃たれたのかどうかわからず、身体の感覚を探って確かめた。撃たれてはいなかった。銃弾は彼女のそばを素通りして、背後の壁に穴をあけていた。

ダニーロを見つめる。彼は息をはずませていた。

「どうして知ってる?」歯を食いしばったまま言う。「どういうことだ? なんで知ってるんだよ。言え!」

駆け寄ってくると、すぐそばまで顔を近づけてきた。

「おい、どうして知ってるんだ? 早く言え!」

ヤナの髪をつかんで引っ張り、むりやり頭をのけぞらせた。荒々しい手つきだ。拳銃で額を殴りつけ、こめかみに銃口を押しつけた。

「また撃つぞ。今度はまっすぐここに撃ち込んでやる。だから、さっさと言え。言え!」

「私にも名前があるの」ヤナは険しい声で言った。

ダニーロはそれを聞くやいなや、彼女の頭を横へ倒した。髪を引っ張って乱暴にかき分けた。うなじがあらわになるのがわかって、ヤナはパニックに襲われた。ダニーロの手からすばやく身を振りほどいた。何歩かあとずさり、顔を上げて彼を見た。

ダニーロはかぶりを振っていた。

「嘘だろ。嘘に決まってる。おまえのわけがない」

「嘘じゃない。私なの。だから、教えて。私がだれなのか」

＊　＊　＊

ヤナ・ベルセリウスが自分の人生について手短に語り終えるのに十分かかった。殺風景な居間で、薄いマットレスの上、ダニーロのとなりに座っている。ふたりともひざを立てて座り、頭を垂れていた。

「じゃあ、養子になったのか?」ダニーロが言う。

「そう。養子になった。ヤナっていう名前をもらった。ベルセリウスが名字になった。父は元検事総長のカール・ベルセリウス。もう引退したけど。あの人がなによりも欲しかったのは、自分と同じ道を歩んでくれる息子だった。結局、私がその道を歩むことになった」

ふたりは互いをまじまじと見つめた。やや警戒するように。

ヤナは続けた。

「事故のことはなにも覚えてないの。地下鉄の線路に落ちて頭を強く打って、それで記憶を失ったってことは聞いた。でも、どうして線路に落ちたのか、私がいったいだれなのかは、だれも教えてくれなかった。私はひとりきりだった。事故のあと私を探しに来た人はひとりもいなかった」

「じゃあ、なにも覚えてないのか？」

　ヤナは黙り込んだ。

「なにかの断片や映像は夢に出てくることがあるけど、現実の記憶なのか、それともただの想像なのかわからない」

「自分のほんとうの両親は覚えてる？」

「ほんとうの両親がいるの？」

　ダニーロは答えなかった。

　窓のすき間から、風が大きくうなりながら吹き込んでくる。急に室内が寒く感じられた。

ヤナはひざを抱えた。

「あなたのこれまでの人生について、なにか教えてくれない？」

「教えることなんかない」

「あなたが殺された夢を見たの」

　ダニーロは気まずそうに身をよじった。

「逃げたんだよ。肩を撃たれたけど」そう言うと、スウェットを下げて、右肩に残った大きな傷痕をあらわにした。「おまえが逃げたとき、おれはじっと倒れたまま死んだふりをしてた。ママがおまえを追いかけて走り出したあとに立ち上がって、逃げた。で、ここにいる。

以上」

「あの人たちには見つからなかったわけ？」

「見つからなかったな」

ヤナは考え込んだ。

「そう呼ばれてたの？」

「だれが？」

「ママ。あの女の人、そう呼ばれてたの？」

「ああ」

「私もそう呼んでた？」

「ああ」

ダニーロの肩が少し下がった。

「どうしてここに来た？　どうして過去を探ってるんだ？」

「自分が何者か知りたいの」ヤナは唇を嚙んだ。「あなたのこと、信用しても大丈夫？」

「どういう意味だ？」

「私が秘密を打ち明けても、だれにも話さない？」

「ちょっと待て。おまえ、だれに頼まれて来た？」

「だれにも頼まれてない。自分でここに来たのよ。私が来たかったから。それだけ」

「じゃあ、おれになにをしろと？」

「答えを出さなきゃならないところまで来てしまった。警察を巻き込まずにいろいろ突き止めなきゃならない」

「でも、おまえ、検事なんだろ。それなら警察と話すべきだ」

「だめなの」

「わかった。わかったよ。おまえに協力するかどうか決める前に、どういう仕事を求められてるのか知りたい」

ヤナはためらった。

「おまえの言うことはなにひとつ、だれにも言わない。約束する」ついに彼は言った。信用できそうな口調だったし、ほかに頼れる相手もいなかった。だから、ヤナは話した。


今回の捜査の入り組んだ詳細をすべて語るには一時間以上かかった。ハンス・ユレーンのことを話した。ヴィッドヴィーケンで死体となって見つかった、うなじに名を刻まれた少年のことを話した。トーマス・リュドベリのことも話したが、彼の命を奪ったのが自分だという事実は伏せておいた。

引き揚げ作業について話しはじめると、ダニーロは顔面蒼白になった。

「なんてこった」

「コンテナのひとつに鏡が入ってた。たぶん私のものだったと思う。教えて。私はあの中にいたの?」

「知らない」

「お願い。いたのなら、そう言って」

「いなかった。それでいいだろ!」

「とにかく自分が何者なのか知りたいのよ。あなただけが頼りなの。お願いだから、助けて。私が何者なのか話して!」

ダニーロは立ち上がった。その顔に影が差した。

「だめだ」

「だめ?」

「おまえが勝手に過去を探るのはかまわないが、おれはかかわりたくない」

「私が人に頼みごとをするなんてめったにないことよ。お願い。助けて」

「だめだ。だめ、だめだ!」

「お願い!」

「だめだ!」ダニーロは勢いよくヤナのほうを向いた。「絶対にだめだ。おれはかかわらない。さっさと出ていけ」

マットレスに座っていたヤナを引っ張り上げる。彼女は身をふりほどいた。

「さわらないで!」

「もうここには来るな」

「来ないわよ。約束する」

「よし。失せろ！」

ヤナはその場に立ちつくした。最後にもう一度ダニーロを見やってから、アパートを去った。自分を呪った。なにもかも打ち明けてしまうなんて。自分をさらけ出してしまうなんて。そんなこと、するべきではなかったのだ。

絶対に。

＊　＊　＊

ヘンリック・レヴィーンは時計を見た。十五時五十五分。レーナ・ヴィークストレムの事情聴取開始まで、あと五分。

ヤナ・ベルセリウスが遅れている。これまで一度もなかったことだ。

ヘンリックは頭を掻いた。彼女がこのまま来なかったらいったいどう進めようかと考えた。

ミア・ボランデルが彼の不安に気づいた。

「きっと来ますよ」

そのときちょうど、ペーテル・ラムステットが通りかかった。

「へえ、検事殿が時間どおりに事情聴取に来ない？　それは気がかりですなあ」

そして大声で笑いながら取調室に入っていった。

ヘンリックはため息をつき、また時計を見た。あと一分。中に入って狭い部屋のドアを閉めようとしたところで、廊下を駆けるような足音が聞こえてきた。

ヤナ・ベルセリウスが石床の上を走っている。額に大きな絆創膏をつけていた。

「遅刻ですよ」ヤナが到着すると、ミアが勝ち誇ったように言った。

「そんなことはないと思いますけど。まだ始まっていないのだから、遅刻とは言えないわ」

ヤナはそう答えると、ミアの目の前でばたんとドアを閉めた。

＊　＊　＊

事情聴取は二時間かかった。

ヘンリック・レヴィーンがグンナル・エルンのオフィスのドアを軽くノックした。

「成果ゼロです」

「ゼロだと？」

「コンテナの識別番号を消せと命令したのがだれか、トーマス・リュドベリから受け取ったメールがどういう意味か、あの女、いっさい口を割りません」

「コンテナの中身についてはなんと言ってた？」

「あれについても、なにも知らない、と」

「嘘に決まってる。コンテナがどこにあるか知ってたんだから」

「そうですよね」

「ほかに証拠は？」

「あの女がだんまりを決め込んでる以上、どこまで立証できるか正直わかりません」

グンナルは深々と息を吸い込み、鼻から息を吐いた。

「今日のところはこれぐらいにしておけ」

「そうします。そちらは？」

「ああ、おれももうすぐ帰る」

「なにか予定は？」

「約束があるよ。女とな」

ヘンリックはひゅうと口笛を吹いた。

「色っぽい話じゃないぞ。アネリーが荷物の入った段ボール箱を取りに来るだけだ。おまえは？」

「家族に夕食を買っていって驚かせようと思ってます」

「そりゃワクワクするな」

「ファストフードでワクワクできるものかわかりませんが」

グンナルは笑い声をあげた。

「じゃあ、また明日」とヘンリックは言い、軽い足取りでエレベーターへ向かった。

＊　＊　＊

レストラン〈コランダー〉で二人用テーブルについているヤナ・ベルセリウスは、すでに同僚のペール・オーストレムに苛立っていた。もう二十分以上、先週末のテニス大会で自分がどんな好成績を収めたか、ノンストップで語りつづけているのだ。彼といっしょにいて面倒だと思ったことはこれまでなかったが、いまのヤナは、黙れと口から出かかっているのをなんとかこらえている状態だった。

ヤナはずっと昔から、自分が人付き合いに向いていないことを自覚していて、一匹狼としての人生を歩んできた。それで満足していた。もちろん、仕事で他人とかかわらなければならないことは多いが、それはいつも表面的なかかわりでしかなく、そういう付き合いなら彼女にはなんの問題もなかった。他人と知り合い親しくなるプロセスは、厄介で、骨が折れる。他人に私生活を探られて、答えたくない質問をされるのもいやだった。

はじめはペール・オーストレムのことも癇に障った。が、私のことは放っておいてほしいとどんなに告げても、ほかの大半の人たちとは違って、彼だけはなぜかヤナとの付き合いを断とうとしなかった。むしろ彼女の冷ややかな態度を好み、数年が経ったいま、そのかすかな表情の変化をも読みとれるようになっている。

ペールはワイングラスを指先でもてあそんだ。

「どうした？」

「なにが?」

「どうしたんだ?　ようすがおかしいって、見ればわかる」

「べつに」

「なにかあった?」

「いいえ」

「ほんとうに?」

「ええ。元気よ」

ヤナはペールの視線を受け止めた。彼に嘘をつくのは妙な気分だった。話し相手はほかにいないし、彼にはできることなら打ち明けたい。が、トーマス・リュドベリを殺したなどと話したら、ペールはどう反応するだろう。死んだと思っていたのに生きていた昔の友人を訪ねた、などと話したら、彼はなんと言うだろう。それに、自分の経歴を、隠された過去を知るためならなんでもする、などと話したところで、彼がわかってくれるはずもない。打ち明けたところで意味はないのだ。だれが相手であろうと。

「なにか手伝えることはある?」

ヤナはなんと答えていいのかわからなかった。代わりに立ち上がり、別れの挨拶もせずにレストランを去った。

クヴァーン通りを歩き、ホルメン広場を横切って、やがてクネッピンスボリ地区の市場が開かれる広場も横切った。自宅に入ると、上着を脱いでハンガーに掛け、ハイヒールブーツを脱ぎ、寝室に入ってすぐにパンツも脱いだ。セーターを頭から抜いたところで携帯電話が鳴った。ヤナは絹の下着姿で玄関に戻った。画面を見る。

非通知番号。

ペールにちがいない。仕事の関係者がプライベート用の電話にかけてこないよう、いつも非通知設定で電話をかけているから。

ヤナは応答した。

「食事がどんなに美味しいかっていう話だったら、べつに知りたくないわ」

受話器の向こうは静かだった。

「もしもし？」

電話を切ろうとしたところで、声が聞こえてきた。

「協力するよ」

うなじの毛が逆立った。

聞き覚えのある声だった。

ダニーロの声だ。

「明日、ノルシェーピンの市立公園で待ち合わせだ。二時に」と彼は言った。

＊　＊　＊

グンナル・エルンはアネリー・リンドグレンの腕から身を振りほどいた。

ふたりはグンナルの家で、焦げ茶色の革張りソファーに座り、それぞれワイングラスを手にしている。マンションの部屋の広さは九十七平方メートル、ふたりのいる居間は三十五平方メートルあった。片隅に置かれた、電球の三つついたフロアランプで、室内がぼんやりと照らされている。壁の一面は、新品の本棚三架と、さまざまな酒の入ったガラス戸棚で占められている。その反対側の壁には、絵が五枚、並べて立てかけてあった。ガラス張りのテーブルには、ワインボトルが二本載っている。どちらも空だ。

「こんなこと、しないほうがいい」グンナルが言う。

「こんなことって？」

「おまえがしようとしてることだよ」

「私にここへ来いって言ったの、あなたでしょ」

「段ボール箱を取りに来いと言っただけだ。こんなことじゃなくて……」

「こんなことって？」

アネリーはグンナルの脚に手を置いた。

「こんなことをするためじゃない」

「じゃあ、こんなことは？　どう？」

アネリーは彼に身を寄せ、その首筋に軽くキスをした。

「まあ、悪くないが」

「じゃあ、こんなことは?」

アネリーは自分のブラウスのボタンをゆっくりとはずした。

「なかなかいいと思う」

「じゃあ、こんなことは?」

ブラウスを脱ぎ、グンナルの上にまたがった。

「実にいい」とグンナルは言い、アネリーをぐっと引き寄せた。

四月二十六日、木曜日

ヤナ・ベルセリウスは指示されたとおり、幅の広い砂利道を進んだ。花壇には、丈の高い水仙や紫のクロッカスが顔をのぞかせている。湿った地面と土のにおいがした。大きな岩のそばで曲がり、砂利道を百メートルほど進んだ。小さなファストフードの店が見えるとスピードを緩め、時計を見た。約束の時間には間に合いそうだ。

店で茹でソーセージのホットドッグを注文し、二十クローナを支払ってから、また砂利道を進み、やがて人と背中合わせに座れるようになっている緑のベンチにたどり着いた。右のほう、アナキズムのシンボルが刻まれたそばに座る。ホットドッグをかじって公園を見渡した。

ふたつ向こうのベンチに飲んだくれが四人座っていて、酒販店の袋から缶ビールを出している。悩みなど消えてなくなったようで、その喜びを、遊び場へ向かっている家族連れにぎゃあぎゃあと大声で伝えていた。女の子がふたり、ブランコでどちらが高くまで漕げるか競争している。幼い男の子がすべり台の上で、下りられそうかどうか迷っている。

もうひと口、ホットドッグにかぶりつこうとしたところで、背後から声が聞こえた。

「振り向くな。電話を出せ」

存在感が伝わってきた。

彼が背中合わせに座っている。

ヤナは携帯電話を耳に当てた。

「そうやってずっと電話を持ってろ。そうすれば電話で話してるように見える」

「どうしてノルシェーピンで会うことにしたの？」

「用事があったから」

「どうして気が変わったの？　どうして協力してくれる気になったの？」

「それはどうでもいい。おまえの気は変わってないのか？」

「変わってない」

「だとしても、荒仕事は自分でやれよ」

「わかった」

「おまえに全部は教えられない」

「なになら教えてくれるの？」

「名前はアンデシュ・ポールソン。アルコスンドにいる。そいつに運転のことを聞け」

「運転のことって？」

「教えられるのはそれだけだ」

「運転のことってなんなのよ？」

「奴に聞け」

「そいつが黒幕なの？」

「違う。でも、奴の知ってることでじゅうぶんだ」

「どうしてわかるの？」

「わかるんだ。おれを信用しろ。じゃあな」

「ちょっと……」

ヤナは振り返った。

ダニーロはいなくなっていた。

＊　＊　＊

ダニーロ・ペーニャは急いで公園を去った。これであの女はアンデシュ・ポールソンを探し出すだろう。ひとり薄く笑みを浮かべる。わかっているのだ。ヤナはすぐさま奴のもとへ向かう。そして、それが彼女の人生最後の行動になる。

公園を出ると、携帯電話を出してメールを打った。〝これから客が来るぞ〟

＊　＊　＊

グンナル・エルンは急いでシャワーから出ると、腰にタオルを巻いた。

寝室では、アネリーが両手を背中に回してブラジャーの金具をとめつつ、息子の面倒をみてくれていた人と電話で話していた。電話を切ると、携帯電話をベッドに放り投げた。

グンナルは時計を見た。十三時開始の記者会見に遅れてしまっている。

「なんて言い訳したらいいんだ?」グンナルはアネリーに言った。

「緊急出動があったからとかなんとか言えば? 腐っても警察官なんだから」

グンナルはベッドに寝転がり、ひじで這ってアネリーに近寄った。

「別居したばかりの男女はセックスするべきじゃない。たった一か月しか経ってない場合はなおさら」

「そのとおりね」

「これが習慣化するのはよくない」

「そうね」

アネリーは立ち上がり、ジーンズをはいてブラウスのボタンをとめた。

グンナルは彼女を玄関まで送った。扉のそばに置いてあった段ボール箱を持ち上げた。

「これ、忘れるなよ」

「今晩取りにくるわ」とアネリーは言い、外に出て扉を閉めた。

グンナルは段ボール箱を抱えたまま、ひとり玄関に残された。

笑みを浮かべていた。

＊　＊　＊

アンデシュ・ポールソンは制限速度を超えるスピードで車を走らせて自宅をめざした。カーブでは最短距離を取ろうと、ライトバンを反対車線に大きくはみ出させた。

ヤンスベリの小さな集落まで来たところで県道二百九号線を離れた。休憩所のそばに黒いＢＭＷがとまっているのが見えた。クラッチを底まで踏み、ギアを三速に入れようとシフトレバーを握る手に力を込める。四百メートル進んだところで急停止し、自分の赤い家に駆け込んだ。どの窓もブラインドが下がっている。外から見られないようにするためではなく――となりの家までの距離はかなりある――昼の光が嫌いだからだ。

家中にごみが散らかっていた。段ボール箱がいくつも積んである。山積みになった古新聞、紙皿に載ったままの古い残飯、ボトル、ビール缶、ファストフードの箱。鼻をつく腐乱臭が漂い、空気が淀んでいるが、アンデシュはいっさい気にしていない。実際、なにもかもがどうでもよかった。家のことも、自分のことも。かつては気にかけていたが、その主な理由だった女ははるか昔にがんで死んだ。そのときからもう、家事などいっさいできなくなった。そのまま年月が経ち、ものごとに手をつけるのがどんどん難しくなっていった。あきらめてしまうほうが楽だった。はじめから気にかけないほうが楽だった。

玄関の鍵を閉め、靴をはいたままキッチンへ向かう。飼い猫のどれかが一週間前に出した排泄物はうまく避けた。あのときはあまりにも腹が立って、排泄物ではなくその原因となったほうを始末した。どの猫のしわざかわからなかったから、みんな罰した。猫どもには抵抗され、引っ掻かれ、つばを吐かれて牙を剝かれたが、地下の冷凍ボックスにみんな突っ込んでやった。

そしていま、彼は立ち止まり、包丁立てを見つめている。空になっている。おかしい。ひきだしを開けてみた。そこにも包丁は入っていない。不安が忍び寄ってきた。戸棚を開けて、いちばん上の段を手で探ってみた。

なにもない！

すぐさま腰に手をやり、ズボンのベルト部分についている小さなケースに触れた。なにはともあれ、これはちゃんとここにある。

「なにか探してるの？」

背後からいきなり聞こえた声に、アンデシュは身体が麻痺したようになった。

ヤナ・ベルセリウスが拳銃を手に、キッチンの入口に立っていた。

「探しものは、これ？」

彼女は銃の安全装置をはずし、手袋をした両手でぐっと握った。

「こっちを向かないで！」

アンデシュは笑い出した。うつろな、不自然な笑い声。かぶりを振り、調理台を見下ろす。手は腰に当てたままだ。

「それのありかがどうしてわかった？」

「あなたが帰ってくる前に、家の中を調べる時間があったから」

「どうやって入った？」

「窓が好きなの」

「何者だ？」

「質問は嫌い」

「用件も聞いちゃいけないのか？」

「あなたがした運転について聞きにきた」

「運転？　なんのことだかさっぱりだな」

「わかってるはずだと思うけど」

アンデシュはため息をつき、パイン材の天井を見上げると、また視線を落とした。

「なにを運転していたの？」ヤナがまた言う。

アンデシュは背筋を伸ばした。

彼の前腕の筋肉がゆっくりとこわばっていくのにヤナは気づいた。頭を傾けた瞬間、間一髪で鋭い刃が風を切ったのを感じた。アンデシュは稲妻のような速さで向きを変えていた。ナイフは彼女の頭から数センチ離れた壁に刺さっていた。

ヤナは彼に拳銃を向けた。

「はずしたわね」

アンデシュは視線をさまよわせ、身を守る道具を探した。黒いトースターをちらりと見やった。

「頼む。殺さないでくれ」

「もう一度聞くわ。なにを運転していたの?」

アンデシュはもう一度トースターを横目で見やると、一瞬でそれをつかんでヤナに投げつけた。そのすさまじい威力に、ヤナは拳銃を落とした。銃は飛ばされて床に落ちた。

ヤナはアンデシュを見つめた。

アンデシュはヤナを見つめた。

ふたりとも同じことを考えていた。

拳銃!

同時に床へ身を投げたが、グリップに手が届くのはヤナのほうがわずかに早かった。アンデシュは彼女の手から拳銃を奪い取ろうとした。彼女の脇腹に肘鉄をくらわせ、手を離させようとした。が、彼女は必死に拳銃を握りしめた。

アンデシュの肘鉄は続いたが、ヤナは歯を食いしばり、一発のパンチにすべてを賭けた。背中の筋肉が張る。肩の部分が張る。彼女は全力で殴りかかった。その手がアンデシュの肋骨のあいだに食い込んだ。ふと気づくと、アンデシュはくずおれてひざまずき、苦しげに息をはずませていた。

ヤナは彼に拳銃を向けた。アンデシュは床を見下ろしている。息がどんどん荒くなり、やがてしゃっくりのような音に変わった。ヤナは彼が泣いていることに気づいた。

「殺さないでくれ。殺さないでくれ。だれにもばれないはずだったんだ……あんなこと、するんじゃなかった」

アンデシュはヤナを見上げた。

「あんなこと、するんじゃなかった」

そう言って鼻をすすった。

「頼む、殺さないでくれ。おれが奴らをどうにかしたわけじゃないんだ。おれはただ、奴らを車で目的地まで連れていっただけだよ。ごくふつうの運転だ。任務に連れていっただけなんだ」

ヤナは額にしわを寄せた。

「だれを連れていったの？」

「子どもたち」

アンデシュは両手に顔をうずめた。大声で泣いている。

ヤナは拳銃を下げた。

「子どもたちって、だれ？」

「子どもたち……奴らの……準備ができたら、拾いに行った。で、奴らが任務をやり遂げたら……連れて帰った。そのあと……墓を見た。見たんだ……奴らがそこに立ってて……」

ヤナはアンデシュを凝視した。聞きまちがいだと思った。

「おれはなにもしてない。車で連れていっただけだ。訓練に。それから、外に。でも、奴らを殺したのはおれじゃない」

ヤナは言葉を失っていた。自分の前でひざまずいている男を見つめる。目が充血している。口の端から色褪せたシャツに唾液が垂れている。

「おれは殺してない。おれじゃないんだ。おれはなにもしてない。ほんとうだよ。ただ車を運転してただけだ。なんの危険もなかった。おれは運転してるだけで、奴らもなにも知らなかったし」

「意味がわからないわ」

「奴らは死ぬしかなかった。あの子も……」

「あの子？　まさか……」

「奴らには特別な名前がある……タナトス……」アンデシュはつぶやいた。「あの子は特別だった。なにかが……違ってた……」

アンデシュの身体が震えはじめた。

「ああなるはずじゃなかったんだ。おれは知らなかった。あの子は逃げた」

「あの子を殺したのはあなた？　タナトスを殺したのはあなたなの？」

「どうしようもなかった。あいつ、船から逃げようとしやがった」

「船？」

アンデシュは黙り込んだ。

前方の遠い一点を見つめている。まばたきをした。

「船……」

「どの船？」

「船は船だよ！　あいつ、逃げようとしやがった！　引き止めるしかなかった。なにがあってもいっしょに島へ戻らなきゃならなかったから」

「島って？」

「なのにあいつは逃げた」

「島の名前は？」

「死にたくなかったんだ」

「島の名前を言いなさい！」

「名前なんかない」

「どこにあるの？　場所を言いなさい！」

アンデシュは黙り込んだ。ふと自分の置かれている状況に気づいたようだった。

「グレンソー島のあたりだ」小声で答える。

「いまもそこに子どもがいるの？」

アンデシュはゆっくりと首を横に振った。

「あなたはだれの命令で働いてるの？」

「しゃべりすぎた」

「だれの命令で働いてるの？　名前を教えなさい！」

アンデシュはかっと目を見開いた。

勢いをつけた。

そしてヤナに飛びかかった。彼女の両手を殴りつけて拳銃を奪おうとした。

ヤナは驚いたが、なんとか抗った。

アンデシュが拳銃をヤナの手から引き剝がそうとする。全体重をヤナの腕にかけて大声でうなった。

ヤナの人差し指がトリガーガードに押しつけられた。強烈な痛みだった。彼女は歯を食いしばって抵抗した。ここであきらめてはいけない。手を離してはいけない。腕が震える。アドレナリンがほとばしる。全力で抗った。が、限界が来た。指がはさまっている。折れそうになっている。

アンデシュがまた体重をかけてきて、ヤナの人差し指は逆方向へU字形に曲げられた。

指の骨が砕けそうになる音がして、ヤナは手を離した。

アンデシュは拳銃を奪うなりヤナに向け、狭い歩幅で何歩かあとずさった。

「もう終わりだ。全部おしまいだ」

汗をかいている。両手が震え、視線が泳いでいる。

「おれはもう死んだも同然だ。もうおしまいだ。あの人が来る。絶対に来る。もうおしまいだ」

アンデシュは銃を上げた。

ヤナはなにが起ころうとしているかを悟った。

「まだ終わってない。待ちなさい」

「もう終わりだ。これでいいんだ」とアンデシュは言い、銃をくわえて引き金を引いた。

＊　＊　＊

トシュテン・グラナートは、地方検察庁にある自室の外の革張りソファーで横になっていた。ヤナ・ベルセリウスが廊下を歩いてきて、彼は顔を上げた。

「どうしたんだ?」ヤナの額の絆創膏を目で示して尋ねる。

「なんでもありません。かすり傷です。ジョギング中に転んじゃって」

「指も捻挫したのか?」

ヤナはうなずき、自分の人差し指を見やった。痛みはあまりないが、内出血が大きく広がっている。

「森の中にはいまだに地面が凍結してるところもあるからなあ」トシュテンがため息をつき、また横になって身体を伸ばした。

「そうですね」

「足をすべらすのはよくないぞ。股関節をやられかねない。とくに私の歳になるとね。靴底につけるスパイクでも買おうかと思ってるんだよ。きみもつけたほうがいい。ジョギング中は」

「それはいやです」

「まあ、わかるがね。ありゃ正直大げさすぎる」

「どうして寝てらっしゃるんですか？」

「腰痛だよ、きみ。年寄りはこれだから困る。そろそろ引退だな」

「いつもそうおっしゃってますが」

「わかってるさ」

トシュテンは身体を起こしてソファーに座った。そして真剣な顔でヤナを見た。

「捜査はどうだ？　きみにこの件をまかせたのは間違いだったような気がしているのだが」

「大丈夫です」ヤナはそっけなく答えた。

「起訴はしたのか？」

「ええ。でも、レーナ・ヴィークストレムの容疑は、推測や曖昧な目撃証言に基づいています。トーマス・リュドベリ殺害の自供もまだ得られていません。検事としては、物的証拠がじゅうぶんかどうかが心配です」

「あのコンテナはどうなんだ？　この件ではいったい何人が殺されているんだ？」

「被害者の総数はまだ数えきれていません」

「つまり、恐ろしい数にのぼる可能性もある、と」

「ええ」

「なんてこった。とんでもない話だな。この国じゃ史上最悪かもしれんぞ」

トシュテンは立ち上がり、腰に手を当てた。腹を前に突き出し、しかめっ面をした。それから両手首を振り、肩を回した。

「グンナル・エルンは、レーナに関して捜査の方向性が合っているかどうか、いまひとつ確信がないそうだよ」

「そうなんですか?」

「ああ。レーナは重要な情報を握っていると思うが、このおぞましい話の黒幕が彼女だとは思えない、と」

「グンナルがそう言ってたんですか?」

トシュテンはうなずいた。

「捜査責任者としてはきみが少々寡黙すぎる、とも言っていた」

「ほんとうですか?」

「ああ、もう少し積極的にかかわったほうがいいかもしれんぞ」

ヤナは歯を食いしばった。

「わかりました」

「あまり深刻に取るなよ」

「大丈夫です」

「よし」

トシュテンは彼女の肩をぽんと叩いてから、こわばった脚でオフィスへ向かった。

ヤナはすぐさま自分のオフィスに入り、ドアを閉めた。

グンナルとは話をつけておかなくては。

＊　＊　＊

グンナル・エルンはオフィスの椅子にもたれ、鼻をこすった。記者会見は終わった。記者たちは引き揚げ作業について無数の質問を投げかけてきたが、広報官のサラ・アルヴィドソンは一貫して、警察はいっさいコメントしない、との答えを返した。が、マスコミが事態の深刻さに気づくのも、コンテナで見つかった死体の写真を手に入れるのも、どちらも時間の問題だろう。そうなれば、今回のように曖昧な答えで通すことはもうできなくなる。

ふと、だれかに見られているような妙な気分になって、椅子をくるりと回転させた。

ヤナ・ベルセリウスが部屋の入口に立っていた。

「ああ、びっくりした」

「私が捜査責任者として頼りないと思ってらっしゃるって聞きましたが」とヤナが言った。

「それは……」

ヤナは手を上げて彼をさえぎった。

「そうした建設的な批判は、私の上司ではなく、私に直接伝えてくださったほうが適切だったんじゃないでしょうか」

「トシュテンとは昔からの仕事仲間なんだ」

「知ってます。でも、私に関することなら、私に話すべきです。トシュテンではなく。で、私が捜査責任者として適任ではないとお考えなんですね？」

「それは違う。適任でないとは言ってない。ただ、もっと積極的になるべきだとは思う。ぼんやりしているように見えるし……なんというか……あまり熱心でないようにも見える」

「ご意見ありがとうございます。ほかにはなにか？」

「ないよ」

「では、本題に移ります」

「というと？」

「ある島を調べたいんです」

「なぜ？」

「そこでなにかが行われているという情報を得たからです」

「なにかって？」

「それを調べるんです」

「島の名前は？」

「わかりません。グレンソー島のあたりだというだけで」

「そこでなにかが行われているって、どうしてわかった？」

「情報を提供されたからです」

「ちょっと待ってくれ。ある島についての情報を提供された。だれに？」

「匿名での情報提供でした」

「匿名の情報源から、ある島についての情報を提供された、と」

「そうです」

「いつ？」

「一時間前に」

「どういう形で？」

ヤナはごくりとつばをのんだ。

「それはどうでもいいでしょう。とにかく情報提供があったんです」早口で答える。

「額に怪我をしたのはそのときか？」

「いいえ、これはジョギング中のことです」とヤナは答え、痛む人差し指を背後に隠した。

グンナルはしばらく黙って、ヤナを探るように見つめていた。

「で、情報源に心当たりはまったくないのか？」

「ありません。さっきも言ったとおり、匿名だったので」

グンナルはしばらく黙ってヤナを観察した。

「情報提供者は男？　女？」

「低い声だったから、男性だと思いますが」

「で、その男が警察ではなくあなたに連絡してきたのはどういうわけだ？　どうやってあなたの番号を知った？」

「知りません。ただ、その島を調べたほうがいいと思うんです」

「でも、知りたいんだ。なぜ調べる？　どんなことが待ってるんだ？　罠なんじゃないか？どこかの犯罪集団が捜査を妨害しようとしているとか？　ヤナ、われわれはなにか、とんでもないことに触れようとしているんじゃないか」

「私の話を聞いてください」とヤナは言った。「匿名の情報提供を受けたのなんて初めてです。私はこれを真剣に受け止めてます。あなたもそうするべきです」

グンナルはゆっくりとうなずき、ため息をついた。

「わかった。ヘンリックとミアを送ろう」

「ありがとうございます。私も行きます。捜査責任者として、もっと積極的にかかわるために」とヤナは言い、きびすを返した。

四月二十七日、金曜日

群島をめざして車を走らせているあいだ、ヘンリック・レヴィーンとミア・ボランデル、ヤナ・ベルセリウスの三人はずっと無言だった。ヤナは荒涼とした風景を眺めた。海が近づくにつれ、車窓の風景は岩肌が中心になっていく。車を降りると、ヤナは新鮮な海の空気を吸い込んだ。

アルコスンドは小さな村だが、船でも車でも観光客がやってくる。ヨットハーバーのクラブハウス、日用品を売っている小さな店、ガソリンスタンドに、船の整備スペースがいくつか。最近ホテルが一軒できたほか、パブやレストランもいくつかある。あちこちに工芸品の職人小屋があるが、いまはどれも閉まっていた。掲示板を見ると、この村もメーデーを祝う予定があるらしい。昔ながらのたいまつ行列がヨットハーバーから出発し、大きな焚き火が行われるという。村の名士らしき人物のスピーチと花火をもって夜を締めくくるようだ。掲示板には歌手のポスターも貼ってあり、村の野外劇場で行われるコンサートの日付が記されていた。

旗竿のひもが風でぱたぱたと音をたてている。クルージングのシーズンはまだ本格的に始まっていないが、それでも桟橋にはプラスチック製のボートが三艘繫留されていた。

ヤナはヨットハーバーを見渡した。小柄な男性がひとり、キャップが風で飛ばないよう片手で押さえながら歩いてくるのが見えた。男性は港の管理人で、オーヴェ・ルンドグレンと名乗った。繫留される船の見張りと、四つあるヨットハーバーの管理維持をまかされているという。ゴム長靴にウィンドブレーカーという姿だった。顔は長年の日焼けでしわが深く刻まれ、夏はまだ遠いのにもうこんがりと焼けていた。

一行はオーヴェの案内で、今日このために借りたというボート、ニンバスに乗り込んだ。オーヴェは上機嫌で波の高い海へ船を向け、群島を行く定期船について褒め言葉を並べた。

「このあたりにはたくさん島がありましてね」とオーヴェは言った。「確かじゃありませんが、そのグレンソー島ってのは、コッパルホルマナ諸島から二、三海里のところにあるんじゃないかな。コッパルホルマナ諸島は昔、軍用地として使われていて、半世紀ぐらい訪問禁止だったんですよ。われわれはそこからさらに沖へ出るわけです」

「さらに沖ですか？」ミアが情けない声を出した。高波に揺られてずるずるとすべらないよう、しっかりと座席にしがみついている。

船はかなりのスピードで水面を走り、いくつもの島を通り過ぎた。実業界の大物や昔からの富裕層が所有する巨大な別荘が建っている島もあった。オーヴェは所有者の名前を全部知っていた。徐々に島の数が減っていき、豪華な別荘の数々も背後に消えた。

ミアは強烈な吐き気に襲われ、何度も戻しそうになっていた。肌から血の気が引き、目には涙が浮かんでいる。彼女は海の空気を吸い込み、船べりの向こうを眺めた。

さらにいくつもの島を通り過ぎる。大きな島もあれば、小さな島もある。荒涼とした、生き物の気配のない島もあれば、人が住んでいて鳥のたくさんいる島もあった。

ミアはまたもや戻しそうになった。胆汁を抑え込むのは難しく、少量が口の中まで上がってきた。必死になってのみ込もうとする。酸味のある黄色い液体がのどを下がっていくのがわかって、鳥肌が立った。目を閉じると、ほんの束の間、吐き気がなくなったような気がした。目を開けると、真正面にヤナが座っていた。なんなのよ、全然平気って顔しちゃって。ミアは小声でぼやき、顔をそむけた。吐き気がまた忍び寄ってきた。目を閉じる。いまいましい目的地の島に着くまで絶対に目を開けない、と決めた。

海図に従って二時間進むと、目の前に広がるのは海だけになった。やがて、木々の茂った、わりに大きな島が見えてきた。オーヴェはその島を指差して、グレンソー島、と口の動きで告げると、さっそくそちらの方向へ舵を切った。岩棚に近づくとスピードを下げた。

ミアは目を開け、光に目を細めた。もっと島をよく見ようと、好奇心に駆られて背筋を伸ばしたが、生い茂る木々のせいで建物があるのかどうかも見えなかった。

オーヴェは桟橋があることに気づき、こんな沖の島にわざわざ桟橋を造るなんて、と驚きを口にした。船をつけ、まずヘンリックが、次いでヤナが陸に上がるのを手伝った。

ミアは口に手を当てたままで、船を降りたとたん地面に腰を下ろした。

たちまちやってきた。

嘔吐。

「おれたちは行くぞ」ヘンリックがミアに言う。ミアは、わかった、と手を振ってみせた。

「行ってらっしゃい。この人の面倒は私がみますよ」とオーヴェが言った。

「行きましょうか」ヘンリックに声をかけられて、ヤナはうなずいた。ふたりは岩場を上がっていった。

「情報提供があったそうですね」やがてヘンリックが言った。

「そうです」とヤナは答えた。

「匿名で？」

「ええ」

「妙な話ですね」

「ええ」

「だれなのか心当たりはないんですか？」

「ありません」

ヘンリックが先に立って小道を進み、ふたりは無言のまま木々の鬱蒼と茂る林を歩いた。道幅がやや広くなり、二手に分かれた。ふたりはより踏み固められているほうを選び、右に曲がった。

ヘンリックはホルスターに手を置き、何度も後ろを振り返って、物音がしないか耳を澄ませている。木々の梢がだんだんまばらになり、岩を迂回すると人家が見えてきた。

ヤナは立ち止まり、すぐさま一歩あとずさった。慄然《りつぜん》として。ヘンリックも驚いた顔で立ち止まった。ヤナを見やり、家を見やり、ヤナに視線を戻した。

「大丈夫ですか?」

「ええ」

ヤナはそう答えると、ヘンリックの脇を通ってつかつかと進んだ。彼が眉間にしわを寄せているのが見え、家へ向かう自分を目で追っているのもわかった。

身体の中に妙な感覚がある。分厚いガラスの中に閉じ込められているような。立ち止まったまま、家への砂利道を歩いていく自分自身を見つめているような。身体は反応しているのに、自分は反応していない、そんな気がする。

脚が彼女を家へ運んでいた。

機械的に。

ふと、家に駆け寄って力まかせに扉を開けたくてたまらなくなった。この家にはなにかある。知っている気がする。なにか……なんだろう?

ヤナは立ち止まった。

ヘンリックも彼女のすぐ後ろで立ち止まった。

家を見ていると、さきほどとは正反対の感覚が体内でふくらんだ。今度はきびすを返して船に駆け戻りたくてしかたがない。が、できるはずもなかった。ここは自分を抑えなければ。

砂利道に視線を落とし、小石をひとつ拾い上げた。記憶の中の、ぼんやりとした映像。幼い自分が砂利の上で、必死になってすばやく足を動かしているところが目に浮かぶ。転ぶとひどく痛かったことも思い出した。

手のひらに小石を載せ、じっと見つめてから、その硬い表面を指で包み込んだ。指の付け根が白くなるまで握りしめた。

ヘンリックが咳払いをした。

「おれが行きます」と言い、ヤナの脇を通って進んだ。「ここにいてください。まず安全かどうか確かめてきます」

ヘンリックは芝生をまっすぐに横切り、外階段から数メートルのところで立ち止まった。拳銃を抜き、ゆっくりと階段を上がると、朽ちた扉をノックした。

家の側面で、錆びついて傾いた樋から雨水が垂れ、なみなみと水の入った桶の中へ落ちている。

ヘンリックは家の脇へまわった。すべての窓のそばで立ち止まったが、人の気配はまったくない。が、少し離れたところに家畜小屋があるのを見つけた。

ヤナに合図をしてから、赤い家畜小屋をめざして、家の角の向こうへ消えた。

ヤナはしばらく、小石を手に持ったまま立ちつくしていた。まわりが静かになった。筋肉から力が抜け、血流が手に戻り、彼女は小石を地面に落とした。家に向かってゆっくりと歩き出す。ヘンリックと同じように、朽ちかけた外階段の前で立ち止まった。それからひびの入った木造の外壁に近寄り、土台のそばでしゃがみ込んで、汚れた地下室の窓から中をのぞき込んだ。狭い空間が見えた。天井が低い。作業台が壁一面を占めている。棚がふたつあり、段ボールや新聞が置いてある。階段、手すり、スツール。

まるで爆風のように、べつの記憶が戻ってきた。自分はあの中にいたことがある、とたちまち悟った。あの暗闇の中にいたことがある。そして、自分のほかにもだれか、もうひとりいた。

だれだろう？

ミノス……

「なにか見つかりました？」

ミア・ボランデルが難儀そうに砂利道を歩いてきた。息をはずませている。さきほど蒼白だった顔が真っ赤になっていて、追いつくために走ったのだろうとわかった。

ヤナは立ち上がり、地下室の窓から離れた。

「ヘンリックはどこですか？　安全確認はしたんですか？　家の中？」ミアが尋ねる。

いきなり質問攻めとはね、とヤナは思い、返事をしなかった。ミアと話をする気にはまったくなれない。彼女といっしょにこの場所を調べるのもいやだ。またべつの不思議な感覚が体内に湧き上がる。どういうわけか、この場所を守らなければ、と強く感じた。ミアを追い払いたい。彼女はこの場所に関係ない。だれにも。探っていいのは自分だけだ。だれにも探らせてはいけない。ここは自分の家だ。だれも入れてはいけない。だれミアが近寄ってきた。

ヤナは筋肉に力を入れ、頭を下げた。身を守る体勢を取った。殴りかかる体勢を。

そのとき、ヘンリックが走ってきた。目を大きく見開いて、ぽかんと口を開けたまま、パニック状態で駆け寄ってくる。

ミアがいることに気づくと、力のかぎりに叫んだ。

「応援を呼んでくれ！　みんな呼ぶんだ！」

＊　＊　＊

フォボスは九歳の誕生日を迎えたばかりだ。それでも、慣れている。

ひじ裏を石鹸と水で洗う。それから重力を利用して、狙った場所に血を集める。腕を振り、手を握る。床に座り、包帯をきつく巻きつける。

斜めに削られた側を下にして、針を静脈に刺す。同じ建物の、同じ部屋で、同じ静脈に行う、同じ手順。いつものとおりだ。すべてが、いつものとおりだ。

暗赤色の血がどろりと注射器に吸い込まれていくのを見つめる。腕に巻いていた包帯をすぐに緩め、残りの薬をゆっくりと注入した。

まだ注射器に一単位残っているところで、感じはじめた。いつもと違う感覚。あわてて針を引き抜く。血が二滴、ズボンに垂れた。

最後に残っている記憶は、自分とは思えない声で叫んだことだ。心臓が激しく打った。頭がくらくらした。息苦しさにあえいだ。なにも見えず、なにも聞こえず、なんの感触もない。胸がすさまじく締めつけられた。

やがて、彼はゆっくり戻ってきた。気を失わないよう必死だった。

視覚が戻ってくると、男の姿が目の前に見えた。

「いったいなにをやってるんだ?」男はそう言うと、フォボスの頬に強烈な平手打ちを見舞った。

「ええと……」

「なんだ?」

もう一度、平手打ち。

「眠りたかっただけなんだ」とフォボスはつぶやいた。「ごめんなさい……パパ」

＊　＊　＊

墓は細長く、溝に似ていた。子どもたちはまるで獣のように捨てられていた。何層にも重なり、身を寄せ合い、服らしきものに覆われていた。

「子どもの白骨死体、ざっと三十人分」とアネリーが言った。「一年ぐらいしか埋まってなかった死体もあるけど」

溝の底にいるアネリーは、鑑識官というより考古学者のようだ。彼女はヘリコプターで到着した。いまこの島にいる数多くの警察官や、ほかの鑑識官たちも同じだ。

家のほうも徹底的に調べられている。

「これからどうする？」グンナルが沈んだ声で溝の縁から呼びかけた。

「白骨死体はひとつずつ処理しなければ。調べて、写真を撮って、重さを量って、詳しく記録する」とアネリーは答えた。「白骨化してない死体は司法解剖ね」

「かかる時間はどうだ？」

「四日。少なくとも」

「一日でなんとかしてくれ」

「でも……」

「でもじゃない。人の助けを借りてなんとかしろ。とにかくてきぱき動いて、いったいどういうことなのかはっきりさせなければ」

「グンナル！　こっちに来てくれませんか！」

ヘンリック・レヴィーンが家畜小屋から出てきて、上司に向かって両手を振った。

「ビョルン・アールマンにもいますぐ電話しろよ。ただちに仕事の準備にかかってもらえ」グンナルは家畜小屋の入口へ向かいつつ、振り返ってアネリーへの指示を続けた。

小屋の中は空気が湿っていて、暗闇に目が慣れるまで少し時間がかかった。

見えてきた光景に、グンナルはとまどった。

訓練場だ。広さは縦五十メートル、横二十メートルといったところか。ゴムマットが床に敷いてある。部屋の片側に鉄棒があり、天井からサンドバッグが下がっている。片隅にダンベル用の十キロの錘《おもり》が重ねてあり、その横に太いロープが置いてある。左側には、古い家具の突っ込んであるみすぼらしい物置部屋があり、そのとなりに便所らしきもののドアがある。部屋の奥にもうひとつドアがあって、頑丈な錠がついていた。あちこちで雨漏れしていて、床の汚れとまじって小さな茶色い水たまりがいくつもできている。かびのにおいがした。

「いったいなんなんだ、この場所は」とグンナルは言った。

＊　＊　＊

ヤナ・ベルセリウスは家の外階段にたどり着いた。ふと立ち止まる。ここを上がってなにがあるのか見たい、とどんなに思っていても、同じくらい〝見たくない〟と思っていることもまた事実だった。気分がすぐれず、不安がつのった。

「なににもさわらないでくださいね」玄関扉の脇に立っているガブリエル・メルクヴィスト巡査が言う。

もの問いたげな表情だったが、ヤナは気づいていないふりをした。

家は放置された空き家のように見える。ほどなく鑑識官がここも調べることになるだろう。わかっている。自分が中に入るべきではないこともわかっている。それでも彼女は二階への階段を駆け上がった。その途中で、手すりに埃や蜘蛛の巣がほとんどないことに気づいた。だれかがつい最近までこの家に住んでいたのではないか。背筋がぞくりとした。ペースを速めて階段を上がり、すぐ左へ向かった。広い部屋に入り、木の床の上で立ち止まった。湿気で床板が濡れ、でこぼこになっていた。

スチール枠のベッドが四台並んでいた。マットレスに穴があいていて、あちこちにネズミの糞が見える。壊れたランプが天井から下がっている。壁は陰気な灰色だ。

ヤナは一台のベッドのそばにあるタンスに目をとめた。近づいていき、いちばん上のひきだしを開けてみたが、空だった。ほかのひきだしもすべて開けてみる。なにも入っていない。そこでタンスを両手でつかみ、なるべく音をたてないようにして壁から離した。身をかがめ、壁を見つめる。壁紙に、人の顔がふたつ刻まれていた。女性と男性だ。母親と父親。子どもの手が刻んだ絵。

彼女の手が刻んだ絵。

四月二十八日、土曜日

いまや彼女はすべてを鮮やかに思い出していた。目を閉じるたび、なにもかもが目に浮かんだ。だれかに身体を揺すられたような感じだった。コンテナのことも思い出した。そこから引っ張り出されて、車で連れていかれたこと。厳しい訓練を受けたこと。そして、逃げ出したこと。

あの男から。パパから。

ノートに記したことは全部——メモも、絵も、すべて現実だったのだと気づいた。夢ではなく、記憶だったのだ。それなのに、だれも彼女を信じてくれなかった。父も、母も、薬や心理士を使って彼女を黙らせようとした。

ヤナはハンドルを叩いた。目を閉じ、苦しみを叫んだ。それから口を閉ざし、また目を開けた。

もう一度、何秒か目を閉じると、パパの姿が目に浮かんだ。

パパがこちらを見下ろしている。彼女が身体をこわばらせるようすを見つめている。彼女の目に怯えが広がっている。パパの目に憎しみが広がっている。

パパにナイフを渡されて、彼女は悟った。自分がなにをしなければならないか。自分が殺されたくなかったら、人を殺さなければならない。だからくるりと向きを変えて、そばに横たわっていた少年の肋骨のあいだに、手の中のナイフをゆっくりと沈み込ませた。

少年もまた、口をテープでふさがれて、パニックの色を目に浮かべていた。

美しい光景だった。おぞましい美しさ。

目を開けたとき、ヤナは笑みを浮かべていた。ほんの束の間、パパのために偉業を成し遂げたときの感覚を、ふたたび味わった。が、ゆっくりと現実に戻ってきた。

車のエンジンをかけ、高速道路に入った。〝ようこそリンシェーピン市へ〟の看板を過ぎると、スピードを上げた。アドレナリンが身体中をほとばしるのがわかる。法医学局の前でジャケットを直し、手で髪を撫でつけた。

彼女はまた、検事としての役割に戻っていた。

＊＊＊

ビョルン・アールマンは、台の上に横たえられた幼い少女に覆いかぶさるようにして立っている。少女の身体は、墓に放置されていた時間のせいで大いに蝕まれていた。眼窩はぱくりと開いた穴でしかない。ビョルンは少女の手を取り、指紋を採取した。

戸口にだれかいるらしいと物音で気づき、顔を上げると、ヤナ・ベルセリウスが見えた。

「身元の特定はできそうですか？」ヤナが尋ねる。

「そう願うばかりだね。親御さんたちのために」とビョルンは答えた。

「もう生きてませんよ」ヤナはそっけなく言った。

「この子たちの親が？」

「ええ。親も死んでます」

「どうしてわかる？」

「推測ですけど」

「それは要するに当てずっぽうということだろう。検事なら確信をもってものを言わなくては」

「確信はあります」

「ほんとうに？」

「ええ。子どもたちの親は、引き揚げられたコンテナの中にいたと考えます」

「考える、というのも、やはり当て推量でしかない」

「DNAを子どもたちのと照合したらわかりますよ」

「それは大変な作業だぞ。わかっているだろうね」

「ええ、でも、それで子どもたちの身元を突き止められるかもしれません」

ビョルン・アールマンがなにか言おうと口を開いたところで、ヘンリック・レヴィーンとミア・ボランデルが部屋に入ってきた。

ミアは台の上の死体を見て眉間にしわを寄せ、数メートル離れたところで立ち止まった。

「まだ小さい子ですよね？」

「八歳ぐらいだな」とビョルンが答えた。

「なにかわかりました？」ヘンリックが尋ねる。

「射殺。みんな撃たれてる」

「みんな？」

「ああ。射入口のようすはさまざまだが」

「子どもたちが亡くなったのは、発見されたあの場所ですか？」ヘンリックが尋ねた。

「うむ、あの溝だ。そう考えていいと思う。おそらく裸で縁に立たされて、射殺されたんだろう」

「おそらく、というのも、推測でしかありませんよね」ヤナがそう言って片目をつぶってみせた。

ビョルンは咳払いをした。

「この子たちはコンテナで見つかった人たちの子かもしれないと考えられるんですが」ヘンリックが言う。

「ああ。検事殿もそう考えて、照合を提案してくれたよ」とビョルンは言った。

ヘンリックは髪を撫でつけ、そのままうなじにしばらく手を置いた。

「それはよかった。すぐ照合を始めていただけますか」

ビョルンはうなずいた。

「ほかにはなにかありますか?」ヘンリックが尋ねる。

「ああ、この子のうなじに面白いものがあるよ」

ビョルンは少女の頭を横に向け、うなじをあらわにした。襟足の下の皮膚に〝エリダ〟と刻まれている。

ミアがさっそくポケットから携帯電話を出してインターネット検索を始めた。

「ヴィッドヴィーケンで見つかった男の子に名前を刻んだのと同じ人物のしわざにちがいないな」

「そうですね」ミアは電話から目を離さずに言った。「エリダは憎しみの女神、やはりギリシャ神話に出てくる名前です。タナトスと同じですね」

室内がしんと静まり返った。

聞こえるのは換気扇の音だけだった。

「もうひとつ」やがてビョルンが言った。「この子の髪は剃られているが、長い髪の毛が身体に何本かついていた。太い黒髪で、どう考えてもこの子の髪じゃない」

「すぐに国立科学捜査研究所に送ってください」ヘンリックが言う。

「もう送ってあるよ」とビョルンは答えた。

＊　＊　＊

チームの面々は会議室に集まり、ミーティングが始まるのを待っている。グンナル・エルンは紙の束をめくり、アネリー・リンドグレンは髪をいじり、ヘンリック・レヴィーンは腕組みをして椅子にもたれ、ミア・ボランデルは椅子を傾けて揺らし、ヤナ・ベルセリウスはノートを前にして、テーブルに軽く身を乗り出して座っていた。

グンナルが立ち上がった。

「初めに報告がある。ついいましがた、ビョルン・アールマンと話をした。殺された子どものＤＮＡが、引き揚げられたコンテナで見つかった死体のＤＮＡと一致するケースが複数あったそうだ。つまり血がつながっていたということになる」

「じゃあ、あれは子どもたちの親ですか」ヘンリックが言った。

「ああ。そのようだ。子どもたちもコンテナの中にいたが、外に出されてあの島へ連れていかれた、と考えるのが自然だろう。親は射殺されて海に捨てられた」

「コンテナはチリから来たんですよね。密入国者ってことでしょうか」ヘンリックが言う。

「ああ。チリからの不法難民ではないかと思う」

重苦しい沈黙がテーブルのまわりに広がった。

グンナルは続けた。

「少なくともビョルン・アールマンが解剖することのできた子どもたちはみんな、うなじに名前を刻まれていた。どれもギリシャ神話に由来する名前だった。子どもに名前を刻みつけるってのは、その子にアイデンティティーを与える行為だ」

「ギャングの世界ではよくあることです。入れ墨とか、エンブレムとか」ミアが言った。

「だが、これは計画的な行動だ。綿密に計画された誘拐だ」グンナルが言う。

「そんな、常軌を逸してるわ」アネリーが言った。

「薬毒物分析をしたところ、血中に薬物の残ってる子どもが何人かいた」とグンナルが言った。「例のタナトスっていう男の子も薬物依存症だった。子どもたちは麻薬を売っていたか、麻薬取引の使い走りをしていたんじゃないかとおれは思う」

「ということは、麻薬取引の黒幕を探せばいい、ってことか」ヘンリックが言った。

「グループかもしれませんね」とミアが言った。「しかもギリシャ神話に興味がある、と」

「うむ。で、これまでにわかったことのつながりを考えると……」グンナルが言った。

「レーナはどうしてコンテナのことを知っていたのか、だれに命令されてユレーンのパソコンからファイルを消したのか、いまだに白状していない。で、おれはこう考える――ファイルを削除するのはなぜだ？　なにかを隠すためだ。ハンス・ユレーンは自分でファイルを削除しなかった。ということはおそらく、隠すことがあるのはむしろレーナのほうだ」

「でも、ユレーンもコンテナのことは知ってたんですよね？」ヘンリックが言う。

「そうだろうが、それ以上のかかわりはなかったかもしれん。秘書の持っている情報をたまたま知ってしまい、口封じに殺されたのかもしれない。なにが行われているか知っていた、というだけかもしれない」

「子どもを巻き込んだ麻薬取引が行われている、と？」

「そのとおりだ」

「じゃあ、コンテナには麻薬も入ってたんですかね？」ヘンリックが言う。

「麻薬と不法難民を同時に運びはしないと思うが、まあ、可能性としてはあり得るな」

「なるほど。でも、どうして大人を始末して子どもを残したんでしょう？」

「まさに子どもだからでしょ。刑事罰の対象じゃないから」ミアが勝ち誇ったように言った。

「それに子どもはたいてい、命令されれば素直に従うし……」

「島には、訓練場みたいなものと、かなりの数の武器がありましたよね」ヘンリックが言った。「おそらく子どもたちは訓練を受けて……」

室内が静まり返った。ヘンリックは続けた。

「ハンス・ユレーンはきっと、こういうことを全部知ってしまったんですね。だからトーマス・リュドベリを訪ねて港に行った。トーマスは発覚を恐れてレーナに連絡した。それでレーナがユレーンのパソコンからファイルを削除した。ユレーンを始末するようだれかに命令して、そのあとトーマスも抹殺した」

「実はもうひとつ、捜査線上に上がってきた名前がある」グンナルが言った。「ビョルン・アールマンの話だと、ある子どもの身体に髪の毛がついていて、DNA鑑定を行ったところ、この男の髪だとわかった」

グンナルはリモコンに手を伸ばし、プロジェクターのスイッチを入れた。顔の半分が大きな傷痕に覆われた、鼻の大きい黒髪の男の写真が映し出された。

「すごい顔」とミアが言う。

ヤナは口を開いて叫びそうになった――〝あいつだ！〟

が、かろうじて自分を抑えた。椅子に座ったまま、じっと動かなかった。

「ガヴリル・ボラナキ。通称〝パパ〟だそうだ」グンナルが言った。「オーラ、この男と、トーマス・リュドベリ、レーナ・ヴィークストレムのあいだに、どんなつながりがありそうか調べてくれ。過去に接点があったかどうか。同じ会社にいたとか、学校が同じだったとか、なんでもいい」

「そのガヴリルって男についてわかってることは？」ヘンリックが尋ねる。

「あまりないな。一九五三年、ギリシャのティロス島生まれ。一九六〇年にスウェーデン国籍を取得。セーデルテリエのスヴェア工兵連隊で兵役を務めた。セーデルテリエにある軍備の一部が、七〇年代半ばに盗まれたことがある。いくつかの状況証拠から、はじめガヴリルが疑われたが、その後証拠不十分で釈放された」

「どんな武器が盗まれたかはわかってるんですか？」ヘンリックが尋ねた。

「いや」

「その男はどこに？」ヤナが不自然なほど穏やかな声で言う。

「すでに捜索命令が出ている。それでさっさとつかまることを願うまでだ」とグンナルは言った。「これで捜査が正しい軌道に乗ったと思う」

私もそう思う、とヤナは考えた。

「島をはじめにざっと調べた時点で、食事の残りが見つかっている。ということは、最近まであそこに人が住んでいたわけだ。それがこのガヴリルって奴なのかどうかはわからない。警察犬にあの一帯を調べさせようと思う。おれとアネリーはまたあの島に行く。ヘンリック、ミア、いっしょに来てくれ。二十分後に出発するぞ」

＊　＊　＊

ミア・ボランデルはまたもや船酔いに苦しんでいた。

沿岸警備隊の船が高波に上下する中、できるだけ遠くの一点をじっと見つめた。食道を上下している胃の中身については考えないようにした。三十分前、署を出る前に朝食をとったのだ。マシンでいれたコーヒーで空腹がやわらいだし、ラッキーなことに研修生からサンドイッチをもらった。

今日は二十八日だ。給料日から三日で、もう金が底をついている。次の給料日まで一か月。しかも今日は土曜日、土曜日は飲みに出かける日だ。今夜どう考えても飲むことになるビールの代金をどうやって支払おうか、考えをめぐらせる。それに、昼食代をヘンリックに借りっぱなしだ。いま抱えている借金の中ではいちばん額が小さいが、いちばん先に返したほうがいい借金でもある。

最大の借金は、仲間というか、友だちというか、元彼というか、まあ向こうがどう思っているかはわからないが、とにかくそういう相手に借りている金だ。でも、あいつからの連絡はもう久しくないし、連絡がないということはつまり、二万六千クローナの借金——車を買うのにかかった金だ——は返さなくてもいいということなのだろう。

大量の千クローナ札を思い浮かべると、さらに吐き気がした。が、元彼がこっちのことを無視しているかぎり、こっちだってあの男の金なんか無視してやる。まったく、いつもいつもこんなふうに、金のことばっかり考えてなきゃならないなんて。

片手で口を押さえる。濃い色のコーヒーがゆっくりと指のあいだから垂れてきて、ミアはあわてて船べりの外に身を乗り出し、吐いた。

＊　＊　＊

島の調査で、早くも新たな成果が挙がった。警察犬が、家畜小屋のすぐそばにあるコンクリート製の地下壕を見つけたのだ。入口は灌木でうまく隠されていた。

グンナル・エルンが一番乗りした。狭い空間の中を三メートル進んだところで立ち止まった。天井が低く、彼はしかたなく背を曲げてあたりを見まわした。空の鞄が三つ、床に置いてある。壁には大量の銃が掛かっていた。

AK-47、シグ・ザウエル、グロックは、見てすぐにわかった。テーブルの上には膨大な数の弾薬が、プラスチック容器にきれいに仕分けされている。小さめのナイフ五本と銃のサプレッサーも置いてあった。

グンナルはきびすを返して外に出た。ヘンリック・レヴィーンとミア・ボランデルの問いかけるような視線に迎えられた。

「武器の隠し場所だな。こんなでかい武器庫を見たのは初めてだ」

「セーデルテリエで盗まれた武器ですかね？」ヘンリックが言う。

「大いにあり得るな。古いのも新しいのもあった」

「つまり、例のガヴリルって奴がなんらかの形でセーデルテリエから武器を持ち出して、ここに武器庫を作った可能性がある、と」

「グロックが何挺もあった。軍でよく使われる銃のひとつだ」

「ハンス・ユレーン殺害に使われた銃でもありますよね」

＊　＊　＊

ガブリエル・メルクヴィストの勤務が終わるまで、あとわずか一時間だ。彼はかつかつと足をぶつけ合って寒さをしのいだ。水平線のあたりにまた視線を走らせる。すると、船が一艘、島へ向かってくるのが見えた。ガブリエルは船べりに目を凝らし、乗っているのが同僚かどうか確かめようとした。

船はスピードを下げ、しばらくじっととまっていたが、やがていきなり向きを変えて島から遠ざかっていった。

ガブリエルはトランシーバーに手を伸ばした。

急がなければ。

＊　＊　＊

ヘンリック・レヴィーンが地下壕に下りていこうとしたところで、ハンナ・フルトマン巡査が駆け寄ってきた。

「正体不明の船が見えました。猛スピードで島から遠ざかってます！」

ヘンリックは全速力で桟橋へ走り、沿岸警備隊の船に飛び乗った。

ミア・ボランデルがすぐあとにやってきた。

「出発してください」と叫ぶ。「グンナルを待たずに。出発して！」

ヘンリックが沿岸警備隊のロルフ・ヴィークマンに合図すると、ヴィークマンは急いで船を桟橋から出した。問題の船はすでに見えなくなっている。ロルフは船が最後に見えた方向をめざしてスピードを上げつつ、自分たちの出動を県の司令センターに報告した。

ヘンリックは視線を走らせて船を探した。スピードが時速三十ノットに達し、沿岸警備隊の船はあたりに滝のような水しぶきを撒き散らしている。小さな島が近づいてきたのでスピードを下げたが、問題の船はあいかわらずどこにも見えなかった。

ヘンリックはあらゆる方向に目を向けた。ミアもだ。エンジン音に耳をそばだてたが、自分たちの乗っている船の音ばかりで、ほかの音がなかなか聞こえない。

その先の島に近づくと、ロルフはまた少々スピードを下げ、ヘンリックは風雨にさらされた岩肌を目でたどった。耳の中で風がうなる。頭上でカモメが二羽旋回し、調子はずれの甲高い鳴き声をあげた。

ミアはつま先立ちになって船べりの向こうを探した。さらにスピードが落ち、ロルフは船が陸のほうへ流されないよう、波間を縫うようにして船を走らせた。

「そのまま進んでください」とヘンリックが叫ぶ。船は島を迂回して反対側に出た。ロルフがまたスピードを上げ、風がヘンリックの上着をとらえた。迷いがふくらむのを感じる。船は一艘も見えない。

「あそこ！」突然ミアが叫んだ。勢い込んでなにかを指差している。「あそこ！　あそこ！見えました！」

ロルフはすぐさま彼女の指す方向へ船を向けた。

「シャパラルだ、あの船」ロルフが大声をあげた。「速いやつですよ。残念ながら」

シャパラルがすばやく遠ざかっていく。こちらの姿が見えたのかもしれない。ヘンリックは銃を出し、ミアも同じようにした。ロルフがさらにスピードを上げる。徐々に問題のボートに近づいた。

「警察だ」ヘンリックが叫び、銃を見せた。「止まれ！」

その言葉はエンジン音にかき消された。

シャパラルが最大限までスピードを上げる。また距離が広がった。

「逃げるつもりだ」ロルフが叫び、すぐに同じスピードであとを追った。

追跡は猛スピードで続いた。ヘンリックの上着が風で激しくはためく。冷気が頬を刺し、風で後ろになびいた髪はすっかり立ち上がっていた。

「警察だ！」問題の船に近づくと、ヘンリックはさらに大声をあげた。

操舵手の姿がちらりと見えたと思ったら、目の前で船の向きが変わった。黒髪の男だった。若くはない。編み目の粗い毛糸の帽子から黒髪がのぞいていた。

「ちくしょう」ロルフが叫ぶ。彼も船の向きを変えた。

波の上を船が駆ける。水しぶきがどんどん高くなった。

そのとき、シャパラルが思いがけずスピードをゆるめた。

ヘンリックは船べりの手すりにつかまったまま拳銃を構えた。

「止まれ！」操舵手に向かって叫んだ。

が、船は向きを変えて遠ざかっていった。

「ロルフ、進んでください！　進むんだ！」

ロルフは速度を最大に上げ、問題の船をぴたりと追走した。前を行く船がまたスピードを下げる。向きを変えてスピードを上げる。

止まるつもりはまったくないようだ。

＊　＊　＊

こんなことをしてはいけないと、ヤナ・ベルセリウスにはわかっていた。それでも携帯電話を手にして座り、ダニーロにメールを書いた。できるかぎりわかりにくい言い回しを使った。新しい携帯電話と臨時のプリペイドカードを使っているから、自分の身元がばれることはないだろうと思うが、百パーセントの確信は持てない。

そこで、こう書いた――〝Aが場所を教えてくれた。パパがもうすぐ帰ってくる〟

メールを送ろうとした瞬間、ポケットの中で自分のいつもの携帯電話が鳴った。出してみると非通知の番号からで、ダニーロからの電話であることを心底願いつつさっそく応答した。が、かけてきたのはヘンリック・レヴィーンだった。

「奴をつかまえましたよ」落ち着いた、穏やかな声で言った。

ヤナは息を止めた。

「一時間半、めちゃくちゃなボートチェイスを繰り広げたあげく、やっとつかまえました」

「いよいよだわ」ヤナが小声で漏らした。

「勾留請求をお願いします。すぐに」

「わかりました。事情聴取は？」

「明日の朝、始めます」

ヤナは簡潔に別れの挨拶をして電話を切った。全身が震えていた。

震える手で、新しく買った携帯電話をふたたび手に取り、メッセージの最後の行を消した。

そして、こう書き直した。〝Aが場所を教えてくれた。パパがもう帰ってきた〟

それからボタンを押し、メールを送信した。

＊　＊　＊

ダニーロは携帯電話を凝視した。

「ちくしょう」声のかぎりを尽くして叫ぶ。「ちくしょうめが！」

拳を握り、全力で壁を殴りつけた。

「くそっ、くそっ、くそっ、くそっ！」

腹が立ってしかたがない。平常心を保てないほどの怒り。どうしてこんなことになった？

アンデシュがあの女を殺すはずだったのに！

アンデシュは馬鹿だった。このいまいましい世界で、なにひとつ成し遂げたことのない、どうしようもない負け犬の馬鹿だった。まず、あのガキを島へ連れ帰ることに失敗した。そしていま、ヤナの始末にも失敗した。

こうなったら自分でなんとかしなければ。いつものごとく。いつだって後始末をさせられるのは自分なのだ。とにかくいまはなにもかもがめちゃくちゃだ。

「ちくしょう」もう一度叫ぶ。

どうしたらヤナを片付けられるか、あれこれと考えをめぐらせた。あの女を永遠に葬り去るには。いや、ひょっとするとあの女、なにかに使えるんじゃないか？　代わりに利用したらどうだろう？

ダニーロの顔に笑みが広がった。彼女を利用する可能性について考えれば考えるほど、戦略がはっきりしていく。

十分後、戦略は固まっていた。あの女の自業自得だ。火遊びを始めたのはあの女だ。始めたゲームは最後までやってもらうしかない。

結果がどうなろうと。

四月二十九日、日曜日

グンナル・エルンは自宅でコーヒーカップを手にして立ち、逮捕されたガヴリル・ボラナキに関するテレビの報道特別番組を眺めている。県警本部長がすぐにプレスリリースを出すよう広報官に指示し、男が逮捕されたというニュースは身柄拘束の一時間後に公になった。

「いい気分？」

アネリー・リンドグレンはダブルベッドに横向きに寝そべって、裸体にシーツを巻きつけている。彼女もニュースに耳を傾けていた。

「ああ、つかまえたのはいい気分だな。明日、事情聴取をする。それまでに島の調査は終わりそうか？」

アネリーは仰向けになり、マットレスの上で大きく伸びをした。

「そうね、今日働いてる鑑識官は何人もいるし。採れる証拠はかなりあるでしょうね。少なくとも私はそう願ってる」

「おれもだ」とグンナルは言った。

コーヒーをひと口飲んだところで、電話が鳴った。オーラ・セーデシュトレムからだった。

「聞いてください、やっと返事が来ましたよ。目撃者のエリック・ノードルンドがアルコスンド通りで見たと証言していたライトバンの運転手を、自動交通取締局がついに特定してくれました。車の持ち主はアンデシュ・ポールソン、五十五歳。DHLの運転手として二十年働いてました。いまは自営業で、やはり運送業を営んでます。なによりも気になるのは、こいつがトーマス・リュドベリの妹と結婚してたってことですね。残念ながら十年前にがんで亡くなってますが。以来アンデシュ・ポールソンに新しい相手はいないようです」

「つまり、トーマスとアンデシュのあいだにはつながりがある」グンナルが結論づけた。

「どこに住んでるんだ？」

「アルコスンドです。一軒家ですね」

「そりゃ大いに気になるな。すぐにヘンリックとミアに調べてもらおう」

グンナルは電話を切った。

＊　＊　＊

ミア・ボランデルもコーヒーを飲んでいた。ノルシェーピンを出てアルコスンドに向かう前に、ガソリンスタンドの売店でヘンリック・レヴィーンに一杯おごらせたのだ。

コーヒーの支払いをする段になると、ミアは財布を家に忘れたと言った。ヘンリックはその嘘を信じた。またもや。で、払ってくれた。またもや。財布を開けながらやや不満そうにぼやいてはいたが、ミアのために金を立てかえることになったから、というわけではなかった。彼女のせいで到着が遅れるからだ。

ヘンリックは不満を表すため、運転席と助手席のあいだのカップホルダーに財布を乱暴に放り投げた。

馬鹿みたい、とミアは思った。

カップの中身はまだ熱く、彼女はちびちびとコーヒーをすすりながら、フロントガラスの日よけの裏にある鏡で自分の姿をチェックした。夜のあいだにマスカラが落ちて、目のまわりに小さな小さな黒い点がいくつもついている。ミアはそれを消そうと、指につばをつけてまぶたを強くこすった。が、よけいに汚れただけだった。つばで点が広がって縞模様になった。

「くそっ」声に出して悪態をつく。

「昨晩ははめをはずしすぎた?」ヘンリックが言った。

「あなたになにがわかるんですか」

「おれだって、それなりにパーティーはしてきたからな」

「お子さんの誕生日パーティーとか?」

「違うよ」

「じゃあ、最後に飲み過ぎて頭が割れそうになったのはいつ?」

「なるほど、そこまで飲んだのか」

「ええ。そこまで飲みましたよ。セックスもしました。すっごく気持ちよかった」

「報告どうも。そこまで聞いてないんだが」

「じゃあ、そこまで質問しなきゃいいのに」

ヘンリックはため息をつき、スピードメーターを見て、制限速度ぴったりのスピードを保っていることを確かめた。

ミアは目のまわりをこする作業に戻った。

アンデシュ・ポールソンの住むアルコスンドまで、残り十キロだった。十五分後、赤い一軒家の前にさしかかった。駐車スペースにオペルの白いライトバンがとまっている。庭は荒れ放題で、窓のブラインドはすべて下がっている。かつては白かったであろう家の角のペンキが色褪せて灰色になっている。

ヘンリックはゆっくりとその家を素通りし、少し離れたところに駐車すると、エンジンを切って車を降りた。

ミアはコーヒーを飲み干した。座席のあいだのホルダーにカップを置こうとしたところで、ヘンリックの財布が入っているのが見えた。窓の外を見やり、彼の姿を目で追う。こちらに背を向けて立ち、周囲の家々を観察している。ミアはすばやく行動した。財布をつかみ、開けた。百クローナ札が三枚入っている。三枚とも取ってしまいたいという衝動はぐっとこらえた。そんなことをしたらすぐにばれる。一枚抜き取り、丸めてズボンのポケットに入れると、ホルダーに財布を戻した。それから顔に笑みを浮かべ、ドアを開けて車を降りた。

ヘンリックはすでに問題の家へ近づき、駐車されたライトバンに忍び寄っていた。後部タイヤのそばにしゃがみ込んでいる。ミアが追いつくと、彼の目は興奮に輝いていた。

「グッドイヤー社製のタイヤだよ」

ミアは返事の代わりに微笑んだ。

ふたりは連れ立って家に近寄り、それぞれ玄関扉の両側に陣取った。中から扉が開かないよう、ミアが片足を扉に当てた。

呼び鈴を押す。中からその音が響いてきた。ふたりは三十秒待った。なにも起こらない。めくばせを交わしてから、もう一度呼び鈴を鳴らしたが、やはりなにも起こらなかった。

ミアが家の反対側にまわり、外壁とブラインドの下がった窓をチェックした。動きはいっさいない。ふと、側面の窓が少し開いているのが見えた。ヘンリックを呼び寄せ、彼が来るころにはもう中に入ろうとしていた。窓を大きく開け、両手で窓枠をつかんで身体を持ち上げると、片足を、次いでもう片方の足を上げた。あまり優雅とはいえないジャンプだったが、とにかく家の中に入った。

そのとたん、排泄物のすさまじい悪臭に迎えられた。すぐさまジャケットの中に手を入れて布を鼻に当てた。床を見下ろすと、大便の山や乾いた小便のしみがいくつもあった。

あたりはゴミだらけだ。紙箱がいくつも重ねてある。古新聞が山積みになっている。紙皿に載ったまま腐った残飯、空になったボトル、ビール缶、ファストフードの箱。缶詰、服、ビニール袋、トイレットペーパー。ソファーの上に古いラジエーターが載っている。カーペットが丸められている。テーブルにはひびが入り、壁紙は引き剝がされている。

ヘンリックは開いた窓から中をのぞき込み、排泄物の鼻を突くにおいにたちまち吐き気を催した。頭を引っ込めて嘔吐した。

ミアは銃を抜き、排泄物やゴミの山のあいだを縫って、おそるおそる何歩か進んだ。

「警察だ！」と叫んだが、その声は吐き気のせいで弱々しかった。

キッチンへ続く廊下に出た。廊下も散らかっていて、壁沿いに積まれた大量のゴミのせいで、壁紙の模様がほとんど見えなかった。

キッチンに入ると悪臭が強くなった。その源は、妙な体勢で横たわっている男だった。口が大きく開き、目には生気がない。死んでいるのだとすぐにわかった。

四月三十日、月曜日

ヤナ・ベルセリウスは午前中に予定されている裁判を延期したいと思ったが、法にかなった形でそうするのは無理だった。検事になって初めて、当事者のだれかが正当な理由で出廷できなくなればいいのに、と願いもした。急に病気になったとか、交通機関の途絶とか、そういった予見できない理由で当事者が裁判所に来られなければ、本口頭弁論は延期されることになる。が、残念なことに、全当事者がきちんと出席していた。参審員も、判事もいた。

ヤナは少々落胆した。つまり裁判は予定どおり始まるわけだ。

ため息をつき、法廷に出す証拠資料の入った赤いフォルダーを開いた。罪状は放火だ。時計を見る。あと五分で弁論が始まる。あと五分で、ガヴリル・ボラナキの事情聴取も始まる。自分抜きで事情聴取を始めるよう、電話でヘンリック・レヴィーンに指示してある。裁判はうまくいけば一時間以内に終わるだろうから、そうしたらすぐに警察署に行って、あの男と向き合える。パパと向き合える。

ヤナは髪を直した。そのまま手をしばらくうなじに置いた。文字に触れた。

時が来た、と思った。

ついに来たのだ。

＊　＊　＊

ヘンリック・レヴィーンは顔を上げ、目の前に座っている男を見つめた。黒いシャツの袖をまくっている。髪は黒で、中途半端な長さをオールバックにしている。鼻は大きく、瞳は褐色で、眉が太い。顔の傷痕は額からあごの先まで伸びていて、どうしても目がそこにいってしまう。ヘンリックは顔のもう片側に視線を据え、口を開いた。

「海ではなにをやってたんだ？」

答えはない。

「どうして逃げた？」

答えはない。

「あの島に住んでるのはおまえか？」

やはり、沈黙。

「この男の子を見たことは？」

ヘンリックはタナトスの写真を見せた。

男は片方の口角を上げ、あざけるような笑みを見せた。

「弁護士が欲しい」ゆっくりと言う。

ヘンリックはため息をついた。

従うしかなかった。

＊＊＊

二時間後、本口頭弁論は半分ほどまで進んでいた。ヤナはもどかしくてたまらなかった。被害者も被告人も証言を済ませ、休憩のあとはほかの証人や文書の形になった証拠を検討することになっている。

ヤナは席を立って法廷を出た。トイレで用を済ませてポケットから電話を出してみると、非通知の番号から不在着信が一件あった。留守番電話のメッセージで、かけてきたのがヘンリック・レヴィーンとわかり、ヤナはすぐに彼の番号を押した。

「どうですか？」電話に出たヘンリックに問いかける。

「まだなにもわかりません」

「なにも？」

「ええ。あの男、なにも言わないんですよ。弁護士の同席を求めてます」

「それはかまいません。でもその前に、私に彼と話をさせてください」

「無駄ですよ」

「それでも話してみたいんです」

　時計を見やり、続ける。

「こちらの審議はあと三時間もあれば終わるはずです。そのころにガヴリルとの事情聴取を再開しましょう」

「わかりました。じゃあ、二時からまた事情聴取ということで」

「弁護士抜きでお願いします」

「それは無理です」

「大丈夫ですよ。私の被疑者と話がしたいだけです」

　ヤナはその言葉を味わった——私の被疑者。

「なんとかしてみましょう」

「五分だけでいいんです」

「わかりました」

　通話を終えると、ヤナはしばらく電話を胸に当てて立っていた。不思議と気分が高揚した。嬉しい、と言ってもよかった。

＊　＊　＊

　ミアは椅子にもたれて腕組みをしている。ヘンリックがヤナ・ベルセリウスからの電話に出るためあわてて取調室を出ていき、そのあいだミアは部屋に残って被疑者を見張っていた。目の前にいる男は、かすかな笑みを絶やさない。うつむき加減で、その顔の傷にランプが影を落としていた。

「あなた、神の存在を信じる?」ミアは尋ねた。

男は答えなかった。

「あなたの名前。ガヴリル。その意味は、神は……」

「……我が力」と男は続けた。「どうも。意味なら知っている」

「じゃあ、神を信じるのね?」

「いや。おれが神だ」

「そうなの? それはいいわね」

男はミアにニヤリと笑いかけた。ミアは困惑した。身をよじった。ガヴリルも同じようにした。彼女の真似をした。

「神は人を殺さないでしょうに」とミアが言う。

「神は与え、神は奪う」

「でも、子どもを殺すことはない」

「いや、ある」

「ということは、あなたは子どもを殺したわけ?」

ガヴリルはまたニヤリと笑った。

「なにがおかしいのよ?」

ミアは椅子にもたれた。ガヴリルも同じようにした。

「子どもを殺してなどいない。おれにも息子がいる。そんな小さな者たちを殺す理由がない」

「けど、女の子の死体にあんたの髪の毛がついてたのよ。あんたが向かってたあの島で、集団墓地に埋められてた女の子に!」

「だからといって、おれがその子を殺したとはかぎらないだろう?」

ミアはガヴリルをにらみつけた。彼もにらみ返してきた。ミアはけっして目をそらそうとしなかった。

「しかし、思うんだが」ガヴリルはゆっくりと言った。ミアに険しい視線を向けたままだ。「仮に、子どもたちを殺した犯人をおれが知っていて、おまえたちに教えてやるとしたら、おまえたちはなにをしてくれる?」

「そうねえ、なにをしてあげましょうか?」

ガヴリルは彼女の声に含まれた皮肉を聞きとり、歯を食いしばって嚙みつくような声で言った。

「意味がわかっていないようだな。おれが犯人を教えたら、引き換えになにをしてくれる?」

「ちょっと、これは取り引きなんかじゃないのよ。わからないの……」

「いいか、よく聞け」

 ガヴリルは前に身を乗り出した。ミアのすぐそばまで――不愉快なほどそばまで近づいてきた。ミアは視線をそらさなかった。ここで負けるわけにはいかない。

「おれを閉じ込める気なら、おれが出所するその日まで、この顔をしっかり覚えておくことだな。これでわかったか?」ガヴリルが食ってかかる。

それから冷静になり、椅子にもたれて言った。

「おれを閉じ込めるのは大間違いだ。ひとつ提案してやろう。この国の麻薬取引を牛耳ってるキーパーソンの名前を、おれはいくつも難なく挙げられる。人の名前も、そいつらの住所や取引場所も教えてやれる。だが、おまえたちがいちばん知りたいのは、この件で子どもたちが果たしている役割だろう。違うか?」

ミアは答えなかった。

「おれが全部説明してやったら、引き換えになにをしてくれる? おれ自身のことを白状するつもりは毛頭ないが、他人について知っていることは全部教えてやる。もちろん、知りたければの話だ。まあ、知りたいだろうと思うが」

ミアは唇を嚙んだ。

「おれの提案はこうだ」とガヴリルは言った。「おれが全部教えてやったら、おまえたちにはおれと息子の警護をしてもらう。おれを閉じ込めるのであれば、なにも教えないし、さらに何人も子どもが死ぬことになる。止められるのはおれだけだ。可能なかぎり最高の警護を頼むよ。上層部にも認めさせろ。この条件が満たされないかぎり、おれはなにも言わない。さあ——どうする？」

ミアは負けた。ガヴリルの目から視線をそらした。テーブルを見下ろしてから、窓のミラーガラスをまっすぐに見つめた。その向こうにグンナルがいるとわかっている。彼もまた、自分と同じように迷っていると、わかっている。

いったいどうすればいい？

＊　＊　＊

時刻は十三時四十二分だった。裁判は終わり、ヤナ・ベルセリウスは書類をかき集めて大急ぎで法廷を出た。いつものとおり非常口へ向かい、腰を使って白い防火扉を押し開けた。階段を駆け下り、暖房の効いた地下駐車場に入る。駐車スペースから車を出しつつヘンリックに電話をかけ、ガヴリル・ボラナキの二度目の事情聴取の準備をしてほしい、と頼もうとした。が、話し中だった。

急いで地下駐車場を出ると、ふたたびヘンリックに電話をかけたが、今回は呼び出し音が何度か鳴ったものの、応答はなかった。信号に近づくたびに赤になるような気がした。歩行者はやたらと長い時間をかけて横断歩道を渡り、前の車はいつになく遅いスピードで走っている。そのうえ警察署に着いてみれば空いている駐車スペースがひとつもなく、地下駐車場を三度まわってやっと狭いスペースが見つかった。

車のドアを少し開けただけでとなりの車にぶつかってしまい、息を止め腹を引っ込めて降りるはめになった。

小走りでエレベーターホールへ向かい、ボタンを押した。が、どんなに待っても、階数表示を見るかぎり、エレベーターは上のほうの階を行き来しているだけのようにしか見えなかった。結局、階段で上がることにした。

息をはずませて目的地にたどり着き、気持ちを落ち着けてから、取調室のある区画へのドアをぐいと開けた。

中は騒然としていた。最初に出くわしたのはガブリエル・メルクヴィスト巡査だった。

彼はさっと手を挙げてヤナを制した。

「立ち入り禁止です」

「被疑者と会う予定があるんです。少し遅れてしまいましたが」

「被疑者の名前は？」

「ガヴリル・ボラナキです」

「申し訳ありませんが、中には入れませんよ」

「どうしてですか？」

「捜査は終わりました」

「終わった？　どうして終わりなんですか？」

「すみませんが、出ていっていただかなくては」

ガブリエルはヤナをドアの外に連れ出し、彼女の目の前でドアを閉めた。ヤナは驚き、憤って、その場に立ちつくした。

電話を引っ張り出し、またヘンリックにかけた。応答なし。グンナルにかける。応答なし。声に出して悪態をつき、それから階段を駆け下りて地下駐車場に向かった。

＊　＊　＊

レーナ・ヴィークストレムは独房で、コンクリートの壁に頭を打ちつけている。独房内でやわらかいものはビニールカバーのついたマットレスだけで、色褪せた黄色のシーツが敷いてあった。レーナはその頭側でひざを抱えて座っている。白い楕円形のランプが壁についていて、脇になにか黒いもので書かれた落書きがあり、〝Ｆｕｃｋ〟の綴りが〝Ｆｕｋｃ〟になっていた。窓の格子のあいだから、かすかな光が差し込んでいる。独房の広さは八平方メートルで、ベッドのほかには木製の机のようなものがあり、やはり木製の椅子が机と一体化していて、床にしっかりと固定されていた。

もう七日間拘束されている。そのあいだ、いつかは釈放されると心の底では思っていたから、さしたる不安もなく過ごしてきた。が、今日、その希望がふっと消えた。昼食の列に並んでいるときに、ガヴリルが逮捕されて拘置所にいるというニュースを耳にしたのだ。

トレイに載った食事は手をつけられずに残された。断ったのに出されたミルクも飲み込めなかった。あの人に助けてもらってここを出るはずだったのに。あの人も閉じ込められてしまった。自分と同じ、どこかの独房に。

もうおしまいだ。レーナは壁に頭をさらに強く打ちつけた。なにもかもおしまいだ。私も、終わった。もう認めるしかない。私にできることはもうない。残るはひとつだけ。私がここから去ること。

この世から去ることだ。

＊　＊　＊

トシュテン・グラナートが机のそばでベージュのコートをはおり、フォルダーをブリーフケースにしまっていると、ヤナ・ベルセリウスがオフィスに駆け込んできた。部屋の中央で立ち止まり、片方の足に体重をかけて腕組みをした。

「いったいなにが起こってるんですか？」

トシュテンは顔を上げ、怪訝な目で彼女を見た。

「私はもう帰らなくては。家内から電話があって、ルッデのようすがおかしいというんだ。昨晩から自分の排泄物ばかり食べているらしい。獣医に行かなくては」

「ガヴリル・ボラナキの件です。いったいどういうことですか？」

「ああ、その件ね。きみに知らせようと思ってはいたんだが」

「どうして捜査が終わりなんですか？　私の担当なんですが」

「捜査は打ち切られた。あとは公安警察の担当だ。だれもあの男と話すことは許可されない。きみもだ」

「どうしてですか？」

「あの男が警察の情報提供者になるからだよ」

「情報提供者？」

「警察に協力して、スウェーデンの麻薬取引の実態を明らかにするんだ。そうなると彼の身が危ないので、息子とともに公安の庇護下に置かれることになった。明日の朝九時に拘置所から移送される予定だ」

「息子がいるんですか？」

「いるらしいな」

「どこに移送されるんですか？」

「それは極秘だよ、ヤナ。わかっているだろう」

「でも……」

「あきらめなさい」

「でも、つかまえたのに……」

「検事の仕事は、真実を明らかにしないまま人を裁くことではない」

「それはわかってます」

「警察にとっては、麻薬取引の実態を知るまたとない機会だ。願ってもないことだよ」

それは違う、とヤナは思いつつ、きびすを返してオフィスを駆け出した。

＊＊＊

ヤナ・ベルセリウスは歯を食いしばった。目は細くなり、あごに力が入っている。だれかを殺したくてしかたがない。もっとはっきり言えば、ガヴリル・ボラナキを庇護すると決めた人物を殺したい。警察はガヴリルにまんまと操られてしまったのだ。まちがいない。あの男は警察に、自分は取引の実態をよく知っているだけの脇役にすぎない、と信じ込ませた。そうして、起訴、裁判、判決などのもろもろを免れようとしている。責任を問われない！

ハンドルを両手でぐっと握り、ブレーキをかけて窓を開ける。駐車カードをさっとカードリーダーに通し、タイヤをきしらせながら地下駐車場に入った。いつもの専用スペースに駐車し、ばたんとドアを閉める。階段を一段飛ばしで上がって自宅へ向かった。鍵をしっかり握って錠に差し込み、ドアを開け、玄関に入った。ドアを閉めようとしたところで、外側からドアをつかむ手が見えた。反応する間もなく、黒服の人物が戸口に割り込んできた。

男は大きなフードでしっかりと顔を隠している。両手を挙げ、ヤナに手のひらを見せた。

「騒ぐなよ、ヤナ」と言う。だれの声か、ヤナにはすぐにわかった。

ダニーロだ。彼はフードを脱いで顔を見せた。

「おまえはもっと慎重になったほうがいい」

ヤナはその言葉を鼻で笑い、天井の明かりをつけた。

「メールを送るのは、あまり賢明とは言えないな」とダニーロは続けた。

「どうして？　あなた、だれかに居場所がばれたらまずいことでもあるの？」

「いや。それはおまえだろ」

「プリペイドカードだから、警察は持ち主をたどれない」

「そうともかぎらないぜ」

ふたりは黙り込み、互いを頭からつま先までまじまじと観察した。やがてダニーロが沈黙を破った。

「で、奴はつかまったんだな？」

「ええ。でも、つかまってないと言うべきか……」

「どういうことだ？」

「入って。詳しく話すわ」

＊　＊　＊

ヘンリック・レヴィーンははっと目を覚ました。ほんの束の間うとうとしてしまった。無理もないことだ。今日のできごとには、脇目もふらずに取り組まなければ対処できなかった。それで精神的に疲れ切っているうえ、身体も疲労のあまりずきずき痛む。

枕から顔を上げる。腹の上にクマさんの本が載っている。右腕の上にヴィルマが乗っている。その小さな身体がかすかに動いた。左側にはフェリックスがぴたりと寄り添い、深い寝息をたてている。ヘンリックはなるべくそっとヴィルマの下から腕を抜こうとしたが、ヴィルマは体勢を変えてさらにぴたりと寄り添ってきた。ヘンリックは娘の寝顔を見つめ、鼻先を合わせてから、身を振りほどいた。フェリックスは身体の下の腕が消えても身動きひとつしなかった。まるで雛鳥のように大きく口を開けて眠っている。ヘンリックは息子の頬を撫でた。それからできるかぎりこっそりと狭いベッドを抜け出そうとした。何度か試みたものの、結局は高く突き出したベッドフレームを這って乗り越えるはめになった。

子どもの身体の温もりで、自分の身体も汗ばんでいる。肌に貼りついたスウェットに少し空気を入れ、子どもたちはふたりとも朝までこのベッドで寝かせてやろうと決めた。

半月形のベッドサイドランプを消し、フェリックスの部屋のドアを閉めた。

歯を磨き、フロスを使い、用量どおりのマウスウォッシュで口をすすぐのに、十五分かかった。鏡の中の自分を見つめ、左のこめかみ付近の髪がさらに二、三本白くなっているのに気づいた。が、抜きはしなかった。疲れすぎていてそんな気力もなかった。バスルームを出て、寝室に入った。

テレビは消えていた。エマはピンクのTシャツ姿でベッドに横たわり、布団を腰まで掛けて読書に没頭していた。

ヘンリックは服を脱いで畳み、自分の寝る側に置いてある椅子に載せた。あくびをしながら枕に頭を沈め、片腕を頭の下に入れて天井を見上げた。もう片方の腕は布団の中に入れた。手が下着の中に入り込み、恥部に触れた。軽く位置を直すだけのつもりだった。

エマが本を置いてこちらを見た。その視線が電気ショックのごとく自分に命中するのを感じた。

「なんだ？」

エマは答えなかった。

ヘンリックは下着から手を出し、横向きになってエマのほうを見た。

「ほら、私たち、最近……」とエマが切り出す。

「おれたちが最近？」

「最近、あんまりセックスしてないでしょう」

「そうだな」

「あなたのせいじゃないのよ」

「そうか？」

「私のせいなの」

「べつにかまわないんだが」とヘンリックは言ったが、なぜそんなことを言うのだろうと自分で思った。かまわないなどということがあるはずがない。むしろ大いにかまう。すべてがそこにかかっていると言ってもいい。

エマが顔を近づけ、長いキスをしてきた。ヘンリックも応えた。ふたたびキスを交わす。当然の流れのように。ヘンリックの手がエマの胸に置かれる。エマの手がヘンリックの背に回る。エマが軽く引っ掻いてきた。その力が強くなって、ヘンリックは、誘われている、と感じた。やっと来たか、と思いながら、エマを引き寄せる。が、そのとき、エマがたったいま言ったことを思い出した。彼女が以前ほどしたいと思わないのには、どうやら理由があるらしい。そっとエマの身体を離す。彼女の大きな青い瞳がこちらを見つめてくる。欲に満ちたまなざしだ。

「ひとつだけ聞かせてくれ。どうしてなのか」とヘンリックは言った。「さっき、自分のせいだって言っただろう」

エマは微笑んだ。目元に笑いじわが現れた。そのひとつひとつが愛しい、とヘンリックは思った。

それからエマは笑顔のままで唇を噛んだ。いたずらっぽい目つきになった。その指がシーツの上を走り、見えないハート形を描いた。

ヘンリックはあとになってから、このときに時間を止めたかった、と思った。このとき、この場で、時が止まってくれるなら、なんでもしたのに。それほどまでにエマは幸せそうだった。

やがて、エマは言った。

「妊娠してるの」

ヘンリックは尋ねたことをたちまち後悔した。どうしてあのまま欲望に身をまかせなかった？　彼女もその気になっていたのに。どうしてわざわざ尋ねるなんて馬鹿なことをしてしまったのだろう。

「すごいでしょ？」

エマが彼の上にのしかかってきた。

「ああ」

「ね？」

「ああ。すごいな」

「嬉しい？」

「ああ。うん。嬉しいよ」

「内緒にしておきたかったの。あなた、ずっと仕事が忙しそうで、いいタイミングがなかった。でも、いまならいいかな、って」

ヘンリックは微動だにしなかった。エマの下で、石になったように固まっていた。エマがゆっくりと身じろぎし、身体をすり寄せてくる。頭の中で思考が渦巻いた。妊娠？　妊娠！もうセックスはなしということか。これから九か月間。フェリックスやヴィルマが生まれる前もそうだった。あのあいだ、まったくしたいと思わなかった。腹の中に子どもがいるのにそういうことをするのはまちがっている気がした。そしていま、また同じことが起きている。

腹の中に。

子どもが。

ヘンリックはふたたびエマを突き放した。

「どうしたの」とエマが言う。「したくないの？」

「うん」ヘンリックはそっけなく答え、彼女に向かって腕を上げた。「ほら、ここに寝て」

エマは驚いた顔でヘンリックを見た。

「ほら。ちょっと抱きしめたいだけだ」

エマは彼の胸に頭を乗せた。

ヘンリックは上げていた腕を彼女の肩に下ろした。

「妊娠か」と言い、天井を見上げる。「楽しみだ。ほんとに楽しみだな」

エマは答えなかった。

セックスに至らなかったことで彼女ががっかりしているのに、ヘンリックは気づいていた。自分が拒まれるたびに感じていたことを、いま彼女も感じているのかもしれない。立場が逆転したな、と思い、目を閉じた。眠れないだろうとわかっていた。そのとおりになった。

結局、眠りは朝まで訪れなかった。

＊　＊　＊

「じゃあ、あいつは明日移送されるのか」とダニーロが言った。

彼はヤナの居間に立って腕組みをしている。その視線は窓の向こう、遠くの一点に据えられていた。

ヤナは長椅子に座り、水の入ったグラスを両手で包み込むように持っている。これまでの経緯をダニーロに語るのに二十分かかった。そのあいだ彼はずっと、いまと同じ姿勢で立っていた。

「どこに移送されるんだ？　知ってるか？」

「ううん。なにもわからない」

ダニーロは室内を行き来した。

「ちくしょう」

「これからどうする？」

ダニーロは黙っていた。行き来するスピードがだんだん速くなった。やがてはたと立ち止まり、ヤナを見た。

「奴がどこに移送されるか、おまえはなにも知らないんだな」

「うん。さっきも言ったでしょ。極秘だから」

「だとしたら、突き止める方法はひとつしかない」

「どうするの？」

「ＧＰＳ発信機を使う」

「へえ、それはいい考えね。ほんといいアイデアだわ」

「おれは本気だぞ。発信機を使うしか道はない」

「それなら、警察の車を尾行すればいいんじゃない？　どう思う？　そのほうが簡単じゃない？」

「それで見つかるリスクを冒すのか？　あり得ないな。発信機があれば、離れたところからでも足取りを追える」

「それでも見つかるリスクはある」

「うまくやれば大丈夫だ」

「発信機はどうやって手に入れるの？」

「おれがなんとかする」

「どうやって？」

「おれを信用しろ」

「でも、大事なことを忘れてない？　ガヴリルはいま身柄を拘束されてる。拘置所にいるのよ。どうやって発信機をつけるつもり？」

ダニーロはヤナのとなりに座った。

「おれがつけるんじゃないさ」

「どういうこと？」

「奴に発信機をつけられる人間はひとりしかいない。いつでも拘置所に入れる人間。警察が疑いもしない人間」

「だれ？」

「おまえだよ」

五月一日、火曜日

廊下は果てしなく長かった。靴音がまわりで反響する。意識を集中するため歩数を数えた。拘置所のある階でエレベーターを降りてからずっと数えつづけ、いま五十七歩に達している。彼女はロレックスの腕時計を見やった。

八時四十分。

ドアに視線を据え、ブリーフケースの持ち手を握りしめた。全部で七十二歩、と考えながら、ブリーフケースを床に置く。中に入れてもらうため呼び鈴を鳴らすと、壁に設置されたマイクに向かって名乗るよう促す声が聞こえてきた。

「検察庁のヤナ・ベルセリウスです。被疑者レーナ・ヴィークストレムと話をしに来ました」

ドアが開き、ヤナはブリーフケースを持って中に入った。ベンクト・ダンソンという名の、耳たぶが大きく首の詰まった看守が、近づいてくる彼女を見て、ああ、あなたですか、と間の抜けた笑みを浮かべた。

ベンクトはヤナの身分証を受け取ると、返すときに笑みをさらに深くしたので、あご下の贅肉が襟元で段を作った。

「簡単な身体検査だけさせてもらいますよ」

ヤナは両腕を横に広げた。ベンクトの手がわきの下から肋骨を通って腰をなぞっていくのがわかった。

彼が息をはずませながらヤナの前にしゃがみ込む。腰から下、脚のほうまで触れられて、ヤナは苛立ちに天を仰いだ。

「どっちにします？　金属探知器か、裸での検査か」ベンクトはそう言うと、誘いかけるような目でヤナを見上げた。

「どういう意味ですか？」

「あなたが選んでいいんですよ。金属探知器で検査するか、裸になって検査するか」

「冗談ですよね？」

「安全のためには、どれだけ用心しても足りるということはありません」

ヤナは言葉を失った。

ベンクトがいきなり大笑いした。頬の肉がたぷたぷと揺れる。片手をひざについて立ち上がったが、笑いは止まらないようだ。

「ハハハ、ハハハッ！　いまの顔、最高だったなあ」

「どうも」とヤナは言い、ブリーフケースをつかんだ。

「いまの顔……こんな……」とベンクトは言い、しかめっ面をしてみせた。目つきの悪いアザラシのような顔だった。

ヤナはその丸々とした顔を殴りつけたくてたまらなくなったが、拘置所というのは暴力をふるうのにふさわしい場所ではない、と思い直した。

ベンクトは涙を拭いている。かぶりを振り、また大声で笑った。

「失礼ですが、ちょっと急いでるんですけど。仕事があるので。遊んでる暇はないんです」

ベンクトは黙り込んだ。咳払いをし、ヤナのためにドアを開けた。

「どうぞ」

ヤナは拘置所の廊下に足を踏み入れ、中央警備室にいる看守に会釈した。彼は会釈を返してから、目の前の机に置いてあるモニター三台に視線を戻した。警備室のそばで看守がふたり、小声で話し合っている。このふたりが、ガヴリルを独房から連れ出す任務を負っているのだろうか。ヤナはまた時計を見た。

八時四十五分。

ガヴリルの移送まで、あと十五分。心臓の鼓動が少し速くなった。

ベンクトは彼女の後ろでドアの鍵を閉めると、天井の蛍光灯に煌々と照らされた廊下を先に立って歩き出した。彼が一歩を踏み出すたびに、鍵束がじゃらじゃらと音をたてる。壁は薄いあんず色に塗られ、ビニール床は微妙なミントグリーンだ。独房をいくつか素通りする。ドアは白く、下のほうが太いスチールの横板で補強されている。どのドアにも番号がついている。

八番ドアの前でベンクトが立ち止まり、チェーンで腰につないである鍵束を手に取ると、正しい鍵を探し出した。ヤナを見やり、小声で笑ってまたかぶりを振った。それから鍵を開け、彼女を中に通してくれた。ヤナは独房に入る直前、さきほどの看守ふたりが黒服姿の警察官たちと握手しているのを目にして、もうすぐ移送が行われるのだとたちまち悟った。

「外で待っていてください」とベンクトに告げる。「すぐ終わりますから」

そして独房の中へ進んだ。背後でドアの閉まる音がした。

「なにしに来たの？」

レーナ・ヴィークストレムのかすれ声に、ヤナはびくりとした。レーナはベッドに座ってひざを抱えていた。ベッドの縁からシーツが床に垂れている。深緑色のズボンに深緑色のシャツという姿で、裸足だった。疲れた目をしている。目の下の隈は大きく、黒々としていた。

「なにしに来たのよ？」レーナがふたたび嚙みつくように言った。「また脅しに来たの？」

「違う」とヤナは答えた。「脅しに来たんじゃない。まったくべつの用があって来たの。あなたに協力してほしいことがある」

「協力なんかするつもりはないわ」

「もうしてくれてる。ここにいるだけで」

レーナには意味がわからなかった。わかろうと努める気力もないようだった。

「あとどのくらい？」

「なにが？」

ヤナはブリーフケースを床に置いた。

「私が閉じ込められるまで」

「もう閉じ込められてるでしょうに」

「でも、ほんとうの意味で閉じ込められてるわけじゃない。一時的なことでしょう。途中停車駅みたいなもの」

「裁判までは、あと二日ね」とヤナは言い、また時計を見た。

八時五十二分。

ブリーフケースの前でしゃがむと、開けて両手を中に突っ込んで隠した。ロレックスをはずし、文字盤の裏側を開ける。長い爪で小さな発信機を取り外してから、時計を元に戻した。さっと手首にはめ、片方の手に発信機を持って、もう片方の手でブリーフケースを閉めた。

「じゃあ、あと二日で終わるのね」レーナがほとんど聞き取れないほどの小声で言う。が、ヤナにはその静かな言葉がはっきりと聞こえた。はたと動きを止める。いまのは降伏宣言だ、と思った。この人は、もう観念している。

「そうね、あと二日で終わりね」とヤナは言った。

レーナは顔面蒼白になった。

「なにもかもが終わる」とヤナは続けた。

「終わってほしい」とレーナは言い、自分の両手を見下ろした。

たちまち彼女がひどく小さく見えた。生気をなくし、肩を落とした姿。

「もう耐えられそうにない。ここから逃げたい」

「出られないわよ」

「閉じ込められていたくない。死んだほうがましだわ。お願い、殺して！　あなたならできるでしょう。殺してよ！」

「静かに！」

「こんなふうに生きていくなんて無理。逃げなければ」

ヤナは立ち上がり、時計を見た。

八時五十九分。

時間だ。動かなければ。ドアをノックしようと手を上げたが、レーナの声に動きを止めた。

「お願い」力のない声。「助けて……」

ヤナは何秒か考えてから、座っているレーナに近寄った。シーツをつかみ、歯で穴をあけて細長く引き裂いた。それをレーナの手に置いた。

「自分でなんとかしなさい」

それからドアを強くノックした。すぐにベンクトが開けてくれた。ヤナは戸口で一瞬立ち止まった。ぴったりのタイミングを待った。

近づいてくる彼らが視界の隅に映った。看守たち、警察官たち、彼らに囲まれたガヴリル。一行がそばを通った瞬間、ヤナは前に一歩踏み出して、足をすべらせたふりをした。ブリーフケースを振り回し、片脚をがくんと曲げて、悲鳴をあげてみせた。そうして床に倒れると、ガヴリルの脚に触れ、そのズボンのポケットに発信機をすばやく押しつけた。

ベンクトが駆け寄ってきて、彼女を助け起こしてくれた。

「ああ、すみません」とヤナはつぶやいた。「このヒールのせいだわ。新しい靴なんです」

看守たちが驚いた顔で彼女を見ている。警察官たちは気に食わないという表情だ。そして、ガヴリルは、笑みを浮かべていた。

ヤナは思わず彼を見つめた。見てはいけないと自分にどれほど言い聞かせても、無理だった。心臓が高鳴る。こんなにも近いのに、こんなにも遠い。息をするごとに憎しみがつのる。できることなら、いますぐにでも殺したい。できることなら、この男の頭にナイフを突き立てたい。何度も、何度も。この男を殺したい。

死ね。

死ね。

死ね。

「気をつけたまえ、お嬢さん」ガヴリルがニヤリと笑って言う。そして看守と警察官の集団に囲まれ、廊下を連行されていった。

あなたもね、とヤナは思った。

あなたも、しっかり気をつけたほうがいいわよ。

＊　＊　＊

「自分がどんなことに手を出してるか、おまえわかってるよな？」助手席のダニーロが言った。手にした携帯電話の地図上に、ガヴリルの居場所が表示されている。リュックサックが両脚のあいだ、床に置かれている。

ヤナは高速道路に視線を据えていた。片方の手をハンドルに置き、もう片方の手は車のドアについている。黒いボルボS60の布張りシートはやわらかい。ダニーロが友だちから借りたか、地元のレンタカー業者から急遽借りたかした車だ。ヤナにはどちらでもよかった。大事なのは、今日使う車を自分で手配せずにすんだこと、それによって調べられてつながりを暴かれるリスクを避けられたことだ。

車内には洗剤の強烈なにおいが漂っている。いまの場所はトローサ郊外。道路は閑散としていて、かなりのスピードが出ていた。

「じゅうぶん承知してるわよ。自分がどんなことに手を出してるか」ヤナは毅然とした声で言った。

これほど自分の行動に自信を持てたのは生まれて初めてだ。ガヴリルを追い詰めたい、あの男に立ち向かいたいという欲望で、全身が焼けつくようだった。自分がされたことの恨みを晴らしてやる。両親の命を奪ったあの男に復讐する。ほかの親たち、その子どもたち、みんなの死の報復を果たす。それが自分の最期になろうとも。あの男の罪を許すことはできない。このまま水に流して、あの男を野放しにすることなど、できるはずがないのだ。

「なにもかも失うことになるかもしれない。つかまったらどうするつもりだ？」

ヤナは答えなかった。

これ以上ないほど大きな賭けに出ている自覚はある。人生そのものを賭けて復讐しようとしているのだ。それでも、いまの彼女を止められるものはなにひとつ存在しない。

「怖いか？」ダニーロが尋ねる。

「怖がるのは七歳のときにやめた」ヤナはそっけなく答えた。

ダニーロはもう質問してこなかった。沈黙がふたりを包んだ。聞こえるのはタイヤとアスファルトの摩擦音だけだった。

それからずっと、ふたりは無言のまま並んで座っていた。GPS発信機はイェルナ経由でニュークヴァーンへ向かう道を示している。

二十分、車を走らせたところで、ダニーロが姿勢を正した。

「奴らの動きが止まった」

ヤナは車のスピードを落とした。まわりにあるのは森だけだ。

「ここからの距離は？」

「二、三百メートルかな。残りは歩くぞ」

「どこに連れていったのかしら？」

「それをこれから突き止める」

舗装されていない道路を五十メートル進むと、それまで隠れていて見えなかった駐車スペースが見えてきた。

ヤナはエンジンを切り、リュックサックをつかんだダニーロのほうを向いた。

「いま言っておくべきかもしれない。ありがとう。協力してくれて」

「礼ならあとで言え」とダニーロは言い、車を降りた。

＊　＊　＊

高い門がゆっくりと開いた。

制服姿の警官が片手で合図すると、警察車両がのろのろと砂敷きの道をたどって入っていった。その後ろに窓がスモークガラスになった黒いマイクロバスが続き、最後にもう一台、警察車両が入った。

フォボスの腹の内がかすかにうずいた。これから新しい家で暮らすのだ。後部座席でとなりに座っているパパをちらりと見上げてから、前方にそびえる大きな白い家をまじまじと見つめた。まわりには塀がめぐらされ、それに沿って灌木が植わっている。枝の大きく広がった木が何本かあり、乙女をかたどった噴水もあって、かつて流れていた水が白い陶の表面に茶色い筋をいくつも残している。噴水はもう使われておらず、すっかり汚くなっていた。

家は二階建てで窓が大きく、まるで貴族の館のようだ。玄関の扉は赤で、明るいスポットライトと淡いウォールランプの両方が外壁を照らしている。加えて、柱のようなものがいくつも建っていた。カメラがついている。

かっこいいな。

フォボスは抱えている茶色のクマのぬいぐるみを抱きしめた。これを持てるのが嬉しい。パパがプレゼントをくれたのは初めてだ。が、嬉しいという気持ちを、けっして表に出してはいけない。そう言われた。ニコニコ笑うとか、そんなくだらないことはするな。ぬいぐるみの話をするのも禁止だ。ただ、抱きかかえるだけ。好きになるだけ。ふつうの幼い男の子のように。

家はもう目の前だ。車が向きを変えて玄関扉に近づき、そこでとまった。制服姿の警察官がふたりやってきて、車のドアを開けた。フォボスが片側から車を降り、パパがその反対側から降りた。

「息子も調べようか？」警察官の片方が、パパの身体検査をしている相棒に問いかける。

「いや、ただの子どもだろ」という答えが返ってきた。

「こっちにおいで」警察官はフォボスにそう言い、彼を玄関扉まで連れていった。

冷たい空気がフォボスの頬を刺す。警察官のとなりをちょこちょこと歩いているあいだ、これから暮らすことになる新しい家に、ずっと鋭い視線を向けていた。

腹の内がまたうずいた。ぬいぐるみをぎゅっと抱きしめる。綿が詰まっているにもかかわらず、中に入っている硬いスチールの感触が伝わってきた。

＊　＊　＊

　ヤナは家をぐるりと囲む高い塀にもたれて立っている。足下の草は湿っていた。タイトな黒いセーターの下まで冷気が入り込んでくるのを感じる。パンツも黒で、身体にぴたりと沿っている。靴はジョギング用の軽いシューズを選んだ。

　ダニーロも黒ずくめで、大きなフードのついた服を着ている。地面にしゃがみ、リュックサックからシグ・ザウエルを出した。念入りにチェックしてから、サプレッサーを出し、慣れた手つきで銃口に取りつけた。

「そういう技術はいまでも覚えてるのね」ヤナが言う。

　ダニーロは答えなかった。ヤナに拳銃を手渡した。

「拳銃は要らない」

「じゃあ、なにを使って奴を殺すんだ？　素手でやるつもりか？」

「ナイフのほうがいい」

「悪いことは言わない。おまえには必要だよ。あの家に押し入るためだけにも」

「どこで手に入れたの？」

「知り合いから」ダニーロはそっけなく答えた。

　またリュックサックに手を突っ込み、もう一挺拳銃を出した。これにもサプレッサーをつける。グロックだ。

そして立ち上がり、フードをかぶった。

「警察の車がいなくなるまでここで待とう。そのあとはさっさと済ませなきゃならない。速ければ速いほどいい。入って、撃って、出てくる。覚えてるか?」ダニーロはそう言って笑顔になった。

ヤナは初めて、彼がそんな笑みを浮かべるのを目にした。

大人になってから、初めて。

＊　＊　＊

警察車両が発進し、砂敷きの道をたどってゆっくりと門へ戻っていく。家のそばに残ったのは、制服姿ではないものの、しっかりと装備を身につけた警察官四人。彼らは門が閉まるやいなや仕事の割り振りを始めた。それぞれ見張りに立つ位置はすでに決めてあった。

「おまえらふたりが側面、おまえが家の前、おれが裏を見張る。交代は二時だ」ひとりが大声で言った。「いいな?」

「はい」全員が声を揃えた。

「よし、位置につけ。二時間経ったらブリーフィングをやるぞ」

＊　＊　＊

そして二時間が経ったころ、看守たちが彼女を発見することになる。布切れを編んで作った縄は彼女ののどを締めつけ、気管をふさいだ。真っ先に彼女の頭をよぎったのは、安堵だった。そのあとにパニックがやってきたが、遅かった。もはや後戻りはできなくなっていた。最期の決断はすでに下したのだ。戻る道はなかった。縄から逃れるのは無理だ。わかっていた。それでも彼女はもがいた。両足をばたつかせ、裸足の指を広げ、両手で布をつかんで引っ張った。最後まで足掻《あが》きつづけた。

独房に踏み込んだ看守たちは、入ったところではたと立ち止まり、窓の格子から吊り下がっている彼女を見つめた。

吊り下がったまま動かないレーナ・ヴィークストレムが、生気のない目で見つめ返してきた。

＊　＊　＊

「よし」とダニーロが言い、塀の縁から手を離した。「車がいなくなったぞ」

ヤナの前に着地すると、植え込みの中にリュックサックを突っ込んだ。

「おまえが先だ。ほら」ダニーロは両手を出して組んだ。「持ち上げてやる」

ヤナは拳銃を背中の後ろでパンツのベルトにはさみ、ダニーロの両手に右足を乗せて、彼の肩を両手でつかんだ。

「準備はいいか？」

ヤナはうなずいた。

「よし。一、二、三！」

ダニーロがヤナの足を押し上げる。ヤナは両手で塀の縁をつかむと、勢いをつけて身体を持ち上げ、反対側に躍り出た。地面まではかなりの距離があり、荒い着地になった。なるべく姿を見られないよう、葉の少ない植木の陰にしゃがんで身を隠してから、敷地内のようすをざっとうかがった。物音に耳を澄ませ、人の動きに目を凝らす。

ダニーロもどすんと音をたてて着地した。すぐにヤナのとなりにしゃがみ、拳銃を出した。

「カメラ、見えるか？」とささやき、玄関の正面の柱に設置されている監視カメラを指差した。

「ネットワークカメラだ。かなり遠くまで見渡せる。望遠鏡みたいなもんだ。あれにはどんなことがあっても顔を向けるな。百メートル以上離れてても、顔立ちとか、細かいところまで残っちまう。だから、まずカメラを壊すのが原則だ。昔はそんなこと考えなくてもよかったんだが、いまは時代が変わったからな」

ダニーロは次いで、家を囲んでいる警察官たちを指差した。

「前にひとり、裏にひとり、側面にそれぞれひとりずつだ。あいつらに気をつけろ。姿を見られたら終わりだ。いいな？」

ヤナはうなずいた。

「おれがカメラを撃ったら、おまえは家に向かって走れ。物陰を通るんだ」

「言われなくても大丈夫」

「わかった、わかったよ」

ダニーロは立ち上がり、フードをさらに目深にかぶった。深呼吸をひとつしてから、芝生に飛び出して監視カメラに銃を向け、引き金を引いた。

ヤナは銃声を耳にすると、すばやく芝生を横切って家に向かった。ほとんど息を切らすこともなく、外壁にぴたりと身を寄せて立ち、何歩か脇に移動して陰に隠れた。鈍い銃声がもうひとつ聞こえた。次いで、もう二発。そして静かになった。

しばらく自分の呼吸に耳を傾け、左右に目をやった。家の前と裏のようすをうかがう。また耳をそばだてる。身をかがめて数歩前に出ると、家の角で立ち止まり、そっと向こう側をのぞいた。

その瞬間、警察官が走ってきた。銃声を聞きつけたのだろう、拳銃を抜いて家の正面へ向かっている。この警察官がヤナの視界から消えたところで、また銃声が響いた。もう一発。そして、また沈黙が下りた。

もう一度、家の角の向こうをのぞいてみると、裏手にも回転する監視カメラがあることにたちまち気づいた。あのカメラがこちらを向いている時間の長さを計ってみる。どう考えても長すぎる。あそこから入るのは無理だ。まちがいなく姿を見られてしまう。

拳銃の安全装置をはずし、芝生に伏せた。引き金を引こうとしたところで、べつの銃弾がカメラのレンズを砕いた。背後から放たれ、レンズに命中したのだ。ヤナはあわてて身を起こし、しゃがんだ体勢になった。またたく間にダニーロがとなりにやってきた。フードの下の表情は決然として、唇がぐっと結ばれていた。

「だれもいない？」端的に尋ねる。

「うん」ヤナは答え、立ち上がった。「警官たちは？ 殺したの？」

「そうするしかなかった」

ダニーロは家の裏手を見やると、小走りに裏口へ向かった。窓のそばを通るたびに身をかがめた。ガラス張りの扉に触れて力を込めたが、鍵がかかっている。彼はヤナに合図をして呼び寄せた。

「いいか」近寄ってきたヤナに告げる。「さっさと動け。考えるな。とにかく任務を果たせ。わかったか？」

「わかった」

「おれはここに残る。十分経ってもおまえが出てこなかったら、中に入る」

そう言ってピックを出し、扉の錠を開けにかかった。十秒後、カチリという音がした。

「ほんとうにやる気なんだな？」

「ええ」とヤナは答えた。「ここまで自分のすることに自信を持てたのは初めて」

顔の前に銃を掲げ、片方の手でぐっと握った。深呼吸をひとつしてから、扉を開けた。

そして、家の中に入った。

＊　＊　＊

部屋はおおよそ縦五メートル、横十メートル。ソファーとひじ掛け椅子、ガラステーブルがあり、居間のように見えた。壁に掛かっている何枚かの絵は、どれも自然がモチーフだ。片側に白いサイドテーブルが置いてある。その脇に、花柄のフロアランプ。観葉植物はない。カーペットもない。

ヤナは忍び足で進み、アーチ形をした出口の前で立ち止まった。そっととなりの部屋をのぞいてみると、丸いテーブルランプに照らされた空間が見え、ダイニングルームらしいとわかった。楕円形のテーブルのまわりに、椅子が十脚置いてある。テーブルの上をざっと見てから、ドアが半開きになっている次の部屋をめざした。すき間からのぞき込む。玄関だ。まず目に入ったのは長椅子と帽子棚だった。幅の広い階段があり、ワインレッドのカーペットが敷いてある。二階から光が漏れていた。

ヤナは上がりたいという誘惑に抗えなかった。そこで足を使ってドアを押し開けた。その瞬間、背後でカチリと音がした。ゆっくりと振り返る。薄闇の中に幼い少年の姿が見えた。燃えるような目。銃を握りしめ、まっすぐ彼女に向けている。

ヤナはぴくりとも動かなかった。少年はすぐそばに――近すぎるところにいる。この距離で狙いがはずれることはあり得ない。少年がじわじわと近寄ってくる。

「落ち着いて」とヤナは言った。

「銃を捨てろ」少年が言う。「でないと撃つぞ」

「そうでしょうね」とヤナは言い、銃を下げた。降参の合図に、もう片方の手を上げてみせた。

「あなた、名前は？」

「どうでもいいだろ」

「名前を聞いてるだけよ」

少年は深々とため息をついた。一瞬迷ったが、やがて口を開いた。

「フォボス」

「首の後ろに、そう書いてあるの？　フォボスって？」

少年はとまどいの表情を浮かべた。無意識に片手をうなじにやっている。

ヤナは続けた。

「もしあなたが私の思ってるとおりの人なら、話を聞いてほしいの。私も昔、あなたと同じだったのよ」そう言って少年の信頼を得ようとした。

「銃を捨てろ」少年が繰り返す。

「首の後ろの名前。そこに刻まれた名前。私にもあるの」とヤナは言った。「見せましょうか？」

一瞬、少年は困惑しきったようすを見せた。

「見せなくていい」やがて険しい声で言った。

「見せちゃだめ？」ヤナはまた言った。「お願い、あなたに見せたいの。助けてあげたい。ここから逃がしてあげる。もうここにいなくてもいいのよ」

だが、少年は耳を貸さなかった。

「銃を捨てろ」と叫ぶ。

「わかった」

ヤナは銃を放り投げた。銃がフォボスの頭上高くを飛んでいき、彼はそれを目で追った。銃が少年の上で放物線を描いているあいだに、ヤナはさっと前に踏み出し、左手でフォボスの拳銃を奪うと、右手で彼の腕をつかんで向きを変えさせた。そして頭に拳銃を突きつけた。「ごめんね」とささやきかける。「でも、しかたないの。あなたにどんなことができるか、私は知ってる。あなたも私も守るにはこうするしかない」

フォボスは腕をよじらせて身を振りほどこうとした。ヤナはフォボスの首に腕を回してぐっと引き寄せた。フォボスは息苦しそうにあえいだ。

「落ち着きなさい。助けてあげる。でも、そのためには言うことを聞いてもらわなきゃならない。でないと痛い思いをすることになるわよ」

少年は動かなくなった。酸素を肺に送り込もうとするたびに、ぜいぜいとのどが鳴る。ヤナは腕の力をかすかに緩めた。

「私の言うとおりにしなさい。約束してくれる？」

少年は頭を動かしてうなずこうとした。ヤナはさらに腕の力を緩め、投げた拳銃をきょろきょろと探した。少し離れた床の上で、つやのない金属が鈍く光っている。が、見えたのはそれだけではなかった。男がひとり立っていて、じっとこちらを見つめていた。暗がりの中でも、だれなのかはすぐにわかった。

あの男だ。

ガヴリル。

「お見事」と男は言い、拍手をした。「この子から武器を奪うのは簡単じゃないぞ。うまくやったもんだ」

暗い中から聞こえてきた声は穏やかで、友好的とすら言えそうだった。

「入ってくるのが見えたよ」

「銃を渡しなさい」とヤナは言った。

「銃など持っていない」

「あなたの息子は銃を持ってた。あなたが持ってないわけがない」

「ああ、息子は持っていたが、おれは持っていない。持っていたら公安警察がこの家に入れてくれたと思うか？」

「この子が銃を持ち込めたのなら、あなただってできるはずよ」

「それは違うな。大人のほうが難しい」

「この子はどうやって持ち込んだの？」

「手品だよ」ガヴリルはそうささやくと、ランプの光に手をかざしてみせた。ほんの一瞬の動きだった。手はふたたび暗がりにのみ込まれた。

「じゃあ、あなたは銃を持ってないの？」

「持っていないよ、お嬢さん。ほんとうだ」

ヤナはガヴリルの着ている服にざっと視線を走らせ、この男が嘘をついていないか見極めようとした。

「両手を見せなさい！」

ガヴリルは両手を明かりにかざし、肩をすくめた。

「両手をつねに見えるところに出しておきなさい。下手な真似をしたら息子の頭を撃ち抜くわよ！」

「わかった、わかったよ」とガヴリルは言い、信用ならない笑みを浮かべた。「だが、聞かせてくれ。なんの用でここに来た？」

「来なきゃならなかった。聞きたいことがたくさんある」

「へえ？　おまえ、記者なのか？」

ガヴリルは大声で笑った。

「違う。どうしてなのか聞きたいだけ」

「どうしてって？」

いてみせた。

「どうしてこんなことをするのか」

ヤナは息をするたびにぜいぜいとのどを鳴らしているフォボスを目で示し、力強くうなずいてみせた。

フォボスはいまだに両手でヤナの腕をつかんでいる。

「どうして、というのは、いい言葉だな。たとえば、こんなふうに問うこともできるぞ。どうしておまえに教えなきゃならない？」

「あなたは私にそれだけの借りがあるから」

「借りのある相手はたくさんいるな」

「とくに私には大きな借りがある」

「へえ、おれがなにをしたというんだ？」

ヤナは自分の中で怒りがふくらむのを感じたが、なんとか気持ちを落ち着かせた。

「昔、あなたは私をケールって呼んでた」ゆっくりと言う。

「なんだと？」

「私をケールと名付けた」

ガヴリルが一歩前に踏み出してきた。ランプの明かりが彼の顔を照らす。傷痕があらわになった。

彼は口をぽかんと開け、ヤナをまじまじと見つめた。

「これはこれは。ケール。生きていたのか。再会の抱擁はなしか？」

「よくもそんなことが言えるわね」

「なんと、そこまで怒っているとは」

「あなたは私の子ども時代を奪った。お父さんとお母さんを殺して、うなじにいまいましい名前を刻みつけた。どうして？　どうしてなのか教えなさい！　答えなさい！　どうしてこんなことをするの？」

ガヴリルは頭をのけぞらせた。牙を剝くように歯を見せ、食ってかかるように言った。

「簡単だからだよ。おまえみたいなガキがいなくなったところで、だれも探しやしない。不法入国者の子どもだからな。書類上存在しないおまえらは、存在しないんだ」

「だから誘拐して拷問してもいい、とでも……」

「拷問などしていない！」ガヴリルが大声をあげた。「訓練してやっているんだ。全員に第二のチャンスを与えてやっている。何者かになるチャンスを。もっと大きなものの一部になるチャンスを」

「もっと大きなものって？」

「人の生死を操れるすばらしさなど、おまえにはわからないのだろうな」

「相手は子どもなのよ」ヤナは険しい声で言った。

「そのとおりだ。なんの価値もない子ども。殺し屋として完璧だろう」

フォボスがかすかに身体を伸ばそうとしたので、ヤナは彼の首にまわした腕の力を強めた。フォボスはそれを受けて、彼女の腕にさらに深く指を食い込ませた。

「どうして子どもたちにそんなことを教えるの？　人を殺すことなんて」

「なぜだと思う？　人はだれしも自分の身を守らなきゃならない。いまの市場は恐ろしく厳しい。おれには最高の仕入れ先が、仲買人が、売人がいる。買い手もたくさんいる。とにかく収入を確保することがなにより大事だ。すべては金だよ。だれがなんと言おうと、金がすべてだ。だれもが金を求めている。金を欲しがっている。だが、金が絡むと、どうしようもないことがたくさん起きる。ドラッグが絡めば、さらにどうしようもないことが起きる。だから、おれと同じ考え方をする人間をそろえて、いつでも周囲を固めておかなきゃならない。おれを、おれが作り上げたものを――市場を守ってくれる人間たちだ。へまをした奴、たれ込み屋、支払いのできない奴、取り決めを破る奴、そういう奴らを一掃してくれる人間、と言ってもいい。だがな、大人を雇うのは厄介なものなんだよ。金がかかりすぎるし、贅沢に慣れるとどんどん欲張りになる。そうでなくても、すっかりドラッグにやられて使えなくなる。手抜きがひどくなる」

ガヴリルはさらに続けた。

「子どもをいったん掌握したら、そこから凶器を作り上げるのはたやすい。自尊心も失うものもない兵士ほど危険なものはない」

「だからなの？　子どもたちの親を……」

「殺すのは。そのとおりだ。親を殺せば、子どもたちの扱いは楽になる。もっと懐くようになる。そうだろう？　違うか？　おまえもそう思うだろう？」

ヤナは答えなかった。ぐっと歯を食いしばった。

ガヴリルはまた両手を広げてみせた。

「おれはな、スウェーデンをよりよい国にしてやっているんだ。一般には受け入れられない行動かもしれないが、おれは弱者を一掃することでよりよい世界に貢献している。社会のくずを減らすことで、社会の役に立っている。しかも同じ社会のくずを使って始末してやっている。弱肉強食だよ。強者だけが生き残るんだ」

「でも、結局みんな殺してるじゃないの」

「子ども殺しは昔からあった。どんな時代でもだ。聖書にすら子殺しの話が出てくる。マタイによる福音書、覚えていないか？　イエスが生まれたあと、ヘロデ王は未来の王が生まれたと聞いて、ライバル怖さに二歳以下のユダヤ人男子を全員殺させた」

「自分は現代のヘロデ王だとでも言いたいわけ？」

「それは違う。死はそれ自体が武器になると言いたいだけだ。己の立場を全員に知らしめるためのね。おれはライバルを退けるために子どもを使っているわけだ」

ガヴリルが右を向いた。その動きで顔の傷痕にしわが寄り、目にかかった。

「動くなと言ったはずよ」ヤナが叫ぶ。

ガヴリルは視線を戻した。赤みの強いピンクの皮膚がふたたび伸びた。

「動いてはいない」ガヴリルはゆっくりと言った。

「麻薬は？　どうして子どもに麻薬を与えるの？」

「褒美をやらなきゃならんだろう。それに、みんな依存症にしてやるのがいちばんじゃないか。ドラッグだけじゃない、おれにも依存させるんだ。そうすれば逃げられる危険も減る。子どもというのは、言うことを聞くものだからな。大人を敬うものだ。上物をやれば、おれは子どもたちの父親になれる」

「神のような存在になれる、ってわけ？」

「少し違うな。むしろ逆だ。悪魔のような神と言うべきか」

「名前を刻みつけるのはどうして？」

「己の属する場所を思い知らせるため。共同体だ。家族のようなものだよ。それぞれに名前もつけてやる。意味はみな同じだが」

「死の神ね」

「そのとおり。名前を刻みつけるのは、自分が何者か、おまえたちが忘れないようにするためだ。おれはおまえに、ほんとうの名前を与えてやったんだよ」

「私の名前はヤナよ。それが私のほんとうの名前」

「それでも、おまえはケールだ」

「違う」

「ケールだ！　おまえの本質は変わっていない。おれが訓練して育てたとおりの人間だ」

ヤナは答えなかった。

「おれのしていることは、目新しくもなんともないぞ。あえて未成年者を徴集して訓練し、軍で利用している国はいくつもある。おれも同じことをしているが、さらに一歩先へ進んだ。拳銃で撃つだけならだれにでもできるが、だれもが殺し屋になれるわけじゃない」

「何人いるの？」

「おれたちが育てたのが？」

「あなたは、育てた、と思ってるんでしょうけど……」

「七十人だ」

ガヴリルの言葉に、ヤナは拳で殴られた心地がした。七十人！　フォボスの首にまわしていた腕の力がわずかに緩む。腕をつかむ少年の指の力も少し弱まった。

「どのグループからも、いちばん強いのを選び出した」

「私の知るかぎり、コンテナは十個あった」

「ああ」

「一個当たり七人を選び出したということ？」

「それより多いこともあれば、少ないこともあったがね。その中からまた、優秀なのをふたり選び出した。ひとりだけということもあった。残りは処分した。どういうふうに選出したかは、おまえも覚えているだろう？」

ガヴリルは手で拳銃の形を作り、ヤナに狙いをつけた。

「動かないで！」ヤナが叫ぶ。

フォボスも身じろいだ。ヤナは少年の首を押さえ、床から何センチか持ち上げた。少年が脚をじたばたさせる。ヤナはふたたび少年を下ろした。

「知りたいだろうから教えてやろう。つい最近まで、あの島におれの生徒がひとりいた」

「タナトスのこと?」

「そのとおり。あの子は特別だった」

「あの子がハンス・ユレーンを殺したのよね。なぜ?」

「おやおや、よく知っているな。まあ、なんと言おうか、ハンス・ユレーンは少々首を突っ込みすぎた。おれたちにとっては厄介だった」

「おれたち、というのは、あなたと、ユレーンの秘書、トーマス・リュドベリ、アンデシュ・ポールソンのこと?」

「ご名答!」

ガヴリルが腕を広げたので、ヤナはとっさに拳銃を彼に向けた。ガヴリルはニヤリと笑い、さらに腕を広げてみせた。相手を怖がらせようとするかのように。

「動くな!」ヤナが叫ぶ。口内が乾ききっていて、彼女はつばをのみ込んだ。「話を続けて!」

「もうわかっているじゃないか」

「いいから続けなさい!」

ガヴリルは真剣な顔になった。

妙に顔をしかめたせいで、下の歯があらわになった。

「ハンス・ユレーンは全コンテナのリストを見つけて、トーマス・リュドベリを問い詰めた。なにもかも公にすると脅してきたから、始末するしかなくなった。タナトスは申し分なく任務を遂行してくれたよ。だがアンデシュがへまをやった。タナトスを島へ連れ帰る途中で、なにかのトラブルが起きた。タナトスが逃げようとして、アンデシュがあの子を撃った。なんとも高くついたミスだった」

「私が運ばれてきたコンテナは……」

「あのコンテナが最初だった。長い時間をかけて計画を練った結果だ。いまもそれは変わらない」

「もうひとつ、運ばれてくるのを待ってるのよね？」

ガヴリルはあごを上げ、歯を食いしばったまま答えた。

「入れ替えは頻繁にしたほうがいいんだ。そうすればガキどもが勘づく間もない。任務を終えて、要らなくなったら、消えてもらうまでだ。新しいのがひっきりなしに来るからな。毎年、何千、何万という数の子どもが、国境を越えてスウェーデンにやって来る。いなくなったところで、だれにも探されない子どもが。そうだろう？　だれひとり、おまえを探しはしなかった。だれひとり。違うか？」

「黙れ！」

「だれひとり……おまえを……探さなかった……」

ガヴリルはそう吐き捨てながら、ヤナに向かって両手を上げ、ひらひらと振ってみせた。

まるで蛇のように威嚇してくる。

「シーッ！」

「動くな！　撃つわよ！」ヤナは叫び、拳銃をガヴリルに向けた。

ガヴリルは静かになった。その頭が少し下がった。

ヤナは心臓がどくどくと打つのを感じた。

「ああ、撃つだろうな、おまえなら。おまえの考えることは手に取るようにわかる。おれが訓練したんだから」

「でも、あなただけじゃなかった……」

「そうだな、おれだけではなかった」ガヴリルは大声で繰り返すと、床に落ちた拳銃に向かって一歩を踏み出した。

「だが、ほかの連中はとっくの昔に死んだよ。さっき言っただろう、信用できる人間でまわりを固めなきゃならない。しかもまわりに置く人間の数は少ないほうがいい。養う人数も少なくてすむ」

ヤナはごくりとつばをのみ込んだ。拳銃をぐっと握りしめる。

「もう、全部終わりよ」きっぱりとそう告げた。

「終わりなどということはあり得んな。子どもはわれわれの未来だ」

ガヴリルがまた一歩前に踏み出す。

ヤナは彼の動きに気づいた。

「動くな！　動かないで！」

ガヴリルは耳を貸さなかった。また、一歩。

「動くな！　動くんじゃない！　さもないと……」

「さもないと？」

ガヴリルはさらに一歩進んだ。

「さもないと、この子を撃つわよ」ヤナはそう叫んで拳銃をフォボスに向けた。こめかみに銃口を強く押し当て、少年の頭を左へ傾かせた。

ガヴリルは立ち止まり、微笑んだ。

「撃てばいい。どうせただの虫けらだ」

「あなたの息子でしょう」ヤナは叫び、フォボスのこめかみにさらに強く銃口を押しつけた。少年の顔がこわばる。うめき声をあげている。

ガヴリルは大声で笑った。

「息子なんかじゃない。なんの価値もないガキだ。ほかの虫けらどもと変わらない。どうしようもない役立たずだ」

ヤナは意味がわからずガヴリルを見た。フォボスを見やると、ひどく顔をしかめていた。すぐに銃口を押しつける力を弱める。少年の薄い皮膚に残った銃口の赤い跡を見つめた。

「どうぞ撃ってくれたまえ。いずれにせよ、あとでそうするつもりだ。この子もわかっている。それでもこの子は、おれの言うことならなんでも聞くんだ。そうだろう、フォボス？

おれに従うな？」

ガヴリルがフォボスに向かってめくばせをする。フォボスはすぐに合図を理解し、ヤナに向かって細い脚をばたつかせた。ヤナは脛を蹴られて痛みに跳ねた。その瞬間、ガヴリルが床から拳銃を拾い上げたことには気づかなかった。

フォボスの首にまわした腕の力を強め、つま先立ちにさせて動きを封じる。そしてまたガヴリルに目を向けると、その手中にある拳銃が見えた。ヤナはさっと向きを変えた。ガヴリルが引き金を引く。が……銃はカチリと鳴っただけだった。

ガヴリルは何度も引き金を引いた。カチリ。カチリ。弾が入っていないのだ！

ガヴリルはたちまち笑い出した。大声で。

ヤナは彼が手にしている拳銃をまじまじと見つめた。あれは私の拳銃なのに。どうして弾が入ってないの？

そのとき、部屋の反対側から声がした。

「今日は運が悪いな」

暗闇の中からダニーロが現れた。ガヴリルに拳銃を向け、数メートル離れたところに立つ。

「おまえ、どうしてここに？」ガヴリルが言う。

彼のダニーロに対する話し方に、ヤナはとまどった。ダニーロはその場を動かない。まるでガヴリルと友人どうしのようだ。それで、ヤナは悟った。ふたりは互いを知っているのだ！

「おれにやらせろ」とダニーロが言い、自分のグロックをヤナに向けた。

「ほらな」ガヴリルが言う。「信用できる人間でまわりを固めなければいけない」

「そのとおりだな」とダニーロが言った。「だが、おれは信用できる人間じゃないぞ」

そう言うと、さっと拳銃の向きを変え、ふたたびガヴリルに狙いを定めた。

「なんの真似だ？」ガヴリルが言う。

それが最後だった。

前のめりに倒れ、石の床にぶつかったとき、彼はもう死んでいた。

ダニーロが体勢を変えた。ガヴリルの反対側にまわり、また撃った。後頭部を。

フォボスは微動だにしなかった。呼吸が浅い。目を見開いている。ヤナは銃口をそっとフォボスの頭から離すと、自分の前に立っているダニーロに銃を向けた。ダニーロはフードを脱ぎ、ヤナを見つめた。暗い瞳。凍てつくようなまなざし。

「ヤナ」おもむろに口を開く。「甘いな。無邪気で善良なヤナ。過去を探る必要なんてあったのか？　やめろって言ったのに」

拳銃を人差し指にぶら下げて近づいてきた。

「なにを考えてるかわかるぞ。どうしてパパがおれのことを知ってるのか。それを考えてるんだろ？」

ヤナはうなずいた。

「森の中で死んだふりをしたって言ったの、覚えてるか？　ママがおまえを追いかけていったとき。おれは反対方向へ逃げたって話しただろ。覚えてるか？」

ヤナはまたうなずいた。

「嘘だったの？」

「いや、あれはほんとうだ。全部ほんとうだよ。逃げたんだが、あまり遠くまで行けなかった。そのうち側溝のそばでアンデシュに見つかった。で、またあの車に引っ張り込まれた。死ぬと思ったよ。けど、アンデシュのおかげでいまも生きてる。あいつが手当てをしてくれたんだ。あいつは昔から軟弱で、情に流されやすかった。でも腕は確かだ。だから、おまえがあいつの家に行って、無事に戻ってくるとは思ってなかった。あいつの家で消されるだろうと思ってたし、そう願ってた」

ダニーロはヤナから距離を置いて半円を描くように動いた。ヤナの手中にある拳銃も同じ形を描いた。

「だからあいつの名前を教えてくれたのね」ヤナが静かに結論づけた。

「そのとおりだ」

「あなたもグルだった」

「それも正解」

ダニーロはいま、彼女の背後にまわっている。

「でも、どうやって……」

「どうやって生き延びたか？　おれはあの島で育った。なにもかも身につけた。優秀だったから、いくつも任務を引き受けた。ほかの奴らみたいに、ひとつで終わりはしなかった」

床に足を擦るようにして歩き、ヤナの正面に戻ってきた。

「十七歳で訓練係を任された。ほかの訓練係どもはパパが始末してくれた。ほかの馬鹿どもも、みんな」

そして意味ありげにフォボスを目で示してみせた。

「そんなふうに呼ぶなんて信じられない」とヤナが言う。

「そんなふうにって？　パパのことか？　おまえもそう呼んでたんだぞ」

「でも、いまは違う」

ダニーロはいま、彼女の左側にいる。同じルートを歩きつづけている。彼女のまわりを。

「あの人はおれのパパだよ。おっと、間違えたな——あの人はおれのパパだった。パパと、おれと、レーナと、トーマスと、アンデシュが、全部動かしてた。もうみんな消えたな。残ったのはおれだけだ。うまくいったよ。思っていたより早かったが、こうもうまくいくとは」

ヤナの思考が渦巻いた。ダニーロの言葉は聞こえた。が、意味がわからない。

「どういうこと？　全部あなたの計画だったの？」

「計画、というほどではないな。トーマス・リュドベリを殺すことは計画してなかった。それはだれか、べつの人間がやってくれたから」

ヤナは視線を落とした。ダニーロはしばらく黙っていたが、やがて続けた。

「トーマスが脱落した時点で、おれは思ったよ。これは天の導きだと。時が来たんだと」

「なにをする時？」

「前に出る時だ」

ヤナは不意にものごとのつながりを理解した。

「ガヴリルを殺すために、私を利用したのね」ゆっくりと言う。

「おまえも乗ってきたからな」

「信用してたのに」

「わかってる。それでいろいろ楽になった。おれに協力させてやったってわけだ」

ヤナは背筋を伸ばした。手の中の拳銃が重く感じられた。ダニーロを見つめる。彼の凍てつくようなまなざしが返ってきた。やがて彼は三歩前に踏み出すと、ガヴリルの死体を何度も蹴りつけた。

「おまえなんか死ねって思ってた。知らなかっただろ？　おれがおまえを殺したがってるなんて！」

全力で蹴りつける。額に血管が浮かび上がった。鼻孔が広がり、首の筋がバイオリンの弦のようにぴんと張り、歯があらわになった。

数秒経つと、彼は落ち着きを取り戻した。

ヤナは無言だった。フォボスも黙っていた。

ダニーロは椅子に座り、額に落ちた髪をかき上げると、ヤナを見つめてゆっくりと言った。

「悪いとは思うが、もうわかっただろう。おまえにはここで死んでもらう」

ヤナはなんと答えていいかわからず、黙ってうなずいた。手が震え出したが、そうと悟られないよう必死でこらえた。

「まったく、なにも気づかないとはな」

「気づくべきだったわね」とヤナは言い、ダニーロと目を合わせた。「とっくの昔に気づいてしかるべきだった。どういうことなのか、ようやくわかった。あなた、私にシグ・ザウエルを渡したでしょう。タナトス殺しに使われたのと同じ銃。あれが凶器だったんだって、いまわかった。でも、あなたは弾を抜いておいた。私がここであっさり死ぬように」

ダニーロは答える代わりに笑い声をあげた。

「で、私をここに残していこうと考えた。そうすれば自分が疑われることはないから」ヤナはゆっくりと言った。

笑い声が大きくなり、悪意を帯びた。

「正解だよ！」

ダニーロは椅子からばっと立ち上がり、ヤナの目の前に立ちふさがった。

「警察がここに来たら、おまえを見つけて、おまえがみんな殺したあげく返り討ちに遭ったと結論づける。なあ、無邪気で善良な検事殿。スキャンダルもいいところだな」

ヤナは唇を噛んだ。どうやって逃げればいい？　手がさらに震える。拳銃が重くてしかたがない。

「で、おまえの死体は司法解剖にまわされて、そこでうなじに刻まれた名前が見つかる。それで警察は理解する。おまえもあの島にいた子どものひとりだったんだって。動機は復讐だと考えるだろうな。おまえをコンテナから連れ出した連中、おまえの親を殺した連中への、復讐。な、単純な話だろ？」

ダニーロは数歩あとずさって彼女から遠ざかった。

「しかも、なにが愉快って、おまえがなにも気づいてなかったってことだよ。気をつけろって言ったよな。言ってやったんだ。なのに、おまえは耳を貸さなかった」

ダニーロはヤナに銃を向け、フォボスを放すよう命令した。

ヤナは拒んだ。

「なるほど」とダニーロが言う。「なら、ふたりとも撃つまでだ」

ダニーロは狙いを定めた。

そして、引き金を引いた。

その瞬間、ヤナはフォボスとともに横へ身を投げた。床に着地した。ごろりと転がってから、グロックをダニーロに向けて引き金を引いたが、彼女の弾もはずれた。

ダニーロはガヴリルの死体につまずいて拳銃を落とした。ドアの向こうへ駆け出していく。

ヤナは仰向けのまま息をはずませたが、視線も拳銃もドアのほうに向けたままだった。

やがて立ち上がり、フォボスのほうに顔を向けて、ぞっとした。フォボスもいなくなっていたのだ。

あたりのようすをうかがいながら玄関に出た。物音に耳をそばだてる。壁に身体を押しつけて、階段の上に銃を向け、横に向け、また階段の上に向けた。一段目にたどり着いたところで、音がした。背後のドアから聞こえてきた。

ゆっくりと忍び寄り、少し待ってからドアを開けた。地下階への階段が見えた。階段の上で明かりが揺れている。ヤナは一瞬ためらった。ここを下りていったら、明かりに照らされてまたとない標的になってしまう。

そのとき、すぐそばでカチリと音がして、ヤナはくるりと向きを変えた。

ドアの脇に、分電盤があるのが見えた。

心の中で笑みを浮かべる。

ゲームが始まった、と思った。

楽しいゲームの始まりだ。

＊　＊　＊

ヤナ・ベルセリウスは分電盤の主電源を切り、鼻から深く息を吸い込んだ。それから一歩前に出て、べつの世界へ足を踏み入れた。記憶の世界へ、まっすぐに。

たちまち地下室の少女に変身した。生き延びたいと願っていた少女。だが、今回の敵は暗闇ではない。むしろ暗闇は歓迎だ。いまは自分が主導権を握っている。

首を伸ばして、物音に耳を澄ませた。まだ静かだ。

耳がおかしくなりそうなほど静かだ。

もう一歩前に出て、立ち止まってまた耳をそばだてた。あと三歩ほどで階段にたどり着くはずだ。

階段の手すりに触れようと前に手を伸ばした。頭の中で歩数を数える。一、二、三。手すりが手に触れた。記憶にある階段の手すりはひび割れてざらついていた。この手すりはつるりとなめらかだ。足がそろそろと段を下りていく。最後の段で手すりを離し、前に手を伸ばしてあたりを探った。

そのとき、音が聞こえた。この地下室でだれかが動いている。すぐそばにいる、だれかが。

だれだろう？　ダニーロか、フォボスか。

ゆっくりと頭の向きを変え、新たな物音を聞こうとした。

が、静かだ。静かすぎる。

ダニーロが待ち伏せているかもしれない。そう思うと外に出たくなった。このまま去りたくなった。

聞こえたのは、そのときだった。

息遣い。

シグナル。

ヤナは本能的に反応し、音のしたほうに拳銃を向けた。そのとたんに腕を強く殴られてバランスを崩し、後ろに倒れた。そのままじっと横たわっていた。

ダニーロがそばにいる。

腕を上げて彼に銃を向けようとしたが、痛みのせいでかなわない。

逆にダニーロに手を蹴りつけられて銃を落としてしまった。拳銃が床の上をななめ後ろにすべっていくのが聞こえた。

「暗闇のゲームが好きなのはおまえだけじゃないぞ」ダニーロが言い、ヤナの脇腹を蹴る。

彼女はうめき声をあげた。

「楽しいだろ？　どうだ？　面白いよな？」

ダニーロはまた彼女を蹴った。あまりの力に前腕のなにかが砕けて、ヤナは痛みに叫び声をあげた。

ダニーロがまたもや円を描くように彼女のまわりを回る。その憤怒が空気を震わせているのが聞こえた。

「そろそろ終わらせたほうがいいな」彼はそう言うと、ヤナの上に馬乗りになり、両手を彼女の首に回した。

ヤナはなんとか片手を上げ、ダニーロの手を爪で引っ掻いて離させようとした。が、無駄だった。さらに強く首を絞められて、ヤナは空気を求めてあえいだ。

まわりが真っ暗なので、目の前が暗くなってきているのかどうかは判断しがたい。が、恐ろしい、よく知った感覚が、じわじわと忍び寄ってきた。自分は意識を失いかけているのだとわかった。

もう片方の手は、ダニーロの脚の下にはさまっている。腰に携えているナイフをつかもうと指が必死に動いた。最後の力を振り絞って、人差し指と中指の先でナイフの柄をつかみ、さっと抜いてダニーロの腿の裏に刃を突き立てた。彼は叫び声をあげ、たちまち彼女の首から手を離した。

ヤナはぜいぜいとのどを鳴らしながら息を吸い込むと、片脚を振り上げ、ダニーロを倒してから起き上がった。腿からナイフを抜くと、彼のあごに刃先を突きつけた。

「ナイフのほうがいいって言ったでしょ」かすれ声で怒鳴りつける。

だが彼女の優位は長続きしなかった。背中をひざで蹴られて、勢いよく脇へ飛ばされた。着地したところに、なにか硬いものがあった。それがなんなのか、すぐにわかった――拳銃だ！　片手ですばやく拾い上げ、暗闇に向けた。ダニーロの足音が階段から聞こえて、あとを追った。一段ずつ、いちばん上の段まで。

上がったところで、その空間の反対側から彼の息遣いが聞こえてきた。まわりは暗闇だが、それでもヤナは意識を集中するために目を閉じた。そして、引き金を引いた。

一瞬、時が止まった。

そのあと、うめき声が聞こえてきた。

腕が痛みに震えていたが、ヤナは気にとめなかった。分電盤のあるところに戻り、急いで主電源を入れた。

床に倒れた相手を見ようと振り返る。

ダニーロではなかった。

フォボスだった。

＊　＊　＊

ガヴリル・ボラナキの公安警察への引き渡しは九時に行われた。ちょうど同じ時刻、警察署で、公安の主導のもと共同記者会見が開かれた。マスコミからの圧力はすさまじかった。いつになく多くの記者が会見場に集まっている。

グンナル・エルンはこの騒ぎにあわてたが、それでも広報官のサラ・アルヴィドソンを通じて、自分や部下たちが行った仕事の成果をなんとか伝えた。会見場を出たときには、どこかうつろな気分だった。

それから昼までは、事件について公安に少しずつ引き継ぎをして過ごした。書類を彼らの机にぽんと放り出して立ち去るのは、彼の流儀ではない。こうして、チームにとってこの事件はほんとうに終わったのだと実感すると、うつろな気分はさらにふくらんだ。自分たちにできることはもう、なにもないのだ。

四時、チームは会議室に集まった。

ヘンリック・レヴィーンは椅子にすとんと腰掛け、魂の抜けたような目で前を見ている。アネリー・リンドグレンはテーブルに両腕を乗せて前のめりに座っている。オーラ・セーデシュトレムはボールペンを噛んでいる。

雑なポニーテールに髪をまとめたミア・ボランデルは、椅子をゆらゆらと揺らしていた。明るい表情をしている。捜査が終わったというのは、彼女にとって勝利を意味していた。もう宿敵たるヤナ・ベルセリウス検事に会わなくてすむと思うと笑みが浮かんだ。

「残念だ」とグンナルは言い、室内を見渡した。

壁はがらんとしている。地図も被害者の写真も取り払われた。ホワイトボードはきれいに拭いてある。プロジェクターの電源も切れている。

「疑問はまだたくさん残っている。しかもインターポールからは芳しくない返事が来た。あっちのデータベースにも、チリからいなくなった人々の情報はとくにないそうだ」

グンナルは見るからに落胆していた。コンテナで見つかった死体の身元を特定するのは、残念ながらどう考えても無理のようだった。が、アンデシュ・ポールソンの自殺について説明しているときの彼には、安堵のようなものがうかがえた。公安に引き継ぐ殺人事件があれ以上増えなくてすんだからだ。

「どうして自殺したんでしょうね？」オーラが言う。

「良心の呵責ってやつだろう」とグンナルは答えた。「自責の念に駆られたわけだ。レーナ・ヴィークストレムも同じだな。良心が少しでも残っていたら、あれほどの罪を犯して生きてはいけない」

沈黙がふとチームに覆いかぶさった。

「まあ、そういうことだ」グンナルが言う。「残る仕事はひとつだけだな」

「どうも」とミアが言い、席を立った。

「どこに行くんだ？」

「終わりじゃないんですか？」

「終わりじゃない。おれたちの仕事がひとつだけ残ってる」

グンナルは全員の怪訝なまなざしを受け止めた。

「港に行くぞ」

＊　＊　＊

五分後、ヘンリック・レヴィーンは自分のオフィスにいて、フェリックスが描いてくれたお化けの絵を指先でいじっていた。新しい絵で、小さなお化けが三匹。だが、ヘンリックが考えているのは、その絵のことではなかった。エマに聞かされたことだ。自分が三たび父親になるという事実を、いったいどう受け止めたらいいのか、よくわからなかった。

心の底では嬉しいと思っているが、実際的な細かい諸々についての不安が喜びに影を落としている。昨晩は一睡もできなかった。さきほどのミーティングでは、意識を集中しなければ話についていけなかった。

お化けの絵から顔を上げ、窓の外を眺める。捜査は終わったのに、頭はこれまでのできごとを処理しつづけている。死んだ子どもたちに思いを馳せる。自分の子どもが誘拐されて、兵士になるよう訓練されたとしたら、どんな気持ちになるだろうと想像してみる。

背筋がぞくりとした。

レーナ・ヴィークストレムやアンデシュ・ポールソンに思いを馳せ、人を自殺に駆り立てる力とはどんなものだろう、と考えをめぐらせた。自分は逆に、新しい命を作り出した。二度にわたって。そしていま、三度目がやってきた。

絵を脇に押しやる。

「なんだ?」

ミアが防寒着を着込んでオフィスの入口に立っていた。

「すごい形相ですけど」

「父親になるんだ」ヘンリックはおもむろに言った。

「また?」

「ああ。三度目の正直ってやつだな」

「てことは、セックスできてるんじゃないですか! よかったですね」

ヘンリックは答えなかった。

「そうだ」とミアは続けた。「忘れる前に……」

ポケットに手を突っ込み、しわくちゃになった百クローナ札を出した。

「お返しします」

「べつにいいよ」

「だめです、ちゃんと返したいんです。ランチ代とコーヒー代。受け取ってください！」

「わかったよ。ありがとう」とヘンリックは言い、立ち上がって紙幣を受け取った。

「どういたしまして」

ミアはマフラーを首に三度、ぐるぐると巻きつけた。

ヘンリックはドア裏のフックに掛かっている上着のポケットから財布を出した。

札入れ部分に百クローナ札を入れる。すでに二枚、紙幣が入っていた。

二枚？

百クローナ札は三枚あったはずだが。ほぼまちがいなく。

ヘンリックのとまどった表情にミアが気づき、彼の思考をさえぎった。

「ほら、早く。行きますよ」

＊　＊　＊

フォボスは壁にもたれ、半ば横たわっていた。胸郭が速いテンポで上下している。ぜいぜいと喘ぐような浅い呼吸。褐色の目は大きく見開かれ、おびえきったようすでヤナを見つめている。手をのどに当てている。血がどくどくと勢いよく流れ出し、指のあいだから漏れてセーターに赤いしみを広げている。そばにグロックが落ちていた。

ヤナの視界の隅に人影が映った。三メートル離れたところをダニーロが駆け抜け、ドアから飛び出してとなりの部屋に入っていく。ヤナはすぐに反応し、走って追いかけた。腕の痛みは消えてなくなった。つかまえてやる。逃がすものか。

ダニーロが消えた先はダイニングルームだった。中に入るやいなや、彼がとなりの部屋へすべり込むのが見えた。そちらへ駆けつける。が、ダニーロの逃げ足は速く、大股でさっさと部屋を横切ると、家の裏手へ飛び出していった。ヤナがドアにたどり着いたときにはもう、姿が見えなくなっていた。

その場でじっと、静かに立ち止まる。

いつでも撃てる体勢で。

心臓が激しく打つ。血がどくどくとめぐる。

逃げられた。あいつに逃げられた！

不本意ながらも拳銃を下げ、腰にはさんだ。

腕の痛みが少しずつ戻ってきた。絶望的なまでの怒りに駆られながらも、ヤナはなんとか家の中に戻った。

フォボスのもとへ。

＊　＊　＊

ヘンリック・レヴィーンは港に降り立ち、思わず寒さをしのごうと両腕を身体に回したが、そんな必要はないとすぐに気づいた。ダウンジャケットのおかげで暖かいし、防寒用の肌着もしっかりした冬用の靴も身につけている。動きの途中ではたと止まり、埠頭を眺めた。大きな船が接近中で、ときおり鈍い汽笛を鳴らしている。牡丹雪《ぼたんゆき》が空から舞い、地面に白い層ができていた。コンテナ区域は立ち入り禁止とされ、テープが風に躍っている。

「あそこまで行きます？」ミアが言った。

彼女はヘンリックのとなりに立っていた。両手をポケットに突っ込んで肩をいからせ、毛糸のマフラーに顔をうずめている。鼻と目だけが見えた。

「船が着くまで待とう」とヘンリックは言ってから、港湾作業員や制服警官とともに埠頭の先に立っているグンナルとアネリーに向かって、軽く会釈した。ふたりも会釈を返し、それから運河に入ってくる船に目を向けた。波が船体に打ち寄せる。カモメが十羽ほど、甲高い声で鳴きながら船尾のあたりを旋回している。緑の作業着姿の船員が何人か甲板に散らばり、それぞれ繋留のための道具を手にしていた。

船がもうすぐ着くというところで、まず前後のブレストラインが放たれ、次いでほかの繋留索がそれぞれ船べりを超えてアーチを描いた。長いロープを港湾作業員が受け止め、低い繋船柱にくくりつける。全員が安全ヘルメットをかぶり、背中に大きなエンブレムのついた服を着ていた。

ただちに船卸しが始まった。

ヘンリックは船体を見上げた。コンテナが三段重ねに積み上がっている。

青、茶色、灰色のコンテナがまざり合っていた。

＊　＊　＊

「大丈夫よ、きっと助かる」とヤナは言った。

フォボスの傍らにしゃがみ込んでいる。フォボスは壁にもたれたまま、少し床のほうへずり下がっていた。頭を片方の肩にあずけている。まったくの無言だ。聞こえるのは荒い息遣いだけだった。セーターは赤いしみに覆われている。血が床に流れ、血溜まりになる。まだおびえきった目をしているが、まなざしには力がない。怖がっているようすではあるが、泣いてはいなかった。

「明るくなってきた」かすれ声でつぶやいた。

咳き込むと、口の端から血がひとすじ流れ出した。

「大丈夫よ、きっと助かる」とヤナは繰り返したが、この子に嘘をつくのがどれほど愚かなことか、わかっていた。

フォボスが目を合わせてくる。

「白い……真っ白だ……」とつぶやく。

そして、がくりと手を落とした。

目を閉じ、最期の息をした。

ヤナは即座にフォボスのそばから立ち上がった。グロックをつかみ、ていねいに拭いてから、ぐったりと力を失った少年の手に握らせた。それから分電盤に向かい、スイッチを拭いた。ガヴリルの死体のそばに行ってしゃがみ、ズボンのポケットについていた発信機をはがし取った。もう一挺の拳銃を床から拾い上げ、これもていねいに拭いてから、ガヴリルのそばに置いた。一瞬、そこにしゃがんだままガヴリルを見つめた。そして、久しくしていなかったことをした。

微笑んだのだ。

ほんものの笑みが、ヤナの顔に広がった。

やがて立ち上がった彼女は、処分しなければならない拳銃がもう一挺あることに気づいた。腕の痛みに顔をしかめつつ、腰にはさんでいたグロックをさっと引っ張り出す。これは置いていくしかない。慣れた手つきで指紋を拭い、そっとガヴリルの指を持ち上げてグリップを握らせた。

これでも、まだ足りない。もうひとつ、大事なことが残っている。

ナイフ。

地下室に戻り、身をかがめてナイフを探した。血まみれになった刃が棚の下にちらりと見えた。そっと引っ張り出し、パンツの中の薄いケースに入れた。それから階段を上がり、最後にもう一度、フォボスをちらりと見やった。

「ごめんね」とささやきかける。

そして、家をあとにした。

＊　＊　＊

おぞましい発見があったのは十四個目のコンテナだった。青い、錆びついたコンテナ。雪が積もってはすぐに水の粒と化し、ゆっくりと地面へ垂れていた。

チームはコンテナの扉から四メートル離れたところに陣取った。亜鉛メッキの金具が四本、上から下まで伸びていて、港湾作業員が中央の頑丈な南京錠を開けようと奮闘している。ついに錠が開き、職員がさっそく扉を開けた。車の部品、自転車、段ボール箱、おもちゃなど、それまでのコンテナと似たようなものが出てくるだろうとみな思っていた。が、このコンテナの中で待っていたのは、暗闇だけだった。

ヘンリック・レヴィーンは中身を見ようとコンテナに近寄った。暗がりの中がよく見えるよう目を細める。一歩大きく前に出て、両足をコンテナの縁につけた。

そのとき、見えた。幼い女の子。大きな目でこちらを見つめている。

少女は、母親の脚にしがみついていた。

＊　＊　＊

ヤナはボルボに乗って高速道路を猛スピードで進んでいる。家からこの車へ走る前に、何分か待ってようすをうかがった。が、ダニーロの姿は見えなかった。

　暖房の強さを最大にする。ワイパーがフロントガラスから冷たい雨をぬぐい去る。ラジオはつけていない。アドレナリンはもうおさまっていた。片手をハンドルに置き、ヘッドレストに頭をあずける。怪我をした腕は腿の上に置いていた。

　不意に携帯電話が鳴った。非通知の番号からとわかって、疑いの目で画面を見つめる。一瞬迷ったが、やはり出ることにした。

　ヘンリック・レヴィーンが礼儀正しく名乗ってから、言った。

「ガヴリル・ボラナキが死にました」

　ヤナが黙っているので、彼はそのまま続けた。

「公安が、見張り担当の警察官たちと連絡が取れなくなって、警官隊を送ってみたら、死体が見つかったそうです。いまのところ入ってきている情報によれば、ボラナキと息子が互いに撃ち合ったようですね。が、見張りの警官たちも死んでいるので、どういう経緯でそんなことになったのかはよくわからないようです。相当な血の海だったらしいですよ。現場で銃が三挺見つかりました。切り裂かれたぬいぐるみも見つかったそうで、拳銃はそこに隠されていたと思われます」

「そうですか」とヤナは答えた。

ヘンリックはしばらく黙っていた。

「いま、港にいるんですが」やがて言った。

「港？」

「見つけましたよ。子連れの家族、十組。みんな無事に保護されました」

「それはよかったわ」

「これが最後であることを願っています」

「私もです」

「これで捜査は終わりです」

「終わりですね」とヤナは言い、電話を切った。

＊　＊　＊

時刻は十八時五十九分、ヤナはノルシェーピンのリンドー地区にある三階建ての家で、マホガニーの玄関扉をノックしようと手を上げた。が、途中ではたと動きを止め、呼び鈴の甲高い音で到着を知らせることにした。一歩後ろに下がり、急いでシャワーを浴びたせいでまだ湿っている髪をかき上げる。ロールカーテンの下がった窓辺にランプが光り、彼女の前の地面に長い影を落としていた。

白髪の男性が、扉をゆっくりと開けた。

「こんばんは、お父さん」とヤナは言い、しばらくその場に立っていた。相手に自分を観察させた。

それから、練習して身につけた笑みを浮かべた。

軽くうなずいてみせた。

そして、家の中に入った。

訳者あとがき

本書の舞台となるノルシェーピンは、スウェーデンで十番目に人口の多い都市だ。ストックホルムの南西、高速列車で一時間強の距離にある。工業や海運業がさかんで、一九六〇年代までは繊維工業が町の経済を支えていた。現在もこの町に倉庫や流通センターを置いている大企業がいくつもある。

工業都市としての側面がありつつ、海に面した地域は高級住宅地として、また別荘地としても有名だ。郊外のアルコスンドやサンクト・アンナ諸島は風光明媚な観光地でもある。

本書のストーリーにはある意味、そんな町の二面性が反映されているのかもしれない。ノルシェーピンの移民局で主任を務めるハンス・ユレーンが、高級住宅地にある自宅で殺された。若い女性検事、ヤナ・ベルセリウスがこの事件の担当になり、ノルシェーピン署の刑事たちとともに捜査を始める。第一発見者であるハンスの妻があやふやな証言をしたり、夫妻の自宅から謎の脅迫状が見つかったりと、捜査は二転三転するが、やがて意外な展開を見せる。

事件の捜査と並行して、ある少女の体験が綴られる。少女は両親やほかの大人たち、子どもたちとともにコンテナに入れられ、船で運ばれている。たどり着いたノルシェーピンの港では、恐ろしい暴力が彼らを待っていた。

そして、ユレーン殺害事件の調べが進むにつれ、ヤナ自身も忘れていた、彼女のおぞましい過去とのつながりが明らかになっていく。


著者エメリー・シェップは一九七九年生まれ。デビュー作である本書『Ｋｅｒ　死神の刻印』は初め、二〇一三年に自費出版の形で発表された。これが話題になり、四万部の売り上げを記録。老舗出版社ヴァールストレム&ヴィードストランド社に注目され、二〇一四年秋に同社からあらためて刊行された。二〇一五年五月には本書の続編『*Vita Spår*（白い痕跡）』を上梓。世界的な北欧ミステリーブームに湧くスウェーデンのミステリー界でも、異色のサクセスストーリーである。

作家を志したのは二〇一一年。それまで広告業界で働いてきて、なにか違う種類の文章を書いてみたくなったのだという。さっそくシナリオ講座に通い、自作の脚本をあちこちの映画会社に送った。が、その直後、スウェーデンでは映画製作の資金確保が難しいという記事を新聞で読み、脚本家として身を立てるのは至難の業だと実感した。しかも映画の場合、場面が増えれば製作費も上がる。その点、小説なら予算の心配をすることなく自由に書ける、と考えた。

二〇一二年九月、完成した原稿を複数の出版社に送ったが、三か月経った時点で返事をよこしたのは二社、ほかは問い合わせてみると原稿を読んでもいないという。返事待ちの状態に嫌気がさし、ほかの道を模索しはじめて、自費出版という方法があると知った。

なによりも大変だったのは作品を真面目に受け止めてもらうことだった、とシェップは語っている。自費出版の本は質が低いという偏見があるからだ。その一方で、出版業界で自費出版の占める位置が変わってきていることは疑いようがない。オンデマンド印刷や電子書籍など、新たな技術やサービスの登場で、出版自体はだれでもできるようになった。難しいのはむしろマーケティング、読者を獲得することだ、とシェップは言う。自費出版の情報サイト*Egenutgivare.nu*のインタビューでは、自費出版をめざす人に向けてこんなアドバイスをしている――いい内容の本を書くことは大前提として、書いた本を自分の商品と考え、売る努力をすること。読者を獲得するため、ブックフェア、ソーシャルメディア、読書会など、新たなチャネルを開拓すること。

その言葉どおり、シェップ自身もブログやツイッター、フェイスブックなどのソーシャルメディアを駆使し、ミステリー作家という職業について語ったポッドキャストを配信するなど、積極的に活動している。デビューの経緯も作家としてのマーケティング戦略も二〇一〇年代ならでは。これからの風を感じさせる作家のひとりだ。

小説を書くにあたって、スリリングで一風変わった強い女性キャラクターを作りたい、という思いは初めからあったという。が、物語そのものの着想は、子ども兵士についての新聞記事から得た。現代のスウェーデンに子ども兵士がいたらどんなことになるだろう、と想像をめぐらせはじめたのが、ストーリーの出発点だ。

そのあとは最初から最後までプロットを固めてから一気に書き上げたそうで、それは比較的平易で会話文の多い、物語の推進力を重視した文章からもうかがえる。そうした文体はまた、彼女が初め脚本家を志していたこととも関係があるかもしれない。

本書のユニークな点のひとつはヤナという主人公だ。検事として正義を追求する立場にありながら、けっして人には明かせない暗い過去を抱えている、矛盾に満ちたヒロイン。ノルシェーピンの地方紙『ノルシェーピン・ティドニンガル』紙は、本書の続編『*Vita spår*』の書評で、こんなふうにヤナを評している。

「ヤナというヒロインには、激しい競争にさらされている現代人の夢と恐怖が反映されている。洗練されたファッションに身を包んだ美人のキャリアウーマン、頭も切れるし身体能力も高い。が、他人と親しく触れ合えない、自己完結した悲しい人物でもある。BMWに乗っていようと、イヴ・サンローランのハイヒールをはいていようと、自宅にウォークインクローゼットがあろうと、自分がどんな感情を抱いているかもよくわからないのなら、いったいなんの役に立つだろう」

スウェーデンのミステリーというジャンルに照らして考えると、ヤナという主人公と本書の独自性はさらに際立つ。

そもそもなぜスウェーデンでミステリーが盛んなのか、題材となる犯罪が多発しているのか、と周囲のスウェーデン人に聞いてみると、よく返ってくる答えは「むしろ逆で、現実に犯罪が多発していないからこそ、ミステリーを読んでスリリングだと思えるし、無事に解決されるカタルシスも楽しめるのでは」というものだ。スウェーデン犯罪防止委員会（BRÅ）の統計によると、二〇一四年、被害者が死に至った暴力事件（殺人、傷害致死など）は全国で八十七件。ここ十年は年間六十八件から百十一件のあいだで推移している。

どっぷり没頭させてくれるスリリングな小説が好きだから、という回答もよくある。スウェーデン人にとって最大の読書シーズンは、長ければ五週間に及ぶ夏休みだ。自宅で、旅行先で、別荘で、ゆっくり過ごしながら読むので、厚い本が好まれる傾向にある。読み応えのある作品であればなおいい。

そこで多くの人がミステリーを選ぶのには、一九六〇年代から七〇年代にかけて一世を風靡したスウェーデン発の警察小説、マルティン・ベックシリーズの影響が大きいだろう。

著者のマイ・シューヴァルとペール・ヴァールーは、スウェーデン社会の衰退を描くという目的を明確にし、それを実現するのに犯罪小説という形式を選んだ。外国でも高く評価されたこのシリーズが、スウェーデンのミステリーのその後を決し、地位向上に大きく貢献したことはまちがいない。社会批判を軸とし、リアリズムに根ざした形で犯罪と社会を描くことが、ミステリーの規範となった。リアリズムと言っても、ミステリーがどこまでほんとうに現実を反映しているのかについては議論の余地がありそうだが、少なくとも人々の抱いている（いくぶん悲観的な）現実像を反映してはいるのだろう。こうしてスウェーデンでのミステリーは、娯楽であると同時に、現実世界について貴重な知見を与えてくれるもの、という地位も獲得したわけだ。

スウェーデンのミステリーに警察小説が多いのも、マルティン・ベックシリーズの影響が大きい。現実の世界で犯罪を捜査するのは警察の仕事だから、その意味でもリアリズムに根ざしているし、また警察に対する信頼度が高く、警察が事件を解決して正義を為すストーリーに違和感がない、というのもあるだろう。主人公が完全無欠のヒーローではなく、いろいろな問題を抱えたごくふつうの人間として描かれるのも、同シリーズから受け継がれている伝統だ。

だが近年はそうした〝主流〟をあえて外した作品も増え、スウェーデンミステリーは多様化している。たとえば本書のように、検事として成功し、美人で頭も切れアクションもこなせる女性をヒロインに据えた作品。しかも百パーセント正義の側にいるとは言い切れない主人公だ。もちろん彼女とて完全無欠とは言いがたく、抱えている問題の大きさがあらゆる長所を相殺してしまうのだが。

また、本書には警察小説の側面もあるが、お読みいただければわかるとおり、最大のサスペンスの場はそこにはない、と言ってもいい。

その一方で、社会批判の要素やリアリズムを完全に失ったかといえばそうでもなく、コンテナで運ばれる人々というテーマはいま、世界中で現実となっている光景だ。二〇一五年八月、オーストリアで、トラック内に放置された七十人以上のシリア難民と見られる遺体が見つかった事件は、本書の場面とも重なって見えてくる。一見、荒唐無稽に思える設定ながら、そうとも言い切れない現実が確かにあるのだ。

本書の翻訳にあたっては、集英社のみなさまに大変お世話になりました。この場を借りてあらためてお礼を申し上げます。

二〇一五年九月

ヘレンハルメ美穂

S 集英社文庫

Ker《ケール》　死神《しにがみ》の刻印《こくいん》

2015年11月25日　第1刷　　定価はカバーに表示してあります。

著　者　エメリー・シェップ
訳　者　ヘレンハルメ美穂《みほ》
発行者　村田登志江
発行所　株式会社 集英社
東京都千代田区一ツ橋2-5-10　〒101-8050
電話　【編集部】03-3230-6094
【読者係】03-3230-6080
【販売部】03-3230-6393(書店専用)
印　刷　図書印刷株式会社
製　本　図書印刷株式会社

フォーマットデザイン　アリヤマデザインストア　　マークデザイン　居山浩二

ISBN978-4-08-760714-7 C0197